Jennieke Cohen

Royal Taste
Ein Gentleman für Lady Penelope

Jennieke Cohen

ROYAL TASTE

Ein Gentleman für Lady Penelope

Aus dem Amerikanischen übersetzt
von Yvonne Hergane

Dieses Buch enthält triggernde Inhalte:
Darstellung von Antisemitismus und Rassismus.
Bitte lest dieses Buch also nur, wenn ihr emotional
mit diesen Themen umgehen könnt.

ISBN 978-3-7432-1536-8
1. Auflage 2023
erschienen 2022 unter dem Originaltitel *My Fine Fellow* bei HarperTeen,
einem Imprint von HarperCollins Publishers, New York.
Copyright © 2022 by Jennieke Cohen
Für die deutschsprachige Ausgabe © 2023 Loewe Verlag GmbH,
Bühlstraße 4, D-95463 Bindlach
Aus dem Amerikanischen übersetzt von Yvonne Hergane
Umschlagfotos: © GarryKillian/shutterstock.com, © ArtMari/shutterstock.com
Umschlaggestaltung: Johanna Mühlbauer
Printed in the EU

www.loewe-verlag.de

*Für alle Einwanderer, Kinder von Einwanderern
und überhaupt alle Menschen, die sich der
Herausforderung stellen, sich trotz aller
Widrigkeiten ein besseres Leben zu erschaffen.
Möge eure Reise von Erfolg gekrönt sein!*

9. Januar 2023

Liebe Leser*innen,
es gibt historische Romane, die sehr realistisch sind, andere
wiederum nehmen eine Prise historische Wahrheit als Auf-
hänger für eine fiktive Geschichte, und zwischen diesen Ex-
tremen gibt es natürlich noch etliche Mischformen. *Royal
Taste* ist das Ergebnis eines gewagten Gedankenspiels: Was
wäre gewesen, wenn Prinzessin Charlotte, Tochter und
Thronfolgerin von Großbritanniens König George IV., nicht
bei der Geburt ihres Kindes 1817 gestorben wäre? Hätte eine
hypothetische Königin Charlotte ein Großbritannien erschaffen können, das gesellschaftlich freier und weniger im-
perialistisch gewesen wäre als zur Zeit von König George?
Hätte diese alternative Welt ein Ort sein können, an dem
Frauen der Ober- und Mittelschicht sich durch freie Berufs-
wahl mehr Unabhängigkeit gesichert hätten? Doch selbst in
diesem von mir erdachten Königreich wäre nicht alles anders
gewesen. Die Vorurteile einer Gesellschaft verschwinden
nicht, nur weil wir es gerne hätten. Die Welt in *Royal Taste*
unterscheidet sich bewusst ganz grundlegend vom viktoria-

nischen Zeitalter, und doch bleiben einige Dinge unverrückbar gleich. Als begeisterte Leserin historischer Romane hat
es mir schon immer Freude bereitet, die historischen Fakten
in den Geschichten zu entdecken, in die ich eingetaucht bin.
Wer genau wie ich Freude daran hat, herauszufinden, welche
Teile der Geschichte unangetastet geblieben sind und welche
zu etwas Fiktionalem verfremdet wurden – die Auflösung
dazu gibt es in der historischen Anmerkung am Ende des
Buches. Und bis dahin: Viel Spaß beim Lesen!

Zwei Teigtaschen
im Dreck

Man schrieb das Jahr 1833 christlicher Zeitrechnung – gut ein Jahrzehnt, nachdem König George IV. dahingeschieden war und seine heiß geliebte Tochter Charlotte, nun Königin von England, Irland, Hannover und so weiter und so fort, den Thron bestiegen hatte. Es war ein kalter Regentag, an dem Miss Penelope Pickering Schutz unter dem Portikus der Londoner St.-Pauls-Kathedrale suchte und sich fragte, wie lange sie noch auf ihre geschätzte Freundin Helena Higgins würde warten müssen.

Nun war Helena, wie selbst Penelope auf drängende Nachfrage zugegeben hätte, noch nie der Liebreiz in Person gewesen. Auch hätte wohl niemand sie als Dame von Anmut und Freundlichkeit bezeichnet, denn mit ihrer scharfen Zunge pflegte sie gnadenlos jeden zu beleidigen, der ihr unter die Augen trat. Allerdings war sie auf dem besten Weg, zur angesehensten Autorität der britischen Kochkunst ihrer Generation zu werden. Genau deswegen fühlte sie sich auch befugt, andere jederzeit zu korrigieren, wenn diese ihrer Meinung nach Unsinn äußerten – ob zu kulinarischen Dingen im Besonderen oder zu Gott und der Welt im Allgemeinen. Und in der Tat behielt Helena sehr oft recht, was die Nerven ihrer Mitschülerinnen ausgesprochen strapazierte. Penelope Pickering jedoch war mit einer ungewöhnlich großen Nachsicht gesegnet.

Das erklärte vermutlich auch, warum sie an diesem nasskalten Januartag fröstelnd zum Covent-Garden-Markt hinüberschaute und sich selbst dafür schalt, nicht an einen Regenschirm gedacht zu haben. Hinzukam, dass sie gerade erst von einer Amerikareise mit ihren Eltern zurückgekehrt war und Helena seit Ende des Sommersemesters an der *Royalen Akademie der Kulinarik*, die sie gemeinsam besuchten, nicht mehr gesehen hatte.

In diesen sechs Monaten waren ihre Erinnerungen an Helenas alles andere als damenhafte Manieren verblasst. Zeit und räumliche Distanz führen oft dazu, dass Freunde die Fehler des anderen vergessen, und auch Penelope war gegen dieses Phänomen keineswegs immun.

Noch einmal sah sie sich suchend um, dann holte sie ein Blatt Papier aus der Tasche ihres marineblauen Reisekleids und hielt es ins flackernde Licht der Gaslaterne zu ihrer Linken. Gleichzeitig versuchte sie, es mit der anderen behandschuhten Hand nach Kräften vor dem peitschenden Regen zu schützen.

Cavendish Square Nr. 9
Marylebone, London

5. Januar 1833

Liebe Penelope,

welch eine Freude, dich in meinem Zuhause begrüßen zu dürfen! Es scheint ewig her, dass wir den Plan geschmiedet haben, unser letztes Semester nicht mehr mit den geistlosen Gestalten in den Räumlichkeiten der Akademie zu verbringen – und nun ist es endlich so weit! Ich bin so froh, dass deine Eltern doch ihr Einverständnis dazu gegeben haben. Meine eigenen Eltern und mein Bruder haben beschlossen, ihren Aufenthalt auf dem Kontinent zu verlängern, weshalb ich noch einiges zu erledigen hatte und leider nicht rechtzeitig da sein konnte, um dich persönlich zu begrüßen. Aber ich hoffe, das Personal hat dich gebührlich in Empfang genommen, du konntest dich im Gästezimmer gemütlich einrichten und wirst rundum gut versorgt. Weiterhin hoffe ich, dass du dich trotz deiner vermutlich anstrengenden Reise den Nachmittag über genug ausgeruht haben wirst, um mich heute Abend zu einer kulinarischen Erkundungstour zu treffen. Ich erwarte dich um acht an der St.-Pauls-Kathedrale, auf dass wir gemeinsam Londons authentischste amerikanische Küche probieren. Bitte bring ausreichend Appetit und deine Geldbörse mit – der Nachtmarkt hat sich in deiner Abwesenheit wirklich gemausert.

Für immer deine
Helena Higgins

Penelope sah zu den Straßenverkäufern hinüber, die ihre Waren und Lebensmittel im Schein der Gaslaternen feilboten. Wie üblich kreisten zahllose unbegleitete junge Männer und Frauen um die Stände derer, die sich keinen Platz in der überdachten Markthalle leisten konnten. Andere kauften den herumwandernden Verkäufern, die sich Bauchladen umgehängt hatten oder Handkarren schoben, etwas ab. Dabei schützten sich die meisten Kunden mit Hüten, Schirmen oder Kapuzen vor dem Regen – anders als Penelope hatten *sie* sich gegen das Wetter gewappnet. Doch Helena schien nicht unter ihnen zu sein. Penelope steckte den Brief wieder in die Tasche und schob die Hände zurück in ihren pelzbesetzten Muff. Dank des Regens hatten die Straßenverkäufer mehr potenzielle Kundschaft als sonst, weil viele der nun aus den Theatern strömenden Menschen sich unter den Markisen und Vordächern der Gebäude ringsum unterstellten.

Eine dreiköpfige Gruppe blieb neben Penelope stehen und blinzelte gegen den Regen an. Eine der drei Personen war ein Mädchen, das nur ein, zwei Jahre jünger zu sein schien als die siebzehnjährige Penelope und erschöpft schnaubte. »Das ist so ermüdend! Frederick, kannst du uns nicht eine Kutsche besorgen?« Die letzten Worte hatte sie an den jungen Mann neben sich gerichtet, der ihr so ähnlich sah, dass Penelope ihn auf den ersten Blick als ihren Bruder identifizierte.

»Damit ich bis auf die Knochen durchnässt werde? Zum Teufel, nein!«, gab dieser auf die aufgebrachte Art zurück, die sich Jungen gern für ihre nervigen Schwestern aufhoben. Dann aber wurde ihm offenbar bewusst, dass neben ihm eine

Fremde stand, denn er beugte sich zu Penelope und bat: »Verzeihung, Miss.«

»Ich muss mich sehr für meinen Sohn entschuldigen«, sagte die dritte Person der Gruppe, eine Dame mittleren Alters, deren Frisur von einer hoch aufragenden Feder geziert wurde. »Ich fürchte, er ist manchmal wirklich gotteslästerlich.«

Penelope nickte der Dame zu. »Schon gut.« Nur weil der junge Mann »zum Teufel« gesagt hatte, hätte sie ihn noch nicht als »gotteslästerlich« bezeichnet – aber die Dame konnte ja nicht wissen, dass Penelope auf ihren vielen Reisen schon wesentlich schlimmere Ausdrücke untergekommen waren. »Sieht leider nicht so aus, als würde das Wetter sich bald bessern.«

»Freddie, für die Dame bitte auch eine Droschke!«

Penelope schüttelte den Kopf. »Vielen Dank, aber ich warte auf jemanden.«

Die Dame mittleren Alters runzelte die Stirn. »Hier? Um diese Uhrzeit?«

Penelope deutete auf die umherwandernden Straßenhändler und die regengeschützten, festen Stände in der Markthalle dahinter. Dampf stieg aus den Töpfen mit frisch zubereiteten Gerichten auf und zerstob in der feuchten Nachtluft. Eine Vielzahl verschiedener Düfte wehte zu Penelope. »Eine Studienfreundin hat mich auf eine kulinarische Erkundungsreise eingeladen. Anscheinend ist dies einer der wenigen Orte in London, wo man authentische amerikanische Gerichte finden kann.« Wobei Penelope sich das Urteil darüber lieber noch selbst bilden wollte.

»Amerikanische Gerichte?«, echote die Dame, als könne sie sich beim besten Willen nicht vorstellen, wie jemand überhaupt auf die Idee kommen könnte, sich für Essen vom amerikanischen Kontinent zu interessieren.

»Dann sind Sie also Kulinarikerin?«, fragte der junge Mann und wischte sich eine feuchte Haarsträhne aus den dunkelblauen Augen.

Penelope nickte. »Die werde ich schon bald sein. Ich bin im letzten Semester an der *Royalen Akademie der Kulinarik*.«

»Meine Schwester hat auch eine Weile auf Dilettanten-Niveau mit der Kochkunst experimentiert, sich aber schließlich doch für ein Studium am *Royalen Konservatorium für Gestaltung und Design* entschieden«, erzählte er und deutete auf die junge Dame neben sich.

»Ich habe noch nie etwas auf *Dilettanten-Niveau* gemacht, Freddie. Denk nur an meine Entwürfe zum Umbau von Lady Hammersleys Kutsche, die ihr so gut gefallen haben, dass sie wochenlang vor ihren Nachbarn damit herumgeprahlt hat. Wenn hier jemand ein Dilettant ist, dann du!« Freddies Schwester rümpfte abfällig die Nase.

Der junge Mann rang sich ein Lächeln ab. »Mag sein«, sagte er kleinlaut, »aber immerhin kriege ich eine verflucht gute Fasanenpastete hin.« Mit Blick auf Penelope tippte er sich an den Hut und raunte seiner Mutter dann zu, dass er sich auf die Suche nach einer Kutsche machen würde, ehe er in den Regen hinausstürmte. An der Straßenecke stieß er dabei mit einem schmuddeligen Jungen in einer unförmigen braunen Jacke zusammen, der ein abgedecktes Holztablett balancierte.

Penelope verzog das Gesicht, als zwei halbmondförmige Teigtaschen davon herunterrutschten und auf dem dreckigen, nassen Kopfsteinpflaster landeten.

»Können Sie nich' aufpassen?«, rief der Junge und warf Freddie einen bösen Blick zu.

»Tut mir leid.« Freddie tippte sich nur ein weiteres Mal an den Hut und rannte weiter die Straße hinunter.

»Zwei Teigtaschen im Dreck!«, schrie der Junge ihm noch hinterher. Dann deckte er seine restlichen Teilchen mit großer Geste wieder zu. »Was für'n feiner Herr, der arme Köche anrempelt und dadurch ihren Lebensunterhalt auf die Straße schmeißt!« Er sprach so laut, dass die Umstehenden keine Schwierigkeiten hatten, alles zu verstehen.

»Komm her, Junge«, sagte Freddies Mutter. »Ich bezahle dir den Schaden, den mein Sohn verursacht hat.« Sie wandte sich an ihre Tochter. »Clara, gib dem jungen Mann einen Shilling.«

»Das war also Ihr Sohn, ja?« Der Junge kam näher. Penelope schätzte ihn auf ungefähr ihr Alter, obwohl das im flackernden Licht der Gaslaterne zu ihrer Linken schwer zu sagen war. »Hätten ihn vielleicht besser erziehen soll'n, statt für seine Fehler zu zahl'n. Ein Kerl sollte selber für seine Fehler einstehen, hat meine Ma immer gesagt.«

»Willst du den Shilling nun haben oder nicht?« Clara hielt die Münze zwischen den behandschuhten Fingern.

»Ja, gerne, Miss, und danke schön.« Der Junge zwinkerte ihr zu, wobei Penelope auffiel, dass er ziemlich attraktiv gewesen wäre, wenn er sich nur den Schmutz aus dem Gesicht gewaschen und sein gewelltes braunes Haar in Form gestutzt hätte. Als ihr klar wurde, was sie da gerade dachte, wandte sie sich schnell ab.

»Also wirklich!«, sagte Clara empört und zog ihre Mutter am Arm von dem jungen Mann weg.

Er grinste. Dann landete sein Blick auf Penelope, die nun allein unter dem Portikus stand. Wieder hielt sie nach Helena Ausschau, konnte sie aber nirgends entdecken.

»Teigtasche aus Übersee gefällig, Miss?«, fragte der Junge. Er hob das Tuch von seinem Tablett, sodass ihr der Duft nach frittiertem Teig, Rindfleisch und Oregano entgegenschlug.

Penelope blinzelte. »Empanadas?«

Überrascht riss der Junge die hellbraunen Augen auf, die von regennassen Wimpern umrahmt wurden. »Sie sin' ja 'ne Schlaue! Kommt echt selten vor, dass einer den richtigen Namen weiß. Dafür mach ich Ihnen 'n Angebot: Zwei zum Preis von einem.«

Penelope zog eine Augenbraue in die Höhe, da sie bezweifelte, dass sie wirklich ein Sonderangebot erhalten würde. Aber schließlich war sie in der Tat hierhergekommen, um etwas zu probieren, also fragte sie: »Wie teuer sind sie?«

»Bloß zwei Pence, Miss. Nich' ei'n mehr.«

Penelope holte zwei Kupferpennys aus ihrer Tasche und reichte sie ihm, woraufhin ihr der Junge das Tablett hinhielt, damit sie sich zwei Empanadas aussuchen konnte. Mithilfe ihres Taschentuchs nahm Penelope sich aus der Mitte zwei dicke, mittelgroße goldgelbe Teigtaschen mit einigen braunen Flecken. Trotz des kalten Wetters waren sie immer noch leicht warm. Der Junge deckte die restlichen Empanadas wieder zu und wartete gespannt darauf, dass Penelope probierte. Sie tat ihm den Gefallen und biss ein Stück von der flachen Seite einer der Taschen ab, sodass sie die Füllung herausschmecken konnte. Der auf den Punkt frittierte Teig aus Maismehl und die würzige Mischung aus Rinderhackfleisch, Kartoffelwürfeln und Zwiebeln waren perfekt aufeinander abgestimmt und bildeten eine wohlschmeckende Harmonie. Penelope sah entzückt zu dem Jungen hoch. Er verzog die Lippen zu einem schiefen Grinsen.

Die Gewürze, die Penelopes Geschmacksknospen verwöhnten, sangen von heißen Ländern und Liebe und Familie und mühseliger Arbeit. »Kommst du aus Salvador?«

»Nee, ich selber nich', aber …« – der Junge neigte den Kopf, als würde er ihr ein Geheimnis anvertrauen – »… ich hab's von jemand aus Salvador gelernt.«

Penelope zog erstaunt die Augenbrauen hoch. Sie hatte nicht einmal gewusst, dass es überhaupt Salvadorianer in London gab. Sie nahm noch einen Bissen. »Ist der Masa-Teig mit Paprikapulver statt mit Achiote gewürzt?«, fragte sie dann.

Die Augen des Jungen leuchteten auf. »Besseren Ersatz hatte ich nich'.«

Penelope nickte und wickelte den Rest der Empanadas in ihr Taschentuch. Wahrscheinlich stand den wenigsten Straßenhändlern in London Achiote zur Verfügung – und falls doch, dann verkauften sie ihre Ware sicher nicht so günstig.

»Du musst einen guten salvadorianischen Lehrer gehabt haben.«

»Dabei sind die Dinger nich' mal meine Spezialität. Sie sollten meine überbackenen Kürbisblütenteilchen probieren, wenn die Saison haben. Sind die besten in der ganzen Stadt.«

Penelope musterte ihn beeindruckt. Solche Kürbisblüten im Teigmantel hatte sie mit ihren Eltern in Mexiko gegessen – ein einfaches, aber sehr feines, köstliches Gericht. »Und wer hat dir beigebracht, wie man *die* zubereitet?«

Der Junge zuckte mit den Schultern. »Na ja … Ich kann doch jetzt nich' all meine Geheimnisse verraten, oder?«

Penelope lächelte. Dass Köche und Gastronomen ihre Spezialrezepte für sich behielten, war durchaus nichts Ungewöhnliches. Allerdings hatten die Menschen in Großbritannien so wenig Ahnung von der amerikanischen Küche, dass es Penelope dennoch verwunderte, wieso der Junge seine Quellen geheim halten wollte. »Ja, da haot du wohl recht.«

»Doch für 'ne hübsche Miss wie Sie könnt' ich vielleicht 'ne Ausnahme machen … Wenn Sie noch so eins kaufen …« Er hielt Penelope das Tablett unter die Nase und verzog den Mund ein weiteres Mal zu einem schiefen Grinsen – der Art Grinsen, mit der liederliche Herren naive junge Mädchen verführten, deren Mitgift bemerkenswerter war als ihr Urteilsvermögen, dachte Penelope. Aber im Fall dieses jungen Mannes war es vermutlich einfach nur der Versuch, sie zu einem weiteren Teigtaschenkauf zu verleiten.

Verkaufstalent hatte er, das musste sie ihm lassen. »Tut mir leid, ich fürchte, mein Bedarf an salvadorianischen Empanadas ist für heute gedeckt«, sagte sie. Immerhin stand ihr noch ein ganzer Abend voller Verkostungen bevor und eine Dame musste schließlich auf ihre Figur achten … Ihre Reise durch Nord- und Südamerika hatte sie ohnehin schon sehr viel kurviger werden lassen, als sie es seinerzeit bei ihrer Abreise aus England gewesen war.

»Papperlapapp! Ausgemachter Unsinn!«, tönte plötzlich eine Stimme hinter einer der Säulen hervor.

Penelope und der Junge wirbelten auf dem Absatz herum.

»Was denn?«, fragte der Junge.

Eine schmale Gestalt, in einen Umhang mit Kapuze gehüllt, trat aus dem Schatten hervor. »Von jemandem aus Salvador gelernt, pah! Jeder, der auch nur über einen einzigen Geschmacksnerv verfügt, schmeckt sofort heraus, dass die Empanadas nach peruanischer Art zubereitet wurden! Bestimmt ist der Junge nur zufällig auf das Rezept gestoßen und hat deine Gutgläubigkeit nach Strich und Faden ausgenutzt, Pen.« Die junge Dame schob ihre Kapuze aus dem Gesicht und gab damit den Blick frei auf schwarze, vom Regen leicht gekräuselte Haarlocken sowie zwei grüne Augen, deren Außenwinkel sich wie bei einer Katze anmutig nach oben bogen. »Es enttäuscht mich, dass du solch einen banalen Fehler machen konntest.«

Penelope musste unwillkürlich lächeln. »Hast du dich etwa hinter der Säule versteckt, Helena? Ich warte schon seit einer Ewigkeit auf dich.«

»Seit sieben Minuten, um genau zu sein. Ich musste mir nur schnell ein paar Notizen zu den peruanischen Teigtaschen dieses jungen Mannes machen.« Sie wedelte mit einem handtellergroßen Heftchen durch die Luft. »Geschmacklich gut, aber schluderig in der Ausführung.«

»Wer sind Sie?«, fragte der Junge stirnrunzelnd. »Und welches Recht haben Sie, sich Notizen über mich zu machen?«

»Zu deiner ersten Frage: Ich bin Lady Helena Higgins, Klassenbeste an der *Royalen Akademie der Kulinarik* und schon bald die begehrteste Kulinarikerin Großbritanniens. Erst kürzlich habe ich im Auftrag von Königin Charlotte *und* der Königlichen Marine als kulinarische Beraterin gedient. Und zu deiner zweiten Frage: Ich würde sagen, ich habe dasselbe Recht, das jedes lebende Wesen sein Eigen nennt.« Helena griff unter ihren Umhang und zog ihren Pompadour hervor, der ihr an einer Schnur über der Schulter hing. Sie verstaute das Notizheft und den Stift in dem kleinen Handtäschchen und verschloss es dann wieder.

Der Junge schnaubte. »Kulinarische Beraterin, soso. Ich hab's nich' gern, wenn Leute versuchen, meine Rezepte zu klau'n – schon gar nich' irgendwelche aufgeblasenen Köchinnen, die noch nich' mal ihren Abschluss haben. Ich muss doch schauen, wo ich bleib. Am Ende backen Sie noch meine Empanadas für die Königin und ich seh keinen Penny dafür! Und dann muss ich mir auch noch sagen lassen, ich hätt keine Ahnung!«

Helena riss die grünen Augen weit auf. »Wie kannst du es wagen, mir zu unterstellen, *ich* würde dir dein zusammengeschustertes Rezept für *peruanische* Empanadas stehlen? Also ehrlich, allein der Gedanke …«

»Helena, jetzt muss ich dir aber widersprechen«, unterbrach Penelope sie. »Diese Empanadas schmecken wie diejenigen, die ich in Mittelamerika oder Kolumbien gegessen habe. Meine Eltern und ich haben in jeder Region mehrere Wochen verbracht. Bis Peru haben wir es zwar nicht geschafft, aber laut meinen Recherchen werden Empanadas dort meistens mit Teig auf Weizenbasis zubereitet.«

Als Helena zu ihrer Freundin herumwirbelte, schien ihr Ärger wie durch Zauberhand verflogen. »Du bist wirklich bis nach Kolumbien gekommen? Langsam bereue ich es doch, deine Einladung, dich zu begleiten, nicht angenommen zu haben, egal wie primitiv es in diesen Ländern auch zugehen mag. Doch dann wäre ich nicht in der Lage gewesen, die Königin zu beraten, und ich wage zu behaupten, dass diese Tätigkeit sich für meine kulinarische Karriere als weit förderlicher erweisen wird.«

Penelope hatte Mühe, nicht die Augen zu verdrehen. »Die amerikanischen Länder haben nichts Primitives an sich, Helena. Ein paar Regionen mögen vielleicht etwas ländlich-abgelegen sein, aber mit primitiv hat das nichts zu tun.«

Helena wedelte ungehalten mit einer Hand. »War auch nicht als Beleidigung gemeint, versteh mich nicht falsch. Aber wie kannst du bloß annehmen, dieser kleine ... Straßenköter könnte salvadorianische von peruanischen Empanadas unterscheiden?«

Jetzt platzte dem jungen Mann endgültig der Kragen. »Hey, woher wollen Sie wissen, was ich kann und was nich'? Was sind Sie denn für eine? Kommen hierher und wollen mir die Kundschaft vergraulen, indem Sie behaupten, ich wüsste nich', wo meine Sachen herkommen!«

Helena richtete sich zu ihrer vollen Größe auf, was zugegebenermaßen nicht viel war, dafür strahlte sie aber ein hohes Maß an Würde aus. »Junger Mann, ich bin Kulinarikerin. Ich habe es nicht nötig, anderer Leute Rezepte zu stehlen oder deren Kundschaft zu vergraulen. Doch diese Lady hier ist meine Freundin und als Zweitbeste unserer Akademieklasse sollte sie sich mit Empanadas eigentlich besser auskennen.«

Penelope seufzte amüsiert. Helena ließ nie eine Gelegenheit aus zu betonen, dass Penelope immer nur den zweiten Platz hinter der ewig Besten innehatte. »Ich glaube, du solltest wirklich noch mal von dieser Empanada probieren, meine Liebe.«

»Also gut.« Sie streckte die Hand nach der noch unberührten Teigtasche aus und Penelope reichte sie ihr. Helena biss ein kleines Stückchen ab und kaute ein paarmal, den Kopf zur Seite geneigt. »Hm, die schmeckt tatsächlich anders als die, die ich neulich hier gegessen habe.« Sie nickte erst Penelope, dann dem Jungen zu. »Junger Mann, meine Freundin hat wohl doch Ahnung!«

Er runzelte die Stirn. »Also geben Sie jetzt zu, dass es ein salvadorianisches Rezept ist?«

Helena nickte und nahm noch einen Bissen. »Zweifellos.« Sie hakte sich bei Penelope unter. »Meine Freundin ist auf dem besten Wege, zur Expertin auf dem Gebiet amerikanischer Küche zu werden. Komm mit, Penelope! Der Regen hat fast aufgehört. Gleich da drüben ist ein herrlicher kleiner Stand mit ungarischen Köstlichkeiten. Den will ich dir schon lange zeigen.« Sie zog Penelope mit auf die Straße.

Der Junge folgte den beiden. »He! Sie sind vielleicht 'ne Beinahe-Kulinarikerin, aber doch nicht die Königin von Saba! Machen Sie sich meinetwegen Notizen über mich, aber Sie haben kein Recht, mich zu beleidigen. Ich hab jede Menge Kunden, die von weither kommen und sagen, dass meine Teigtaschen die besten in ganz London sind. Sie haben sich als Übersee-Teigtaschen schon einen Namen gemacht!«

»Mag sein«, erwiderte Helena und zupfte Penelope am Ärmel, um sie an einem Matschhaufen vorbeizulotsen. »Aber du verkaufst sie für zwei Pence das Stück.«

»Na und? Ich verdien mein Geld auf ehrliche Art.«

»Auf ehrliche vielleicht schon, jedoch nicht auf lukrative«, sagte Helena über die Schulter. Dann duckte sie sich mit Penelope zwischen zwei Säulen hindurch und betrat die überdachte Markthalle.

»Wenn ich sie teurer verkaufe, werd ich unterboten!«, rief der Junge ihnen nach.

»Helena, jetzt lass ihn doch endlich«, sagte Penelope. Es war ihr unangenehm, welchen Verlauf das Gespräch genommen hatte.

»Das hatte ich vor«, sagte Helena und warf ihrer Freundin einen unschuldigen Blick zu. »Ich meinte doch nur – mit der richtigen Ausbildung könnte er einen eigenen Laden aufmachen und zum König der Übersee-Teigtaschen werden.

Damit könnte er jedes Jahr Hunderte von Pfund verdienen, wenn er wollte!«

»Was haben Sie da gesagt?«, hakte der junge Mann hinter ihnen nach.

»Stattdessen läuft er sich mit seiner Ware auf der Straße die Hacken wund und verdient kaum genug zum Leben. Wenn wir diese armen Seelen doch nur besser ausbilden könnten ... Stell dir vor, wie die Gesellschaft dann aufblühen würde!«

Penelope wischte sich Regentropfen von den Schultern. »Selbst mit der passenden Ausbildung könnte doch nicht jeder Erfolg haben.«

»Nein, aber ganz gewiss bessere Chancen.« Helena schob sich weiter in die Markthalle hinein. »Nimm zum Beispiel diesen ramponierten jungen Mann da draußen, Pen.« Sie warf einen Blick zurück. »Wenn ich wollte, könnte ich ihn – oder jeden anderen – innerhalb von sechs Monaten in einen Gentleman und ausgezeichneten Kochkünstler verwandeln, von dem selbst unsere Mitschülerinnen höchst beeindruckt wären.«

»Hey! Wollen Sie etwa sagen, dass ich noch nich' beeindruckend bin?«

Die beiden Freundinnen blieben stehen und drehten sich zu ihm um. Unter dunklen Augenbrauen hindurch funkelte er sie an.

»Deine Empanadas sind köstlich«, sagte Penelope.

»Aber nicht außergewöhnlich«, fügte Helena hinzu. »Jedenfalls nicht außergewöhnlich genug, um dir einen eigenen

Laden oder zumindest einen eigenen Marktstand einzubringen. Aber du bist auch noch recht jung.« Sie musterte ihn von oben bis unten. »Wie alt bist du genau?«

Der Junge runzelte die Stirn. »Wieso sollte ich Ihnen das sagen?«

Helena legte den Kopf schräg. »Siebzehn?«

»So ungefähr«, murmelte er.

Helena wandte sich wieder an Penelope. »Also genauso alt wie du. Und wie weit ist er im Leben bisher gekommen, der unglückliche Kerl?«

»Du bist auch nicht älter, Helena«, gab Penelope zurück und reckte das Kinn vor.

»Ich werde in nicht einmal einem Monat achtzehn, schon vergessen? Liebe Güte, was ein bisschen Förderung aus diesem Jungen machen könnte! Ich hätte nicht wenig Lust, ein Buch darüber zu schreiben. Irgendwann … Ich meine, überleg doch mal – hätte König George nicht Lady Bramleys *Gesetz zur Freien Bildung für Frauen* abgenickt, wären auch wir nicht in der Lage, zu Koryphäen der Kochkunst heranzuwachsen. Ein erschreckender Gedanke, findest du nicht, Pen?«

In der Tat hatte König George IV., der bei seinen Untertanen ansonsten äußerst unbeliebt gewesen war, vor seinem Tod zumindest noch etwas Gutes getan: Er hatte dem Gesetz höchstpersönlich zugestimmt und damit ermöglicht, dass es 1820 vom Parlament erlassen wurde. Dass er dies nur auf Drängen seiner Tochter Charlotte hin getan hatte, überraschte dabei niemanden.

Penelope machte den Mund auf, um zu antworten, aber der Junge kam ihr zuvor.

»Ihre Bildung gibt Ihnen noch lang nich' das Recht, andere zu beleidigen.«

Helena starrte ihn an. »Ich habe doch niemanden beleidigt!«

Penelope räusperte sich. »Doch, Helena, das hast du.«

Mit aufgerissenen Augen schnappte Helena nach Luft. »Das war mir überhaupt nicht bewusst!« Sie griff unter ihren Umhang und suchte etwas in ihrem Pompadour. »Hier, junger Mann, als Zeichen meines Entgegenkommens – ein kleiner Zuschuss zu deiner weiteren kulinarischen Ausbildung.« Sie ließ drei Halbkronen auf sein Tablett fallen, die er ungläubig anstarrte. »Noch einen schönen Abend.« Damit hakte sie sich wieder bei Penelope unter. »War bei deiner Ankunft alles zu deiner Zufriedenheit?«

Penelope schielte zu den Münzen hin, ehe sie dem Jungen ins Gesicht sah. Sein Ausdruck ließ erkennen, dass er wohl in seinem ganzen Leben noch nie so viel Geld besessen hatte. »Ja … nun … das Zimmer ist wirklich reizend.« Was der junge Mann wohl mit dem plötzlichen Reichtum machen würde?

»Hab ich's mir doch gedacht, dass dir das violette Zimmer gefallen würde! Ich kann noch gar nicht richtig fassen, dass wir dieses Semester gemeinsam am Cavendish Square wohnen werden, statt uns mit Mabel Pilkington und ihresgleichen in diesen grässlichen Schlafsaal zu zwängen. Ich glaube, ich habe mich allzu schnell an die Privilegien gewöhnt, die man im letzten Jahrgang genießt. Na komm. Es gibt hier so vieles, was wir probieren müssen.« Damit zog sie Penelope in die Tiefen der Markthalle hinein, während der junge Mann wie angewurzelt stehen blieb und ihnen wortlos hinterherstarrte.

2

Ein kleines Zimmer

Später am Abend – nachdem die Stände im Covent Garden geschlossen hatten, die Theaterbesucher nach Hause gegangen und selbst die Taschendiebe beschwingt von ihren ergaunerten Einnahmen verschwunden waren – schleppte sich Elijah Little die Treppe zu dem Kellerzimmer in der Old Fish Street hinunter. Dort wohnte er zusammen mit seinem Onkel. Die zweitunterste Stufe knarzte immer so laut, dass Elijah fürchtete, sie würde irgendwann unter ihm nachgeben. Aber an diesem Abend hielt sie seinem Gewicht noch stand. Er zog seinen Schlüssel heraus und sperrte die Tür zu seinem kleinen Zimmer auf.

Das kurze Holzbett war gerade lang genug, dass seine Fersen noch mit draufpassten. Es stand an der Wand unter dem winzigen Fenster, dessen Unterkante auf einer Höhe mit der Straße draußen war. Die Pritsche, auf der er sonst schlief, wenn sein Onkel nicht auf See war, hatte er in eine Ecke gequetscht, damit der Raum etwas größer erschien. Aber der Unterschied war kaum nennenswert. Elijah stellte das leere

30

Tablett auf dem wackligen Holztisch ab, klappte seine Zunderbüchse aus Blech auf und schlug Feuerstein und Schlageisen so lange zusammen, bis genug Funken das leicht brennbare Material aufglimmen ließen. Dann ließ er ein Schwefelhölzchen aufflammen und zündete damit eine Talgkerze an, bevor er den Zunder wieder erstickte. Mithilfe der Kerze brachte er ein paar Zweige auf dem Kaminrost zum Brennen, dann ging er zum Waschtisch, wo er sich Essensreste und Straßenschmutz von den Händen schrubbte. Da er keinen Spiegel besaß, konnte er sich nicht selbst betrachten. So wischte er sich nur ein paarmal übers Gesicht und trocknete sich an einem Tuch ab. Eine langwierige Prozedur für die späte Uhrzeit, aber sie gehörte zu Elijahs täglicher Routine.

Schließlich setzte er sich an den Tisch, fischte alle Münzen aus seinen Taschen und ließ sie auf die Holzplatte fallen. Matt starrten ihm die Kupfer- und Silbermünzen entgegen. Elijah holte tief Luft. Alles in allem war es mehr Geld, als er je an einem Abend verdient hatte, auch wenn zwei Drittel davon Almosen waren.

Elijah kratzte sich nachdenklich am Ohrläppchen. Sollte er sich dafür schämen, so viel Geld von einem Mädchen angenommen zu haben, das ihn zuvor gleich mehrmals beleidigt hatte? Andererseits … Stolz war etwas, was sich ein armer Junge wie er nicht leisten konnte. Mit diesem Geld könnte er gleich doppelt oder dreimal so viele Zutaten kaufen wie sonst. Wenn er weiterhin so viele Stunden bei seinem Nachbarn Charlie aushalf, um dessen Küche auch in Zukunft kostenlos benutzen zu dürfen, könnte er den unerwarteten Geldsegen gewinnbringend investieren. Und dann vielleicht genauso viel verdienen wie sein Onkel als tüchtiger Seemann.

Elijah schälte sich aus Jacke und Weste, hängte beides über die Stuhllehne, knotete sein Halstuch auf und legte es obendrauf. Anschließend setzte er sich aufs Bett, wobei er die klumpige Matratze ignorierte, und schleuderte seine Stiefel beiseite. Dann legte er sich auf den Rücken, die Hände unter dem Kopf verschränkt. Als das Gesicht der jungen Dame, die ihm das Geld gegeben hatte, vor seinem inneren Auge auftauchte, runzelte er die Stirn. Mit Frauen hatte Elijah noch nie Probleme gehabt, doch diese Helena Higgins, wie sie sich nannte, gehörte eindeutig zu den unhöflichsten, unverschämtesten Menschen, die ihm je untergekommen waren.

Zumindest war ihre hübsche Freundin – die mit den grünen Augen (und dem besseren Gespür für Empanadas) – so nett gewesen, Helena zu einer Entschuldigung zu nötigen. Aber dass es Helena Higgins gar nicht bewusst gewesen war, dass sie ihn beleidigt hatte, ärgerte Elijah nur umso mehr. Dennoch war ihm eine ihrer Aussagen den ganzen Abend nicht mehr aus dem Kopf gegangen – was sie alles aus ihm machen könnte, wenn sie es drauf anlegte. Wenn man tagein, tagaus gezwungen war, jeden Penny dreimal umzudrehen, klang die Aussicht, in Londons »König der Übersee-Teigtaschen« verwandelt zu werden, verflucht verlockend.

Elijah starrte zu den braun gesprenkelten Wasserflecken an der Decke hoch. Dabei waren die noch gar nichts im Vergleich zu dem schwarzen Schimmel, der sich um die Fensterzarge breitmachte, und dem mottenzerfressenen, fadenscheinigen Teppich am Boden. Den dünnen Wänden gelang es bei Nacht kaum, die Kälte in Schach zu halten, die durch alle Ritzen drang. Was hielt ihn überhaupt noch hier? Sein Onkel war auf See und würde vermutlich frühestens in sechs Monaten wiederkommen. Es war sehr freundlich von ihm gewesen, Elijah in seinem Zimmer aufzunehmen und ihm genug Mietgeld zu hinterlassen, dass es ihm bis zur Rückkehr seines Onkels von den Westindischen Inseln das Dach über dem Kopf sicherte. Aber Elijah musste ja auch noch etwas essen. Außerdem neigten Seefahrten dazu, länger zu dauern als erwartet, und er hatte sowieso nicht vor, seinem Onkel bis in alle Ewigkeit auf der Tasche zu liegen; das fühlte sich einfach nicht richtig an.

Das Mädchen hatte behauptet, es könnte ihn im Handumdrehen in einen Kochkünstler verwandeln. Elijah verscheuchte den Gedanken. Das war doch Wahnsinn! Welcher junge Mann würde sich auf einen solchen Vorschlag einer Lady einlassen? Höchstens einer, wie Elijah nie einer werden wollte. Ganz abgesehen davon glaubte er ohnehin nicht, dass sie das Angebot ernst gemeint hatte. Andererseits hatte er es aus eigener Kraft auch schon viel weiter geschafft, als ein Junge wie er es in den Augen der Gesellschaft überhaupt sollte.

Helena Higgins hatte gesagt, dass er es mit ein bisschen Förderung sehr weit bringen könnte. Und wer würde sich anmaßen können zu behaupten, dass eine so hochwohlgeborenene Kulinarikerin unrecht hatte? Elijah, ein kleiner Möchtegern-Koch, jedenfalls nicht.

Ein Klopfen an der Tür riss ihn aus seinen Gedanken. »Bist du noch wach, Schätzchen?«, drang die Stimme seiner Vermieterin zu ihm.

Elijah schloss die Augen. Es war bestimmt schon nach ein Uhr nachts und er musste am nächsten Morgen in aller Herrgottsfrühe aufstehen, um Charlie beim Backen zu helfen. Obwohl … Jetzt, mit dem unerwarteten Geldsegen, könnte er Charlie vielleicht doch ausnahmsweise mal bezahlen, statt für die Küchennutzung zu schuften …

»Komme schon, Mrs Willet«, sagte Elijah und schwang die Beine über die Bettkante. Er öffnete die Tür, jedoch nicht so weit, dass sie es als Einladung zum Hereinkommen missverstehen könnte, und rang sich ein Lächeln ab.

Mrs Willets Doppelkinn wabbelte, als sie den Blick zu Elijahs Brust senkte, die ohne sein Tuch recht nackt aussah.

Er verkniff sich ein Lachen. »Die Miete ist doch erst in zwei Wochen fällig, Mrs Willet.«

Schnaubend winkte die Vermieterin ab. »Aber 'Lijah, Schätzchen, ich weiß doch, dass dein Onkel und du nie eine Miete schuldig bleibt. Nein, ich wollte nur nachschauen, ob bei dir alles in Ordnung ist. Wir haben dich bestimmt schon seit 'ner Woche nicht mehr gesehen. Lucy hat schon nach dir gefragt.«

Lucy Willet war seit Monaten hinter Elijah her – seit dem Tag, als er sie zufällig auf dem Markt getroffen und nach Hause begleitet hatte. Aber da sie ja im selben Haus wohnten, war er nicht auf den Gedanken gekommen, dass sie sich deswegen irgendwelche Hoffnungen machen würde. »Ich war ziemlich beschäftigt, Mrs Willet. Zukunftspläne schmieden und so.«

»Sicher, sicher. So ein junger Bursche wie du kann gar nichts Besseres machen, als seine *Zukunft* zu planen. Das würde meine Lucy bestimmt genauso sehen. Denk dran, du bist bei uns jederzeit auf 'ne Tasse Tee willkommen.« Sie zwinkerte ihm zu.

Elijah schluckte trocken. Er hatte nun wahrlich nicht andeuten wollen, dass seine Zukunftspläne irgendwas mit Heiraten oder Lucy zu tun hatten! Nichts gegen Lucy selbst, aber es gab nur Eines, was noch übler war als das kupplerische Gesäusel ihrer Mutter – nämlich deren Vorliebe für billigen Tee aus Indien. Lieber trank er gar keinen Tee als diese wässrige Brackplörre. »Sehr nett von Ihnen, Mrs Willet. Wenn Sie mich jetzt entschuldigen würden, ich muss 'ne Mütze Schlaf abbekommen.«

Sie grinste ihn so breit an, dass er die dunkle Lücke sehen konnte, wo ein Backenzahn hätte sein sollen. »Immer mit dem Kopf bei der Arbeit, was? Ein ehrgeiziger junger Mann biste. Na dann geh mal schön ins Bett. Aber scheu dich nicht, mal hochzukommen, ja?«

»Natürlich nicht, Mrs Willet.«

Die Vermieterin drehte sich noch einmal um. »Ich richte Lucy Grüße von dir aus«, sagte sie über die Schulter.

»Gute Nacht, Mrs Willet.« Elijah schloss die Tür hinter ihr. Dann sah er sich seufzend im Zimmer um, zerrte seine Umhängetasche unter dem Bett hervor und begann, all seine Habseligkeiten hineinzustopfen.

Im Herzen der Stadt

Am nächsten Tag stand Helena in ihrem Haus am Cavendish Square Nummer 9 im Esszimmer und deutete mit beiden Händen auf den Tisch. Zwar war dieser mit nur zwei Platztellern und drei beladenen Esstellern eingedeckt, doch Helena tat gerne so, als hätte sie eine üppige Tafel vor sich, auch wenn dem nicht so war. Auf diese Art konnte sie selbst dem Alltag, der in ihren Augen viel zu oft mit Banalitäten ausgefüllt war, etwas abgewinnen. Ihre Zukunft als hochanerkannte Kulinarikerin würde dagegen zweifellos alles andere als gewöhnlich aussehen. Bevor sie dieses faszinierende neue Leben jedoch beginnen konnte, musste sie noch das letzte Semester absolvieren – was sie jedes Mal schrecklich ärgerte, wenn sie daran dachte.

»Also, Penelope, vor dir stehen drei verschiedene Varianten von Jägerschnitzel. Wie du vielleicht weißt – oder vielleicht auch nicht –, herrschen in deutschen Landen die unterschiedlichsten Meinungen darüber, wie man dieses Gericht richtig zubereitet.«

Penelope zog eine ihrer sanft geschwungenen Augenbrauen in die Höhe. »Ich mag keine Expertin auf dem Gebiet kontinentaleuropäischer Küche sein, aber ja, von dieser Debatte habe ich schon gehört. Du hattest sie in einem deiner Briefe erwähnt.«

Daran konnte sich Helena nicht erinnern, da sie ihrer Freundin während deren Auslandsaufenthalt sehr oft geschrieben hatte. Es war also gut möglich, dass sie es in einer ihrer unzähligen Nachrichten schon einmal erwähnt hatte. »In der Tat.«

»Und das Jägerschnitzel hat etwas mit deinem Abschlussprojekt zu tun?«, fragte Penelope.

Im vierten Studienjahr musste jede Schülerin der Royalen Akademie ein eigenständiges Projekt erarbeiten und erfolgreich vollenden, um als Expertin der Kulinarik zertifiziert zu werden. Deswegen verbrachte der Abschlussjahrgang das Herbstsemester zumeist unter akademischer Betreuung. Oder – wie in Penelopes Fall – auf Auslandsreise, um sich dort der Recherchearbeit zu widmen. Im darauffolgenden Frühlingssemester mussten die Studentinnen ihr Projekt dann ausarbeiten und fertigstellen, um es am Ende ihrer Schulleiterin zu präsentieren. Erfahrungsgemäß bekamen die Absolventinnen mit den ausgefallensten Projekten nach dem Abschluss die besten Stellenangebote. Aus diesem Grund hatte Helena sich natürlich vorgenommen, das innovativste Projekt abzuliefern, das die Royale Akademie je gesehen hatte.

»Ich erwäge es. Zumindest könnte das Gericht im ersten

Teil meines Projekts eine Rolle spielen. Ich kann nur hoffen, dass dein magerer Kenntnisstand das Experiment nicht beeinträchtigt. Aber wenn du schon einmal hier bist, kannst du auch versuchen, so viel wie möglich herauszuschmecken.«

Penelope nickte, sodass ihre mittelbraunen Locken, die ihr Gesicht umrahmten, munter auf und ab hüpften. »Ich soll also die Unterschiede feststellen, ja?«

»Ja, natürlich. Darüber hinaus sollst du allerdings auch entscheiden, welche Variante die authentischste ist, also richtig traditionell deutsch.« Helena riss vor Aufregung die Augen weit auf.

Penelope setzte sich an den Tisch und nahm das silberne Besteck in die Hand, das neben dem ersten Teller lag. »Grundsätzlich würde ich sagen, dass jede Variante, die original aus dem deutschsprachigen Bereich kommt, authentisch ist.«

Helena nahm ihr gegenüber am Tisch Platz. »Keineswegs! Übrigens habe ich alle drei Gerichte selbst zubereitet.«

Penelope neigte den Kopf zur Seite. »Dann sind es also alles *deine* Interpretationen eines Jägerschnitzels?«

»Mindestens *eine* davon ist meine eigene Interpretation. Eine andere ist eine authentische Variante – jedenfalls so authentisch, wie ich es mit den in London erhältlichen Zutaten bewerkstelligen konnte. Und du musst nun herausschmecken, worum es sich bei welcher handelt.« Helena konnte sich das Lächeln nicht verkneifen.

»Na gut.« Damit widmete Penelope sich dem ersten Teller. Diese Variante bestand aus Wildfleisch, das ganz dünn geklopft, in Mehl gewälzt und in einer gebutterten Pfanne ausgebacken worden war.

Helena hatte entschieden, bei allen drei Gerichten Pfifferlinge und Champignons mit in die Soße zu geben, da diese für Penelope am leichtesten zu identifizieren waren. Davon abgesehen wiesen die Soßen jedoch subtile Unterschiede auf.

Penelope nahm einen Bissen vom Wild und schob sich dann mit dem Messer etwas Pilzsoße auf die Gabel. »Das Fleisch passt gut zu den Pfifferlingen, aber ich schmecke auf Anhieb mindestens zwölf Abweichungen vom Grundrezept. Der Zitronenthymian und der …«, Penelope leckte sich über die Lippen, »… Safran stechen besonders stark hervor.«

Helena nickte. Dabei hatte sie den Zitronenthymian für einen ziemlich cleveren Einfall gehalten, weil er viel weniger kräftig schmeckte als englischer Thymian und häufig von stärkeren Gewürzen überdeckt wurde. Andererseits wäre sie auch enttäuscht gewesen, wenn ihrer Freundin diese Änderung entgangen wäre.

Penelope wandte sich dem nächsten Teller zu. »Wildschwein, im eigenen Schmalz gebraten, nehme ich an? Diesmal ohne Mehl ausgebacken. Die gleichen Pilze in der Soße, aber hier ist auch etwas Schweinebauch dabei, der die Pilze und das Wildschweinfleisch wunderbar ergänzt. Ich meine auch einen Hauch fruchtigen Wein herauszuschmecken, der wahrscheinlich aus dem Rheinland stammt. Könnte allerdings auch ein französischer sein.«

Helenas Lächeln war undurchdringlich.

Penelope wechselte zum letzten Teller. »Schnitzel vom

Hausschwein, wenn auch ziemlich kräftig im Geschmack.« Sie probierte von der Pilzsoße, runzelte die Stirn und probierte erneut.

Helena biss sich auf die Lippen, um nicht zu grinsen.

»Diesmal ist Rotwein in der Soße«, sagte Penelope schließlich. »Aber ich schmecke noch etwas anderes heraus, das ich für nicht traditionell halte. Ehrlich gesagt ist der Geschmack ziemlich … verwaschen.« Sie ging zum zweiten Teller zurück und nahm ein weiteres Stück vom Wildschwein. »Ich bezweifle, dass der Wein aus Deutschland stammt. Wobei du ja mit den hier erhältlichen Zutaten klarkommen musstest, daher weiß ich nicht, ob sich das auf mein Urteil auswirkt. Angesichts des uneindeutigen Geschmacks beim dritten Gericht denke ich jedenfalls, dass du darin irgendeine Zutat gemischt hast, um andere zu verschleiern.«

Helena hob eine Augenbraue, blieb aber ansonsten äußerlich ungerührt. Doch innerlich freute sie sich ungemein.

Penelope tupfte sich mit der Serviette die Mundwinkel ab. »Unter Einbeziehung aller Faktoren würde ich sagen, dass Teller Nummer zwei die authentischste Variante ist.«

»Tja, da irrst du dich«, verkündete Helena, stand auf und deutete auf den dritten Teller. »Der *verwaschene* Geschmack ist in Wirklichkeit *genau* dem traditionellen Rezept geschuldet! Das liegt an zu viel Mehl und zu viel Butter in der Soße.«

»Oh«, sagte Penelope. »Und du hast wirklich keine geheime Zutat hinzugefügt?«

»Nein. Allerdings wäre das tatsächlich ein Leichtes gewesen. Wie du siehst, habe ich die Soße mit meiner eigenen Interpretation entscheidend verbessert.« Sie zeigte stolz auf den mittleren Teller.

»Ja, deine Variante ist eindeutig die beste. Was wieder einmal beweist, dass man mit der richtigen Technik den besten, pursten Geschmack erreichen kann. Wirst du dieses für dein Projekt einreichen?«

Helena schüttelte den Kopf. »Etwas so Triviales gebe ich doch nicht ab!«

»Soweit ich sehen kann, wäre das aber eine sehr logische Schlussfolgerung aus dem Experiment. Und ich könnte mir vorstellen, dass Lady Rutland mir da zustimmen würde.«

Die Schulleiterin musste jedes Projekt absegnen, bevor die Studentinnen sich ernsthaft der Recherchearbeit widmen konnten. Auch Penelopes Reise nach Amerika hatte sie vorher bewilligen müssen. Und sie hatte Helena geholfen, Kontakte zu königlichen Kreisen zu knüpfen.

Mit geschürzten Lippen begann Helena, im Zimmer auf und ab zu gehen.

»Was ist mit dem Wein in deiner Abwandlung?«, fragte Penelope.

»Ein Riesling aus dem Elsass, etwas Besseres hatte mein Lieferant an dem Tag leider nicht im Angebot. Er hat es sogar gewagt, meinen Wunsch nach einem Wein aus Deutschland infrage zu stellen. Kannst du dir das vorstellen? Er behauptete, hierzulande gäbe es keinen Bedarf an solchen Weinen.« Helena verdrehte die Augen.

Da Penelope auf ihrer Reise durch Amerika nie deutsche, aber dafür viele französische und spanische Weine zu Gesicht bekommen hatte, zuckte sie die Schultern. »Vielleicht hat er recht, Helena.«

Ihre Freundin wirbelte schnaubend zu ihr herum. »Der Mann hat den Gaumen eines Trampeltiers! Und die Kundschaft auch, sollte es tatsächlich zutreffen, dass niemand hierzulande deutsche Weine trinkt. Eines sag ich dir, Pen, dieses Land ist voll von Ignoranten, die im wahrsten Sinne des Wortes nicht über den Tellerrand ihrer Insel schauen wollen und England für den Mittelpunkt der Welt halten.«

Das war schon seit ihrem Studienbeginn an der Royalen Akademie Penelopes Eindruck gewesen, aber sie hatte bisher nicht gewusst, dass Helena ebenso dachte. Sie stand auf. »Vielleicht solltest du mich auf meiner nächsten Expedition begleiten. Nach dem Abschluss möchte ich wieder zu meinen Eltern stoßen. Wir wollen über den Pazifik segeln …«

»Ich überlege es mir. Allerdings fürchte ich, das Klima wäre nichts für mich. Und ich kann Seereisen nicht ausstehen. Außerdem werde ich nach dem Abschluss hier viel zu tun haben. Ich kann nicht glauben, dass du darauf verzichten willst, deiner Berufung nachzugehen. Du könntest zum Beispiel die Königin und den Adel in kulinarischer Hinsicht beraten. Aber nein, lieber ziehst du mit deinen Eltern durch ferne Lande.«

Penelopes Vater hatte ihre Mutter während einer Handelsreise durch den Südpazifik kennengelernt. Sie hatten sich verliebt und recht schnell geheiratet. Doch weder seine noch ihre Familie hatten die Eheschließung akzeptiert. Als Penelope ein Baby gewesen war, waren sie dennoch nach Europa zurückgekehrt. Dort hatten sie aber schnell festgestellt, dass das Leben außerhalb Englands – fern von britischen Vorurteilen – wesentlich angenehmer war. Sobald Penelope alt genug gewesen war, um ihre langersehnte Ausbildung als Kulinarikerin zu beginnen, wollten ihre Eltern ihrem Traum nicht im Wege stehen. Daher hatten sie sich entschieden, selbst im Ausland zu bleiben. Trotz der Gewissheit, dass ihre Eltern das alles nur für sie taten, vermisste Penelope sie schrecklich. Aus diesem Grund hielt eben genau die Aussicht, mit den beiden in den Sommerferien »durch ferne Lande zu ziehen«, sie während der Studienjahre aufrecht.

Wie der Zufall es wollte, hatte Penelope recht helle Haut und mittelbraunes Haar von der Farbe getränkter Teeblätter. Damit war es mehrere Nuancen heller als das tiefe Dunkelbraun der Haare ihrer Mutter. Ihre Wellen hatte Penelope von ihrem Vater geerbt und ihre Augenfarbe lag genau in der Mitte zwischen seinem Haselnussbraun und dem Beinahe-Schwarz ihrer Mutter. Wegen dieses Erscheinungsbildes hielten die meisten sie für ein gewöhnliches englisches Mädchen, das auf die Royale Akademie der Kulinarik ging. Einzig die fast unmerklich schräg stehenden Augen waren ein Hinweis auf ihre Herkunft und das auch nur für diejenigen, die wussten, wonach sie suchen mussten.

Es hatte gut zwei Jahre gedauert, bis Penelope mit ihrer Freundin Helena über die Heimat ihrer Mutter gesprochen hatte. Anlass war eine nebenbei fallen gelassene Bemerkung von Helena gewesen, die sich in einem Kurs über den weltweiten Einkauf von Zutaten gedankenlos über »diese primitiven kleinen Inseln im Pazifischen Ozean« geäußert hatte. Nachdem Penelope ihr die Geschichte ihrer Eltern erzählt hatte, war Helena tief betroffen gewesen und hatte wortreich zu erklären versucht, sie habe es keineswegs als Beleidigung gemeint. Doch ihre jetzige Bemerkung gab Penelope erneut zu denken – hatte sich Helena je wieder Gedanken über die Herkunft ihrer Freundin gemacht oder war es ihr inzwischen völlig entfallen?

»Erst letzte Woche hat Königin Charlotte mir einen eiligen Auftrag erteilt«, fuhr Helena fort. »Ich sollte ein Menü für Prinzessin Adelaide kreieren – zur Feier ihres sechzehnten Geburtstags. Eine weitere Gelegenheit, die du einfach verpasst hast, nur weil du nicht im Lande warst.«

Penelope zog die Augenbrauen hoch. »Ich dachte, Prinzessin Adelaide wäre nach dem Zwischenfall mit dem italienischen Schaumgebäck nicht mehr allzu gut auf dich zu sprechen?«

Helena zuckte mit den Schultern. »Ist sie auch nicht. Die dumme Gans könnte den Unterschied zwischen italienischem, französischem und schweizerischem Schaumgebäck nicht mal dann herausschmecken, wenn man es ihr ins Gesicht schmieren würde – was ich definitiv getan hätte, wenn die Königin und Lady Rutland nicht genau in jenem Augenblick aufgetaucht wären.«

Penelope hüstelte, um ein Lachen zu kaschieren. »Aber warum hat die Königin dich dann um Hilfe gebeten?«

»Ach, die Königin selbst hält große Stücke auf mich. Es ist ja allgemein bekannt, dass sie und die königliche Familie an der Kochkunst interessiert sind. Doch ehrlich gesagt war ich selbst überrascht darüber, *wie sehr* sie sich dafür begeistern. Pen, ich könnte mir vorstellen, dass Königin Charlotte gern selbst Kulinarikerin geworden wäre, wenn ihre royalen Pflichten dies zugelassen hätten.«

Penelope biss sich auf die Innenseite ihrer Wange. »Stell dir vor, du bist *die Königin* und darfst deiner Leidenschaft nicht nachgehen! Aber wahrscheinlich sind wir alle gewissen Einschränkungen unterworfen. Selbst die Königin von England.«

Helena schüttelte den Kopf. »Das sehe ich anders. Man kann alles werden, was man will. Man muss es nur genug wollen und alles dafür geben.«

Penelope lachte auf. »Selbst wenn du und ich von jetzt an bis ans Ende unserer Tage die Königin von England sein wollten und alles dafür gäben – erreichen würden wir das Ziel trotzdem nie.«

»Das ist auch etwas anderes. Den Thron *erbt* man«, sagte Helena und verdrehte die Augen. »Dennoch könnten wir, wenn wir wollten, Premierministerin werden. Ja, ich weiß, es hat noch nie eine Frau in diesem Amt gegeben. Andererseits hat es vor zwanzig Jahren auch noch keine Kulinarikerinnen gegeben und jetzt sieh uns nur an! Alles allein eine Frage der Zeit.«

»Der Punkt geht an dich«, gab Penelope zu. »Du musst allerdings zugeben, dass manche Leute von gesellschaftlichen Zwängen mehr eingeschränkt werden als andere.«

»Damit hast du zweifellos recht. Trotzdem behaupte ich,

dass es nicht in jedem Fall so sein muss. Aber zurück zum Thema ... Ich wollte dir von der Königin und der Prinzessin erzählen.«

Penelope winkte ab. »Ja, ja. Erzähl weiter.« Damit lehnte sie sich auf ihrem Stuhl zurück.

»Nach dem Erfolg von Prinzessin Adelaides Mittsommer-nachtsfeier – das Menü dafür hatte ich gezaubert und dabei Lady Rutlands Hilfe nur in minimalem Ausmaß in An-spruch genommen – bin ich mir sicher, dass die Königin gro-ße Stücke auf meine Kochkünste hält. Doch die dumme Gans hat der Königin mitgeteilt, sie würde das Essen für ihre Geburtstagsfeier lieber selbst zubereiten, als mich noch ein-mal zu beauftragen.«

Penelope war sich nicht sicher, ob es so schlau war, die Kronprinzessin eine *dumme Gans* zu nennen, beschloss aber, nichts zu sagen. Prinzessin Adelaide liebte Essen ebenso sehr wie ihre Mutter und genoss in der Tat den Ruf, über einen Freundeskreis aus ausgebildeten und Nachwuchskulinarike-rinnen und jungen Chefköchen zu verfügen. Allerdings schien keiner von ihnen jemals lange in ihrem inneren Kreis zu verbleiben. Ob es nun daran lag, dass viele von anderen europäischen Adeligen als Berater abgeworben wurden, dar-an, dass sie dank der Nähe zur Prinzessin zu vorteilhaften Eheschließungen gelangten, oder woran auch immer – nie-mand, oder womöglich allein Prinzessin Adelaide, kannte die Gründe dafür.

Helena ging ans andere Ende der Tafel. »Aber dann ist letzte Woche der königliche Sekretär hier am Cavendish

Square aufgetaucht, und zwar gleich dreimal. Wohl in der Hoffnung, mich auf wundersame Weise anzutreffen. Ich vermute, der Druck ist am Ende doch zu groß für sie geworden.« Helena stieß einen Seufzer aus. »Doch überrascht hat mich das nicht. Die dumme Gans denkt, sie würde über ebenso viel Expertise verfügen wie eine Kulinarikerin, auch ohne die Ausbildung. Das kommt wohl davon, wenn man von so vielen Köchen umgeben ist, die einen von oben bis unten umschmeicheln, da sie mehr an der Auszahlung ihres Honorars interessiert sind als daran, ihr die Wahrheit zu sagen.«

Penelope verzichtete auf den Einwand, dass die meisten Köche auf ihren Lohn angewiesen waren. An der Akademie hatten sie in einem Buchführungskurs gelernt, wie wichtig das Gleichgewicht zwischen den eigenen kulinarischen Prinzipien und dem Erfüllen der Kundenwünsche war. Dies war einer der wenigen Kurse gewesen, in denen Penelope ihrer Freundin den Rang als Klassenbeste abgelaufen hatte. »Du warst also nicht zu Hause, als er kam?«

»Oh nein, letzte Woche war ich in Bristol. Lady Rutland hatte mich dorthin beordert, damit ich beim Offiziersbankett und dem Neujahrsball der Marine aushelfe. Wirklich schade, dass du nicht dabei sein konntest, Pen.« Helena streckte den Rücken durch und zeichnete das Bild ihres Einsatzes mit großen Gesten in die Luft. »Stell es dir bitte vor: riesige Fische, auf den Grad genau bis zu perfekter Zartheit angebraten, die Schuppen durch Blattgold ersetzt. Das Ganze auf einem Bett aus Kartoffelscheibchen, die in Entenfett ausgebacken wurden, und dazu ein Salat aus seidigem Seetang. Zum Dessert meterhohe Skulpturen aus tropischen Früchten und mit von der Seefahrt inspirierten Motiven. So etwas hatten die dort noch nie gesehen.«

»Das klingt wirklich beeindruckend. Und Lady Rutland hat dich nicht begleitet?« Lady Rutland war eine der ersten und meistgefeierten Kulinarikerinnen Großbritanniens. Seit sie jedoch einige Jahre zuvor zur Leiterin der Royalen Akademie geworden war, übernahm sie nur noch während der Sommer- oder Winterferien die Aufsicht einzelner Studentinnen. Wobei nur den besten und herausragendsten diese Ehre zuteilwurde.

»Sie war an den ersten beiden Tagen dabei, wurde dann aber zu einem Herzog an den Hof abberufen. Ich habe ihre Pläne ausgeführt und gegen Ende der Woche ist sie noch einmal zurückgekehrt, um das Bankett zu überwachen. Ihre Zeit ist so knapp bemessen wie der Safran in englischen Vorratskammern.«

»Umso netter von ihr, dir bei dem Auftrag zu helfen. Ich könnte mir vorstellen, dass der Lohn, den die Marine zahlt, nur ein Bruchteil ist verglichen mit dem der Herzogin von Marlborough oder gar dem des Königshofs.«

Helena lachte. »Da hast du sicher recht, doch ich glaube nicht, dass Lady Rutland sich überhaupt um die Honorare schert. Sie möchte nur, dass das Essen so großartig wie möglich wird. Dafür bewundere ich sie sehr. Ihr Bestreben, es immer allen recht machen zu wollen, kann ich hingegen nicht nachvollziehen. Ich hatte geglaubt, im Vergleich zu den Eigenarten der Adelshäuser, die ich bisher kennenlernen durfte, würde mich der Pragmatismus der Marine faszinieren. Stattdessen musste ich feststellen, dass diese eine ganz andere Art von Marotten an den Tag legt. Lady Rutland hat sich größte Mühe gegeben, auf all ihre Forderungen einzugehen. Sie hat auf deren Wunsch hin sogar einige ihrer Ideen abgewandelt, obwohl sie wusste, dass es falsch war. Ich weiß nicht, ob *ich* so tolerant sein könnte, wenn Kunden sich nicht an die richtigen … also …«, sie räusperte sich, »ich meine, an meine Vorschläge halten. Und ich sie nicht davon überzeugen kann.«

Penelope ging höflich über den Ausrutscher hinweg. »Wie bei der Prinzessin?«

Helena lachte auf. »Ich glaube eher, sie hat sich bei der Planung gelangweilt. Die hat wirklich die Aufmerksamkeitsspanne eines Wasservogels. Deswegen nenne ich sie auch *dumme Gans*, wie du sicher bemerkt hast.«

Penelope schüttelte den Kopf. »Du solltest besser deine Zunge hüten, Helena. Immerhin ist sie die zukünftige Königin.«

»Ach, in Gegenwart anderer nenne ich sie natürlich nicht so«, erwiderte ihre Freundin mit einer abfälligen Handbewegung.

»Also, dann richtest du tatsächlich ihre Feier aus?«

Helena seufzte. »Da ich in Bristol war, mussten sie jemand anderen finden. Und aus unerfindlichen Gründen hat Lady Rutland ihnen ausgerechnet Mabel Pilkington empfohlen!«

»Mabel?« Penelope blinzelte verblüfft. »Ehrlich gesagt hat es mich schon gewundert, dass sie im letzten Frühjahr die Prüfungen bestanden hat. Am Tag vor dem Weinkunde-Test konnte sie ihren Zuckermesser nicht finden und wollte mich überreden, ihr meinen zu geben.«

Helena verzog das Gesicht, stand auf und ging auf die andere Seite des Tisches. »Und wie hättest *du* den Test dann ohne Zuckermesser bestehen sollen?«

»Sie meinte, ich sei ohnehin so gut in Weinkunde, dass ich ihn gar nicht bräuchte.«

»Ignorantin! Ich kann mir Lady Rutlands Empfehlung letzte Woche nur so erklären, dass Mabel die einzige verfügbare Studentin in der Stadt war. Grundgütiger, wenn Prinzessin Adelaide mich schon nicht leiden konnte, was wird sie erst von Mabel halten?«

Penelope schüttelte den Kopf. »Die arme Prinzessin.«

Helena pflückte einen Pilz vom Teller und steckte ihn sich in den Mund. »Geschieht der dummen Gans recht. Mabel hätte den Zitronenthymian, den du im ersten Gericht entdeckt hast, bestimmt für Rosmarin gehalten. Als Speichelleckerin wird sie der Prinzessin bestimmt trotzdem gefallen. Sie wird Mabels unterdurchschnittliche Fähigkeiten nicht einmal als solche erkennen. Die tun mir beide kein bisschen leid.«

»Gibt es dir eigentlich überhaupt nicht zu denken, dass ich deine einzige Freundin bin, Helena?«, fragte Penelope mit einem durchdringenden Blick.

»Nicht im Geringsten«, antwortete Helena schulterzuckend. »Du bist die Einzige an der Akademie, die nicht auf meine Fähigkeiten eifersüchtig ist. Ist doch klar, dass wir da Freundinnen sind.«

Penelope seufzte.

»Es ist wirklich schön, dass du hier bist, Pen«, fuhr Helena fort. »Ich hatte fast schon vergessen, wie viel Spaß es macht, dich herauszufordern.« Nachdenklich tippte sie sich ans Kinn und sah wieder die große Tafel entlang. »Aber ich weiß nicht, ob du recht hast im Hinblick darauf, was Lady Rutland zum Jägerschnitzel sagen würde. So ein Gericht ist wirklich viel zu banal. Mein Projekt muss etwas Bedeutsames werden; etwas, das unser aller Wahrnehmung von Essen und Gesellschaft verändert. Und natürlich –«

»Bitte um Verzeihung, Lady Helena, da ist ein junger Mann, der Sie sprechen möchte.«

Helena wandte sich Pierce zu, dem Butler der Familie, der auf der Türschwelle zum Speisezimmer stand. Überrascht blinzelte sie – wie schaffte er es nur immer wieder, so lautlos und wie aus dem Nichts aufzutauchen?

In Wahrheit hatte Pierce schon eine ganze Weile dort gestanden und darauf gewartet, dass Helena Luft holte. Erst als sich dies als aussichtslos herausstellte, hatte er es gewagt, ihre Unterhaltung zu unterbrechen.

»Was für ein junger Mann?«, fragte Helena. »Wir erwarten keinen jungen Mann, oder, Penelope?«

Penelope schüttelte den Kopf. »Nicht dass ich wüsste.«

»Sehen Sie, Pierce? Wir erwarten niemanden.«

»Er sagt, er wolle Sie in beruflicher Sache sprechen, Lady Helena. Ich hätte ihn eigentlich gleich weggeschickt, aber da Sie sich doch öfter mit den seltsamsten Gestalten treffen …«, wandte der Butler ein.

»Ist er ein Gentleman?«

Pierce räusperte sich. »Seiner Bekleidung nach zu urteilen würde ich eher sagen, nein. Aber er duftet leicht nach Brot, deswegen würde ich vermuten, er könnte Bäcker oder etwas Ähnliches sein.«

»Ah, interessant! Weißt du, Pen, Bäcker haben oft einen hervorragenden Gaumen und können zum Beispiel die unterschiedlichsten Sorten Hefe unterscheiden, ohne ihre Namen überhaupt zu kennen. Es wäre doch witzig herauszufinden, inwiefern der Geschmackssinn dieses jungen Mannes mit dem deinen mithalten kann.«

Penelope riss den Mund auf, um zu protestieren.

»Es wäre nur ein Experiment«, fuhr Helena fort. »Wäre schließlich schade, diese Jägerschnitzel verkommen zu lassen. Und ich gebe zu, ich bin auch neugierig zu erfahren, welchem Gewerbe er wirklich nachgeht.«

Penelope legte den Kopf schief. »Wenn du meinst ... Aber das nächste Experiment lege dann ich fest! Ich hatte ohnehin schon überlegt, eine Black-Mole-Soße zu kochen und zu schauen, wie viele der insgesamt dreißig Zutaten du herausschmecken kannst.«

Helena neigte auf königlich-anmutige Art den Kopf. »Die Herausforderung nehme ich mehr als gerne an. Wir können nach dem Treffen mit diesem jungen Mann gleich zum Markt gehen.«

»Nein, da gehe ich allein hin. Ich wusste vor deiner Verkostung schließlich auch nicht, *was* du eingekauft hast. Das wäre sonst ungerecht.«

»Na schön, dann gehst du eben *allein*. Bringen Sie den jungen Mann herein, Pierce.«

Der Butler nickte. »Sehr wohl, Lady Helena«, sagte er in einem Ton, der durchblicken ließ, dass er davon wenig begeistert war.

»Holst du dir öfter Leute von der Straße für Verkostungen ins Haus?«, fragte Penelope ihre Freundin.

»Für gewöhnlich nicht. Aber ich nutze schon gern jede Gelegenheit, mir Inspiration für mein Projekt zu holen. Schließlich soll es die großartigste Abschlussarbeit werden, die die Akademie je gesehen hat. Die Jägerschnitzel-Idee stammte auch von einer deutschen Einwanderin, die ich zufällig in der Oxford Street getroffen habe, und –«

»Der junge Mann ist hier, Lady Helena«, verkündete Pierce.

Helena drehte sich zur Tür. Neben ihr keuchte Penelope überrascht auf. Vor dem Butler stand ein junger Mann, dessen strubbelige Locken sich wie ein Wischmopp über seiner Stirn auftürmten. Er war etwas größer als Pierce, lief jedoch gebückt, als wolle er sich kleiner machen. »Du!«, rief Helena aus, als sie ihn erkannte. »Du bist doch der Junge von gestern Abend! Was machst du hier?«

Der Besucher streckte den Rücken durch. »Also … ich …«

»Spuck's schon aus, Junge!«, drängte Pierce mit einem finsteren Blick.

Stirnrunzelnd machte der junge Mann einen Schritt nach vorn. »Was Sie gestern gesagt haben … Hab drüber nachgedacht.«

»Tatsächlich?«, sagte Helena. »Und jetzt kommst du hierher, um uns erneut mitzuteilen, dass deine salvadorianischen … nein, Verzeihung, peruanischen Teigtaschen der Stolz von London sind?«

»Ähm …«, setzte Penelope an, um Helena wieder einmal zu korrigieren. Doch war es die Mühe überhaupt wert?

»Ich will weder meine Rezepte verraten, noch werd ich mich Ihnen zu Füßen werfen«, sagte der junge Mann. »Ich will einen Handel mit Ihnen eingehen.«

Pierce räusperte sich empört. »Also wirklich! Lady Helena hat es nicht nötig –«

Helena hielt Ruhe gebietend eine Hand hoch. »Was für einen Handel?«

»Na, geht doch«, sagte der Junge. Da bemerkte er Penelope, woraufhin er sich an den Rand seiner schmuddeligen Mütze tippte und den Kopf neigte. »Tag, Miss.«

Es entging Helena nicht, dass sie selbst keine solch freundliche Begrüßung erhalten hatte, und sie runzelte die Stirn.

»Guten Tag, Mr …?«, erwiderte Penelope und wartete darauf, dass der Besucher seinen Namen nannte.

»Little. Elijah Little.«

Penelope nickte ihm zu. »Schön, Sie wiederzusehen, Mr Little. Verraten Sie uns doch, was Sie … also … was für einen Handel Sie Lady Helena unterbreiten möchten.«

»Ja, bitte, setz dich«, sagte ihre Freundin und deutete auf einen Stuhl. »Wir sind ganz Ohr.«

Elijah schaute zu den Esszimmerstühlen, nahm aber nicht Platz.

»Tu, was man dir sagt, Junge«, drängte Pierce aus dem Hintergrund.

»Jetzt hören Sie mal zu«, sagte Elijah und wirbelte zu dem Butler herum. »Ich bin nich' hergekommen, um mich von euch rumkommandieren zu lassen. Ich setz mich hin, wenn *ich* es will, und keine Sekunde früher.«

»Mr Little«, schaltete sich Penelope ein und zeigte auf den Stuhl ihr gegenüber. »Vielleicht möchten Sie Ihren Beinen ein bisschen Erholung gönnen?«

Elijah sah sie an, dann nickte er. »Danke, mach ich gern, Miss.« Mit einem schiefen, aber – wie selbst Helena zugeben musste – durchaus attraktiven Lächeln setzte er sich auf den Stuhl.

Helena verdrehte die Augen und nahm dann schließlich selbst auf dem Sitz neben Penelope Platz. »Also?«

Elijah kniff die Augen zusammen. »Sie sind schon nich' ohne ... Aber immerhin haben Sie angeboten, mir Unterricht zu geben. Und deshalb bin ich hier: um Ihr Angebot anzunehmen. Und ich zahl sogar dafür, also bilden Sie sich bloß nix drauf ein, ja? Ich will keine Almosen.«

Helena blinzelte erstaunt. »Ich habe dir Unterricht angeboten?«

»Ja, gestern Abend. Sie haben gesagt, Sie könnten aus mir einen richtigen Koch machen. Also, hier bin ich. Und ich will den Unterricht nich' umsonst, wie gesagt.« Er zog sein Hosenbein hoch und legte den einen Fußknöchel aufs andere Knie.

Schweigen senkte sich über den Raum. Niemand sagte ein

Wort. Stattdessen starrten Helena, Penelope und Pierce den schmuddeligen jungen Mann an, der so selbstverständlich hier saß und ihnen die Stirn bot. Bis Penelope in lautes Gelächter ausbrach. Verblüfft wandten die anderen sich ihr zu. Penelope konnte gar nicht mehr aufhören zu lachen.

»Was findest du denn daran so lustig?«, fragte Helena.

»Dich! Dich finde ich so lustig«, erwiderte ihre Freundin. »Du hast ihm das gestern wirklich angeboten.«

»Ich versteh nich', was es zu lachen gibt«, sagte Elijah mit einem Stirnrunzeln. »Ich bin nich' hier, damit man sich über mich lustig macht. Wenn Sie mich beleidigen wollen, kann ich auch gleich wieder gehen.«

»Siehst du, Pen, du beleidigst den jungen Mann. Also hör jetzt bitte auf.«

Penelope riss sich zusammen. »Es tut mir leid, Mr Little. Es war keineswegs meine Absicht, mich über Sie lustig zu machen.«

Er nickte kurz, schaute sie aber weiterhin finster an.

Penelope beugte sich zu ihm vor. »Es ist nur so … Gentlemen werden nicht fürs Kochen bezahlt. Wenn sie gut kochen können, werden sie natürlich dafür bewundert und es erhöht ihre Chancen auf dem Heiratsmarkt. Allerdings können sie ihre kulinarischen Fähigkeiten nicht dazu verwenden, ihren Lebensunterhalt damit zu verdienen, so wie Sie es derzeit tun.«

»Das weiß ich selber, Miss. Ich will ja auch kein Gentleman sein. Ich will nur genug lernen, dass ich in einem Lokal arbeiten und irgendwann meine eigene Bäckerei eröffnen kann, komplett mit Ofen und allem Drum und Dran. Ich hab's satt, mich den ganzen Tag für meinen Nachbarn Charlie in seiner Bäckerei abzurackern und abends meine Teigtaschen zu verkaufen.«

»Na dann«, sagte Helena und sah zwischen ihm und Penelope hin und her. »Wie viel wolltest du mir denn für den … Unterricht anbieten?«

Elijah kramte in seinen Hosentaschen und warf dann zwei Handvoll Münzen auf den Tisch. »Das hier ist mein ganzer Besitz, mehr hab ich nich'. Das könnte ich für Unterkunft und Essen zahlen …«, er schob einige Silbermünzen über die Tischplatte, »… aber ich muss auch noch was behalten, um die Zutaten für meine Sachen zu kaufen.« Er zog ein paar Shilling wieder zu sich heran. »Den Rest geb ich gern für den Unterricht bei einer Beinahe-Kulinarikerin aus.«

Helena beugte sich über den Tisch, um die Münzen in Augenschein zu nehmen. »Grundgütiger, Pen! Wenn man bedenkt, wie bescheiden seine Einkünfte sein dürften, ist es unglaublich, wie viel er für meinen Unterricht zu zahlen bereit wäre! So ein schmeichelhaftes Honorar habe ich noch nie angeboten bekommen.«

»Du hast überhaupt noch nie ein Honorar angeboten bekommen«, wandte Penelope ein.

Helena warf ihr einen empörten Blick zu. »Falls du es nicht wissen solltest: Lady Rutland hat mir einen Zuschuss gewährt, der die Fahrtkosten nach Bristol und zurück gedeckt hat.«

Penelope nickte. »Nichts anderes hätte ich von ihr erwartet. Lady Rutland ist nicht nur die *erste*, sondern auch die höchst angesehene Kulinarikerin des Landes. Und sie ist ausgesprochen großzügig. Du hingegen bist noch *keine* Kulinarikerin.«

Helena winkte ab. »Aber sehr bald werde ich eine sein. Eines Tages werde ich sogar Lady Rutland übertreffen, und du auch. Schließlich ist sie doch genau deswegen Lehrerin geworden – um mit gutem Beispiel voranzugehen und viele Mädchen auszubilden, die später noch bessere Kulinarikerinnen werden als sie selbst.«

Penelope sah sie zweifelnd an. »Dann glaubst du also wirklich, du könntest Mr Little seinen Wunsch erfüllen und einen Bäcker mit eigenem Betrieb aus ihm machen? In gewisser Weise gehört dazu noch viel mehr als zu einer Ausbildung zum Chefkoch, finde ich.«

Helena stand auf. »Natürlich kann ich ihn zum Bäcker mit eigenem Betrieb machen! Ihn und jeden anderen Spitzbuben seiner Art!«

»Hey, ich lass mich nich' –«

»Weißt du, Helena …« Penelope stand ebenfalls auf und streckte Elijah besänftigend eine Hand hin. »Ich glaube, du hast gerade dein perfektes Abschlussprojekt gefunden. Es ist kompliziert genug, um zu beweisen, dass du wirklich so gut bist, wie du behauptest.« Als Helena nichts erwiderte, neigte sie ermunternd den Kopf. »Also?«

Helena strich sich übers Haar, obwohl jede Strähne perfekt lag. Schließlich breitete sich langsam ein Lächeln über ihrem Gesicht aus. »Pen, du hast wirklich eine ausgesprochen feine

Gabe, das Leben ein Stück aufregender zu machen.« Sie fuhr sich mit der Zunge über die Lippen und sah Elijah an. Dann schlug sie mit der Faust auf den Tisch. »Das ist perfekt! An so ein Abschlussprojekt hat sich auf der Akademie noch niemand gewagt. Wenn es uns gelingt, werde ich damit zur Legende! Und aus dem in Schlamm getretenen Windbeutel hier wird im Handumdrehen ein Starkoch. Wenn wir ihn erst generalgereinigt haben, sein Haar geschnitten, seine Grammatik verbessert und ihm ein paar grundlegende kulinarische Kenntnisse in den Schädel gepflanzt haben, wird er sich vor Verehrerinnen kaum noch retten können. Wer weiß, vielleicht heiratet er am Ende noch die Tochter eines Schiffseigners – oder die Cousine einer Herzogin!«

»So was will ich überhaupt nich'! Ich will einfach besser kochen und backen können«, protestierte Elijah. »Ich will nur das haben, wofür ich hergekommen bin, nich' den Käse aus'm Mond.«

Helena stemmte die Hände in die Hüften. »Was hast du denn bitte gegen Käse einzuwenden, wenn ich fragen darf?«

Er starrte sie an. »Einer wie ich sollte nich' vom Mond und den Sternen träumen, er kriegt's eh nich'. Das is' alles, was ich sagen wollte. Bin ja nich' ganz dumm.«

»Mit einer guten Ausbildung wirst du bald nicht nur vom Mond träumen, sondern von noch viel mehr, mein Junge.« Helena riss die Arme hoch. »Von der Venus oder dem Saturn oder –«

»Werd ich nich'.« Elijah stand auf, raffte seine Münzen zusammen und schaute Penelope an. »Ich hab's mir anders überlegt. Danke für Ihre Hilfe, Miss, aber das is' nix für mich. Ihre Freundin schwebt für meinen Geschmack zu weit oben.« Er ließ kurz seinen Zeigefinger in der Luft kreisen.

»Dann bin ich in deinen Augen also verrückt?«, prustete Helena. »Na fein, dann husch zurück in die Gosse mit dir. Viel Spaß mit deinen gerade mal mittelprächtigen peruanischen Teigtaschen!«

Elijah verzog das Gesicht und wandte sich zur Tür.

»Helena, jetzt sei doch vernünftig«, sagte Penelope und folgte ihrer Freundin ans andere Ende des Speisesaals. »Er hat doch gar nicht um eine Sonderbehandlung gebeten.«

»Ja, und genau das ist doch das Problem! Er will nur das Geringste haben und das macht mich rasend. Wenn er etwas Besseres erreichen möchte, muss er die erforderliche Ausbildung durchlaufen – sonst bleibt er auf ewig da, wo er jetzt ist.« Sie drehte sich zu Elijah um. »Lieber beim Altbewährten bleiben, als die Hand nach dem Mond auszustrecken und ins Leere zu greifen, was? Wer hoch fliegt, kann eben auch schnell abstürzen. Ist es nicht so, Mr Little?«

Elijah sah über die Schulter zu ihr zurück. Ein finsteres Stirnrunzeln überschattete seine Augen.

Helena funkelte ihn an. »Ich weiß genau, was gerade in deinem kleinen Köpfchen vorgeht, Elijah … Little!«

Der junge Mann verschränkte die Arme vor der Brust.

Penelope seufzte.

»Du denkst, das Angebot ist viel zu gut, um wahr zu sein«, sagte Helena. »Womit du vielleicht sogar recht hast. Wenn du die Ausbildung durchstehst, lernst du von mir alles, was

ich dir beibringen kann. Und du *könntest* am Ende alles erreichen, wovon du je geträumt hast.« Es war Helena anzusehen,
wie der Plan vor ihrem inneren Auge immer mehr Gestalt
annahm. Sie ging auf Elijah zu. »Am Ende des Semesters
würden wir dich zu einer Kulinarikmesse mitnehmen, wo du
deine Fähigkeiten unter Beweis stellen kannst. Alle Gentlemen würden dich beneiden, jede Dame und jeder Kulinariker fände deine Gerichte einfach unwiderstehlich. Danach
wärst du in der Lage, jedes Lokal deiner Wahl zu eröffnen –
denn die finanzielle Unterstützung deiner neuen Bewunde-
rer wäre dir sicher. Und so könntest du ein ehrenwertes, ab-
gesichertes Leben führen.«

»Wenn du das Angebot allerdings nicht annimmst«, fuhr
Helena fort, »gehst du zurück in das schimmelige, wurmzer-
fressene Rattenloch, in dem du vermutlich haust. Mit dem
Geld, das du mir auf den Tisch gelegt hast, verschaffst du dir
ein paar lustige Wochen in Saus und Braus, bevor du wieder
in dein langweiliges, tristes Leben zurückkehren musst. Ein
Leben, in dem jeder Tag nur die ewig gleiche Schufterei von
morgens bis nachts bedeutet. Na, welche Variante hört sich
verlockender an?«

Elijah starrte sie wortlos an. Mit jedem Wort war Helena
näher an ihn herangetreten, sodass sie nun nur eine Armes-
länge voneinander entfernt standen. An Elijahs linker Schläfe zuckte ein Muskel.

»Also wirklich, Helena! Ist dir nicht der Gedanke gekommen, dass du die Gefühle dieses jungen Mannes verletzen
könntest?«, schaltete sich Penelope ein.

»Oh, ich glaube nicht, dass dieser junge Mann überhaupt Gefühle hat«, wischte Helena den Einwurf beiseite. »Oder etwa doch, Mr Little?«

Elijah warf ihr einen Blick zu, den Helena als Zustimmung interpretierte.

Seufzend stellte Penelope sich neben ihre Freundin. »Ich weiß nicht, ob dies die beste Art war, ihm die Situation zu erklären. Dieser junge Mann wäre dein *Rechercheprojekt*. Ein Experiment, um herauszufinden, *ob* du ihn von dem, was er jetzt ist, in etwas Größeres verwandeln kannst. Und es gibt keinerlei Garantie dafür, dass es dir gelingt.«

Helena hob abwehrend die Hände. »Genau so habe ich es doch gesagt.« Dann wandte sie sich wieder Elijah zu. »In der Tat wäre dies für mich ebenso riskant wie für dich. Wenn ich versage, liefere ich mich dem Gespött der gesamten Royalen Akademie aus. Aber ich weiß, dass das Experiment gelingen kann, wenn du dich wirklich ins Zeug legst. Dann ernten wir am Ende beide die Früchte unserer Arbeit. Habe ich mich jetzt klar genug ausgedrückt?«

Elijah räusperte sich. »Also gut.«

Helenas grüne Augen leuchteten triumphierend auf. Beinahe hätte sie vor Freude in die Hände geklatscht, nur Penelopes warnender Blick hielt sie davon ab. Obwohl Helena sich wirklich nicht erklären konnte, warum Penelope so kritisch dreinschaute. Dieses Abschlussprojekt würde Helena zur berühmtesten Kulinarikerin machen, die jemals die Akademie durchlaufen hatte. Doch wie so oft schien Penelope auch jetzt kleine Hindernisse völlig überzubewerten.

Helena schlug die Hände hinter ihrem Rücken zusammen und unterdrückte ein allzu großes Lächeln.

Penelope starrte Elijah mit ernster Miene an. »Sie haben doch verstanden, worauf Sie sich da einlassen, Mr Little? Ganz und gar?«

Er hielt ihrem Blick stand. »Oh, ich denke schon, Miss. Aber ich bin auch nich' so dämlich, die Chance auszuschlagen, die mein ganzes Leben verändern könnte.«

4

Ein vollkommen normaler Mensch

Cavendish Square Nr. 9,
Marylebone, London

6. Januar 1833

Lieber Papa, liebe Muma,
wie schön zu hören, dass Eure Reise durch die Alpen gelungen ist
und Ihr nun einen Zwischenstopp an den Ufern des Comer Sees
genießt. Dies wird meinem Bruder zweifelsohne erlauben, seine
Italienischkenntnisse zu verbessern, bevor Ihr nach Rom weiter-
reist. Da Ihr in Eurem Brief nichts zu Rolands Verhalten ge-
schrieben habt, hoffe ich sehr, dass er Eure Reisefreude nicht durch
seine lästigen Angewohnheiten trübt. Ich für meinen Teil habe
den vergangenen Monat als willkommene Atempause von seiner
Gegenwart empfunden, obwohl ich auch zugeben muss, dass mir
das Haus zuweilen seltsam ruhig vorkommt. Zum Glück bin ich
durch Penelopes Anwesenheit immer gut abgelenkt.

Es wird Euch sicherlich freuen zu erfahren, dass ich nun auch endlich das Thema für mein Abschlussprojekt gefunden habe! Ich werde aus einem heruntergekommenen Straßenverkäufer einen Koch mit eigenem Laden machen. Solch ein Projekt hat man an der Royalen Akademie noch nie gesehen und ich bin überzeugt, dass Lady Rutland es als gleichermaßen ehrgeizig wie gesellschaftlich wertvoll erachten wird.

Diese Art Experiment erfordert für ihn ein völliges Eintauchen in die kulinarische Welt ebenso wie in die richtigen Kreise. Deswegen habe ich meine Versuchsperson – Mr Elijah Little – hier in unserem Haus einquartiert.

Allerdings hat Pierce darauf bestanden, dass der Junge im Bedienstetentrakt wohnt und nicht in einem der Gästezimmer, wie von mir vorgeschlagen. Ich finde dieses Arrangement absolut inakzeptabel – wie soll der arme Kerl denn lernen, seine Kenntnisse und sein Verhalten zu verbessern, wenn er in keinen besseren Verhältnissen lebt als bisher?

Ich bin sicher, dass Ihr meiner Argumentation in diesem Punkt folgen könnt. Meine gesamte kulinarische Karriere hängt vom Gelingen dieses Projekts ab. Daher werde ich – bis zum Eintreffen Eurer Einwilligung – weiter auf Pierce einwirken, auf dass er seine Meinung ändere.

Bis dahin verbleibe ich mit den liebsten Grüßen.

Eure Tochter
Helena

Cavendish Square Nr. 9,
Marylebone, London

6. Januar 1833

Liebste Nanay, liebster Papa,
wie Ihr hoffentlich aus meinem letzten Brief erfahren habt, bin ich
sicher bei Helena eingetroffen. Obwohl das Semester bereits
nächste Woche beginnt, hat Helena sich erst heute, in letzter Minute, für ein Abschlussprojekt entschieden. Am ersten Abend
nach meiner Ankunft hatten wir auf dem Markt in Covent Garden einen jungen Straßenverkäufer kennengelernt und Helena
hat sich nun in den Kopf gesetzt, einen seriösen Geschäftsmann
aus ihm zu machen. Soweit ich es beurteilen kann, ist der junge
Mann – sein Name ist Elijah Little – durchaus lernwillig und ein
heller Kopf. Er scheint von Natur aus einen feinen Geschmackssinn zu haben – und interessanterweise eine Vorliebe für ziemlich
authentische Empanadas! An Deine, liebe Nanay, reichen seine
natürlich bei Weitem nicht heran, aber sie ähneln geschmacklich
sehr den Teigtaschen, die wir in Südamerika gegessen haben. Allerdings lässt seine bisherige Ausbildung zu wünschen übrig –
und genau diesem Umstand möchte Helena nun abhelfen. Sie hat
ihm ein Zimmer im Bedienstetentrakt zugewiesen, wo er von
Pierce, dem Butler, streng überwacht wird. Es erscheint mir ein
ausgesprochen ehrgeiziges Unterfangen, einen einfachen Empa-
nada-Verkäufer in einen respektablen Mann zu verwandeln, der
in der Lage ist, ein eigenes Lokal zu leiten. Ganz zu schweigen
von der Herausforderung, um die Gunst der Oberschicht und des
Adels zu buhlen. Ehrlich gesagt bin ich mir nicht sicher, ob es

Helena den Erfolg einbringen wird, den sie sich davon verspricht. Doch wenn sie Mr Little auch nur ein bisschen helfen kann, ist es die Sache vielleicht dennoch wert.

Ich kann nicht umhin zuzugeben, wie sehr ich Euch beide vermisse. Es fällt mir schwer, daran zu denken, wie lange es noch bis zum Ende des Semesters ist und bis wir uns dann endlich wiedersehen.

Mit all meiner Liebe
Penelope

PS: Liebe Nanay, während Helena Mr Little gestern sein Zimmer gezeigt und die Dienerschaft über ihre Pläne unterrichtet hat, habe ich mich an Deinem fantastischen Pinakbet-Rezept versucht. Der Eintopf hat beinahe so geschmeckt, wie wenn du ihn machst. Dabei habe ich nirgendwo Bittermelone oder Shrimp-Paste auftreiben können, weshalb ich mir mit Garnelen aus unserem Vorrat beholfen habe. Jedoch fand ich das Gericht damit nicht ganz rund.

Natürlich schmeckt Pinakbet sowieso nur richtig gut, wenn wir es zusammen genießen können. Trotz der Abwandlungen, die ich vornehmen musste, hat es Helena dennoch recht gut geschmeckt (zumindest nach der anfänglichen Überraschung beim ersten Bissen).

Lieber Papa, schick mir bitte mit Deinem nächsten Brief auch eine Skizze von dem Ort, an dem Ihr Euch derzeit aufhaltet.

Cavendish Square Nr. 9,
Marylebone, London

6. Januar 1833

Lieber Onkel Jonathan,
ich hab mir eine Lehrstelle bei einer Kulinarikerin besorgt. Ich
glaub, das is' gut für mich. Die Miete bei Mrs Willet bezahl ich
weiter, damit sie dein Zimmer nicht weggibt, aber ich bin erst mal
umgezogen – die neue Adresse ist Cavendish Square Nr. 9. Ich
weiß nich', ob der Brief vor dir auf Barbados ankommt, und viel-
leicht ist meine Lehre längst vorbei, wenn du wieder in London
bist. Für alle Fälle lass ich auch im Zimmer in der Old Fish Street
eine Nachricht für dich liegen.

Elijah

»Das ist es, Lady Rutland. Mein Abschlussprojekt. Stimmen
Sie zu, dass es von großer gesellschaftlicher Bedeutung sein
wird, wenn mir das Experiment gelingt?« Helena lehnte sich
auf dem Stuhl zurück und strahlte Lady Rutland an.

Die Schulleiterin führte die blau-weiße Porzellantasse an
die Lippen und nippte an ihrem Tee, ohne sich ihre Gedanken anmerken zu lassen. Auf dem Tisch stand neben den
Teegedecken auch eine zweistöckige Etagere. Auf dieser befanden sich Petit-Fours, die mit narzissengelbem Zuckerguss

und kandierten weißen Blüten verziert waren. Solche Köstlichkeiten wurden hier in Lady Rutlands privatem Salon in der Royalen Akademie häufig zum Tee serviert.

Die renommierte Kulinarikerin hatte das alte Hiller-Anwesen am äußersten Rande Nordlondons in eine hochmoderne Ausbildungsstätte verwandelt. Viele der Zimmer waren so behaglich eingerichtet, dass sie sich wie ein Zuhause anfühlten. In Lady Rutlands Salon hatte Helena im Verlauf der vergangenen dreieinhalb Jahre schon genug Zeit verbracht, um zu wissen, dass die Petit-Fours, gleich welcher Geschmacksrichtung, immer köstlich schmeckten. Trotzdem brachte sie im Augenblick vor Aufregung kein einziges herunter. Mit angehaltenem Atem wartete sie auf Lady Rutlands Urteil zu ihrem Projekt.

Die Schulleiterin stellte die Tasse auf dem Unterteller ab. »Was sagt die Familie des jungen Mannes zu dem Ganzen?«

Helena zögerte. Sie erinnerte sich vage daran, dass Penelope ihm eine Frage dazu gestellt hatte, aber was genau er geantwortet hatte, wusste sie nicht mehr. Dennoch entgegnete sie: »Er hat keine Familie.« Oder hatte er doch etwas anderes gesagt?

»Und wo soll er wohnen, Helena? Ich kann mir nicht vorstellen, dass Ihre Eltern einverstanden wären, ihn so nah bei euch Mädchen zu wissen. Außerdem müssten auch Miss Pickerings Eltern noch ihre Einwilligung dazu geben.«

»Penelopes Eltern haben ihrer Tochter erlaubt, alles so zu machen, wie sie es selbst für richtig hält – das tun sie schon immer. Dennoch hat sie ihnen für alle Fälle einen Brief geschrieben. Und mein eigenes Schreiben ist auch bereits unterwegs. Ich weiß, meine Eltern wollen, dass ich als Kulinarikerin das Allerbeste erreiche, und wenn Sie Ihre Zustimmung geben, Lady Rutland, werden sie mir ihre eigene Erlaubnis gewiss nicht verweigern. Und Penelopes Eltern sehen dies sicherlich genauso.«

Lady Rutland zog eine Augenbraue in die Höhe. »Selbst wenn dem so wäre, Helena – haben Sie bedacht, ob es schicklich ist, einen jungen Mann in Ihrem Haus zu beherbergen? Auch wenn dies nur Ihrem Abschlussprojekt dient, werden Sie diesen Aspekt kaum jemandem offenbaren können. Das würde das gesamte Experiment in ein schlechtes Licht rücken.«

»Ach«, wischte Helena die Bedenken mit einer Handbewegung vom Tisch. »Wir können doch so tun, als wäre er ein entfernter Verwandter oder so. Dann wird sicher niemand etwas daran finden, wenn er in unserem Haus wohnt.«

Lady Rutland schüttelte den Kopf. »Das wird nicht gehen, Helena. Es würde seinen Status durch die familiäre Verbindung erhöhen – und nicht dank seiner eigenen Verdienste oder durch das, was Sie ihm beibringen. Nein, ich fürchte, ich sehe keine Möglichkeit, wie das funktionieren könnte.« Sie nippte wieder an ihrem Tee.

Ein paar Sekunden starrte Helena die Schulleiterin sprachlos an. Dann fing sie sich wieder. »Es muss doch einen Weg geben! Solche antiquierten Anstandsregeln haben wir in den vergangenen fünfzehn Jahren abgebaut. Inzwischen können Frauen ihren Lebensunterhalt selbst verdienen! Dann sollten wir auch keine Anstandsdame mehr brauchen, die uns bei jeder Begegnung mit dem anderen Geschlecht überwacht.«

Lady Rutland sah sie über den Rand ihrer Teetasse streng an. »Ob Sie es glauben oder nicht, Helena – die ältere Generation hält immer noch an diesen Vorstellungen fest. Die Gesetzesreformen der letzten zwei Jahrzehnte interessieren viele nicht im Geringsten und einige wünschen sich eine Rückkehr in die vermeintlich besseren alten Zeiten.«

Helena verdrehte die Augen. »In alte Zeiten, in denen Frauen nichts anderen tun konnten, als zu heiraten und Kinder zu gebären?«

Lady Rutland nickte. »Ja, so traurig das auch ist.«

Helena seufzte. Die Borniertheit der Leute brachte sie zur Weißglut – genauer gesagt, die Borniertheit *einiger* Leute. Für Helena konnten die Zeiten, in denen Frauen als Eigentum ihrer Männer oder Väter galten, nicht schnell genug im Sumpf der Vergessenheit versinken. »Die Meinung der Ewiggestrigen kümmert mich nicht, Lady Rutland. Und ich verstehe nicht, warum es Ihnen anders ergehen sollte. Dummköpfe wie diese würden ohnehin keine Kulinarikerin engagieren.«

Lady Rutland stellte ihre Tasse ab und deutete einladend auf die Teekanne. Als Helena den Kopf schüttelte, goss die Schulleiterin sich selbst etwas ein. »Viele engagieren Kulinarikerinnen auf Umwegen. Dabei wird von Ihnen erwartet werden, sich den Wünschen der Kundschaft zu beugen. Sie werden nicht nur nach Ihren Fähigkeiten, sondern vielmehr nach Ihrem Verhalten beurteilt. Denn leider ist die Gesellschaft noch nicht so weit – das Verhalten einer Dame hat immer noch Einfluss auf ihr Leben. Ehrlich gesagt gilt das doch für alle Menschen.«

Zähneknirschend musste Helena zugeben, dass dem tatsächlich so war. »Dann müssen wir mein Experiment im Geheimen durchführen! Noch ein Grund mehr, Elijah Little in meinem Haus einzuquartieren, bis er seine Ausbildung durchlaufen hat. So dringt nichts davon nach außen und unser Ruf in der Gesellschaft bleibt unangetastet.«

»Und wenn es dennoch bekannt wird?«

Helena runzelte die Stirn. »Unsere Bediensteten sind durch die Bank hinweg loyal und keineswegs Klatschbasen.« Helenas Vater bezahlte seine Angestellten anständig und sie waren sich der Tatsache bewusst, dass ihr Posten zu einem nicht unerheblichen Teil von ihrer Diskretion abhing. »Doch seien Sie versichert, dass ich ihnen den Ernst der Situation noch einmal sehr eindringlich klarmachen werde.«

»Und trotzdem kann jederzeit etwas passieren. Man kann nicht jede Eventualität ausschließen.«

Helena atmete tief durch. Aber sie konnte es zumindest mit aller Macht versuchen!

Lady Rutland neigte nachdenklich den Kopf. »Also gut – das Einverständnis Ihrer Eltern vorausgesetzt, gebe ich hiermit meine Einwilligung zu Ihrem Projekt.«

Freudig sprang Helena auf, sodass ihre Teetasse auf dem Unterteller klirrte, was sie jedoch ignorierte. »Das werden Sie nicht bereuen, Lady Rutland! Überlegen Sie nur, was das für die Unterschicht bedeuten könnte! Wenn es mir gelingt zu beweisen, dass dieser Junge durch die richtige Ausbildung bedeutend in der Gesellschaft aufsteigen kann, heißt das, dass andere das ebenfalls erreichen können – mit der passenden Anleitung natürlich.«

»Es ist in der Tat ein sehr ehrgeiziges Unterfangen«, betonte Lady Rutland vielsagend.

»Von mir hätten Sie doch sicherlich nichts Geringeres erwartet.« Es fiel Helena schwer, das Grinsen zu unterdrücken, das ihre Kritiker – wären sie anwesend gewesen – sicher als undamenhaft bezeichnet hätten.

»Ich möchte den jungen Mann allerdings persönlich kennenlernen.«

»Nun … ja.« Helena tippte sich ans Kinn. »Würden Sie vielleicht zum Cavendish Square kommen? Ich glaube, das Risiko, unser Projekt zu verraten, wäre zu groß, wenn ich ihn hierherbringen würde.«

Lady Rutland lächelte. »Und Ihren Mitschülerinnen alles zu erklären, wäre gewiss auch nicht einfach.«

Niemals hätte Helena es zugegeben, aber natürlich wollte sie auf keinen Fall, dass jemand aus ihrem Jahrgang schon erfuhr, wie bahnbrechend ihr Projekt war. Sie würden ihre Idee nur stehlen, wenn sie die Gelegenheit bekämen!

Helena setzte sich wieder hin und schnappte sich ein Petit-Four. »Ich glaube einfach, dass absolute Geheimhaltung der Schlüssel zu meinem Erfolg ist.« Sie sah Lady Rutland in die Augen. »Denn Versagen kommt überhaupt nicht infrage.«

Lady Rutland nickte und ein kleines Lächeln umspielte ihre Mundwinkel. »Ich wage zu behaupten, das Experiment wird Ihrer Entwicklung sicher zuträglich sein, Helena.«

5

Mehr als gewöhnlich

Bist du wirklich sicher, dass das eine gute Idee ist, Helena?«, fragte Penelope.

Helena stellte den Teller mit einer Auswahl von Elijahs Empanadas auf den Esstisch und sah auf. Neben ihrer Freundin stand Elijah mit verschränkten Armen, bekleidet mit einer schlecht sitzenden Hose, einem weiten Hemd und einer dunklen Weste, die Helena aus dem Schrank ihres Vaters ausgeliehen hatte. Elijahs Haar fiel immer noch in widerspenstigen Locken um sein Gesicht, war inzwischen jedoch frisch gewaschen, sodass es nicht mehr an einen Wischmopp erinnerte.

Sowohl Penelope als auch Elijah blickten Helena mit einem gleichermaßen argwöhnischen Stirnrunzeln an.

»Lady Rutland hat darauf bestanden, Elijah in Fleisch und Blut kennenzulernen. Das war eine ihrer Bedingungen, mir das Projekt zu bewilligen – da konnte ich unmöglich Nein sagen«, erklärte Helena.

»Und was soll ich sagen?«, fragte Elijah.

»Einfach nur die Wahrheit. Sei du selbst, wie immer. Ich bin sicher, mehr wird von dir nicht erwartet.«

»Aber ich scharwenzel nich' um sie rum und lass mich auch nich' vorführen!«

Helena verdrehte die Augen. »Sollst du doch auch gar nicht, du Dummkopf. Wenn du willst, dass ich dich unterrichten darf, brauchen wir allerdings Lady Rutlands Einwilligung.«

»Und die deiner Eltern«, warf Penelope ein. »Vergiss das nicht.«

»Tue ich nicht, Pen. Meine Eltern werden gewiss einverstanden sein. Wir brauchen nur noch Lady Rut–«

»Lady Rutland ist hier, Lady Helena«, vermeldete da Pierce von der Tür.

Sofort wirbelte Helena herum und ging der Schulleiterin entgegen. Deren aufgebauschte Puffärmel und ihr gleichermaßen breiter Rock füllten die Türöffnung und ihr spitzes Gesicht erinnerte Elijah an einen grauen Fuchs. Stirnrunzelnd beobachtete er, wie Lady Rutland ins Zimmer schwebte. Sie war eine der elegantesten Frauen, die er je gesehen hatte – und er hatte schon jede Menge kultivierte Frauen gesehen, schließlich versammelten sich viele nach den Abendvorstellungen der Theater auf dem Nachtmarkt. Doch derart feine Damen wie Lady Rutland waren Elijah erst sehr wenige begegnet.

Einige Stunden zuvor hatte Penelope Elijah erzählt, Lady Rutland gehöre zu den wenigen Adeligen, denen der Glanz ihrer gesellschaftlichen Stellung nichts bedeutete. Ihr Gatte, der Earl of Rutland, war jung verstorben und hatte sie schon im Alter von neunundzwanzig zur reichen Witwe gemacht. Danach hatte sie viele Jahre damit verbracht, bei den besten Starköchen Europas zu lernen und sich für die Rechte der Frau einzusetzen. Und als das Gesetz zur Freien Bildung für Frauen erlassen worden war, hatte sie sich die erste Gründungsurkunde gesichert, um eine Schule zu eröffnen, an der Frauen in der Kunst der Kulinarik unterrichtet wurden. Seither hatten sie und ihre Schülerinnen die Kochkunst zum begehrtesten Berufsfeld für Frauen gemacht.

All diese Informationen wirbelten in Elijahs Kopf herum, während Lady Rutland ihn vom Scheitel bis zu den schlichten Stiefelspitzen musterte. Trotzdem konnte er nicht umhin, sich zu fragen, wie diese kleine Person den Schlüssel zu seiner Zukunft darstellen sollte. Deswegen ließ er schließlich das alles über sich ergehen, oder nicht? Damit er eines Tages sein eigener Herr war. Elijah ließ die Arme sinken, verschränkte sie unter Lady Rutlands bohrendem Blick jedoch gleich wieder.

»Das ist der junge Mann, dem Sie helfen wollen, Helena?«

»In der Tat, Lady Rutland. Das ist Elijah Little.«

»Lady Helena hat mir erzählt, Ihre Familie habe nichts gegen das Vorhaben einzuwenden, Mr Little?«

Elijah nickte, sagte aber nichts.

Mit einem vielsagenden Blick und einer Kopfbewegung forderte Helena ihn zum Sprechen auf.

Elijah ließ den angehaltenen Atem entweichen. »Ich hab nur einen Onkel und der ist gerade zur See. Hab ihm einen

Brief geschickt, aber solange ich seine Miete weiterzahle, hat er bestimmt nichts dagegen.«

»Außer Ihrem Onkel haben Sie keinerlei weitere Angehörige?«

»Mein Vater ist gestorben, als ich noch klein war. Und meine Mutter, als ich zwölf war. Seitdem kümmert sich mein Onkel Jonathan um mich.«

Lady Rutland nickte. »Lady Helena hat mir auch von Ihrem Talent des Kombinierens interessanter Geschmacksrichtungen berichtet. Ich bin äußerst neugierig, einige Ihrer Kreationen zu probieren.«

Elijah schluckte trocken. Zwar hatte Helena ihn darauf schon vorbereitet, doch erst jetzt wurde ihm richtig bewusst, dass vielleicht seine ganze Zukunft von dieser einen Verkostung abhing. Er griff nach dem Teller mit den Empanadas, die er früher am Tag gebacken hatte. Ebenfalls auf dem Teller lag eine rechteckige Brotpastete, deren Rezeptur er selbst entwickelt hatte. Es handelte sich um einen Sauerteig auf Roggenbasis, der mit eingelegtem Rindfleisch, Kümmel und Kohl gefüllt war. Garniert hatte Elijah das Ganze mit karamellisierten Zwiebeln. Das Rezept beruhte auf einem Gericht, das seine Mutter früher oft zubereitet hatte, und auch seine Kundschaft empfand es als sehr interessante Variante britischer Teigwaren. Elijah streckte Lady Rutland den Teller entgegen.

Diese setzte sich an den Esstisch und zog die gestrickten Handschuhe aus, woraufhin die anderen ihrem Beispiel folgten und ebenfalls Platz nahmen. Elijah hielt den Atem an, als

Lady Rutland die knusprige Roggenteigpastete nahm, hineinbiss und sich die Füllung aus Rindfleisch und Kohl auf der Zunge zergehen ließ. Sie kaute. Einmal. Zweimal. Dann suchte sie seinen Blick.

Unbehaglich rutschte Elijah auf seinem Stuhl hin und her. Sein Magen fühlte sich an, als hätte ihn jemand genauso durchgeknetet wie er den Roggenteig.

Lady Rutland sagte kein Wort, sondern wählte eine Maisempanada vom Teller und nahm einen Bissen. Auf Helenas Wunsch hatte Elijah sie genau so gebacken wie diejenigen, die sie seinerzeit auf dem Nachtmarkt gegessen hatten. Lady Rutland legte die Empanada neben das Roggengebäck und tupfte sich die Lippen mit der Serviette ab.

Elijahs Kehle war wie ausgedörrt.

»Woher beziehen Sie Ihre Rezepte, Mr Little?«, fragte Lady Rutland schließlich.

»Von überallher«, antwortete er. »Ich halt immer Augen und Ohren offen, wenn's um interessante Rezepte geht.«

Mit geneigtem Kopf betrachtete sie ihn. Elijah hatte das Gefühl, als könnte sie ihm bis ins Innerste sehen, und das gefiel ihm gar nicht. »Die Roggentasche erinnert mich an etwas, was ich in Warschau probiert habe. Waren Sie schon einmal dort?«

»Kann ich nich' behaupten.«

Lady Rutland lächelte. »Und Ihre zentralamerikanischen Empanadas …« Sie wandte sich Penelope zu, die zu ihrer Rechten saß. »Helena sagte, Sie fänden sie ausgesprochen authentisch.«

Penelope nickte. »Sie kommen denen, die ich auf meinen Reisen gekostet habe, sehr nahe. Vor allem in Anbetracht dessen, dass Mr Little hier nur schwer an die benötigten Zutaten herankommt.«

Lady Rutland sah erfreut zwischen Penelope und Elijah hin und her. »Sie sind wirklich ein interessanter junger Mann, Mr Little. Und Sie verfügen bereits über eine bemerkenswerte Bandbreite an Geschmacksrichtungen. Eines muss ich Sie allerdings fragen: Wieso möchten Sie Ihr bisheriges Leben aufgeben, um sich auf Lady Helenas ehrgeiziges Experiment einzulassen?«

Elijah atmete hörbar aus. »Ich möchte mein Leben verändern. Zum Guten. Und ganz ehrlich, ich hab doch nichts zu verlieren.«

Lady Rutland musterte ihn sekundenlang. »Also gut, junger Mann.« Dann schaute sie Helena an. »Ich gebe Ihnen meine Einwilligung – wenn Sie sich an meine Bedingungen halten.«

»Selbstverständlich, Lady Rutland.« Helena beugte sich vor und auf ihrem Gesicht machte sich ein triumphierendes Lächeln breit.

»Da das Einverständnis Ihrer Eltern noch nicht so bald eintreffen wird, muss Mr Little, damit der Anstand gewahrt bleibt, zunächst im Bedienstetentrakt wohnen bleiben. Am besten unter der Aufsicht eines männlichen Mitglieds Ihres Haushaltes. Darf ich davon ausgehen, dass Pierce das übernehmen würde?«

Der Butler trat vom Flur, wo er alles mitangehört hatte, in das Zimmer. »Sehr gerne, Lady Rutland.«

Helena verdrehte die Augen. »Aber wie soll Mr Little die Manieren erlernen, über die ein Geschäftsmann verfügen muss, um den Adel und die Oberschicht zu beeindrucken, wenn er sich die ganze Zeit nur unter Bediensteten aufhält?«

»Ich sehe nicht, wie sein Quartier Sie daran hindern sollte, ihm alles Nötige beizubringen, Helena. In Abwesenheit Ihrer Eltern muss ich sicherstellen, dass angemessene Zustände geschaffen werden. Es steht Ihnen jedoch frei, meine Bedingungen abzulehnen und ein anderes Abschlussprojekt zu wählen, wenn Ihnen das lieber ist.«

»Nein, vielen Dank, ich nehme Ihre Bedingungen natürlich gerne an«, sagte Helena mit kaum vernehmlichem Nörgelton und lehnte sich auf ihrem Stuhl zurück.

»So sei es denn«, sagte Lady Rutland. »Penelope, Mr Little – sind Sie beide auch mit diesem Abkommen einverstanden?«

Penelope nickte eifrig. »Ja, natürlich. Und ich werde helfen, wo ich nur kann.«

Lady Ruland lächelte sie an. »Daran hege ich keinen Zweifel. Mr Little?«

Zum ersten Mal seit ihrer Ankunft verzog Elijah den Mund zu einem glücklichen Grinsen. »Aber klar doch, Ma'am. Lasst uns loslegen!«

6

Keine Zeit zum Plaudern

Nun, da wir alle Formalitäten erledigt haben, können wir endlich mit Ihrer Ausbildung beginnen, *Mr Little*«, sagte Helena und grinste dabei wie ein Kätzchen mit einem Teller Sahne vor der Nase.

Nach Lady Rutlands Abschied waren Helena, Penelope und Elijah gemeinsam in die Küche gegangen. Letzterer konnte es kaum fassen, wie modern, sauber und gut ausgestattet diese war. Am Morgen, als er die Küche zum ersten Mal betreten hatte, um in Helenas Auftrag die Teigwaren für Lady Rutland zu backen, hatte er große Mühe gehabt, den Blick von der tadellosen Einrichtung zu lösen.

Wie er erfahren hatte, hatte Helenas Vater die Küche des Hauses am Cavendish Square sowie die im Familienanwesen in Wiltshire umbauen lassen, kurz nachdem Helena den Wunsch geäußert hatte, Großbritanniens berühmteste Kulinarikerin zu werden. Die Küche in London war nun ein riesiger, klarer, offener Raum mit zwei langen hölzernen Arbeitsplatten, die versetzt in der Mitte des Zimmers standen.

Und durch mehrere hohe Fenster strömte Tageslicht herein. Ein Doppelherd mit mehr Kochplatten, als Elijah begreifen konnte, nahm beinahe eine gesamte Wand ein.

In einer Ecke stand ein Tisch mit weißer Marmorplatte. Helena hatte erklärt, dass darauf Schokolade und Teige, die mit kalter Butter angerührt werden mussten, auf die richtige Temperatur abkühlen konnten. An der gegenüberliegenden Wand ragte ein Kamin auf, der groß genug war, dass ein Mann aufrecht darin hätte stehen können. Etliche Spieße und Roste waren darin angebracht. In einem offenen Regal an einer Seitenwand glänzten Töpfe und Pfannen in verschiedensten Formen und Größen. Alles war auf dem neuesten Stand und bildete die mit Abstand beeindruckendste Küche, die Elijah je gesehen, geschweige denn benutzt hatte.

Die Küche von Elijahs Nachbar Charlie ganz am Ende der Old Fish Street war dagegen ein vollgestopfter, dunkler Raum, dessen Arbeitsflächen immer mit Mehl bepudert und mit anderen Lebensmittelresten verschmiert waren. Als Elijah seine gefüllten Brötchen und Empanadas aus Helenas schickem Ofen geholt und probiert hatte, war es ihm so vorgekommen, als würde ihnen der letzte feine Hauch ihres üblichen Geschmacks fehlen. Anscheinend hatte ein neuer, sauberer Ofen auch seine Nachteile. Davon schien Lady Rutland allerdings nichts bemerkt zu haben.

Elijah betrachtete das vielköpfige Küchenpersonal, das hin und her wuselte und die verschiedenen Gänge des Abendessens zubereitete. Was sie wohl von Helenas Plan hielten? Und von ihm?

Ein Klatschen riss ihn aus seinen Gedanken und er wirbelte zu Helena herum. »Machen Sie sich wegen des Personals keinen Kopf«, sagte sie. »Die haben ihre Aufgaben, wir die unseren. Außerdem ist *das hier* unser Arbeitsbereich.« Sie breitete die Arme aus und stützte sich dann auf dem großen Holztisch ab. »Vater hat die Küche extra so entworfen, dass ich arbeiten kann, ohne dem Personal in die Quere zu kommen. Und nun zum Eigentlichen: Meiner Meinung nach muss sich ein Kulinariker vor allem daran messen lassen, wie er schlichte Zutaten zu etwas Erhabenem adelt. Damit werden wir anfangen.«

Elijah entging nicht, wie Penelopes Mundwinkel nach oben zuckten. Unauffällig wandte sie sich leicht von Helena ab und warf Elijah über den Tisch hinweg ein flüchtiges Lächeln zu. Neben der Ermutigung, die darin lag, gefiel ihm daran vor allem das winzig kleine Grübchen, das auf ihrer linken Wange erschien – und ihm bisher noch nicht aufgefallen war.

»Zu diesem Zweck, Mr Little«, fuhr Helena fort, »werden Sie heute die bescheidene Karotte in eine Delikatesse verwandeln, die alle Sinne betört.« Sie deutete mit einer ausladenden Geste auf den länglichen Weidenkorb, der auf dem Tisch stand. Dieser war mit Karotten in allen Farben, Formen und Größen gefüllt – mit hell- und dunkelvioletten, weißlichen, gelben, roten in den unterschiedlichsten Nuancen und natürlich mit den allgegenwärtigen orangefarbenen. Elijah konnte nicht verstehen, wie Helena angesichts dieser überbordenden Pracht von einer bescheidenen Karotte sprechen konnte. Solch eine Vielfalt war ihm bislang nicht einmal auf dem Nachtmarkt untergekommen.

»Ihre erste Aufgabe besteht darin, aus den Karotten Ihrer Wahl und den Zutaten in der Speisekammer etwas Fantastisches zu zaubern. Die Karotten müssen natürlich der Hauptbestandteil sein. Sie haben dafür ...«, Helena tippte sich ans Kinn, »... eine Stunde Zeit, würde ich sagen.«

Elijah schluckte. In einer Stunde würde er sicher weder Brot noch Teigtaschen hinbekommen.

»Helena«, warf Penelope ein, »diese Aufgabe ist vielleicht eher machbar, *nachdem* du ihm schon etwas Unterricht gegeben hast.«

»Wir können doch auch zunächst einmal herausfinden, wie viel er bereits kann, Pen. So kann ich besser beurteilen, wobei er Hilfe braucht und in welchem Umfang.«

Penelope biss sich auf die Lippe. »Klingt halbwegs einleuchtend.«

»Natürlich tut es das.« Helena lächelte. »Nun, Mr Little, sind Sie bereit?«

Er machte den Mund auf, doch noch bevor er Ja sagen konnte, fuhr Helena fort: »Wunderbar. Dann los!« Sie deutete auf den kleinen Raum, der an die Küche grenzte.

Leicht angesäuert, dass sie nicht einmal seine Antwort abgewartet hatte, zögerte Elijah eine Sekunde, machte sich dann aber auf den Weg zur Speisekammer und versuchte seinen beschleunigten Herzschlag zu ignorieren. Wenn er ehrlich war, hatte er nicht die geringste Ahnung, was er zubereiten sollte. Doch er wollte diese Ausbildung unbedingt und eines stand fest: Herumfackeln würde ihn nicht ans Ziel bringen. Also holte Elijah tief Luft und schaute sich in der Speisekammer um. Sein Blick fiel auf ordentlich etikettierte Gläser mit Trockenfrüchten aller Art. Er nahm kandierte Orangen und Limonenscheiben vom Regal, dazu Sauerkirschen. Dann ging er zum nächsten Regal über, und zum nächsten, und sammelte Mehl, Haselnüsse und Eier ein.

Auf diese Weise suchte er in den vielen Säckchen, Gläsern und Tontöpfen alle Zutaten zusammen, von denen er annahm, dass sie zu den Karotten passen könnten. Dabei hatte er große Mühe, die zwei Mädchen hinter sich zu ignorieren, die seinen Rücken mit Blicken durchbohrten. Vor dem Fenster zum Garten entdeckte er Knoblauch und getrocknete Kräuter, die von Schnüren herabhingen, und nahm sich etwas davon. »Sie haben wirklich alles vorrätig, was man sich nur wünschen kann«, sagte er, als er all seine Funde auf den Holztisch türmte.

Helena zog eine Augenbraue hoch. »Selbstverständlich.«

Kopfschüttelnd rieb Elijah ein paar Knoblauchzehen zwischen den Handflächen, um die Schale zu lösen. »Die meisten Leute haben nich' mal halb so viel. Wo ist ein Messer, das ich benutzen kann?«

Penelope zeigte auf einen Messerblock hinter ihm und warf Helena einen belustigten Blick zu, während Elijah eins mit langer Schneide herauszog und anfing, gelbe und rote Karotten in Stück zu schneiden.

Zwischendurch steckte sich Elijah ein Stück von der gelben Karotte in den Mund und kaute bedächtig. »Hab noch nie 'ne gelbe Karotte gegessen. Aber viel anders schmeckt die auch nich'. Ein paar lilane hatte ich schon mal. Der Händler wollte die schnell entladen haben und ich –«

»Mr Little«, unterbrach ihn Helena. »Ihnen bleiben nur noch fünfundvierzig Minuten. Vielleicht sollten Sie aufhören zu reden und anfangen zu kochen.« Dabei trommelte sie mit den Fingern auf die Arbeitsfläche.

Elijah öffnete den Mund und schloss ihn wieder. Dann sah er zu Penelope hin, die die Lippen fest zusammenpresste. Elijah schluckte, in seinem Nacken kribbelte es heiß. »Ja, klar.« Er konzentrierte sich auf die Zutaten, die vor ihm lagen. *Ich schaffe das*, sagte er sich. *Ich schaffe das.*

Ein weiteres Mal versuchte er sein Bestes, die zwei jungen Frauen auszublenden, konnte allerdings nicht verhindern, dass er aus dem Augenwinkel immer wieder sah, wie Helena das Gesicht verzog. Oder wie Penelope an ihren Fingernägeln knibbelte. Elijah schnippelte Karotten, presste Knoblauch und zerrieb die getrockneten Kräuter zwischen seinen Händen. Dann drehte er den beiden Frauen den Rücken zu, um eine Pfanne vom Haken zu nehmen und auf den Herd zu stellen.

Beim Kochen bekam er nichts mehr um sich herum mit. Als Helena ihn schließlich aufforderte, das Essen anzurichten, griff er sich den nächstbesten Teller – oder besser gesagt, eine tiefe hölzerne Schüssel. Diese befüllte er mit seinem Gericht, stellte das Ganze auf den Tisch und trat dann einen Schritt zurück.

Helena und Penelope näherten sich der Arbeitsfläche und

beugten sich gleichzeitig über die Schüssel. Penelope biss sich auf die Unterlippe, Helena rümpfte die Nase. Elijah stieß einen Seufzer aus.

»Ach du lieber Lauch!«, rief Helena aus. »Was haben Sie denn mit den Karotten angestellt?«

Elijah spürte, wie er rot anlief. »Ich hab sie gekocht.«

Penelope räusperte sich. »Ein bisschen ungewöhnlich geschnitten, das steht fest. Doch die Farbe ... hat was.«

»Etwas Ekelhaftes, meinst du«, sagte Helena.

Elijah schielte in die Schüssel. Beim Kochen waren die Farben der Karotten ineinander geflossen und hatten das Gericht in eine lila-graue Mixtur verwandelt, was er ganz und gar nicht beabsichtigt hatte.

»Lass uns erst einmal probieren, ja?« Penelope versuchte sichtlich, einen Hauch Begeisterung in ihren Tonfall zu bekommen.

Elijah kniff die Lippen zusammen.

Helena reichte ihrer Freundin eine Gabel, damit Penelope als Erste kosten konnte. Also spießte sie einige Karottenstücke auf und schob sich die Gabel in den Mund.

Elijah beobachtete, wie ihr Gesichtsausdruck von zweifelnd zu überrascht wechselte – was hatte das denn zu bedeuten?

Als Helena von dem seltsamen Karottenfarbspiel probierte, erwarteten ihre Geschmacksnerven eine matschige, nichtssagende Pampe. Doch die Karotten waren wesentlich bissfester als gedacht. Elijah hatte sie mit Thymian, Kümmel und Senfkörnern gewürzt, und zwar in einem klug abgewogenen Verhältnis, sodass kein Gewürz ein anderes übertrumpfte. Die angerösteten gehackten Haselnüsse verliehen dem Gericht eine erstaunliche Knusprigkeit, während die getrockneten Sauerkirschen das leicht erdige Aroma des Kümmels ergänzten und die Süße der Karotten perfekt zur Geltung brachten. Es schmeckte … ja, es schmeckte *gut*. Nicht überwältigend, doch durchaus gut. Helena warf Penelope einen Blick zu und erkannte an deren angedeutetem Lächeln, dass sie dasselbe dachte.

»Geschmacklich zufriedenstellend«, verkündete Helena.

»Man könnte sogar sagen: sehr angenehm«, fügte Penelope hinzu und lächelte Elijah an.

Er ließ den angehaltenen Atem entweichen und seine Züge entspannten sich, als er Penelopes Lächeln erwiderte.

Helena kniff die Augen zusammen. Ihre Freundin war einfach zu nett – wenn sie den Jungen derart lobte, würde er am Ende noch glauben, er bräuchte gar nichts mehr zu lernen. Und das war eindeutig *nicht* der Fall. »Allerdings ist Ihre Präsentation miserabel, die Technik so gut wie nicht vorhanden, und wenn ich anfangen würde, Ihre Schneidekünste zu analysieren, würde ich bis heute Abend nicht fertig werden.« Helena schüttelte den Kopf.

Mit angespannter Miene nickte Elijah. »Ich bin ja auch hier, um besser zu werden, oder nich'?«

»Hätten Sie die Zeit nicht mit Geplapper vergeudet, wäre das Essen noch besser geworden«, gab Helena zurück. »An Ihrer Ausdrucksweise müssen wir auch dringend arbeiten. Wer so spricht, wird niemals Chef eines eigenen Lokals.«

Elijah verschränkte die Arme vor der Brust.

Penelope räusperte sich. »Das mag ungerecht sein, aber es stimmt schon: Investoren und Auftraggeber würden Sie wesentlich ernster nehmen, wenn Sie sich gewählter ausdrücken und Ihren Dialekt ablegen würden.«

Helena nickte. »Ganz genau. Hören Sie zu, wie Penelope und ich uns unterhalten, und versuchen Sie, das zu übernehmen. So schwer ist es nicht. Wenn Sie dennoch Hilfe brauchen, können wir gern auch zusammen daran feilen. Und …«, sie tippte sich ans Kinn, »… bis Sie sich die neue Sprechweise angewöhnt haben, wäre es vielleicht besser, insgesamt weniger zu reden und mehr zuzuhören.«

Elijah riss die Augen auf. »Das heißt, ich soll die Klappe halten?«

Helena zwang sich, nicht die Augen zu verdrehen. »Das war damit nicht gemeint. Sie sollen nur einfach mehr *zuhören.*« Ihrer Erfahrung nach zählte Zuhören allgemein nicht zu den Stärken von Männern. Das galt für ihren Vater und ihren Bruder ebenso wie für die meisten anderen, die ihr bis dato begegnet waren. Und Elijah bildete offenbar keine Ausnahme. Manchmal bemitleidete Helena das männliche Geschlecht beinahe. Viele Männer wirkten regelrecht schwachsinnig. Zwar fand Helena einige menschliche Eigenschaften unerträglich, aber eine ganz besonders: Ignoranz. Vor allem, wenn sie mit der Weigerung einherging, sich in irgendeiner Form weiterzuentwickeln. Elijah Little hegte immerhin den Wunsch, zu lernen und seine gesellschaftliche Position zu verbessern – das zumindest sprach für ihn.

Elijah murmelte etwas Unverständliches vor sich hin. Helena wollte ihn schon auffordern, es zu wiederholen, da sagte er klar und deutlich: »Sehr wohl.«

Helena nickte, dann wandte sie sich Penelope zu. »Das wird eventuell mehr Arbeit, als ich bisher gedacht habe.«

Der Blick ihrer Freundin wechselte unruhig zwischen Helena und dem Jungen hin und her.

»Keine Sorge, davon lasse ich mich nicht entmutigen«, versicherte Helena ihr und schob das Kinn vor. »Ich werde zweifellos einige große Opfer bringen müssen, doch das wird es alles wert sein – denn am Ende werden wir triumphieren.« Sie zeigte auf Elijah.

Er warf ihr einen argwöhnischen Blick zu.

Helena streckte den Rücken durch. »Ich sehe schon, wir müssen ganz vorne beginnen. Also gut.«

»Eine der wichtigsten Fähigkeiten jedes Kulinarikers ist, mit dem Messer umgehen zu können«, sagte Helena am nächsten Tag.

Elijah wich zurück, als sie ein blitzscharfes Messer nach dem anderen aus dem hölzernen Block zog und nebeneinander auf den Tisch legte. Eins mit langer schmaler Schneide lag neben einem massigen, breiten, dann folgten eins mit dreieckiger Klinge, einige kleinere mit mitteldicker Schneide und noch mehrere in verschiedenen Größen und Formen. Elijah blinzelte verdutzt.

Die Messer in Charlies Küche hatte er alle paar Tage geschliffen, aber deren Schneiden waren allesamt voller Kerben und die Spitzen schon seit Langem abgerundet. Das Schleifen half etwas, aber so richtig scharf wurden sie nicht mehr. Diese Messer hingegen sahen aus, als könnten sie einem bei der kleinsten Bewegung die Haut von den Fingerknöcheln schälen. Elijah holte tief Luft. Er würde es schaffen. Außerdem hatte er sich schon oft geschnitten, was machten da ein paar weitere Schnitte für einen Unterschied? Die würden ihn auch nicht vom Kochen abhalten.

»Ihrem Karottengemetzel gestern nach zu urteilen werden wir den größten Teil des heutigen Tages der Frage widmen, welches Messer wofür eingesetzt wird«, sagte Helena. »Und danach bringen wir Ihnen bei, wie man schneidet und hackt, in Würfel, Streifen, Scheiben und so weiter, einverstanden?«

Elijah nickte. »Alles klar.« Er sah Penelope an, die ihm ein aufmunterndes Lächeln schenkte. Er mochte ihr Lächeln – wahrscheinlich mehr, als gut für ihn war. Hätte ihn irgendein anderes Mädchen so viel angelächelt, hätte er sich sonst was drauf eingebildet. Aber bei ihr … Elijah hätte nicht sagen können warum, doch bei ihr war irgendwie alles anders.

Helena schob das Kinn vor. »Nun gut. Das hier ist nur das Basis-Set an Messern. Im Alltag müssen Sie lediglich den Umgang mit einigen von ihnen beherrschen …«

»Wäre es nicht besser, wenn er mit *allen* umgehen kann?«, warf Penelope ein.

Genau das hatte sich Elijah in diesem Moment auch gefragt.

Helena verschränkte die Hände hinter dem Rücken. »Ich habe gestern Abend lange darüber nachgedacht, Pen. Ich kann ihm nicht ...« Abrupt hielt sie inne.

Penelope sah sie überrascht an. »Du ... *kannst* nicht?«

Elijah hätte beinahe laut geschnaubt. Etwas selbst *nicht zu können* passte so gar nicht zu Helenas sonstigen Aussagen.

Helena schüttelte den Kopf, sodass ihre schwarzen Löckchen auf und ab wippten. »Ich meine ... man kann nicht von Mr Little erwarten, dass er in wenigen Monaten alles lernt, wozu wir auf der Royalen Akademie drei Jahre gebraucht haben. Das kann niemand schaffen.«

Penelope nickte. Das schien ihr einzuleuchten.

Elijah rieb sich über den Nacken. Wenn Helena das so formulierte, kam er sich mit seinem Wunsch, sich von ihr ausbilden zu lassen, fast schon dämlich vor. Andererseits war er von Anfang an nicht davon ausgegangen, dass das Ganze ein Spaziergang werden würde.

Helena lief vor der Arbeitsfläche auf und ab. »Deshalb werde ich ihm die Grundlagen beibringen, über die auch die meisten Amateure verfügen. Solche, die an kulinarischen Wettbewerben teilnehmen, um ihr Geschäft bekannter zu machen. Die beginnen bei Null und nutzen diese Messen und Wettbewerbe, um sich einen gewissen Ruf zu erarbeiten, der dann wiederum zu finanzieller Unterstützung durch Adel und Landbesitzer führen kann. Also, wollen wir jetzt fortfahren?« Sie blieb vor dem Tisch in der Mitte stehen und sah zwischen Penelope und Elijah hin und her.

Penelope zuckte mit den Schultern. »Unbedingt.«

Elijah dagegen war sich nicht sicher, wie er es finden sollte, dass man ihm wegen der Kürze der Zeit nur eine eingeschränkte Ausbildung zuteilwerden lassen wollte. Wobei ihm natürlich bewusst war, dass der Gedanke, eine dreijährige kulinarische Ausbildung in wenige Monate zu quetschen, in etwa dem Versuch gleichkam, Honig mit bloßen Händen zu ernten. Insofern ergab Helenas Plan durchaus Sinn.

Sie deutete auf das kleinste Messer, dessen Klinge die Form eines rechtwinkligen Dreiecks hatte. »Jetzt gut aufpassen. Die meistbenutzten Messer sind die Gemüsemesser. Die braucht man für viele Kleinarbeiten – Erdbeeren schneiden, Äpfel und Kartoffeln schälen und zerteilen. All das, wofür man fingerfertig und geschickt sein muss.«

Sie nahm das Gemüsemesser in die Hand und zeigte Elijah, wie man es richtig hielt. Gleichzeitig deutete sie mit der freien Hand auf die Haltung ihres Daumens.

»Ein fester, aber unverkrampfter Griff ist hierbei unerlässlich. Jetzt versuchen Sie es selbst.«

Sie bedeutete Elijah, um den Tisch herum zu ihr zu kommen, und wies dann auf die anderen Messer, die auf der Arbeitsfläche aufgereiht waren. Elijah nahm eins, das zu seiner Linken lag. Die Schneide glich der des Messers in Helenas Hand, nur der Griff war aus einer anderen Holzsorte geschnitzt. Er umfasste es so, wie von Helena vorgeführt.

»Gut. Und jetzt …« Sie holte einen kleinen Korb voller Gewächshaus-Erdbeeren, der auf einem kleinen Tisch vor dem Fenster gestanden hatte, und stellte ihn vor sich und Elijah hin.

»Jetzt lernen Sie, wie man fachgerecht Erdbeeren entstielt«, sagte sie und nahm eine Frucht in die Hand, sodass die Spitze zwischen ihren Fingerkuppen lag.

Mit dem Messer fuhr sie kreisförmig unter dem Stiel entlang, während sie die Erdbeere in die entgegengesetzte Richtung drehte. Dann legte sie das Messer ab und zupfte den oberen grünen Teil mit drei Fingern ab.

»Genau so. Auf diese Weise kann man die Erdbeere anschließend in gleichmäßige Scheiben schneiden.«

Sie legte die Frucht mit der flachen Schnittkante auf die Arbeitsfläche und zerteilte sie gekonnt in mehrere gleich dicke Scheiben, die sie schließlich zu einem winzigen roten Fächer ausbreitete.

»Schönheit entsteht oft nur durch Präzision, daher müssen Sie immer nach dieser Präzision streben. Das beeindruckt die Leute. Bitte, jetzt Sie.«

Elijah nickte entschlossen und nahm sich eine Erdbeere, die er unten in seine Faust bettete, sorgsam darauf bedacht, sie nicht zu zerdrücken. Dann führte er mit der anderen Hand das Messer unter den Stiel.

Doch bevor er schneiden konnte, hörte er, wie Penelope erschrocken die Luft einsaugte.

Wie vom Blitz getroffen sah er hoch.

»Wenn Sie so schneiden, wird Ihre Hand innerhalb kürzester Zeit vor Blut nur so triefen«, sagte Helena. »Wenn Sie die Erdbeere dagegen so halten, wie ich es gemacht habe – zwischen den Fingerspitzen –, haben Sie erstens mehr Kontrolle darüber und minimieren zweitens die Handfläche, in die Sie schneiden könnten, sollten Sie mit dem Messer abrutschen.«

Erneut zeigte sie Elijah die richtige Handhaltung und er folgte ihrem Beispiel.

»Jetzt schauen Sie noch einmal zu, wie ich den oberen Teil abschneide. Man führt das Messer hauptsächlich aus dem Handgelenk.« Sie vollzog den kreisförmigen Schnitt ein zweites Mal, dann bedeutete sie Elijah, es ihr gleichzutun. »Den Blick immer auf die Stelle gerichtet halten, an der Sie schneiden. Das ist ein weiterer Trick, um Verletzungen zu vermeiden. Mit der Zeit werden Sie ein Gespür fürs Messer entwickeln, sodass die Routine Ihnen in Fleisch und Blut übergeht.«

Elijah stützte eine neue Erdbeere auf drei Fingerspitzen. Als er die Frucht diesmal mit der Messerspitze durchbohrte, knickte er das Handgelenk so ab, dass er einen Kreis unter dem Stiel vollführen konnte. Doch auf halber Strecke wurde die Handhaltung so unnatürlich, dass die Klinge verkantete und er von der Frucht mehr abschnitt als gewollt.

Penelope keuchte.

Helena schüttelte den Kopf. »Nein, Sie müssen beide Hände gleichzeitig drehen, und zwar gegenläufig. So.« Wieder zeigte sie es ihm und wieder musste er eine neue Erdbeere in die Hand nehmen. Diesmal gerieten sich seine Hände beim Drehen gegenseitig in die Quere.

»Helena ...«, ging Penelope sanft dazwischen. »Vielleicht solltest du mit einer einfacheren Übung beginnen?«

Helena legte den Kopf in den Nacken und starrte zur Decke. »Pen, es gibt kaum etwas Einfacheres, als eine Erdbeere korrekt zu halten! Außerdem wird er diese Technik für unzählige andere Handgriffe brauchen. Wie soll er ein guter Koch werden, wenn er nicht einmal die grundlegendsten Dinge beherrscht?«

Penelope sah Elijah an.

Die Muskeln an seinen Wangenknochen zuckten, aber er sagte kein Wort. Die Genugtuung, ihn erneut jammern zu hören, würde er Helena sicher nicht gönnen.

»Vielleicht könntest du ja mit …«, wagte Penelope sich noch einmal zögerlich vor.

»Pen, hör zu. Du musst mich schon auf meine Art vorgehen lassen«, unterbrach Helena sie. »Vielleicht wäre es besser, wenn du mehr Zeit auf dein eigenes Projekt verwendest, meinst du nicht auch? Und ich bin sicher, dass Mr Little unser Mitleid weder braucht noch möchte.«

»Ähm …«, Penelope schielte flüchtig zu Elijah hin. »Natürlich kann ich jederzeit zu meinem eigenen Projekt zurückkehren. Die Küche der amerikanischen Kontinente deckt unheimlich viele Länder ab und Lady Rutland möchte, dass ich mich auf ein kleineres Gebiet konzentriere. Ich habe auf meinen Reisen auch eine Vielzahl von Notizen und Rezepten gesammelt, die ich durcharbeiten und sortieren muss. Aber ich habe gedacht, ich könnte euch helfen …«

»Wirklich sehr freundlich von dir«, sagte Helena. »Doch ich bin überzeugt, Mr Little würde nicht wollen, dass du deine eigene Karriere opferst, um mich bei meinem Projekt zu unterstützen.«

Elijahs Nacken brannte – ob vor Wut, Scham oder beidem, hätte er nicht sagen können. Aber er zwang sich, Penelope in die Augen zu sehen. »Natürlich nich', Miss. Machen Sie sich wegen mir keine Sorgen.«

Sie stieß einen Seufzer aus, der deutlich machte, dass sie nicht gerade erleichtert war, von hier wegzukommen. »Ich bin dann in ungefähr einer Stunde wieder da.«

Helena wippte auf den Zehenspitzen auf und ab. »Sehr schön. Bis dahin hat er seine Erdbeeren auch ganz bestimmt im Griff.«

Penelopes braune Augen blieben noch einen Moment auf Elijah gerichtet und er gab sich alle Mühe, ihr ein beruhigendes Lächeln zu schenken. Dann drehte sie sich weg, blickte von der Tür noch ein letztes Mal zurück und verließ langsam die Küche. Und Elijah wusste, dass sein Lächeln sein Ziel verfehlt hatte.

Zwei Stunden lang brütete Penelope über ihren Notizen zum Fermentieren, Trocknen und Rösten von Kakaobohnen für die Schokoladenherstellung. Dann kehrte sie in die Küche zurück, wo Elijah gerade dabei war, mit der Messerspitze das Auge einer gekeimten Kartoffel herauszuschneiden. Im nächsten Moment hüpfte der Keim auf die Arbeitsfläche. Vor Elijah stand ein mit Wasser gefüllter Kupfertopf, in dem schon eine ordentliche Menge Kartoffelwürfel schwamm. Penelope näherte sich, fischte ein paar Stücke aus dem Wasser und stellte fest, dass sie alle ungefähr die gleiche Größe aufwiesen. »Dann haben Sie in zwei Stunden sowohl die Erdbeeren als auch die Kartoffeln gemeistert, Mr Little? Ich bin beeindruckt!«

Elijah machte den Mund auf, aber Helena kam ihm zuvor. »Du solltest mal die Würfel ganz unten im Topf sehen! Die sind noch ganz unförmig. Und das mit den Erdbeeren haben wir erst mal aufgegeben, weil ich hoffte, er würde es leichter finden, eine Kartoffel zu halten – und dem war auch so. Pen, ich muss zugeben, bis heute habe ich noch nie darüber nachgedacht, dass kleinere Hände für so delikate Arbeiten wie das Entstielen von Erdbeeren womöglich besser geeignet sind. Beim Entfernen von Kartoffelaugen konnte Mr Little dieselbe Technik deutlich leichter anwenden. Vielleicht ist der Beruf der Kulinarikerin deswegen nur uns Frauen vorbehalten?«

Penelope biss sich auf die Innenseite ihrer Wange. Vorhin hatte sie Helena selbst den Wechsel auf die Kartoffel vorschlagen wollen – doch dann hatte ihre Freundin sie zurechtgewiesen, sich nicht einzumischen. »Ich weiß nicht … Das würde ja auch im Umkehrschluss bedeuten, dass Frauen nicht für Berufe geeignet wären, die hauptsächlich von Männern ergriffen werden, etwa Architektur oder Jura. Doch wie wir wissen, sind einige der berühmtesten Architekten und Juristen inzwischen weiblich.«

Als Helena lächelte, hoben sich die Außenwinkel ihrer katzenähnlichen Augen leicht an. »Gut gesagt, Pen. Du hättest bestimmt auch eine hervorragende Anwältin abgegeben.«

Penelope war sich da nicht so sicher. Schon von frühester Kindheit an hatten die Reisen mit ihren Eltern in ihr die Leidenschaft fürs Kochen geweckt. Trotzdem bedankte sie sich bei Helena für das Kompliment. Auch wenn sie sich fragte, ob ihre Freundin sich vielleicht insgeheim wünschte, Penelope würde sich tatsächlich in einem anderen Berufsfeld profilieren, ganz weit weg von der Welt der Kulinarik. Schnell schüttelte sie den Gedanken wieder ab. Bestimmt hatte Helena ihre Worte wirklich nur als Kompliment gemeint. Wobei sie mal erwähnt hatte, dass sie Jura für einen zwar ehrenwerten, aber doch geringerwertigen Berufsstand hielt, egal für welches Geschlecht.

Männer konnten natürlich schon immer Karriere machen – ob als Juristen oder Politiker, beim Militär oder in vielen anderen traditionellen Berufsfeldern, die von der Gesellschaft um die Jahrhundertwende als angemessen befunden wurden. Erst das *Gesetz zur Freien Bildung für Frauen* hatte festgeschrieben, dass diese Berufszweige nun auch dem weiblichen Geschlecht offenstanden. Aufgrund der laustarken Proteste von Männern gegen das Gesetz waren einige bestimmte und vor allem neugeschaffene Berufe sogar allein Frauen vorbehalten worden.

Verblüffenderweise gehörten seither speziell diese neuen Felder wie Kulinarik, Fahrzeugergonomie (die Konzeption von Kutschen und ihrer Innenausstattung) sowie Croaqua (eine Liga von Profisportlerinnen, die landesweit umherreisten und in eigens entworfenen flachen Brunnenanlagen herrschaftlicher Häuser Krocket spielten) zu den begehrtesten und angesehensten Berufszweigen – eine Tatsache, die weder Penelope noch Helena je vergessen würden.

»Vielleicht möchten Sie die Technik jetzt doch noch mal an Erdbeeren ausprobieren, Mr Little?«, schlug Penelope vor, da ihr nicht entgangen war, wie Elijah während des Gesprächs zwischen ihr und Helena unzählige Kartoffelaugen herausgepult hatte.

»Ja, das ist eine gute Idee«, gab ihre Freundin ihr recht und platzierte eine große Erdbeere vor Elijah auf dem Tisch. Penelope beobachtete, wie er sie mit drei Fingern stützte, beide Hände in entgegengesetzte Richtungen rotieren ließ und nach dem Abschneiden des Stiels diesen mit Daumen und Zeigefinger der messerführenden Hand abhob, um den Blick auf eine perfekt glatte obere Schnittfläche freizugeben. Dann legte er die Erdbeere auf die Arbeitsfläche, schnitt sie bedächtig in gleich dicke Scheiben und fächelte diese genau so auf, wie Helena es ihm anfangs gezeigt hatte.

Penelope lachte erfreut auf. »Sehr gut, Mr Little!«

Lächelnd zwinkerte er ihr zu. »Danke, Miss.«

»Das mit dem Zwinkern müssen wir Ihnen allerdings dringend abgewöhnen«, warf Helena ein.

Elijahs Lächeln verschwand und er setzte einen neutralen Ausdruck auf – was Penelope sehr bedauerte. Natürlich hatte Helena recht. Um seinen Stand zu erhöhen, war es unerlässlich, dass Elijah sich die entsprechenden Manieren und Regeln des Anstands aneignete. Aber sie hätte es ihm ja nicht so schonungslos ins Gesicht schleudern müssen. Schließlich war heute sein allererster Tag.

»Zumindest scheinen Sie begriffen zu haben, dass Präzision essenziell ist«, fuhr Helena fort.

»Ich glaube, jetzt haben wir uns alle eine Teepause verdient«, warf Penelope ein.

Elijah sah sie an und ein Funken seiner früheren Fröhlichkeit kehrte in seine Augen zurück – worüber sich wiederum Penelope freute.

»Warum nicht«, willigte Helena ein. »Mr Little, Sie haben es tatsächlich geschafft, Ihren ersten Unterrichtstag in Schneidetechniken ohne einen Kratzer zu überstehen. Ich bin gespannt, ob Ihnen dies auch weiterhin gelingt.« Damit ging sie zu den Küchenbediensteten hinüber, um sie anzuweisen, Tee und Kekse vorzubereiten.

Als Helena sicher abgelenkt war, fing Elijah Penelopes Blick auf und zwinkerte ihr erneut zu.

Penelope schüttelte den Kopf, konnte aber nicht verhindern, dass ihr ein leises Kichern entfuhr.

»Es geht voran! Heute rücken wir der Zwiebel zu Leibe!«

Elijah streckte den Rücken durch, während Penelope beinahe unhörbar aufstöhnte. »Bist du sicher, dass Zwiebeln die richtige Wahl für den zweiten Tag sind?«

»Wenn ich mich recht entsinne, standen Zwiebeln gleich in der ersten Woche unseres Studiums an der Royalen Akademie auf dem Plan.« Helena krempelte die Ärmel ihres lila-grün-gelb karierten Tageskleides bis zu den Ellbogen hoch.

Von Beginn an war den Studentinnen der Akademie beigebracht worden, dass beim Kochen die Frage »Was ist praktisch?« mehr zählte als die Frage »Was ist modisch?«. Aus diesem Grund mussten Kulinarikerinnen ihren Schrank mit einer größeren Auswahl an Bekleidung füllen als die Damen der restlichen Gesellschaft.

Neben der tagesaktuellen Mode, die auf weite, bauschige Keulenärmel und weite, von der Taille abwärts auffächernde Röcke setzte, verfügten Kulinarikerinnen auch über Kleider mit praktischeren, enger anliegenden Ärmeln und schmaleren Röcken. Diese besaßen sie in den unterschiedlichsten Farben und Mustern, damit Flecken auf ihnen kaum sichtbar waren. Hübsche Schürzen aus strapazierfähigem Stoff waren ebenfalls sehr beliebt.

Penelope bevorzugte schon immer kürzere Ärmel, sodass sie erst gar keine Zeit mit Ärmelhochkrempeln verschwenden musste. Helena dagegen zog normalerweise das erstbeste Kleid an, das ihr beim Öffnen ihres Schranks ins Auge sprang. Zumindest war das so gewesen, als die beiden sich an der Akademie noch ein Zimmer geteilt hatten. Da Helena jetzt allerdings immer ein Dienstmädchen hatte, das sich um ihre Garderobe kümmerte, ging Penelope fest davon aus, dass ihre Freundin heute ihr Kleid nicht selbst herausgesucht hatte.

Nachdem Helena ihre Ärmel hochgekrempelt hatte, fing sie Penelopes Blick auf. »Außerdem ist das die perfekte Gelegenheit, meine neue Erfindung auszuprobieren – ich hatte sie doch in einem Brief an dich erwähnt …?«

Penelope runzelte die Stirn. »Ich kann mich nicht erin-nern ...«

»Nicht so tragisch. Ich habe den Kurs bei Mr Shaw auch eben erst absolviert.« Mit theatralisch aufgerissenen Augen holte sie eine handtellergroße Schachtel aus der Tasche und reckte sie hoch. »Darf ich vorstellen: der Tränentrockner!«

Elijah starrte wortlos auf die Schachtel. Als Helena keine Anstalten machte, mehr zu erklären oder gar den Deckel zu öffnen, fragte er: »Und was genau ist das?«

»Vermutlich ein Hilfsmittel, das verhindern soll, dass man beim Zwiebelschneiden weinen muss«, mutmaßte Penelope.

»Voll ins Schwarze, Pen, wie immer! Dann wollen wir mal sehen, wie gut es funktioniert.« Helena stellte die Schachtel auf den Tisch, trug dann einen riesigen Scheffelkorb voller Zwiebeln aus der Speisekammer und knallte ihn vor Elijah auf die Arbeitsfläche. Erschrocken riss er die Augen auf.

»Sie werden bestimmt schon viele Zwiebeln für Ihre Teig-taschen geschnitten haben«, sagte Helena. »Können Sie sich vielleicht denken, worum genau es heute geht?«

Elijah runzelte finster die Stirn.

»Was war gestern unser Thema?«, drängelte Helena.

»Ähm ...«

Helena kniff die grünen Augen zu. »Es fängt mit P an«, half sie ihm auf die Sprünge.

»Perfektes Schneiden?«, wagte Elijah sich vor.

Penelope nickte.

Helena seufzte. »Jaaa, aber es ging vor allem um ...?« Mit wedelnder Hand drängte sie ihn, den Satz zu vollenden.

Elijah zögerte. »Darum, dass Plappern verboten ist?«

Penelope biss sich auf die Unterlippe, um nicht laut loszulachen.

»Um Präzision!«, rief Helena. »Präzision, Präzision, Präzision!«

Elijah nickte. »Alles klar, Präzision.«

»Und *warum* muss man immer gleich große Scheiben und Würfel schneiden?«, bohrte Helena weiter.

»Damit alles gleichmäßig durchkocht«, antwortete Elijah mit einem Seitenblick zu Penelope.

Als sie lächelte, meinte sie zu sehen, wie er sich ein winziges Stück aufrichtete.

»Korrekt«, sagte Helena. »Was Zwiebeln angeht …« Sie nahm eine braune aus dem Korb und legte sie vor sich auf den Tisch, dann zog sie ein mittelgroßes Kochmesser aus dem Block. »… Hier hat man bessere Kontrolle, wenn man ein größeres Messer verwendet.« Sie bedeutete Elijah, sich ebenfalls ein Messer auszusuchen. Als er sich für das richtige entschied, nickte sie und zeigte ihm, wie es richtig gehalten wurde. Dann musste Elijah das Messer jedoch wieder weglegen, während Helena die korrekte Schnitttechnik demonstrierte.

»Halbwegs gleich dicke Ringe oder Halbkreise zu schneiden ist keine Kunst. Viel schwieriger ist es, die Zwiebeln in perfekte Würfelchen zu zerteilen.«

Penelope schloss kurz die Augen. Gleich mit der kompliziertesten Schneidetechnik zu beginnen – das machte wirklich nur Helena.

»Man schneidet erst den Trieb ab, damit eine glatte Stell-fläche entsteht, und legt die Zwiebel im Anschluss mit der Wurzelspitze nach oben auf die Arbeitsfläche. Dann hält man sie mit der einen Hand seitlich fest, sodass man mit den Fingern ein U bildet, und zerteilt die Zwiebel senkrecht in zwei Hälften. Jetzt kann man jede Hälfte auf die flache Schnittfläche legen, das senkt das Verletzungsrisiko und er-leichtert das Schneiden erheblich.«

Helena platzierte die beiden Zwiebelhälften auf dem Tisch und entfernte die Schale.

»Für den nächsten Part werden Sie bestimmt etwas Übung brauchen.« Helena sah hoch und Elijah nickte. »Sie schnei-den die Hälften in Scheiben, aber nicht ganz bis zum Wur-zelende. Dadurch verrutschen die Scheiben nicht.«

Sie zeigte ihm, was sie meinte. Jeder Schnitt saß millime-tergenau, wobei die Fingerspitzen der Hand, mit der sie die Zwiebel hielt, leicht nach innen angewinkelt waren, um Ver-letzungen zu vermeiden.

»Jetzt legen Sie Ihre Hand von oben flach auf die Zwiebel und führen ein oder zwei waagrechte Schnitte durch – wie-der nur bis kurz vor das Wurzelende.« Sie fing Elijahs Blick auf. »An diesem Punkt geht die Sache bei vielen Leuten schief – doch wenn Sie gut aufpassen, passiert Ihnen nichts.«

Elijah runzelte die Stirn, nickte aber wortlos.

»Zum Schluss schneiden Sie parallel zum Wurzelende entlang und … tadaaa … erhalten Dutzende gleich große Zwiebelwürfel.« Sie legte das Messer beiseite und wies Elijah an, sich die Stücke anzuschauen.

Er nahm einige in die Hand und schob sie mit den Fingern der anderen Hand auseinander.

»Natürlich erwartet niemand von Ihnen, dass Sie es sofort genauso hinbekommen. Allerdings ist das der Standard, den Sie mit der Zeit erreichen müssen«, sagte Helena.

Elijah murmelte etwas Zustimmendes, dennoch konnte Penelope ihm ansehen, wie überfordert er war. Sie fuhr sich mit der Zunge über die Lippen. »Helena, vielleicht sollten wir Mr Little noch einmal durch den ganzen Ablauf führen, Schritt für Schritt«, schlug sie vor.

Elijah schenkte ihr ein dankbares Lächeln.

»Genau das hatte ich doch auch vor, Pen«, sagte Helena und klang überrascht, dass sie etwas anderes von ihr annehmen könnte.

Damit wies sie Elijah an, sich eine Zwiebel zu nehmen, pickte sich selbst auch eine aus dem Korb und begann zu schneiden. Elijah machte ihr jeden Arbeitsschritt nach, bis er schließlich einen ganzen Haufen Zwiebelwürfel vor sich liegen hatte. Helena schob die Stücke auseinander und kritisierte die Größenunterschiede.

»Verbesserungsbedürftig. Sehr verbesserungsbedürftig. Doch zumindest nicht *furchtbar*«, lautete ihr Urteil. »Wir machen es noch ein letztes Mal zusammen, danach müssen Sie allein weiterüben. Pen, möchtest du nicht wieder die Gelegenheit nutzen, dich deinem eigenen Projekt zu widmen? Wir können doch Miss Pickerings Zeit nicht übermäßig in Anspruch nehmen, nicht wahr, Mr Little?«

Elijah machte den Mund auf, um etwas zu erwidern, aber

Helena ignorierte ihn und scheuchte Penelope mit einer Handbewegung aus dem Raum. »Na los, geh schon. Unter meiner Anleitung wird er in ein, zwei Stunden sicherlich ganz passable Würfelchen vorweisen können, keine Sorge.«

Etwa eine Stunde lang arbeitete Penelope ihre Rezepte zu einem Fischgericht namens Ceviche durch, die sie von ihren Reisen mitgebracht hatte, und suchte eines heraus, das sie später am Tag ausprobieren wollte. Als sie danach wieder in die Küche zurückkam, erschrak sie beim Anblick von Elijahs Gesicht. Seine hellbraunen Augen waren rot gerändert und blitzten wütend, und obwohl er sich ständig mit dem Handrücken darüberwischte, hörten die Tränen nicht auf zu fließen. Die Arbeitsfläche war mit unzähligen Zwiebelwürfeln übersät. Helena stand ein gutes Stück entfernt und häufte Würfel gleicher Größe an. Die Schachtel, die sie am Morgen so euphorisch angekündigt hatte, lag vergessen in einer Ecke.

»Was ist denn mit deinem Tränentrockner?«, fragte Penelope.

Elijah und Helena sahen gleichzeitig hoch, wobei sich Ersterer schniefend das linke Auge rieb.

Helena blinzelte verwirrt. »Ach der …!«, rief sie schließlich, griff nach der Schachtel und holte eine Brille mit überdimensionierten Gläsern heraus. Über den Bügeln waren zusätzliche Scheiben angebracht worden, um die Augen fast vollständig abzuschirmen. Mit der Brille stellte Helena sich wieder neben Elijah. »Versuchen Sie die.« Vorsichtig setzte sie ihm das Gestell auf die Nase und stützte die Bügel auf seinen Ohren auf. Die Brille war eindeutig auf Helenas kleineres Gesicht zugeschnitten, denn an Elijah saß sie merkwürdig eng und schief.

»Grundgütiger, Sie sehen ja schrecklich aus!« Anscheinend fiel Helena Elijahs Zustand jetzt erst auf. »Die Brille passt nicht wirklich, aber vielleicht hilft sie ein bisschen.«

Elijah schniefte. »Danke.«

Helena wandte sich Penelope zu. »Kannst du dich noch an unsere allererste Woche erinnern? Keine von uns hat es geschafft, die Tränen zurückzuhalten, doch Mabel Pilkington sah mit Abstand am lächerlichsten von allen aus.«

»Helena …« Penelope fand es nicht angebracht, in Elijahs Gegenwart über eine Mitschülerin zu tratschen.

»Ich weiß noch, wie sie Lady Rutland vollgejammert hat, uns eine Pause zu gewähren. Was hatte sie denn erwartet? Dass die Ausbildung zur Kulinarikerin wie ein sonniger Tag auf der Royal Ascot werden würde?«

Mit diesem Vergleich konnte Elijah nichts anfangen. Und selbst Penelope (die noch nie an der Pferderennbahn von Ascot gewesen war, weil sie sich während des Sommers meist mit ihren Eltern auf Reisen befand) konnte nur erahnen, was ihre Freundin mit diesem Satz meinte.

»Helena …«, setzte Penelope erneut an.

»Ja, genau, Pen. Wie Mr Little gerade am eigenen Leib zu spüren bekommt, ist die Kochkunst nichts für Schwächlinge«, missdeutete Helena den Einwand ihrer Freundin. »Als wir unsere Ausbildung begonnen haben, hatten wir solche Hilfsmittel nicht.« Sie warf Elijah einen vielsagenden Blick zu. »Wie wär's, wenn Sie Miss Pickering Ihre heutigen Fortschritte vorführen?«

Ohne ein Wort holte er eine neue Zwiebel aus dem Korb und schnitt sie in kleine Würfel. Sobald er fertig war, deutete Helena auf den Haufen.

Penelope näherte sich und nahm die Zwiebelstücke in Augenschein. Nur wenige waren etwas größer geraten als der Rest. »Gut gemacht, Mr Little«, sagte sie und suchte seinen Blick. Seine braunen Augen tränten nicht mehr, waren aber immer noch gerötet, und mit der seltsamen Brille vor dem Gesicht sah er wie ein zerknautschter Hundewelpe aus. Penelope hätte beinahe losgelacht, schenkte ihm stattdessen aber doch lieber ein mitfühlendes Lächeln. Noch nie war ihr ein junger Mann begegnet, der gleichzeitig so kläglich und so hinreißend gewirkt hatte.

»Die funktioniert ja tatsächlich«, sagte sie und tippte sanft gegen das Glas seitlich an seiner Schläfe.

»Natürlich tut sie das«, sagte Helena. »So, und jetzt: zu den Soßen!«

Im Verlauf der folgenden Wochen eignete sich das ungleiche Trio eine eigene Routine an. Helena verbrachte die meisten Vormittage damit, Elijah den Umgang mit Messern und neue grundlegende Techniken beizubringen, während er die bereits erlernten perfektionierte. Die Nachmittage waren für die unterschiedlichen Methoden des Kochens reserviert. Zu jedem Gericht gab es eine andere Soße und an jedem Abend standen neue Teigwaren oder Desserts auf dem Tisch. Innerhalb weniger Wochen lernte Elija, Fisch zu entgräten und zu filetieren, Enten und Fasane zu entbeinen, Rippchen zu einem Kronenbraten anzuordnen und Hummer zu kochen.

Die meiste Zeit lernte er, ohne ein Wort zu sagen. Penelope verbrachte den größten Teil des Tages mit ihrem eigenen Projekt, ließ es sich allerdings nicht nehmen, etliche Rezepte in der Küche zu testen, während Helena damit beschäftigt war, Elijah zu unterrichten. Nur selten ließ Penelope eine Bemerkung dazu fallen. Meistens spulte Helena allein eine Lektion nach der anderen ab.

Obwohl Penelope sich auf ihre eigene Arbeit konzentrierte, entging ihr nicht, dass Elijah oftmals mit seiner Geduld am Ende zu sein schien. Immer wieder blitzte sein Nacken unter dem Kragen rot hervor und manchmal konnte sie sogar beobachten, wie seine Ohrspitzen dunkel anliefen. An dem Tag, an dem Helena ihm die Zubereitung von Hummer beibrachte, hatte Elijah ein schlimmes Erlebnis verkraften müssen – ein Hummer hatte versucht, aus dem Topf zu krabbeln, bevor Elijah den Deckel schließen konnte. Danach hatte Helena ihm die andere Methode beibringen wollen, einen Hummer zu töten – indem man ihn mit dem Messer erdolchte, bevor man ihn in den Topf warf –, aber Elijah hatte eine halbe Stunde lang zögernd vor dem lebenden Tier gestanden und es einfach nicht über sich gebracht. Und während dieser halben

Stunde war Helenas Frust so angeschwollen, dass sie am Ende einen wüsten Wortschwall über menschliche Dummheit und Ignoranz ausgestoßen hatte und wutentbrannt aus der Küche gestürmt war. Penelope blieb die Aufgabe überlassen, Elijah wieder zu beruhigen.

»Ich hoffe, Sie nehmen ihr Geschimpfe nicht allzu persönlich, Mr Little«, sagte sie, während Elijah wütend schnaubte.

Er fuhr sich über den Nacken. »Wie denn nich'? Sie ist eine Tyrannin, Miss, das müssen Sie selber zugeben.«

Penelope fing den Hummer ein, den Elijah nach Helenas Abgang hatte laufen lassen und der nun den langen hölzernen Tisch entlang davonkrabbelte. »Ich weiß, sie kann schwierig sein. Das liegt jedoch nur an ihrer großen Leidenschaft fürs Kochen und Essen.«

»Essen ist aber auch so ziemlich das Einzige, wofür sie sich interessiert. Oder Verständnis hat.« Elijah legte das Messer beiseite und rieb sich die Stirn.

Penelope nickte. An der Akademie gab es viele Mädchen, die Helena genau so sahen. Penelope genoss das zweifelhafte Privileg, von den anderen mit ihren Beschwerden über Helena überschüttet zu werden, wenn diese mal wieder aus der Haut gefahren war und ihre Mitschülerinnen als schwer von Begriff beschimpft hatte – nur weil sie eine nicht ganz so schnelle Auffassungsgabe besaßen wie sie selbst. Penelope beschloss, Elijah mehr anzuvertrauen, als sie es gegenüber den anderen Studentinnen je getan hätte. »Haben Sie sich je gefragt, warum Helenas Eltern und ihr Bruder nicht hier sind?«

Elijah sah sie irritiert an. »Ich hab gedacht, die sind reich, die reisen halt viel.«

Penelope wiegte den Kopf leicht hin und her. »Auch. Aber vor allem möchten Helenas Eltern ihrem Sohn und Erben eine vielfältigere Ausbildung zuteilwerden lassen, als er sie hier in England bekommen könnte. Seit dem Tag seiner Geburt wurde Helena deshalb sozusagen sich selbst überlassen und konnte alles tun, was sie wollte. Ohne jede Einschränkung. Ich glaube …« Sie sah sich um, ob auch kein Bediensteter ihre Unterhaltung hören konnte, und senkte die Stimme. »Ich glaube, es kümmert ihre Eltern nicht besonders, was Helena tut, solange sie keine Schande über sie oder den Familiennamen bringt. Deswegen arbeitet Helena so hart an ihrer Zukunft – wenn sie es schafft, die berühmteste Kulinarikerin der Welt zu werden, *müssen* ihre Eltern ihr endlich wieder Aufmerksamkeit schenken. Das führt allerdings manchmal leider dazu, dass sie andere Dinge übersieht, wichtige Dinge. Trotzdem glaube ich, dass sie ein gutes Herz hat.«

Elijah blickte finster drein.

»Sie möchte, dass Sie Erfolg haben, Mr Little«, fuhr Penelope fort. »Denn wenn Sie Erfolg haben, hat auch sie Erfolg.«

Elijah seufzte.

»Und wenn Sie mich fragen …«, sagte Penelope. »Ich finde, Sie machen große Fortschritte – Hummer hin oder her.« Sie nahm das Tier am Panzer hoch und drehte es so, dass dessen Bauch und die rudernden Beine zu sehen waren.

Elijah verzog das Gesicht, ehe er wieder zu ihr sah. »Meinen Sie wirklich, ich kann das schaffen? Also ich mein jetzt nich' das Ding da ...«, er deutete mit dem Kinn auf den Hummer in ihrer Hand, »... sondern das alles hier?« Er schaute sich in der wuseligen Küche um.

Penelope neigte den Kopf zur Seite. »Aber sicher doch. Sie werden eines Tages ein großartiger Koch sein. Hauptsache, Sie halten Ihre fünf Sinne beisammen und lassen sich von Rückschlägen nicht entmutigen. Missgeschicke passieren ständig, vor allem in der Küche. Die Kunst besteht darin, flexibel zu bleiben, sich neue Lösungen auszudenken und dafür zu sorgen, dass das Essen am Ende köstlich schmeckt.«

»So hab ich das bei meinen Teigtaschen immer gemacht. Hab Zutaten ersetzt, die nich' zu kriegen waren oder die ich mir nich' leisten konnte. Aber hier ...« Seine Stimme versagte. »Hier hat man das Gefühl, dass immer alles perfekt sein muss.«

Penelope biss sich auf die Unterlippe. Helena verlangte auch wirklich Perfektion. »Dieses Ziel ist zwar noch ein weit entferntes, doch irgendwann werden Sie es erreichen. Im Moment stehen Sie allerdings noch am Anfang und müssen erst einmal alle Techniken erlernen. Als Sie mit dem Backen begonnen haben, wussten Sie da schon instinktiv, wie lange Sie die Teigtaschen im Ofen lassen mussten? Oder haben Sie ständig nachschauen müssen, ob die Kruste schon so perfekt ist, wie Sie sie haben wollten?«

Elijah nickte nachdenklich. »Das hat schon 'ne Weile gedauert, bis ich ein Gefühl dafür hatte.«

»Und das hier ist auch nichts anderes. Mit jeder Technik, die Sie sich aneignen, bilden Sie Instinkte aus, die Sie durch

Übung zunehmend perfektionieren. Und in der Zwischenzeit müssen Sie sich immer wieder daran erinnern, wie talentiert Sie sind.«

Das Grinsen, das Penelope am Abend ihrer ersten Begegnung auf dem Nachtmarkt gesehen hatte, erblühte wieder auf seinem Gesicht. »Danke, Miss. Das bedeutet mir echt viel.«

Sofort spürte sie, wie sie rot anlief. Sie starrte den Hummer in ihrer Hand an, um Elijahs Blick auszuweichen. »Wussten Sie, dass Hummer Gliederfüßer sind? Das heißt, dass sie biologisch näher mit den Insekten verwandt sind als mit Vögeln oder Säugetieren.«

Elijah sah den strampelnden Hummer an. »Wundert mich irgendwie nich'«, brummelte er.

»Eine Kakerlake würden Sie wahrscheinlich ohne viele Gewissensbisse töten, oder?«, sagte Penelope.

»Stimmt.«

Sie zuckte mit den Schultern. »Vielleicht würde es Ihnen die Sache leichter machen, sich einen Hummer als Kakerlake des Meeres vorzustellen.«

»So riesige Kakerlaken würd ich mir aber nich' so gern vorstellen.«

Penelope lachte. »Sie haben recht, ich auch nicht. Kommen Sie, ich werfe den Hummer ins Wasser und Sie machen schnell den Deckel drauf.«

Elijah atmete tief durch. »Also gut, probieren wir's.«

Schulter an Schulter stellten sie sich vor den Topf mit kochendem Wasser. Penelope umklammerte den Hummer mit der rechten Hand, während Elijah den Deckel bereithielt. Sie sah ihn an. »Ich zähle bis drei. Bei zwei werfe ich ihn hinein und bei drei drücken Sie den Deckel ganz fest drauf. Bereit?«

»Jo.« Sein Adamsapfel wippte auf und ab, als er trocken schluckte.

»Eins. Zwei. Drei.« Wie angekündigt, ließ Penelope den Hummer ins Wasser fallen und Elijah knallte den Deckel auf den Topf. Gemeinsam warteten sie ohne ein Wort. Dann drehte sich Penelope zu ihm um. »Sie haben es geschafft.«

Elijah ließ einen zittrigen Atem entweichen. »Ja. Meine erste gekochte Kakerlake.«

Penelope musste unwillkürlich lachen. »Vielleicht sollten Sie das in Helenas Anwesenheit lieber anders formulieren.«

Ihre Blicke trafen sich und das leise Kichern verwandelte sich in lautstarkes Gelächter. Sie lachten und lachten und kümmerten sich nicht darum, dass das gesamte Küchenpersonal ihnen dabei zusah.

7

Lass die Leute denken, was sie wollen

Elijah trat hinter Helena und Penelope durch den steinernen Torbogen auf den Markt von Leadenhall und sah sich um. Sie hatten sich diesen Platz bewusst ausgesucht, weil Elijah seine Waren hier so gut wie nie zum Verkauf angeboten hatte. Die Wahrscheinlichkeit, dass er einen der anderen Händler kannte, war also vergleichsweise gering. Trotzdem fragte er sich, ob er jemanden Bekanntes sehen würde. Händler durchwanderten häufig die ganze Stadt auf der Suche nach den besten Verkaufsplätzen. Daher konnte es gut sein, dass er hier dennoch auf eine Person traf, die sich an ihn erinnerte.

Dass Helena ihn zu diesem Markt brachte, verstieß eindeutig gegen Lady Rutlands Regeln. Aber sie hatten die letzten Wochen ausschließlich im Stadthaus verbracht. Die paar Ausflüge in den Garten, um Luft zu schnappen, fühlten sich für jemanden wie Elijah, der es gewohnt war, jeden Abend durch die Märkte und Straßen der Stadt zu ziehen, wie ein lächerliches Trostpflaster an. Und so war er jetzt für Helenas Vorschlag so dankbar gewesen, dass er keine Einwände geäußert hatte.

Helena hatte Elijah eine alte Hose von ihrem Vater geliehen, die ziemlich tief auf seinen Hüften saß, da Elijah längere Beine hatte als der Marquess. Zum Glück hatte Helena ihm auch ein Paar Hosenträger gegeben, die verhinderten, dass der Bund rutschte. Elijah war es gewohnt, alte Kleidung anderer Leute aufzutragen, aber diese Hose war von so hervorragender Qualität, dass er sich vorkam wie eine mit Blattgold überzogene Eichel. Seine schmalen Schultern steckten zudem in einem Gehrock von Helenas Vater. In den geliehenen Kleidern kam Elijah sich daher viel auffälliger vor, als er sich je in seinen eigenen gefühlt hatte. Doch die hatte Helena ihm zu tragen verboten: »In dem Aufzug würde Ihnen niemand glauben, dass Sie zu uns gehören!« Und beide Mädchen hatten ihm versichert, dass die Kleider des Marquess ihm gut genug passten, um keine ungewollte Aufmerksamkeit auf ihn zu lenken.

Mit schwingendem Korb drehte sich Helena zu Penelope und Elijah um und sie alle hielten an, wobei Elijah darauf achtete, in Penelopes Nähe zu bleiben.

»Ich möchte einige Dinge für den morgigen Unterricht einkaufen, aber ich verrate euch nicht, welche. Das soll eine Überraschung werden. Pen, du hast doch sicher auch eine eigene Einkaufsliste, oder?«

Als Penelope nickte, wippte ihre strandschneckenblaue Haube auf und ab. »Ja. Vielleicht sollte Mr Little mich begleiten.« Sie warf ihm ein Lächeln zu. »Wir könnten schauen, ob wir irgendwo Achiote auftreiben.«

Er neigte den Kopf. »Wird nich' leicht. Aber vielleicht mit genug Geld in der Tasche …«

»*Nicht*«, verbesserte ihn Helena. »Mit T am Schluss. Sie müssen wirklich mehr auf Ihre Aussprache achten. Schon vergessen? Sie müssen darauf achten, wie *wir* sprechen.«

»Mach ich doch«, brummte Elijah.

Helena beäugte ihn streng. »Dann weiß ich nicht, wieso Sie immer noch *nich* sagen.«

Er spürte, wie ihm die Hitze in den Nacken stieg, und presste die Lippen aufeinander.

»Wie dem auch sei«, fuhr Helena fort. »Ja, geht ihr beiden zusammen. Wenn ich euch nicht finde, nachdem ich alles erledigt habe, treffen wir uns in einer Stunde wieder hier.«

Penelope nickte und damit wirbelte Helena herum und eilte auf den Markt.

Penelope sah Elijah an. »Wollen wir?«

Er wollte ihr schon sagen, sie solle vorausgehen, doch dann überlegte er es sich anders und nickte nur kurz. Dabei fiel ihm zum ersten Mal der bernsteinfarbene Ring um ihre Pupillen auf. Verlegen schaute Elijah weg und wandte sich den Marktständen zu. Zu ihrer Linken bot der Lehrling eines Käsemachers den Passanten kleine Häppchen eines blau marmorierten Käses an.

Der Lehrling schien etwas jünger zu sein als Elijah, doch seiner rundlichen Gestalt nach zu urteilen auch besser ernährt. Noch vor wenigen Wochen hätte Elijah ihn beneidet.

Eine Lehrstelle zu ergattern war schwer, außer man hatte Eltern, die genug Geld besaßen, um ihr Kind reinzukaufen. Jungen wie Elijah dagegen – die weder Geld noch Eltern hatten – konnten sich nur auf ihren Verstand, ihre dürftigen Einnahmen oder die Wohltätigkeit anderer verlassen. Und manchmal auf alles drei. Nun ja, jetzt hatte er sich selbst auch eine Art Lehrstelle besorgt. Da konnte er es auch ertragen, dass Helena sich ständig über seine Kleider und seine Ausdrucksweise beschwerte.

Penelope folgte seinem Blick zum Stand des Käsemachers. »Wollen wir ein Stückchen probieren?«

Schulterzuckend näherte sich Elijah dem Lehrling.

»Was haben Sie heute im Angebot?«, fragte Penelope den Jungen.

»Einen Stilton aus Nottingham, Miss. Aus feinster Milch und bestem Rahm.« Mit einer silbernen Käsezange hielt er ihnen ein Scheibchen hin.

Penelope schwieg, während sie kaute.

Obwohl so blau geäderter Käse noch nie zu seinen Lieblingssorten gehört hatte, steckte sich Elijah ebenfalls eine Scheibe in den Mund. Die sahnige Konsistenz passte gut zu dem erdigen, leicht bitteren Aroma und Elijah bat um ein Stück Brot, um den Geschmack auf seiner Zunge zu neutralisieren. Dann sah er Penelope an, die dem Lehrling anerkennend zunickte.

»Großartig grasiger Nachgeschmack. Und genau der richtige Salzgehalt. Ich glaube, der wäre perfekt geeignet, um eine Brokkoli-Fisch-Cremesuppe abzurunden.«

Der Junge nickte. »Auf jeden Fall, Miss. Oder ein Lamm- oder Rindfleischgericht.«

Penelope wandte sich Elijah zu. »Was denken Sie, Mr Little?«

Elijah sah zwischen ihr und dem Lehrling hin und her. Penelope wartete lächelnd auf seine Antwort. Diesmal würde sie ihn wohl nicht so leicht davonkommen lassen, er würde sich schon eindeutig äußern müssen. »Der Käse ist nicht ganz mein Geschmack, aber ich kann ihn mir gut zu Pilzen und Meerrettich vorstellen. Vielleicht auch zu Lauch.« Er zuckte mit den Schultern.

Penelopes Lächeln wurde breiter. »Absolut! Vielleicht in einem lockeren Blätterteigmantel?«

»Ja, warum nicht?«

Penelope grinste. »Ihre Liste wird immer länger. Wir nehmen ein Stück von dem Käse, bitte«, sagte sie zu dem Lehrling. »Ungefähr so groß.« Sie zeigte die Menge mit den Fingern an.

Der Junge beugte sich unter die Auslage, um den Käselaib herauszuholen, schnitt ein Stück ab und hielt es Penelope hin. Nachdem sie ihre Zustimmung bekundet hatte, wickelte er es in ein Stück Wachspapier und schnürte einen Bindfaden darum.

Penelope bezahlte und legte den Käse in ihren Korb. Während sie sich vom Käsestand entfernten, warf sie Elijah einen amüsierten Blick zu. »Sie brauchen sich wirklich nicht so viele Sorgen wegen Ihrer Aussprache zu machen. Das lief eben ganz wunderbar.«

Elijah seufzte. »Ich möchte nur niemandem zu nahe treten.«

»Das tun Sie auch nicht. Mir schon gar nicht.«

»Aber wenn ich nicht sicher bin, dass ich alles so sage, wie sie es haben will, sag ich lieber gar nichts.«

Penelope zog eine Augenbraue in die Höhe. »Sie werden den Dreh schon bald raushaben. Mit mir können Sie bis dahin gern so reden, wie … wie es Ihnen natürlich erscheint.« Sie sah ihm in die Augen.

Elijah musste unwillkürlich lächeln. »Danke, Miss. Das weiß ich zu schätzen.«

»Dann hätten wir das geklärt. Und jetzt …« Penelope deutete mit dem Kopf nach vorn. »Schauen wir mal, ob wir Achiote finden.«

Achiote fanden sie nicht, dafür allerdings einen Stand, der eine Unmenge Chilischoten in den unterschiedlichsten Größen und Farben anbot – frisch von den Schiffen aus Spanien, Neapel und Sizilien. Penelope hatte gleich mehrere Rezepte im Hinterkopf, bei denen sie den Chili einsetzen wollte. Elijah entdeckte zudem einen Gewürzstand, an dem getrocknete Chilischoten vom amerikanischen Kontinent verkauft wurden.

»Unglaublich, dass er Ancho, Pasilla *und* Mulato-Chili hatte, nicht wahr?«, sagte Penelope, als sie den Stand mit beträchtlich gefülltem Korb wieder verließen. »Jetzt kann ich für Sie und Helena ein Mole Poblano machen! Ich wollte eigentlich eine Black-Mole-Soße zubereiten, aber man muss sich mit dem zufriedengeben, was man bekommt. Nun, so oder so – die drei Chilisorten schmeckt Helena garantiert nicht heraus!«

Elijah fand ihre Begeisterung über die ergatterten Zutaten gleichermaßen lustig wie bezaubernd.

»Obwohl ich zugeben muss, dass die Herausforderung nicht ganz fair ist«, fuhr Penelope fort. »Ich hoffe, Sie denken deswegen nicht schlecht von mir. Helena und ich machen so etwas ziemlich oft.« Offenbar hatte sie Elijahs Blick komplett missverstanden.

»Niemals im Leben würde ich schlecht von Ihnen denken, Miss«, beteuerte Elijah, woraufhin sie sich wieder zu entspannen schien. »Ich wollt nur sagen, dass ich es ehrlich kaum erwarten kann, endlich Ihr Mole Poblano zu probieren.«

»Oh. Das freut mich dann natürlich.«

»Allerdings haben wir erst die Hälfte der Sachen, die auf Ihrer Liste stehn, und wir haben nur noch 'ne halbe Stunde Zeit, bis wir uns mit Lady Helena treffen sollen.«

Penelope schaute auf die Uhr, die an einer Kette von ihrer Taille baumelte. »Oh, Sie haben recht! Vielleicht sollten wir uns aufteilen? Könnten Sie einen Teil der Liste übernehmen?«

»Kein Problem, das mach ich in Nullkommanix.«

Penelope biss sich auf die Unterlippe, doch Elijah konnte sehen, dass sie ein Lächeln zu unterdrücken versuchte. Dann riss sie den unteren Teil der Liste ab und reichte sie ihm mit einer Handvoll Münzen. Mit einem Dankeschön hastete sie auf der Suche nach dem Fleisch, das sie brauchte, tiefer in den Markt hinein. Elijah sah auf die Liste. Penelope hatte schon mehrere Dinge darauf mit einem Bleistift durchgestrichen.

2 Bund frischer Koriander
8-10 Zitronen oder Limetten
4 Bitterorangen
~~1-2 Pfund Chilischoten (falls verfügbar)~~
~~8 Zwiebeln (weiß oder gelb)~~
6-8 Kochbananen (falls verfügbar)
2 Pfund Tomatillos (falls verfügbar)
2 Pfund Tomaten (falls verfügbar)

Orangen und Zitronen sollten nicht schwer zu finden sein. Und Elijah, der als Kind häufig Zitrusfrüchte verkauft hatte, wusste genau, wonach er Ausschau halten musste. Im Zentrum des Marktes fand er schon bald einen Obststand. Neben Zitrusfrüchten bot der Händler auch Äpfel, Quitten, getrocknete Feigen und verschiedenes Steinobst an.

Elijah begutachtete eine Zitrone, die ganz oben auf dem Stapel lag. Die dicke, mit zahlreichen Dellen übersäte Schale deutete darauf hin, dass die Frucht nicht sonderlich saftig war. Also suchte Elijah unter den kleineren Früchten und rollte einige davon in den Händen hin und her.

»Sie möchten Zitronen?«, kam der Händler auf ihn zu.

»Ja, ich nehme diese drei hier«, sagte Elija und hielt sie hoch.

»Die großen sind besser, da kriegen Sie mehr Frucht für

Ihr Geld«, sagte der Händler, nahm eine der großen Zitronen in die Hand, die Elijah beiseitegeschoben hatte, und rieb sie an seinem Ärmel.

Elijah ignorierte seinen Einwand. Bestimmt hielt der Mann ihn für einen reichen Schnösel, der keine Ahnung von Zitrusfrüchten hatte. »Haben Sie auch Pomeranzen?«

Der Mann neigte den Kopf, der nur noch spärlichen Haarwuchs aufwies. »Hier drüben.« Er ging zu einem großen Korb, in dem gelbliche, orangenähnliche Früchte lagen, und reichte Elijah eine davon.

Vorsichtig drückte er sie. Die Frucht fühlte sich nicht so an, wie er sie gern gehabt hätte. »Wie lange liegen die hier schon?« Pomeranzen wurden immer härter und trockener, je länger sie der Außentemperatur ausgesetzt waren. Über trockene Früchte wäre Penelope sicher nicht erfreut, daher wollte er ihr solche lieber nicht mitbringen.

»Seit zwei Tagen«, antwortete der Mann, wühlte in dem Korb und reichte Elijah eine andere Frucht. »Sind erst vorgestern aus Spanien angekommen.«

Elijah runzelte die Stirn. Die zweite Frucht fühlte sich fast noch trockener an als die erste. Er begann selbst in dem Korb zu suchen, in der Hoffnung, wenigstens ein paar geeignete Pomeranzen zu finden. »Wohl eher vor fünf Tagen«, murmelte er und warf dem Händler einen vielsagenden Blick zu.

Der Mann kniff die Augen zu. »Sind Sie Experte, oder was?«

»Ich kenn mich mit Zitrusfrüchten aus«, gab Elijah zurück, wobei er vor Ärger in seinen alten Straßenjungen-Tonfall verfiel, und suchte zwei Pomeranzen aus, die gerade noch akzeptabel waren.

Der Händler musterte Elijah schnaubend von oben bis unten. »Hab dich in der Verkleidung erst für 'n Gentleman gehalten. Aber der Sprache nach bist du wahrscheinlich einer von den jüdischen Jungs, die Orangen verhökern, stimmt's?«

Elijah verkrampfte sich unter dem Blick des Händlers. Als würde ihn ein unangenehmer Geruch beleidigen, rümpfte der Mann die knollige Nase und wölbte verächtlich die Oberlippe vor. Diesen Gesichtsausdruck kannte Elijah nur zu gut – aus seiner Kindheit, als er mit Orangen, Zitronen oder Rhabarber beladen durch die Straßen gelaufen war, um seiner Mutter wenigstens ein paar Münzen mit nach Hause zu bringen. Sie hatte darauf bestanden, dass er zur Schule ging, aber am frühen Morgen und in den späten Abendstunden hatte er Obst verkauft, damit sie sich besseres Essen leisten konnten. Die meisten Jungs, die Zitrusfrüchte anboten, waren Juden genau wie er. Das hatte zur Folge, dass man automatisch für jüdisch gehalten wurde, sobald man Orangen und Zitronen im Angebot hatte. Auch wenn dem nicht so war. Nach dem Tod seiner Mutter hatte Elijah bald aufgehört, Zitrusfrüchte zu verkaufen, um den verächtlichen Blicken und Kommentaren zu entgehen.

Schon oft hatte er sich gefragt, was er solchen Leuten wie diesem Glatzkopf vor ihm entgegenschleudern konnte, um ihnen das Maul zu stopfen. Aber bisher war ihm nichts eingefallen, was ihn nicht noch wütender gemacht oder was er nicht später bereut hätte. Also sparte er sich auch diesmal jedes Wort. Stattdessen legte er die Zitronen und Pomeranzen in den nächstbesten Korb zurück, warf dem Mann einen vernichtenden Blick zu und wandte sich ab. »Dreckiger Jude«, hörte er den Händler hinter sich zischen.

Mit zusammengebissenen Zähnen machte Elijah sich auf den Weg zu einem anderen Obststand und wünschte sich, er hätte erst gar nicht den Mund aufgemacht.

8

Kaum etwas ist so schwer abzulegen wie schlechte Gewohnheiten

Also«, sagte Helena und zeigte aus dem Fenster, »da das Wetter heute so wunderbar trocken ist, wollen wir Ihnen die verschiedenen Zubereitungsarten von Meringues beibringen. Gewisse Leute behaupten, sie wüssten alles, was man als Noch-nicht-Kulinarikerin nur wissen kann. Dabei verstehen sie noch nicht einmal, dass es zwischen den verschiedenen Meringue-Arten und ihren praktischen Einsatzbereichen grundsätzliche Unterschiede gibt. Doch ich werde nicht zulassen, dass Sie so werden wie diese Leute, Elijah.« Sie hielt inne, als wolle sie ihm Gelegenheit geben zu antworten.

Auf der anderen Seite des Tisches verdrehte Penelope die Augen angesichts Helenas wenig verhohlenen Anspielung auf Prinzessin Adelaide.

Als Elijah gerade etwas sagen wollte, fuhr Helena fort:

»Die einfachste Basisversion einer Meringue – und die an-fälligste, zumindest in der Zeit vor dem Backen – ist die französische Variante. Mit ebendieser beginnen wir heute. Wollen Sie sich keine Notizen machen?«

Elijah zuckte ertappt zusammen. Er hatte zwar aufmerksam zugehört, auf dem Papier vor ihm stand aber noch kein Wort. Hastig notierte er »Französische Meringue« in der kleinstmöglichen Schrift. Nach dem ernüchternden Erlebnis in Leadenhall hatte er beschlossen, so viel wie möglich so schnell wie möglich zu lernen. Solch eine Begegnung konnte schließlich jederzeit und überall wieder passieren. Es war Glück gewesen, dass die beiden Mädchen die verächtlichen Kommentare des engstirnigen Händlers nicht mitbekommen hatten. Sonst hätte das bestimmt zu einem viel größeren Zwischenfall oder – schlimmer – zu vielen unangenehmen Fragen geführt. Und hätten Elijahs Antworten Helena nicht gefallen, hätte er sich bestimmt noch am selben Tag in seinem winzigen Zimmer in der Old Fish Street wiedergefunden.

Elijah wollte, dass dieses Experiment funktionierte. Er wollte seinem Onkel nach dessen Rückkehr einen neuen Elijah präsentieren – einen, der auf dem besten Weg war, ein eigenes Lokal oder zumindest einen eigenen festen Marktstand zu besitzen.

Trotz aller Widrigkeiten machte Elijah große Fortschritte. Das meinte auch Penelope und sie war schließlich eine der beiden genialsten jungen Frauen, die ihm je untergekommen waren. Inzwischen ragte in seinem Zimmer ein riesiger Stapel mit Notizen in die Höhe – mehr Papier, als er je zu haben geahnt hätte. Bisher hatte er nur die paar Bücher besessen, die seine Mutter ihm hinterlassen hatte. Dass Helena ihm für seine Aufzeichnungen so viel Papier geschenkt hatte, überwältigte Elijah noch immer. Er kannte nämlich in der Old Fish Street gleich mehrere Familien, die in Papierfabriken arbeiteten, und wusste sehr wohl, wie teuer solch hochwertiges Material war.

Doch Helena und Penelope hatten darauf bestanden, dass er sich angewöhnte, Rezepte aufzuschreiben, die entweder richtig gut oder zumindest verbesserungswürdig waren.

Darüber hinaus hatten sie ihm jede Menge Fach- und Sachbücher zu den unterschiedlichsten Themen geliehen – von Menüplanung über zeitliche Kochabläufe bis hin zu modernen Methoden zur Geschmacksverstärkung – und Helena erwartete von ihm, dass er sie in seiner Freizeit las. Wobei Freizeit für Elijah ein extrem knappes Gut war. Helena packte den ganzen Tag mit Lektionen voll. Wenn Elijah abends die Stufen zum Bedienstetentrakt hochging und mit einem Gutenachtgruß an Pierces offener Tür vorbeischlurfte (und nur einen Blick aus zugekniffenen Augen erntete), war er oft so erschöpft, dass er bloß noch wie ein Stein ins Bett fiel und bis zum Morgengrauen schlief, ohne sich auch nur einmal umzudrehen.

Die ersten Stunden nach dem Aufstehen verbrachte Elijah damit, die Bücher unten in der Bibliothek an einem runden, dreibeinigen Tisch zu lesen und sich zu Rezepten und Methoden, die er ausprobieren wollte, Notizen zu machen. Auf

Penelopes Drängen hin hatte er zudem angefangen, eine Liste mit den Dingen anzufertigen, die er nicht verstand. Diese erklärte sie ihm dann oder empfahl andere Bücher, die ihm weiterhelfen konnten.

All dies erledigte er meist schon vor dem Frühstück, denn da erschien Helena normalerweise im Esszimmer. Sie aß nie viel, wünschte sich allerdings die unterschiedlichsten Sachen. Wenn das Küchenpersonal die nicht auftreiben konnte, beschwerte sie sich bei Pierce oder einem anderen greifbaren Bediensteten darüber und verschwand in die Küche, um sich selbst etwas zuzubereiten. Wenn sie anschließend mit einer herrlich angerichteten Servierplatte wieder auftauchte, hatten Penelope und Elijah meist schon zu Ende gefrühstückt – woraufhin Helena in gespielter Verzweiflung die Hände hochriss, ehe sie ein paar Happen aß und den Rest dem Personal überließ.

Der Überfluss an Lebensmitteln und Vorräten im Haus war für Elijah immer noch schwer zu fassen. Hier musste auch niemand etwas verkaufen, um wieder Geld für den Nachschub an Zutaten zu haben. Bislang hatte er immer gedacht, es sei besser, eigenständig zu bleiben – sich lieber selbst durchzuschlagen als irgendeine Anstellung anzutreten –, aber am Cavendish Square aßen selbst die Bediensteten wie Könige und Königinnen!

»Für die französische Meringue brauchen wir zunächst –«, riss Helena Elijah aus seinen Gedanken, hielt dann jedoch inne und sah hoch. Pierce hatte die Küche betreten und räusperte sich.

»Was gibt es denn?«, fragte Helena.

»Die Post ist gekommen, Lady Helena. Ein Brief aus Italien.«

»Ah, sehr gut. Der muss von Papa sein. Ich lese ihn sofort.« Helena griff danach.

»Davon war ich ausgegangen«, sagte der Butler.

Statt die Küche wieder zu verlassen, blieb er an der Schwelle stehen und beäugte Elijah so argwöhnisch, als würde er damit rechnen, dass dieser aufgrund des Briefes gleich aus dem Haus geworfen werden würde. Elijah versuchte, sich nichts anmerken zu lassen, trat allerdings unsicher von einem Fuß auf den anderen. Penelope, die am anderen Ende des Tisches stand, ließ ihn nicht aus den Augen.

»Ha!«, rief Helena aus.

»Was steht drin?«, fragte Penelope.

»Genau das, was ich erwartet habe«, erwiderte Helena mit triumphierender Stimme. »Sie vertrauen meiner Einschätzung in jeder Hinsicht!« Helena hielt Pierce den Brief hin, wobei sie regelrecht tänzelte, während er ihn entgegennahm. »Sie geben Lady Rutland ihr Einverständnis. Ich wusste es! Und Mr Little darf, wie von mir gewünscht, in ein Gästezimmer umziehen.«

Elijah riss erschrocken die Augen auf und sah den Butler an.

Dem fiel regelrecht die Kinnlade herunter. »Aber Lady Helena …«

»Lesen sie selbst, was der Marquess schreibt, Pierce. Meine Eltern überlassen mir alle Entscheidungen.« Das Lächeln, das ihre Lippen umspielte, war nicht schadenfreudig, sondern selbstbewusst. Als hätte sie mit nichts anderem gerechnet. Als wäre es nicht nur selbstverständlich, dass sie ihren Willen bekam, sondern geradezu ein Naturgesetz.

Wie es wohl sein musste, im Leben immer davon ausgehen zu können, dass am Ende alles so wurde, wie man es sich wünschte? Elijah fuhr sich mit der Hand über den Nacken. Herrlich wäre das. Er schaute Penelope an und fragte sich, was sie davon hielt, dass Helena ihn trotz Lady Rutlands Bedingungen in ein Gästezimmer umquartieren würde. Doch Penelope sagte kein Wort, sondern zuckte lediglich mit einer Schulter. Es war nicht das erste Mal, dass Elijah keine Ahnung hatte, was in ihrem Kopf so vorging.

Bisher hatte er sich nie getraut, sie auf etwas anzusprechen, was nichts mit Essen oder Kochen zu tun hatte. Dennoch fragte er sich immer häufiger, was sie wohl vom Tun und Denken ihrer Freundin hielt. Die Dinge, die Penelope ihm über deren Eltern erzählt hatte, passten nicht so recht zu Helenas jetzigem Verhalten. Sie schien froh zu sein, dass ihre Eltern ihr freie Hand ließen, und nicht gekränkt darüber, dass sie nicht genug Aufmerksamkeit bekam. Oder war das alles nur Theater?

Vielleicht gehörte die Frage *Wie erhalte ich ein Leben wie das von Helena Higgins, in dem ich alles kriege, was ich will?* auf seine Liste mit den Dingen, die er nicht verstand. Wobei so ein Leben für jemanden wie ihn bestimmt sowieso unerreichbar war. Es sprach einfach zu viel dagegen. Da konnte er sich noch so sehr verkleiden oder seine Ausdrucksweise ver-

ändern – es würde immer Dinge geben, über die die Gesellschaft niemals hinwegsehen würde, wenn sie ans Tageslicht
kamen.

Elijah folgte dem stocksteif aufrecht gehenden Butler vom
Bedienstetentrakt hinunter in den ersten Stock. Am Ende
eines kurzen Flurs öffnete Pierce eine dicke Holztür und bedeutete Elijah mit einer hastigen Bewegung des Zeigefingers
hindurchzugehen.

Das Schlafgemach, das Elijah betrat, war fast doppelt so
groß wie die Unterkunft seines Onkels in der Old Fish Street.
Schon das Zimmer im Bedienstetentrakt war Elijah großartig vorgekommen, weil es sauber war und die Matratze kein
bisschen klumpig. Doch dieser Raum mit seinem breiten
Baldachinbett, dem großen Kleiderschrank im selben dunklen Holzton und dem hochbeinigen Schreibtisch, der samt
Stuhl in einer Ecke vor dem Fenster stand, erschien ihm wie
der Inbegriff von Luxus. Elijah ließ seinen zerschlissenen
Beutel vor dem Schrank fallen, stellte sich ans Fenster und
schaute hinaus.

Im Zentrum des Cavendish Squares befand sich eine runde Parkanlage mit Kiespfaden und saftig grünem Rasen.
Was für ein Unterschied zu den mit Schmutz und Ruß ver-
schmierten Gässchen rund um die Old Fish Street! Elijah
wandte sich ins Zimmer, betrachtete das kunstvolle Muster
der Tapete, die Stuckleisten entlang der makellos weiß auf-

blitzenden Decke. Und in diesem Raum durfte er – Elijah Little – von nun an wohnen und schlafen! Er sah zu Pierce und erntete einen finsteren Blick, was allerdings ja nichts Neues war.

»Es wird erwartet, dass du das Zimmer so sauber hältst, wie es jetzt ist«, sagte der Butler.

Elijah nickte. »Selbstverständlich.«

»Wenn nicht … Ich sehe alles«, fügte Pierce hinzu.

»Ich werd … werde mich sehr bemühen«, erwiderte Elijah, der den Butler inzwischen gut genug kannte, um nichts anderes von ihm zu erwarten.

Pierce wandte sich zum Gehen, überlegte es sich dann aber noch einmal anders. »Ich glaube, Lady Helena macht einen Fehler damit, dich hier wohnen zu lassen, Junge. Wage es nicht, das Vertrauen zu missbrauchen, das sie in dich setzt. Die Diener an der Treppe werden dich immer im Auge haben.«

Mit anderen Worten: Sollte Elijah versuchen, in die Schlafzimmer der Mädchen zu gelangen, die sich auf der anderen Seite der Treppe befanden, würde dies auf keinen Fall unbemerkt bleiben. Elijah versuchte, den Butler beschwichtigend anzulächeln. »Vielleicht sollten Sie lieber selber nebenan schlafen, um wirklich sicherzugehen, Mr Pierce.« Er deutete mit dem Daumen nach links.

»Ich darf nicht im Gästetrakt schlafen!«, sagte Pierce, die Augen vor Zorn weit aufgerissen.

Elijah zuckte mit den Schultern. »Wie Sie meinen.«

Der Butler funkelte ihn an. »Ich werde mit Lady Helena

sprechen.« Damit verließ er das Zimmer und machte die Tür hinter sich zu.

Elijah stieß den Atem aus und sah sich erneut im Raum um. Wieso sollte er so dumm sein und etwas tun, was ihn aus dem Haus katapultieren würde, bevor er seine Ausbildung absolviert hatte? Sosehr ihn Pierces finstere Blicke und Bemerkungen über sein angeblich schlechtes Benehmen auch nervten – wenn es dem Butler ein besseres Gefühl verschaffen würde, nebenan zu schlafen, dann bitte schön.

Elijah nahm seinen Beutel in die Hand, schnürte ihn auf und wühlte darin herum, bis seine Finger auf einen altvertrauten Metallgegenstand stießen, seine Mesusa. Er holte sie hervor. Die kleine Schriftkapsel hatten seine Eltern mit nach England gebracht, nachdem sie aus Bayern hatten fliehen müssen, um der Registrierungspflicht zu entgehen. Dort gehörte es zu den antijüdischen Gesetzesanordnungen, die Anzahl der jährlich erlaubten Hochzeiten unter Juden zu beschränken. Wenn man also keine der wenigen Heiratserlaubnisse ergattern konnte, durfte man keine Familie gründen.

Elijahs Eltern hatten gedacht, sie würden in England mehr Freiheit haben, ihr Leben nach ihren Wünschen auszurichten. Doch dann war Elijahs Vater gestorben, als er noch ein kleiner Junge war, und auch seine Mutter hatte er vor ihrem Tod nie fragen können, ob das Leben *wirklich* so geworden war, wie sie es sich gewünscht hatten. Vermutlich nicht.

Die Mesusa aus Messing war weder besonders kunstvoll verziert noch sonst irgendwie auffällig, zumal sich das Metall über die Jahre verfärbt hatte. Doch sie war eines der wenigen Dinge, die Elijah von seinen Eltern geblieben waren, und so hütete er sie wie seinen Augapfel. Sie hatte am Türpfosten ihrer Unterkunft gehangen, bis Elijahs Mutter gestorben war und sein Onkel Jonathan ihn in die Old Fish Street gebracht hatte. Sein Onkel hatte seinen Nachnamen zu der Zeit schon längst von Levin zu Little geändert. Auch die Mesusa hatte er in seinem Haus nicht aufhängen wollen, damit ihre Religion nicht für jeden sichtbar war. Daher hatte Elijah sie bei seinen Habseligkeiten aufbewahrt. Immer wieder holte er sie hervor, sah sich die darin befindliche handbeschriebene Pergamentrolle an und dachte an seine Eltern. Und daran, was sie, in der Hoffnung auf ein besseres Leben, zurückgelassen hatten.

Manchmal fragte Elijah sich, ob seine Eltern vielleicht immer noch von irgendwoher auf ihn schauten. Er sah sich in seinem neuen Zimmer um. Wenn ja, dann waren sie jetzt hoffentlich stolz auf ihn. Er tat sein Möglichstes, sein Leben zum Guten zu verändern.

Plötzlich klopfte es an der Tür. Elijah drückte die Fingerspitzen auf die Mesusa und legte sie an die Lippen. Dann packte er sie wieder in seinen Beutel und schnürte ihn zu. Als er die Tür öffnete, strahlte ihm Penelope entgegen.

»Hallo«, sagte er und erwiderte ihr Lächeln.

»Ich wollte nur nachfragen, wie Sie Ihr neues Zimmer finden.« Sie schaute an ihm vorbei in den Raum und Elijah trat beiseite. »Oh, wie hübsch! Sie haben bestimmt einen wunderbaren Ausblick auf den Platz.«

Elijah atmete tief durch. »Wirklich ganz anders als alles, was ich bisher gewohnt war. Wollen Sie mal rausschauen?« Er zeigte zum Fenster.

Penelope trat einen Schritt vor, blieb dann jedoch zögernd stehen. »Würde ich gern, aber ... für eine Lady ... *geziemt* es sich nicht, das Schlafgemach eines Gentlemans zu betreten.«

Elijah lachte leise. »Ein Gentleman bin ich nich'.«

»Ein Gentleman sind Sie *nicht*«, verbesserte sie ihn und fügte dann hinzu: »*Noch* nicht.«

Elijah seufzte. »Ein Gentleman bin ich *nicht*.« Dann runzelte er die Stirn. »Was meinen Sie mit *noch nicht*?«

»Na ja ...« Ihre Augen leuchteten. »Ob Gentleman oder nicht, heute beginnt Ihr neues Leben – eins, wie auch ein Gentleman es führen würde.« Sie zeigte ins Zimmer. »Helena möchte, dass Sie auch lernen, sich wie ein Gentleman zu benehmen. Das wird Ihnen sehr dabei helfen, die richtige Kundschaft für Ihr Lokal anzulocken.«

»Verdammt«, entfuhr es Elijah und er rieb sich über den Nacken.

»Das habe ich gehört«, sagte Penelope. »Erste Lektion: Ein Gentleman flucht niemals in Gegenwart einer Lady.«

Elijah hob eine Augenbraue. »Und wenn nur fluchen das ausdrückt, was man empfindet?«

Kopfschüttelnd antwortete Penelope: »Wahre Gentlemen behalten es trotzdem für sich. Oder fluchen untereinander, aber niemals vor einer Dame.«

Elijah seufzte wieder. »Verstanden. Nie vor einer Lady fluchen.«

Penelope lächelte. »Möchten Sie mich nun in den Speiseraum begleiten, Mr Little? Ich glaube, Lady Helena hat für heute Nachmittag einige interessante Überraschungen vorbereitet.«

Elijah nickte und zog die Tür hinter sich zu. Penelope zeigte ihm, wie er einer Lady seinen Arm anbieten musste, und dann machten sie sich gemeinsam auf den Weg ins Esszimmer. Dort war für drei Personen gedeckt, allerdings mit mehr Besteck, als Elijah je auf einem Haufen gesehen hatte. Er schluckte.

»Ah, da seid ihr ja«, sagte Helena, als sie eintraten, und rückte eine Gabel einen Millimeter zurecht. »Natürlich haben wir schon mehrfach darüber gesprochen, wie man einen Tisch richtig deckt. Doch ich dachte, wir sollten uns schleunigst intensiver mit dem Thema *Formelle Tischmanieren* beschäftigen.«

»Aber wozu soll das gut sein?«, entfuhr es Elijah unwillkürlich. »An wie viel formellen Festmählern werd ich schon teilnehmen?«

Helena, die sein Einwurf sichtlich verärgert hatte – was Elijah herzlich egal war –, atmete tief durch. »Wenn Sie Kundschaft und finanzstarke Investoren anziehen wollen, die ihr Geld für Sie, Ihr Lokal und Ihre Küche auszugeben bereit sind, müssen Sie nicht nur wissen, wie man sich mit ihnen unterhält, sondern auch, wie man mit ihnen zusammen *speist*.«

Elijah verzog das Gesicht, musste sich jedoch eingestehen, dass ihm die Logik einleuchtete.

Helena deutete auf die zwei Plätze, die einander gegenüberlagen. »Ihr zwei sitzt dort. Bei formellen Einladungen wartet man normalerweise, bis die Gastgeberin Platz nimmt, ehe man sich selbst setzt.« Sie ließ sich am Kopfende des Tisches nieder, während Penelope und Elijah auf den zugewiesenen Stühlen Platz nahmen.

Elijah legte die Hände auf den Tisch und beugte sich übers Gedeck. Links vom Teller lagen drei Gabeln in verschiedenen Größen, rechts drei Messer, zwei Löffel und eine weitere Gabel. Ein kleinerer Teller samt Messer befand sich ein Stück schräg rechts von ihm, genauso wie ein weiteres Paar aus Gabel und Löffel waagerecht zum anderen Besteck. Dahinter ragte eine ganze Schar von Gläsern in verschiedenen Formen und Höhen auf, als warte sie nur darauf, dass Elijah einen Fehler beging.

»Aufrecht sitzen«, flüsterte Penelope ihm über den Tisch hinweg zu. »Und keine Sorge, es ist nicht so schwer, wie es scheint.«

Elijah streckte seufzend den Rücken durch.

»Ja, über dem Teller wird nicht gekauert«, sagte Helena. »Wenn Sie jedoch nicht wissen, was Sie mit Ihren Händen machen sollen, legen Sie sie in den Schoß. Wenn Sie essen, winkeln Sie die Arme so an, dass Ihre Hände auf Höhe des Bestecks sind. Ihre Serviette …«, sie zeigte auf seine, »… legen Sie sich auf den Schoß, nachdem Sie Platz genommen haben.« Sie machte es vor und er folgte ihrem Beispiel.

Helena nickte zufrieden. »Wirklich, es ist kinderleicht. Eine Tafel wird nur mit den Sachen gedeckt, die man auch tatsächlich für das Menü braucht. Sie müssen also auch nicht raten, was wofür ist, solange Sie nur die eine Regel befolgen: Man arbeitet sich bei jedem Gang von außen nach innen vor. Würden wir Festmähler in französischem Stil ausrichten, wäre es schon um einiges schwieriger, nicht wahr, Pen? Wir waren recht jung, als die Tischgewohnheiten nach russischer Art in Mode kamen. Dennoch kann ich mich noch gut daran erinnern, dass die Dinge damals, als ich mit Mama und Papa essen durfte, noch ganz anders waren.«

Die früheren Tischgewohnheiten – à la française – waren vor allem bei älteren Menschen weiterhin beliebt, die gern viele verschiedene Gerichte auf einmal aufdeckten, und bei Leuten, die Braten am Tisch aufschnitten. Doch der Aufstieg junger und moderner Kulinarik in der Gesellschaft hatte zu einem grundlegenden Wandel in der Art und Weise geführt, wie die gehobenen Schichten ihre formellen Mahlzeiten einnahmen. Kulinarikerinnen waren auf der Suche nach Inspiration durch die ganze Welt gereist und hatten die russische Vorliebe, viele Gänge hintereinander zu essen, mit nach England gebracht. Nun stellte man seinen Reichtum nicht mehr zur Schau, indem man mehr Gänge auftischte, als jede noch so große Gästeschar je aufessen konnte. Stattdessen beeindruckte man inzwischen eher mit dem Rang der engagierten Kulinarikerin, die sich durch die Qualität und den Einfallsreichtum der von ihr geschaffenen Gerichte auszeichnete.

Penelope hatte vor ihrer Zulassung zur Royalen Akademie nur wenig Zeit in England verbracht. Deshalb bestanden ihre Kindheitserinnerungen nicht aus Dinnerpartys, sondern aus Mahlzeiten, die sie auf ihren Reisen mit ihren Eltern in Herbergen, Hotels oder auf Postschiffen eingenommen hatte. Also ignorierte sie Helenas Bemerkung und wandte sich Elijah zu.

»Das einzige Utensil, das aus der Reihe tanzt, ist die Gabel zu Ihrer Rechten«, erklärte sie und legte den Zeigefinger auf besagtes Besteck.

»Ja, die Austerngabel«, sagte Helena. »Die ist natürlich nicht immer vorhanden, aber man kann sie leicht an ihrer kleinen Größe erkennen.«

Austerngabel, notierte sich Elijah im Kopf. »Und wofür sind die hier?« Er deutete auf den kleinen Teller mit dem stumpfen Messer.

»Für Brot und Butter«, antwortete Helena. »Das Besteck daneben ist für das Dessert. Das kennen Sie schon, denn Sie haben es schon mehrfach während unserer gemeinsamen Mahlzeiten verwendet.«

»Was nich' heißt, dass ich auch wusste, wofür die sind«, murmelte er. Normalerweise schaute er sich einfach ab, was die Mädchen für Besteck benutzten, und machte es entsprechend nach.

»Die Bediensteten schenken die Getränke in die dafür vorgesehenen Gläser ein, darüber müssen Sie sich also keine Sorgen machen«, sagte Penelope.

»Doch im Zweifelsfall gilt auch hier die Regel: von außen nach innen«, fügte Helena hinzu.

Elijah nickte. »Is' nich' so schwer, krieg ich hin.«

»Denken Sie doch bitte an Ihre Ausdrucksweise«, sagte Helena.

Elijah sah sie ratlos an.

»Es *ist nicht* so schwer«, betonte Helena die Ts am Ende der Wörter.

»Ach ja. Ist nicht so schwer«, sprach er ihr korrekt nach.

Sie schüttelte nur halb zufrieden den Kopf. »Sie machen Fortschritte, was Ihre Aussprache angeht. Allerdings haben wir noch einen langen Weg vor uns. Wir müssen es schaffen, dass Sie wie ein Gentleman klingen, danach kümmern wir uns um die Feinheiten. Und wenn Sie nicht wissen, wie etwas richtig ausgesprochen wird, dann bleiben Sie um Himmels willen lieber still und sagen gar nichts.«

Elijah biss sich auf die Zunge. Manchmal war Helena wirklich schrecklich *beleidigend*! Aber ja, er würde die Flüche, die ihm auf der Zunge lagen, für sich behalten – in Gegenwart einer Lady fluchte man schließlich nicht.

»Er braucht eben noch etwas Zeit zum Üben«, sagte Penelope.

»Ja, natürlich, Pen. Das *tut* er ja gerade!«

Und wieder einmal fragte sich Elijah, ob sie Penelope absichtlich missverstand. Er beobachtete Penelopes Reaktion. Sie schenkte ihm ein kleines Lächeln, in dem er zu erkennen meinte, dass sie sich dieselbe Frage gestellt hatte. Und aus irgendeinem Grund war dieser Gedanke ziemlich tröstlich.

Cavendish Square Nr. 9,
Marylebone, London

28. Februar 1833

Liebste Nanay, liebster Papa,
ich hoffe sehr, Ihr seid wohlauf. Es mag Euch interessieren, dass
Helenas Eltern ihr von Herzen gern die Erlaubnis erteilt haben,
das Projekt mit Mr Little durchzuführen. Ihr Brief ist, zu Helenas großer Freude, vor einigen Tagen eingetroffen. Helenas Butler Pierce scheint sehr viel weniger erfreut, kann gegen das Wort
des Marquess allerdings nichts ausrichten. Jedoch hat er großen
Wert darauf gelegt, dass alle Vorbereitungen unter Wahrung des
nötigen Anstands durchgeführt wurden.
Mr Little hat während der vergangenen Wochen vielversprechende Fortschritte gemacht. Mir persönlich schmecken seine Gerichte mit jedem Tag noch ein bisschen besser. Helena ist, wie Ihr
Euch sicher vorstellen könnt, eine strenge Lehrmeisterin. Aber
Mr Little lässt alles über sich ergehen, ohne mit der Wimper zu
zucken – sogar wenn selbst ich Helenas Verhalten unvernünftig
finde.
Ich glaube immer mehr daran, dass ihr Projekt große Auswir-
kungen auf die kulinarische Ausbildung haben wird, wenn wir
Mr Little mit allem ausstatten, was er braucht, um erfolgreich zu
werden.
Er beherrscht (mit höchster oder zumindest sehr guter Sach-
kunde) bereits eine Reihe von Techniken und Fertigkeiten wie
Schmoren, Frikassieren, Braten, Rösten und Sautieren. Er hatte

zuvor schon sehr gute Pasteten und Teigtaschen zubereiten können, sodass er den Unterricht zu geschichtetem Teig sowie komplizierten Torten und Konditoreiwaren wesentlich schneller absolvieren konnte als gedacht. (Ich vermute, dass Helena das ebenso empfindet, obwohl sie vorgibt, seine Fortschritte würden sie kaum beeindrucken.) Seine Kenntnisse und sein Interesse an Gerichten anderer Kulturen überraschen mich immer wieder. Offenbar waren seine Empanadas nur die Spitze des Bavarische-Creme-Eisbergs. Er bereitet ein köstliches Curry ostindischer Art zu und seine gebackenen Kochbananen (sowohl die süßen Maduros als auch die knusprig doppelt-frittierten grünen Bananen) sind inzwischen mein Lieblingssnack vor den Abendmahlzeiten. Du würdest sie auch lieben, Nanay, da bin ich mir sicher.

Liebe Nanay, ich habe Mr Little die meisten Reisgerichte aus meinem Repertoire beigebracht (auch wenn Helena Reis als etwas minderwertig erachtet – wenn Risotto oder Paella auf dem Tisch steht, isst sie dennoch mit großem Appetit davon). Und obwohl Mr Little zunächst überrascht war, als ich ihm den schlichten, naturbelassenen Reis präsentiert habe – so wie Du ihn machst –, fand er ihn ausgesprochen wohlschmeckend. Seither experimentiert er ununterbrochen mit Reisgerichten, bis hin zu Reispuddings und anderen Desserts. Ich habe ihm auch Dein Bibingka-Rezept verraten, das er seitdem immer weiterentwickelt. Ebenso musste ich ihm das korrekte Öffnen einer Kokosnuss zeigen, da seine Methode einem beim Zusehen schon Angst machte. Statt Kokosmilch verwendet er öfter normale Kuhmilch, um Zeit zu sparen – was ich ihm aber kaum übel nehmen kann, da sein Unterricht bei Helena den größten Teil seines Tages in

Anspruch nimmt. Womöglich gibt es ja irgendwann einen Stand auf dem Markt, an dem gebrauchsfertige Kokosmilch angeboten wird. Vielleicht sollte ich das einigen Händlern dort vorschlagen! Auf jeden Fall macht Elijah so große Fortschritte, dass Helena einen Plan gefasst hat: Er soll in etwa einer Woche für ihre Groß- mutter, die verwitwete Gräfin von Rexborough, kochen. Dies wird sein erster Versuch, für ein Mitglied der Gesellschaft ein Menü zusammenzustellen. Daher wird Helena ihm dabei hel- fen. Kochen muss er allerdings allein. Er hat inzwischen auch etliche Lektionen zu Tischmanieren und Etikette durchlaufen, doch an seiner Ausdrucksweise arbeiten wir weiterhin. Das Er- eignis ist also durchaus eine große Herausforderung. Allerdings denken wir beide, dass Mr Little ihr gewachsen sein wird. Ich schreibe Euch bald wieder, um von seinen Fortschritten zu be- richten und Euch wissen zu lassen, wie Lady Rexborough das Mahl gefunden hat.

In Liebe
Eure Penelope

PS: Mein eigenes Projekt schreitet ebenfalls gut voran.

9

Nicht ganz perfekt

Der Vierspänner brachte Elijah, Penelope und Helena aus London hinaus. Unzählige Kutschen und Pferde drängten sich in den Kopfsteinpflasterstraßen, die sich zunehmend in breite, unbefestigte oder höchstens schotterbedeckte Wege verwandelten, je näher sie der Stadtgrenze kamen. Natürlich hatte Elijah Helenas Kutsche schon oft hinter den Stallungen ihres Stadthauses am Cavendish Square stehen sehen, doch auf die luxuriöse Inneneinrichtung des Gefährts hätte ihn nichts vorbereiten können. Die weichen, mit dunklem Samt bezogenen Polster passten sich der Körperform perfekt an und seitliche Kopfstützen boten größtmöglichen Komfort, sodass man sogar einnicken konnte, ohne dass der Kopf im Schlaf zur Seite fiel. Mithilfe eines Hebels hatte Helena einen gepolsterten Schemel unter ihrer Sitzfläche hervorgeholt und Penelope gezeigt, wie sie es ihr gleichtun konnte. Erstaunt beobachtete Elijah, wie die Mädchen ihre Füße daraufstellten, weil diese nicht ganz bis zum Boden reichten.

»Elijah, könnten Sie bitte das Fach über Ihrem Kopf öffnen?«, sagte Helena, nachdem die Kutsche gerade über eine Baumwurzel geholpert war.

Elijah sah hoch – unter der Decke verschloss ein Metallriegel ein kleines Fach. Als er ihn löste, klappte ein Deckel bis knapp über seinem Kopf herunter.

»Könnten Sie mir eins der Rückenkissen geben?«, bat Helena.

Stirnrunzelnd begann Elijah in dem Deckenfach zu wühlen. Kleine Kissen in verschiedensten Formen wurden darin gelagert. Er holte einige heraus und reichte Helena das lange rechteckige Kissen, auf das sie gezeigt hatte.

»Danke. Möchtest du auch eins, Pen?«

Penelope schüttelte den Kopf.

»Sie dürfen sich gern ebenfalls bedienen, wenn Sie möchten, Mr Little«, sagte Helena, klemmte sich das Kissen in den Rücken und zog es so lange zurecht, bis sie bequem saß.

»Hat dein Vater etwa einen Inneneinrichter engagiert, um die Kutsche nach euren Bedürfnissen auszustatten?«, fragte Penelope. »Oder werden die neuesten Modelle bereits so ausgeliefert?«

»Diese Kutsche hat er fertig ausgestattet für mich gekauft«, erklärte Helena. »Seine Lieblingskutsche hat er dagegen zusammen mit einer technischen Beraterin Stück für Stück selbst gebaut. Allerdings hat er sie aufs Festland bringen lassen. Du kannst dir nicht vorstellen, wie bequem sie ist, Pen! Man spürt die Schlaglöcher kaum und die Fußstützen klappen direkt unter der Sitzfläche hoch. Zudem verfügt sie über einen Tisch, den man vom Boden hochfahren kann, und ein kleines Eisfach zur Aufbewahrung von Lebensmitteln. Mein Vater ist mächtig stolz auf sein Werk!« Helena lächelte.

»Das glaube ich gern«, sagte Penelope.

»Meine Mutter war anfangs skeptisch, doch nachdem er ihr erklärt hat, wie bequem die Reisen quer durchs Festland darin sein würden, hat sie dem Bau zugestimmt«, fuhr Helena fort.

»Wünschst du dir manchmal, du hättest sie begleitet?«, fragte Penelope, den Blick weiterhin aus dem Fenster gerichtet.

Helena machte einen Schmollmund. »Damit ich das alles hier verpasse? Bist du verrückt?« Sie lachte ehrlich amüsiert. »Ich konnte doch unmöglich mein Abschlusssemester sausen lassen! Meine Eltern hätten eben anders planen müssen.« Sie verdrehte die Augen. »Doch Eltern sind nun mal unverbesserlich.«

Penelope schwieg, während Elijah dachte, dass so nur jemand sprechen konnte, der überhaupt noch Eltern *hatte*.

Nachdem er die restlichen Zusatzpolster in ihr Fach zurückgelegt hatte, stopfte er sich ein flaches, rundes Kissen in den Rücken. Eine Kutsche mit noch mehr Luxus als diese hier konnte er sich kaum vorstellen, geschweige denn Eltern, die derart reich waren, dass sie ihrer siebzehnjährigen Tochter so etwas einfach so schenkten.

Nicht, dass er sich beschwerte, er würde den Komfort so lange wie nur möglich auskosten. Wie leicht es wäre, sich daran zu gewöhnen, wenn man nicht aufpasste! Natürlich war

Elijah sich absolut bewusst, dass er selbst niemals so reich werden würde, um sich Gedanken über die Bequemlichkeit einer Kutsche machen zu können. Er fuhr sich über den Stoff der Hose des Marquess und ließ die Hand auf dem Knie liegen. Hoffentlich lief heute Abend alles glatt. Schließlich hatte er noch nie ein ganzes Mahl für eine verwitwete Gräfin zubereitet.

Schwer atmend sah er aus dem Fenster.

Sie näherten sich dem Stadtrand und an der Kreuzung vor ihnen standen mehrere Jungen, die verschiedene Waren hochhielten. Dem Aussehen nach schien keiner älter als zwölf zu sein und ihr Angebot reichte von Papier und Siegelwachs über Taschenspiegel und süße Törtchen bis hin zu den allgegenwärtigen Orangen und Zitronen. Als ihre Rufe ins Innere der Kutsche hallten, schaute Elijah zu Penelope, deren unergründlicher Blick auf die Jungen gerichtet war, dann zu Helena, die die jungen Straßenhändler komplett ignorierte. Elijah spielte mit den Münzen in seiner Jackentasche. Obwohl er seit seinem Umzug an den Cavendish Square nicht mehr als Verkäufer gearbeitet hatte, hatte er nur wenig bis gar keine Ausgaben gehabt, sodass sein Münzvorrat kaum geschrumpft war.

»Ich denk … ich denke«, verbesserte er sich, »ich werde etwas kaufen.«

Penelope zog die Augenbrauen hoch. »Helena, soll ich klopfen, damit der Kutscher anhält?«

»Aber wieso denn, um Himmels willen?«, fragte ihre Freundin mit weit aufgerissenen Augen.

Penelope sah stirnrunzelnd zu Elijah. »Mr Little möchte etwas kaufen.«

»Wieso sollte man von diesen Gassenjungen etwas erwerben wollen?«, seufzte Helena genervt.

Elijah zuckte nur mit den Schultern, um nicht zugeben zu müssen, dass er die Jungen da draußen unterstützen wollte. Helena würde das sowieso nicht verstehen. Sie wusste nicht, wie es war, sich Tag für Tag die Beine in den Bauch zu stehen, um ein bisschen was zu verkaufen. Wie viele Beleidigungen und Beschimpfungen man einstecken musste. Und wie lange man hungern musste, bis man endlich genug Geld für eine anständige Mahlzeit hatte. »Mir ist nach einem Törtchen und einer Orange«, sagte er daher.

»Sie sollten sich lieber innerlich mit dem auseinandersetzen, was Sie an unserem Ziel erwartet. Außerdem können Sie doch selbst weit bessere Törtchen backen!«, entgegnete Helena. »Und wenn Ihnen nachher immer noch nach Orangen ist – ich bin sicher, meine Großmutter hat genug im Haus.«

»Ich hätte aber gerne jetzt eine«, beharrte Elijah mit wachsender Frustration.

»Ich auch«, eilte Penelope ihm zu Hilfe.

Elijah wandte sich ihr zu, woraufhin sie ihm unmerklich zuzwinkerte und an die Tür klopfte, damit die Kutsche anhielt.

»Also gut, meinetwegen«, gab Helena nach. »Allerdings werden euch diese jüdischen Bengel nicht mehr in Ruhe lassen, sobald ihr ihnen erst einmal etwas abgekauft habt. Ihr

werdet schon sehen.« Damit lehnte sie sich ins Polster zurück, während die Kutsche langsam zum Stehen kam.

Elijah spürte, wie sein Gesicht glühte, und holte ein paarmal tief Luft, um sich zu beruhigen. Ohne die beiden Mädchen anzusehen, öffnete er das Fenster.

Sofort schallte ihm ein halbes Dutzend Stimmen entgegen
und legte ihm die Vorzüge der jeweiligen Waren ans Herz.
Er zeigte auf einen Jungen, der Orangen verkaufte. »Ich
möchte drei von deinen saftigsten.«

Der Junge plusterte lächelnd seine rundlichen Wangen auf.
»Klar doch, Sir!«

Elijah musste lachen. Noch nie in seinem Leben hatte ihn
jemand »Sir« genannt! Doch in seinem früheren Leben hätte
er sicherlich jeden, der mit so einer Kutsche angefahren kam,
selbst mit »Sir« angesprochen.

Der Junge kam ans Kutschenfenster und reichte Elijah drei
Orangen. Elijah drückte sie leicht und befand sie für sehr
gut. Mit einem Augenzwinkern gab er dem Jungen mehr
Geld, als die Früchte wert waren. »Den Rest kannst du behalten«, sagte er.

Wieder erblühte auf dem Gesicht des Jungen ein breites
Lächeln. »Danke aber auch, Sir!«

Elijah lächelte zurück. Es war noch nicht allzu lange her,
dass er selbst genau wie dieser Junge gewesen war.

Nun stürmten auch die anderen herbei. Elijah kaufte jedem eine Kleinigkeit ab (wobei er viel zu viel dafür bezahlte)
und erwarb außerdem noch zwei Törtchen für Penelope und
sich selbst. Er kam sich vor wie ein Hochstapler, weil er es

sich leisten konnte, so großzügig zu sein. Nachdem die Jungen sich wortreich bedankt hatten, bedeutete Elijah dem Kutscher weiterzufahren.

Dann lehnte er sich auf seinem Sitz zurück und begutachtete seine Einkäufe – ein Federmesser, einen Kamm, einen Bleistift, einen Taschenspiegel und das Essen. Er reichte Penelope eine Orange und ein Törtchen, wofür sie sich lächelnd bedankte. Die dritte Orange hielt er Helena hin, und obwohl sich ihr Blick vorübergehend verfinsterte, nahm sie sie an.

»Danke«, sagte sie in einem Ton, als ärgere sie sich, überhaupt etwas sagen zu müssen.

»*Ausgesprochen* gern«, betonte Elijah. Gut gelaunt biss er in sein Törtchen, genoss den weichen Teig und das leise Knacken des Zuckergusses, mit dem es überzogen war.

Helena begann, ihre Orange zu schälen. »Ich habe dennoch recht behalten – Sie haben weit mehr Sachen gekauft, als Sie ursprünglich vorhatten.«

Elijah schluckte den letzten Bissen herunter und räusperte sich. »Diese Jungs tun alles, was in ihrer Macht steht, um zu überleben. So wie die meisten Menschen auf dieser Welt.« Und damit meinte er *nicht* Helena. Die musste sich schließlich nie Sorgen um Essen machen – oder genauer gesagt darum, *nichts* zu essen zu haben. »Ich kann alles, was ich genommen habe, gut gebrauchen«, fuhr Elijah fort. »Und die Jungs haben jetzt ein kleines bisschen mehr in ihren Taschen.«

Helena zuckte mit den Schultern, während sie die Orangenschalen in ein Taschentuch legte, das sie in ihrem Schoß ausgebreitet hatte. »Mag sein. Sie sollten trotzdem etwas weniger gutherzig sein. Man kann schließlich nicht allen helfen.«

»Helena«, ging Penelope dazwischen. »Hast du schon vergessen, wo und unter welchen Umständen wir Mr Little kennengelernt haben?«

»Natürlich nicht. Allerdings unterrichte ich auch nicht *jeden* jungen Verkäufer vom Nachtmarkt in Kulinarik. Außerdem ist Elijah anders als diese Straßenburschen, die jeden belästigen, der aus London hinausfährt.« Sie steckte sich einen Orangenschnitz in den Mund.

Penelope schaute finster, sagte aber nichts mehr, sondern biss winzige Bissen von ihrem Törtchen ab.

Mit zusammengepressten Zähnen setzte Elijah sein neues Taschenmesser ein, um seine Orange rund um den Äquator einzuschneiden. Dann sah er Helena an. »Sie haben recht. Manchen Leuten ist wirklich nicht zu helfen.«

»Siehst du, Pen, selbst Mr Little gibt mir recht!« Helena steckte sich lächelnd einen weiteren Orangenschnitz in den Mund. Dass er von ihr selbst gesprochen hatte, schien sie nicht begriffen zu haben.

Elijah stülpte eine silberne Glocke über sein letztes noch unbedecktes Gericht. Dann ließ er den Blick über die aufgereihten Servierplatten gleiten und atmete tief durch.

»Nicht vergessen: nur sprechen, wenn Sie etwas gefragt

werden«, bläute Helena ihm ein. »Auch wenn Ihre Ausdrucksweise immer besser wird, sollten Sie jede Unterhaltung, die nichts mit dem Essen zu tun hat, auf ein Minimum beschränken. Hören Sie mir zu, Mr Little?«

Eigentlich hatte Elijah gerade daran gedacht, dass sein Essen kalt wurde. Er sah sich in der riesigen Küche von Helenas Großmutter um, die beinahe doppelt so groß war wie die am Cavendish Square. Als er sie vor wenigen Stunden das erste Mal betreten hatte, war er das zweite Mal seit ihrer Ankunft von Ehrfurcht überwältigt worden. Das erste Mal war gewesen, als die drei die von Bäumen beschattete Zufahrt hochgefahren waren und Elijahs Blick auf das imposante Anwesen mit eleganter palladianischer Fassade fiel. Kurz darauf hatten Helena und Penelope ihn in die beeindruckende Küche gebracht. Nachdem die beiden Mädchen ihn alleingelassen hatten, um Lady Rexborough zu begrüßen, hatte er mindestens zehn Minuten gebraucht, um seine Nerven zu beruhigen und mit den Vorbereitungen für das Festmahl zu beginnen. Und jetzt, da er fertig war, hatte Helena nichts Besseres zu tun, als auf seine Ausdrucksweise und Manieren hinzuweisen, während das Essen auf den Tellern abkühlte.

»Ich spreche nur, wenn ich etwas gefragt werde«, wiederholte er wie ein Papagei. Er hatte sowieso nichts anderes vorgehabt.

»Vielleicht sollten wir das Essen jetzt in den Wintergarten bringen«, schlug Penelope vor.

Elijah dankte ihr mit einem Kopfnicken und schnappte sich die größte Servierplatte.

»Ich gehe voran«, verkündete Helena und nahm zwei Teller mit Beilagen in die Hände. »Mr Little, Sie folgen mir und Miss Pickering bildet die Nachhut. George, Jerome …«, wandte sie sich an die beiden Bediensteten, die an der Tür bereitstanden, »… Sie bringen danach die restlichen Gerichte.« Die Witwe hielt immer noch an der Essgewohnheit à la française fest – ganz besonders dann, wenn sie hier auf dem Land weilte, wie ihnen Helena erklärt hatte –, deswegen hatten sie entschieden, alle Gerichte auf einmal aufzutragen.

Also führte Helena die kleine Prozession hinaus und über schmale, von penibel genau getrimmten Büschen gesäumte Pfade durch den kleinen Küchengarten. Elijah hatte bisher nur durchs Fenster gesehen und hätte sich solch einen perfekten Rasen überhaupt nicht vorstellen können. Wie viele Gärtner die Lady wohl beschäftigte? Winzige Schweißtröpfchen bildeten sich in seinem Nacken und ließen ihm das Halstuch an der Haut kleben.

Endlich kamen sie an einem gläsernen Gebäude an, das gut geschützt vor neugierigen Blicken hinter dem Haupthaus stand. Mit klopfendem Herzen folgte Elijah Helena in den Wintergarten. Die feuchte Luft darin traf ihn wie eine Wand und sofort begann der Schweiß in seinem Nacken das gestärkte Halstuch aufzuweichen und ihm den Rücken hinabzurinnen. In der Mitte des Raumes stand ein komplett ausgezogener Kartentisch. Daran saß eine würdevolle ältere Dame, deren silbergraues Haar zu einem aus mehreren Flechtzöpfen geformten Dutt hochgebunden war. Sie trug ein modisches lachsfarbenes Tagesgewand mit weiten Ärmeln und ein höfliches Lächeln im Gesicht. Eine besondere Ähnlichkeit zwischen der Witwe und ihrer Enkelin konnte Elijah nicht erkennen – bis auf die hochherrschaftliche Attitüde, die beide wie einen teuren Duft verströmten.

»Großmutter, darf ich dir Mr Elijah Little vorstellen?«, fragte Helena, als sie sich dem Tisch näherte.

Die Lady neigte beinahe unmerklich den Kopf.

»Mr Little, meine Großmutter, die Witwe des Grafen von Rexborough«, erklärte Helena.

»Es ist mir eine Ehre, Lady Rexborough«, sagte Elijah und verbeugte sich, wie die Mädchen es ihm beigebracht hatten.

»Meine Enkelin hat mir schon viel von Ihnen erzählt, Mr Little.«

Helena hatte ihm gesagt, dass sie ihrer Großmutter in Briefen von ihrem Projekt berichtet hatte und dass dies seine erste Gelegenheit sein würde, die erlernten Techniken anzuwenden. Elijah hätte gern gewusst, was genau Helena sonst noch über ihn erzählt hatte, traute sich jedoch nicht nachzufragen.

»Herzlich willkommen«, fuhr die Witwe fort. »Bitte erklären Sie uns, was Sie vorbereitet haben.«

Elijah nickte und stellte die Servierplatte mitten auf dem Tisch ab. Mit Helenas Hinweis im Kopf, sein Essen angemessen zu präsentieren, hob er die silberne Glocke mit einer theatralischen Bewegung hoch, wobei er sich ziemlich dämlich vorkam. »Gebratene Schweinekeule nach italienischer Art, mit einem Frikassee aus Pfifferlingen.«

Die Witwe hielt sich die Lorgnette, die ihr vor der Brust

baumelte, vors Auge und beugte sich vor, um das Gericht durch die Stielbrille zu begutachten. »Es duftet köstlich. Stammt das Schwein von unserem Hof?«

Elijah sah Helena an. »Ich glaube schon, Lady Rexborough.«

Helena stellte ihre Teller auf dem Tisch ab und Penelope sowie die zwei Diener folgten ihrem Beispiel. »Zum Glück waren deine Schweine gerade schlachtreif, Großmutter. Ich weiß, wie sehr sie dir am Herzen liegen. Eigentlich hatten wir eine Lammkeule zubereiten wollen, doch beim Anblick deiner wundervollen Schweine wusste ich augenblicklich, dass wir das Menü entsprechend abändern müssen«, erklärte Helena.

Elijah räusperte sich leise.

»Wollen Sie uns auch die anderen Gerichte vorstellen, junger Mann?« Lady Rexborough lächelte Helena an.

»Sehr gern.« Es fiel Elijah immer noch schwer, sich an sämtliche einstudierten Floskeln zu erinnern und alles richtig auszusprechen, deswegen sprach er langsam und betont. »Um das Thema Italien weiter aufzugreifen, habe ich geschmorte Artischocken in Basilikumsoße zubereitet. Außerdem ein Risotto mit Zucchini und grünen Strauchtomaten, einen Romanasalat mit einer Vinaigrette aus Anchovis und Olivenöl sowie Hefeplätzchen ummantelt von Prosciutto und einer Parmesankruste. Zusätzlich gibt es eine kalte Melonensuppe.« Bei jedem Gericht hob er die jeweilige Glocke von den Platten und jedes Mal ließ die Witwe ihren geschärften Blick mithilfe der Lorgnette über das Essen gleiten.

Schließlich war er beim letzten Teller angelangt. »Als Dessert habe ich in Prosecco getränkte Aprikosen mit Sahnehäubchen zubereitet.« Elijah hielt den Atem an. Er hatte alles fehlerfrei ausgesprochen! Aus dem Augenwinkel sah er Penelope lächeln. Und selbst Helena trug eine zufriedene Miene zur Schau.

Lady Rexborough nickte ihm langsam zu. »Sehr beeindruckend. Wollen wir?«

Die Mädchen setzten sich zu ihr an den Tisch. Elijah blieb stehen, um die Schweinekeule zu tranchieren, während die Bediensteten die anderen Gerichte um den Tisch herumtrugen, damit sich die Damen selbst davon bedienen konnten. Elijah legte jeder eine großzügige Scheibe auf den Teller, wobei er darauf achtete, dass auch ein Stück knusprige Haut dabei war, und tröpfelte mehrmals Bratenfett darüber. Als er schließlich selbst am Tisch Platz nahm, traute er sich immer noch nicht so recht, den angehaltenen Atem frei zu lassen. Noch nie war er beim Servieren selbst gemachten Essens so aufgeregt gewesen.

Es war eine fremdartige Erfahrung, die ihn demütig werden ließ, und Elijah wusste nicht, wieso sich Kochen auf einmal so anders anfühlte als zuvor. Nun, eigentlich wusste er es schon: Nie zuvor hatte dabei so viel auf dem Spiel gestanden. Er sollte Helena dankbar dafür sein, dass sie ihm beigebracht hatte, wie man sich bei einem Festmahl benehmen musste. Noch vor Kurzem hätte er nie davon zu träumen gewagt, mit der Witwe eines Grafen am selben Tisch zu sitzen. Er trank einen Schluck von seinem Holunderblütenlikör und probierte dann vom Risotto. Es war zwar etwas trockener geraten als beabsichtigt, doch der Geschmack war perfekt. Als Nächstes nahm Elijah sich von den Artischocken.

»Diese Plätzchen im Prosciutto-Mantel sind wirklich köstlich«, sagte Helenas Großmutter. »Ich könnte auf der Stelle den ganzen Teller leer essen.«

Elijah schloss erleichtert die Augen und freute sich, dass er ihren Geschmack getroffen hatte.

»Und sie passen perfekt zur kalten Melonensuppe. Haben Sie schon probiert, sie in die Suppe zu stippen?«, schlug Penelope vor und warf Elijah ein flüchtiges Lächeln zu.

»Ja, tatsächlich eine hervorragende Kombination«, sagte die Witwe.

»Von ihm selbst kreiert, Großmutter«, sagte Helena.

Elijah hätte sich vor Überraschung beinahe verschluckt – solch ein Lob aus Helenas Mund!

»Ich hatte stattdessen Melonenscheiben vorgeschlagen, doch er ...« Wie vom Donner gerührt brach Helena ab, kaute und runzelte die Stirn.

Wieder begann sich in Elijahs Nacken Schweiß zu bilden, als Helena ihn fixierte.

»Haben Sie das Schweinefleisch probiert?«, fragte sie.

In Elijahs Magen ballte sich ein Knoten zusammen. Nein, das hatte er nicht, er hatte es einfach nicht über sich gebracht.

»Den Braten – nicht die Prosciutto-Plätzchen,« präzisierte Helena, als er nicht antwortete.

Entsetzt sah er zu, wie Penelope und die Witwe sich ein Stückchen von der Schweinekeule abschnitten und zum

Mund führten – und wie ihr Gesichtsausdruck sich veränderte, von Verwirrung über Abneigung bis zu Verlegenheit.

Elijahs Kehle war wie ausgetrocknet. Er hatte befürchtet, dass dieser Moment kommen würde, und nun war er da. Jetzt würden sie bestimmt sein Geheimnis erraten. Wieso hatte er das Schweinefleisch bloß nicht probiert – *nur das* Schweinefleisch nicht? Gleich würden sie ihn im hohen Bogen wieder auf Londons Straßen hinauswerfen.

»Etwas überwürzt«, sagte die Witwe und griff nach ihrem Weinglas.

»Etwas?«, echote Helena. »Es ist quasi ein Salzleckstein!«

»Haben Sie schon davon gekostet, Mr Little?«, fragte Penelope so sanft wie immer.

Elijah zögerte. Sie war stets freundlich zu ihm gewesen, da wollte er sie auf keinen Fall anlügen. Er machte den Mund auf, um zu antworten.

»Ganz eindeutig hat er dies nicht getan!«, erhob Helena die Stimme. »So unterentwickelt kann sein Geschmackssinn gar nicht sein, dass er *diese* Unmengen an Salz nicht herausgeschmeckt hätte. Außerdem ist alles andere …«, sie probierte schnell vom Salat und dem Risotto, »… ganz normal gewürzt. Oder was sagt ihr dazu?« Sie sah zwischen ihrer Großmutter und Penelope hin und her, die beide zustimmend nickten.

»Wie gesagt, die Plätzchen und die Melonensuppe waren eine wunderbare Idee«, warf die Witwe ein. »Vielleicht erzählen Sie uns, wie Sie darauf gekommen sind, Mr Little …«

»Ich … ich …« Elijah stand auf und verbeugte sich vor ihr.

Er konnte ihren mitleidigen Blick einfach nicht mehr ertragen. Genauso wenig wie Penelopes ratloses Stirnrunzeln und Helenas kritisches Starren. »Danke für Ihre Gastfreundschaft, Lady Rexborough. Ich muss jetzt leider in die Küche zurück und das Chaos aufräumen, das ich angerichtet habe.« Damit rauschte er aus dem Wintergarten. Seine Ohren und sein Nacken brannten vor Scham. Besser, er wäre nicht mit im Raum, wenn den Damen klar wurde, wer und was er war. Dann würde er zumindest die Schuldzuweisungen erst zu hören bekommen – und die Beleidigungen, falls welche fallen sollten –, wenn er wieder in der Kutsche saß, weit weg von der alten Witwe und ihren Bediensteten. Elijah lockerte sein Halstuch und atmete die frische Landluft tief ein. Wenn er schon eine Demütigung über sich ergehen lassen musste, dann wenigstens nur unter sechs Augen.

»Der junge Mann hat seinen Stolz«, sagte Helenas Großmutter, nachdem Elijah den Raum verlassen hatte.

»Ich wüsste nicht, worauf er nach dieser Vorstellung stolz sein sollte«, gab Helena zurück und tupfte sich mit einer Serviette den Mund ab.

»Jetzt sei nicht ungerecht«, sagte Penelope. »Alle anderen Gerichte waren doch gut.«

»*Gut* ist aber nicht gut genug, meine liebe Pen. Wie kann man nur so nachlässig sein, etwas *nicht* zu kosten, bevor man es serviert?«

Penelope seufzte, auch wenn sie die Antwort darauf selbst nicht wusste. Es sah Elijah gar nicht ähnlich, beim Kochen nicht zu probieren! Hatte er es bei dem ganzen Stress, so viele Gerichte gleichzeitig zubereiten zu müssen, einfach vergessen? Oder steckte etwas anderes dahinter?«

»Es tut mir furchtbar leid, dass dein wunderbares Fleisch auf diese Weise vergeudet wurde, Großmutter. Wirklich eine Schande!«

»Mach dir deswegen keine Sorgen, Helena, das ist nicht schlimm«, versicherte ihr die Witwe. »Jedem, der etwas lernt, unterlaufen ab und zu Fehler.«

Helena schnaubte abfällig. Obwohl sie sich alle Mühe gab, sich nichts anmerken lassen, wusste Penelope, dass ihr das Ganze genauso unangenehm war wie Elijah.

Penelope presste die Lippen aufeinander. Ja, es war nicht perfekt gelaufen, allerdings musste sie Helenas Großmutter im Grunde recht geben. Nur aus Fehlern konnte man lernen. Helena dagegen hatte keinerlei Verständnis für die Fehler anderer. Das hatte Penelope während ihrer gemeinsamen Studienjahre schon oft an ihrer Freundin beobachten können. Jedoch war dieser Charakterzug nie so stark zutage getreten wie in den letzten Monaten, seit sie Elijah unterrichtete. Penelope seufzte. Es war ein Wunder, dass Elijah nicht *viel mehr* Fehler passiert waren, bei dem riesigen Druck, unter dem er stand.

»Ich hoffe sehr, dass *du* keinen Fehler begangen hast, indem du diesen jungen Mann aufgenommen hast, meine Liebe«, sagte Helenas Großmutter. »Talent hat er zweifelsohne, doch seine Präsentation war sehr verbesserungsfähig. Seine Manieren sind ungehobelt und seinen Gerichten fehlt jegliche Raffinesse.«

Dieses Urteil fand Penelope sehr ungerecht. Immerhin hatte Elijah innerhalb von gerade mal zwei Monaten so vieles von dem erlernen müssen, wozu sie und Helena drei *Jahre* Zeit gehabt hatten – zusätzlich zu den Tischmanieren und der eleganteren Ausdrucksweise. Dennoch äußerte sie keinen ihrer Gedanken – die Witwe würde ohnehin keinen Wert auf ihre Meinung legen.

»Das ist mir sehr wohl bewusst, Großmutter«, sagte Helena und streckte entschlossen den Rücken durch. »Dann wird er sich wohl noch mehr anstrengen müssen.«

Ein offenes Wort
zur rechten Zeit

Am nächsten Morgen stand Penelope früher auf als sonst, um sich auf die Suche nach Elijah zu machen. Auf der gesamten Kutschfahrt von Berkshire zurück nach London hatte Helena ihm in allen Einzelheiten erklärt, wo und wann und wie und was er im Haus ihrer Großmutter falsch gemacht hatte. Penelope hatte das übertrieben gefunden, doch Helena hatte ihren Einwand bloß mit den Worten abgetan, Elijah könne schließlich nicht besser werden, wenn er nicht wüsste, was genau verbesserungsbedürftig war. Elijah selbst hatte die ganze Zeit nur schweigend aus dem Fenster gestarrt und nach der Ankunft im Stadthaus war er ohne ein Wort in sein Zimmer verschwunden.

Bei Anbruch des kühlen neuen Tages hatte Penelope beschlossen, mit Elijah zu sprechen, bevor Helena dies tun konnte. Daher klopfte sie an seine Zimmertür, bekam aber keine Antwort. Nachdem sie Elijah auch in der Bibliothek nicht finden konnte, ging sie in die Küche. Und dort stand er, dicht am Herd, und schmolz etwas in einem Wasserbad, während das Küchenpersonal in den Öfen stocherte oder Brotteig knetete. Da es für die Zubereitung des Frühstücks noch zu früh war, wuselten nur wenige Bedienstete um ihn herum.

Penelope warf ein »Guten Morgen« in die Runde. Die weiblichen Küchenhilfen erwiderten den Gruß und machten einen Knicks. Dann stellte Penelope sich neben Elijah, dessen Antwort – das war ihr nicht entgangen – aus einem kaum hörbaren Gemurmel bestanden hatte. »Wird das eine Dessertsoße?«

»Ich hab gedacht, ich könnte gefrorenes Schaumgebäck mit Schokolade machen. Und in die Soße ein paar Minzblätter einarbeiten«, erwiderte Elijah, ohne sie anzusehen.

»Ja, wenn man die Blätter in die Soße einlegt, wird der Geschmack sicher besonders intensiv.« Penelope reckte den Kopf, um ins Wasserbad zu spähen, in dem eine dünne Schokoladensoße köchelte. »Noch scheint sie nicht eingedickt zu sein. Wir könnten schnell in den Garten gehen und ein paar Minzblätter pflücken.«

Elijah rührte mit dem Holzlöffel ein letztes Mal um, nahm dann das Wasserbad vom Feuer und stellte es auf der Arbeitsplatte ab. »Nach Ihnen, Miss Pickering«, sagte er und deutete auf die Tür zum Garten.

Penelope biss sich angesichts der neuen Förmlichkeit auf die Lippen. Sicher, sie arbeiteten seit Wochen an seinen Umgangsformen und seiner Ausdrucksweise, doch jetzt, da er es richtig machte, fehlte ihr Elijahs unbeschwerte, lockere Art.

Ob er es bereute, sich auf das Experiment eingelassen zu haben?

Obwohl der Frühling noch nicht weit fortgeschritten war und der Stadtgarten sich kaum mit der üppigen Anlage von Helenas Großmutter messen konnte, wuchsen innerhalb seiner von Buchsbaumhecken gesäumten Grenzen allerlei Kräuter, von denen die meisten über den Winter zurückgeschnitten worden oder umgeknickt waren. Vier Spalierapfelbäume ragten in die Höhe und so langsam begannen die frühen Gemüsesorten, erste Triebe zu bilden. In einem quadratischen Beet reckten Karotten und Pastinaken ihr Grün ans Tageslicht, in einem anderen sprossen winzige Kohl- und Salatköpfe. Penelope schritt auf die mit Tüchern abgedeckten Pflanzentöpfe zu, in denen sie bestimmte Kräuter wie die Minze vermutete. Neben ihr ging Elijah in die Hocke.

»Es tut mir leid wegen gestern«, sagte Penelope. »Vielleicht hätten wir Ihnen mehr helfen sollen.«

Als er nicht antwortete, wandte sie sich ihm zu. Elijah zuckte nur flüchtig mit den Schultern und wich weiterhin ihrem Blick aus.

Penelope fuhr sich mit der Zunge über die Lippen. Dieser stille, ausdruckslose junge Mann war kaum noch ein Schatten seines früheren Selbst – zwar anwesend, jedoch war von seiner forschen, fröhlichen Art keine Spur mehr zu sehen. Und sie kam nicht mehr an ihn heran. Als hätte er sich komplett in sich zurückgezogen – oder sich gänzlich aufgegeben. Und das machte Penelope Sorge. Denn wenn sie und Helena schuld an diesem Zustand wären, hätten sie ihn keineswegs auf den Weg zu einem besseren Leben geführt. Sondern vielleicht ganz im Gegenteil … »Ich glaube, Helena war bloß deswegen so böse, weil sie, genau wie ich, weiß … dass Sie normalerweise großen Wert auf Geschmack legen. Haben Ihnen …« Sie zögerte. »Haben Ihnen Ihre Nerven einen Streich gespielt?«

Elijah fuhr sich mit der Hand über den Nacken. »Nein. Nein, das war's nich'. Ich meine … *nicht.*«

Penelope sah auf ihre verschränkten Hände. »Möchten Sie das Experiment denn weiterführen? Mit uns? Ich könnte es nämlich verstehen, wenn Sie …«

»Nein, nein, ich möchte schon. Es ist nur …« Er verstummte, als Penelope seinen Blick auffing. »Keine Ahnung.« Er zog das Tuch über dem Pflanztopf weg und machte sich auf die Suche nach den besten Minztrieben.

Penelope räusperte sich. »Wenn Sie wirklich weitermachen möchten, will ich Ihnen nämlich sagen, dass ich beschlossen habe, bei Ihrer Ausbildung eine größere Rolle zu spielen.« Den Entschluss hatte sie am Abend zuvor getroffen. Helenas endlose Tirade während der Kutschfahrt und Elijahs Niedergeschlagenheit wegen des missglückten Mahls hatten ihr verdeutlicht, dass sich dringend etwas ändern musste. Und Penelope hielt es für das Beste, wenn sie sich selbst etwas mehr einbrachte. »Ich könnte Sie in den Bereichen unterstützen, in denen Helena …« … es nicht kann, vollendete sie den Satz in Gedanken. *Oder* es nicht will. »… in denen Helena weniger achtsam ist.« Elijah zog eine Augenbraue hoch, sagte aber nichts. »Doch wenn Sie sich darauf einlassen, müssen wir ganz ehrlich zueinander sein. Helena ist mit diesem Projekt ein großes Risiko eingegangen. Und wenn ich Ihnen jetzt mehr helfe, bedeutet es auch, dass ich mehr Zeit von meinem eigenen Projekt abzweigen muss, um Sie an Ihr Ziel zu bringen.«

Penelope presste die Lippen zusammen. Hatte sie sich gönnerhaft angehört? Sie musste jedoch mit offenen Karten spielen. Ihr Projekt sollte zeigen, wie die europäische Küche auf die althergebrachte, traditionelle Küche Zentralamerikas traf und eine ganz neue (und ausgesprochen wohlschmeckende) Art erschaffen wurde. Penelope würde noch einiges an historischer Recherchearbeit leisten und viele Rezepte ausprobieren müssen, außerdem wollte sie mehrere Experten in spanischer und portugiesischer Küche kontaktieren und, wenn möglich, persönlich aufsuchen. Allerdings wurde sie das Gefühl nicht los, dass ihr Elijahs Erfolg langsam genauso wichtig wurde wie ihr eigener.

Elijah legte die geernteten Minzhalme zu einem kleinen Bündel zusammen. »Ihr Projekt sollte aber nicht darunter leiden, Miss. Das fände ich nicht richtig.«

Das wusste Penelope zwar zu schätzen, dennoch schüttelte sie den Kopf. »Unsinn, ich kann beides gleichzeitig schaffen. Und wenn Sie meine Unterstützung wirklich haben wollen, kann ich vielleicht einen Weg finden, Ihren Unterricht auch in mein Projekt zu integrieren. Glücklicherweise hegen Sie doch ohnehin ein großes Interesse an der Küche des amerikanischen Kontinents, oder irre ich mich?«

Elijah fuhr sich mit der freien Hand durchs Haar. »Ja, das

stimmt natürlich, aber … aber meinen Sie wirklich, bei anderen Leuten ist das Interesse genauso groß? Ich mein … *meine* … die Leute lieben die unterschiedlichen Geschmacksrichtungen meiner Teigtaschen. Doch die Herrschaften, mit denen ich mal verkehren soll … Kann ich die damit wirklich *beeindrucken?*«

»Selbstverständlich! Warum denn nicht?«

»Weiß nich', Miss. Manche Leute mögen nix, was sie nich' kennen.«

Ein Ausdruck, den Penelope nicht deuten konnte, huschte über sein Gesicht. Die Sorge schien nicht nur seinem Essen zu gelten, sondern weit darüber hinauszugehen. »Lassen Sie mich ehrlich sein, Mr Little. Natürlich haben Sie damit recht. Trotzdem dürfen Sie nicht zulassen, dass Ihre Bedenken Sie verändern. Sie müssen Sie selbst bleiben. Auch an der Royalen Akademie gibt es unter meinen Lehrkräften nur wenige, die sich für Gerichte von außerhalb Europas interessieren. Deshalb habe ich mir bewusst diejenigen ausgesucht, die über den Tellerrand schauen, und von ihnen gelernt. Ich habe meine Studien aus eigener Kraft vorangetrieben, und genau deswegen gehöre ich jetzt zu den besten Studentinnen dieser Akademie.«

»Aber ich bin nicht Sie«, wandte Elijah ein, ohne sie anzusehen.

»Wenn Sie damit meinen, dass mir ganz andere Möglichkeiten offenstanden – ja, das stimmt. Doch schauen Sie sich an, was Sie in dieser kurzen Zeit schon alles geschafft haben. Natürlich hatte ich die besseren Startbedingungen, dennoch ist auch mir nichts in den Schoß gefallen. Ich musste mir alles selbst durch großen Einsatz erarbeiten, und meine Eltern übrigens auch.«

Elijah schaute sie ungläubig an, als könne er sich das beim besten Willen nicht vorstellen.

Penelope atmete tief durch. »Meine Mutter – meine *Nanay* – stammt von Panay, einer Insel im Pazifischen Ozean, die zu den Philippinen gehört. Mein Vater war der drittgeborene Sohn eines Baronets und verfügte über keinerlei Vermögen, also hat er eine eigene Forschungsexpedition auf dem Meer gestartet. Dabei haben sich meine Eltern kennengelernt, sich verliebt und meine Mutter ist mit nach England gekommen. Eigentlich wollten sie nach meiner Geburt weiter hier leben, doch die Vorurteile wegen ihrer Heirat waren einfach zu stark. Ich war noch ein kleines Mädchen, als sie beschlossen haben, England zu verlassen. Seitdem sind wir beinahe ständig auf Reisen und haben unzählige Länder erkundet.«

Verwundert ließ Elijah den Blick über ihr Gesicht gleiten. Penelope war es gewohnt, so gemustert zu werden, jedoch fühlte es sich bei Elijah nicht abwertend an. Schließlich fanden seine Augen ihre. »Sind die Menschen in anderen Ländern da toleranter?«

Penelope seufzte erleichtert. Sie vertraute darauf, dass die Antwort auf seine Fragen ihn nicht abschrecken würde. »In manchen Ländern schon, allerdings haben wir keine dauerhafte Bleibe. Wir reisen einfach zu dritt von einem Ort zum anderen. Ich glaube, vor meinem Eintritt in die Royale Akademie habe ich nirgendwo mehr als ein paar Monate am Stück verbracht. Meine Eltern sind nie wieder nach England zurückgekehrt – sie wollen meine Chancen, eine große Kulinarikerin zu werden, auf keinen Fall schmälern.«

»Und niemand weiß davon?«

Penelope konnte Elijahs Gesichtsausdruck nur schwer deuten. »Die Familie meines Vaters ignoriert die Tatsache, dass es mich gibt. Ich mache zwar kein Geheimnis daraus, wer meine Nanay ist, aber da ich mehr meinem Vater ähnele, kommt das Thema kaum auf. Helena weiß natürlich davon, und Lady Rutland auch.« Penelope machte sich auf den Weg zu einem Beet mit krausem Salat, auf dem der Morgentau glitzerte.

Elijah folgte ihr. »Also erzählen Sie das nicht jedem, den Sie kennenlernen«, murmelte er leise.

Penelope runzelte die Stirn. Sollte sie das seiner Meinung nach tun? Wie denn? Und wozu? Da streifte sie plötzlich ein ganz anderer Gedanke. War er vielleicht auch … Sie sah ihm in die Augen. »Elijah, wieso haben Sie das Schweinefleisch nicht probiert? Bitte, ich möchte es nur –«

»Ich esse kein Schweinefleisch.« Der Blick aus seinen braunen Augen traf sie wie ein Blitz. Auf einmal wusste sie, warum er es verheimlicht hatte. Aus demselben Grund, warum auch sie kaum jemandem sagte, woher ihre Nanay stammte. »Hab ich noch nie.«

»Dann sind Sie …«

Elijah stieß den Atem aus und streckte die Schultern durch. »Ich bin Jude.«

Penelope nickte. Was sollte sie jetzt dazu sagen? Über das Judentum wusste sie nicht viel. Doch es war allgemein bekannt, dass Juden schon seit Jahrhunderten dadurch identifiziert werden konnten, dass sie auf Schweinefleisch verzichteten. In ihrem zweiten Jahr an der Akademie hatte sie einen Kurs über die Ethnografie verschiedener Küchen besucht und einiges darüber erfahren – zum Beispiel, warum es in der spanischen Küche so viele Schweinefleischgerichte gab. Im Mittelalter war es eine Methode gewesen, um »versteckt« lebende Juden zu entlarven, oder solche, die zum Christentum konvertiert waren und trotzdem weiterhin nach ihren jüdischen Traditionen lebten. Wer nie beim Verzehr von Schweinefleisch gesehen wurde, machte sich schnell verdächtig und fiel allzu oft der Inquisition zum Opfer.

Penelope wusste von ihrer Mutter, dass es in deren Familie auch einige spanische Vorfahren aus der Zeit der Belagerung der Inseln durch die Spanier gegeben hatte. Und sie erinnerte sich an das schlimme Gefühl damals im Ethnografiekurs, als ihr klargeworden war, dass sie dadurch mit einem Volk verbunden war, das seine Esskultur bewusst geändert hatte, einfach nur, um andere zu verfolgen.

Doch nun wurde ihr in Bezug auf Elijahs Kochkünste schlagartig einiges klar. Warum der Prosciutto – der fertig geräuchert in Helenas Vorratskammer gehangen hatte – wunderbar geschmeckt hatte, die Schweinekeule hingegen – die Elijah allein hatte würzen und abschmecken sollen – ungenießbar gewesen war. Und dann die Sache mit dem Hummer … »Was ist mit Schalentieren? Ich weiß, dass Sie

Herzmuscheln und Garnelen mit uns gegessen haben. Aber der Hummer … Ich kann mich nicht erinnern, dass Sie auch nur einen Bissen davon probiert hätten.«

Elijah fuhr sich durch die Haare an seiner linken Schläfe, bis sie kreuz und quer abstanden. »Jude zu sein hieß in meiner Kindheit, alles zu essen, was man konnte. Und wann man konnte. Garnelen, Schnecken und Muscheln gehören nich' gerade zu meinen Lieblingsgerichten, aber ich ess sie schon mal, wenn's nich' anders geht.«

»*Wenn es nicht* anders geht«, korrigierte ihn Penelope reflexartig.

»Wenn es nicht anders geht«, wiederholte er.

»Die essen Sie also, Schweinefleisch dagegen nicht? Das verstehe ich noch nicht ganz.«

Elijah trat von einem Fuß auf den anderen. »Ich habe es einfach noch nie gegessen. Das fühlt sich … merkwürdig an. So ging's mir mit dem Hummer auch. Ich arbeite ja auch manchmal am Shabbat – oder Sabbat, wie Sie dazu sagen würden –, obwohl meine Mutter mir das früher immer verboten hat. Nach ihrem Tod hat mein Onkel mich aufgenommen und er hat seinen Namen geändert, damit er als vollwertiger Seemann Arbeit bekommen konnte. Deswegen dachte ich, das sollte ich auch lieber tun. Hatte keine Lust, mich schief ansehen zu lassen, nur weil ich mit Nachnamen Levin hieß. Is' kein gutes Gefühl, wenn man ausgegrenzt wird, bloß weil man irgendwie anders ist. Aber das kennen Sie bestimmt selber, Miss.«

Penelope nickte nachdenklich. Ja, sie wusste, wie es war,

wenn Menschen einen plötzlich anders behandelten, nur weil sie herausgefunden hatten, dass man nicht in das Bild passte, das sie sich von einem gemacht hatten. Tatsächlich kannte Penelope so gut wie keine Juden. Sie wusste, manche Londoner verabscheuten jüdische Großhändler wegen ihres Reichtums. Andere wiederum betrachteten arme Juden auf der Straße, die sich als kleine Verkäufer oder Lumpensammler durchschlagen mussten, als Schandfleck der Gesellschaft. Wobei sie gern die Tatsache ignorierten, dass es auch unter Christen mindestens genauso viele arme Menschen gab, die unter ähnlich unwürdigen Bedingungen leben mussten.

Penelope war sich auch bewusst, dass Engländer ein seltsam ambivalentes Verhältnis zu allem hatten, was sie als fremd empfanden – einerseits lehnten sie es ab, andererseits fühlten sie sich davon angezogen. Ihr Vater hatte ihr erklärt, wie isoliert England während des Krieges gegen Napoleon gewesen war und dass der Argwohn vieler Briten anderen Kulturen gegenüber sich erst jetzt, im Zeitalter von Königin Charlotte, so langsam in eine wachsende Faszination verwandelte. Etliche Mitglieder der Gesellschaft, vor allem die jüngeren, fanden es inzwischen bereichernd, von anderen Kulturen zu lernen. Die Zeiten änderten sich. Wenn auch nur langsam.

Natürlich hatte Penelope in ihrem Leben nicht die gleichen Erfahrungen machen müssen wie Elijah. Doch ganz so unterschiedlich waren sie auch nicht. Sie stieß den Atem aus, der sich in der kühlen Morgenluft in ein Wölkchen verwandelte. »Mit dem ewigen *Miss*-Getue hören wir jetzt endlich mal auf«, sagte sie und hielt Elijah ihre Hand hin. »Von jetzt an bin ich für dich Penelope.«

Er sah zwischen ihrem Gesicht und ihrer ausgestreckten Hand hin und her. Dann hoben sich seine Mundwinkel. Er nahm Penelopes Hand und schüttelte sie kräftig. Die Wärme, die von ihm ausging, wanderte ihr bis in den Arm hinauf. Anscheinend hatte sie hier draußen doch mehr gefroren als angenommen. »Meine Freunde nennen mich Elijah.«

Penelope lächelte unwillkürlich. »Also dann, mein Freund Elijah ...« Sie deutete mit dem Kopf auf die Minzblätter in seiner Hand. »Ich glaube, wir sollten uns deiner Dessertsoße widmen. Und dann gibt es da noch jemanden, der von deinen Ernährungsbesonderheiten erfahren sollte.«

Elijahs Lächeln erstarb. »Fällt mir nicht leicht, so was auszusprechen.«

»Na ja, das gestrige Schweinefleischdebakel wäre vielleicht eine gute Gelegenheit dafür gewesen.«

Elijah seufzte. »Na klar. Das wäre ja was geworden! Sobald die Leute erfahren, dass man anders is', behandeln sie einen sofort von oben herab.«

Penelope sah ihn eindringlich an. »Mache ich doch auch nicht.«

»Das liegt aber allein daran, dass Sie ... Sie sind. Haben doch gehört, was Lady Helena gestern über die Straßenjungen gesagt hat. Sie denkt, Leute wie ich sind unter ihrer Würde. Das weiß ich aber schon seit dem Abend, an dem wir uns kennengelernt haben.«

Penelope biss sich auf die Unterlippe. Ja, Helena hatte sich wirklich sehr abschätzig über die jungen Straßenhändler geäußert. Jetzt verstand Penelope auch, warum Elijah nach der Begegnung gestern so stumm und distanziert gewesen war. Sie selbst wäre genauso wütend gewesen, hätte sich Helena über Menschen gemischter Abstammung so ausgelassen, oder über jemanden, der wie ihre Nanay von den Philippinen kam.

Und trotzdem war Helena ihre Freundin und sie hatte Elijah aufgenommen, um ihm zu helfen, etwas aus sich zu machen. Genau wie sie Penelope an ihrem ersten Tag an der Akademie unter ihre Fittiche genommen hatte. Sie konnte sich noch genau daran erinnern, wie einsam und fehl am Platz sie sich inmitten der vielen hier geborenen und aufgewachsenen Mädchen gefühlt hatte. Während alles, was Penelope über die Londoner Gesellschaft wusste, aus Büchern oder den Erzählungen ihres Vaters stammte.

Doch als sie dann das Zimmer betreten hatte, das sie mit Helena und zwei anderen teilen würde, hatte Helena sie mit offenen Armen in Empfang genommen. Ihre Begeisterung für Kulinarik war schon damals genauso groß wie Penelopes gewesen. Sie hatten sich so viel über Essen und Kochen unterhalten, dass ihre beiden Zimmergenossinnen schon bald Vorwände gesucht hatten, um den Raum zu verlassen. Penelope und Helena waren im Handumdrehen beste Freundinnen geworden – und daran hatte sich seither nichts geändert. Während der Studienjahre hatten sie einander immer unterstützt, obwohl Penelope miterlebt hatte, wie Helena es sich mit einer Mitschülerin nach der anderen verscherzte. Trotzdem hatte sie ihr weiterhin beigestanden, weil sie wusste, dass hinter Helenas Verhalten nie eine böse Absicht steckte. Sie wollte einfach, dass alle anderen die Kulinarik ebenso ernst nahmen wie sie selbst. Bestimmt hatte sie gestern auch bloß deswegen so ohne Punkt und Komma auf Elijah eingeredet. Wenn Elijah ihr offenbarte, dass er Jude war, würde sie sicherlich genauso tolerant reagieren wie damals, als Penelope ihr von ihrer Herkunft erzählt hatte. Dann könnten sie alle drei unbelastet mit ihren Projekten weitermachen.

»Sie hat sich bewusst entschieden, dir zu helfen, Elijah. Ich glaube nicht, dass sie denkt, du wärst unter ihrer Würde.«

Elijah schnaubte. »Aber natürlich. Wahrscheinlich kann man die Minuten ihres Lebens, in denen sie sich nicht für den Nabel der Welt gehalten hat, an einer Hand abzählen. Und sie hat doch recht, sich dafür zu halten! Sie hat einfach alles!«

Penelope schüttelte den Kopf. »Das sieht vielleicht so aus, aber du solltest eigentlich inzwischen begriffen haben, dass vieles an ihr nur gespielt ist. Sie hat zweifellos ein großes Herz, sonst wäre ich nicht mit ihr befreundet. Als ich ihr von meiner Nanay erzählt habe, spielte das für sie keine Rolle und sie hat mich seither auch nie anders behandelt als vorher.« Als sie merkte, dass Elijah sie anstarrte, blinzelte sie verständnislos. »Was ist denn?«

»Ich glaube eher, dass *Sie* diejenige mit dem großen Herzen sind.«

»Oh.« Die Bemerkung brachte Penelope völlig aus dem Konzept.

»Das hab ich mir auch damals schon gedacht, an dem

Abend, als wir uns auf dem Markt kennengelernt haben. Und ich freu mich, dass ich recht hatte.«

Penelope wusste nicht, wie sie darauf reagieren sollte. »Ich freue mich auch, dass wir uns getroffen haben. Ich kann einen neuen Freund gut gebrauchen.«

»Ja, Freunde sind nicht leicht zu finden.« Er verzog den Mund zu jenem Lächeln, das Penelope ziemlich frech vorgekommen war, als er ihr damals Empanadas verkauft hatte. Mittlerweile erkannte sie, dass es von Herzen kam.

»*Da* seid ihr!«, rief in diesem Moment eine Stimme von der hinteren Tür her.

Penelope wirbelte herum – und entdeckte Helena, die auf der Schwelle stand, eine Hand in die Hüfte gestemmt.

»Also? Wollt ihr den ganzen Tag hier herumlungern? Wir haben viel zu tun!«

Penelope räusperte sich. »Helena, ich habe mich gerade mit Mr Little darüber unterhalten, dass ich mich in größerem Maße in seiner Ausbildung einbringen möchte. Ich kann frühmorgens die Zeit vor dem Frühstück dazu verwenden, ihm etwas über internationale Küche beizubringen und auch andere Dinge zu vertiefen, mit denen er sich vielleicht schwertut. Den Rest des Tages kannst du nach deiner Planung fortfahren«, erklärte sie, während sie sich auf den Weg zurück ins Haus machten.

»Und was wird dann aus deinem eigenen Projekt, Pen?«, fragte Helena stirnrunzelnd.

Penelope wischte ihren Einwand mit einer Handbewegung beiseite. »Ich versichere dir, ich habe alles unter Kontrolle.«

Mit der Fußspitze tippte Helena auf den Boden. »Nun, um ehrlich zu sein … Das passt mir sehr gut. Ich habe so einiges, das ich vor dem Frühstück erledigen möchte, also wenn es dir wirklich nichts ausmacht …«

»Nicht im Geringsten.« Penelope wandte sich zu Elijah um, der ihr auf dem Kiesweg gefolgt war.

»Gut. Dann sehen wir uns nachher beim Frühstück. Ich muss noch meine Korrespondenz erledigen.« Damit wirbelte Helena auf dem Absatz herum. »Sorg bitte dafür, dass er das Schweinefleischgericht hinbekommt, Pen.«

Penelope biss die Zähne zusammen und sah Elijah mit weit aufgerissenen Augen an. Als sie merkte, dass er nicht vorhatte, etwas zu sagen, wandte sie sich wieder Helena zu, doch die war längst im Haus verschwunden.

»Das wäre die perfekte Gelegenheit gewesen, ihr davon zu erzählen«, sagte sie streng zu Elijah.

Dieser kniff die Augen zu. »Sie scheint mir nicht die Art Mensch zu sein, der so was nix ausmacht.«

»Der *so etwas nichts* ausmacht«, verbesserte ihn Penelope, legte den Kopf schräg und lächelte ihn möglichst ermutigend an. »Außerdem weiß man das erst, wenn man es versucht hat.«

Vom Straßenverkäufer
zum Gentleman

In den darauffolgenden Wochen trafen sich Penelope und Elijah täglich frühmorgens in der Küche und setzten sich an einen für sie reservierten Tisch, weit weg vom Küchenpersonal, das mit der Zubereitung des Frühstücks beschäftigt war. Gemeinsam widmeten sie sich den Feldern, an denen Helena kein Interesse hegte. Angefangen bei einem Überblick über die verschiedenen Küchen Ost- und Südasiens, Nordafrikas, Persiens und des Osmanischen Reiches, arbeiteten sie sich bis hin zu den praktischen Fertigkeiten, die zur Zubereitung der jeweiligen Gerichte vonnöten waren. Natürlich gingen sie dabei auch alles durch, was Penelope auf den amerikanischen Teilkontinenten gelernt hatte.

Helena fasste währenddessen ihre Notizen zu Elijahs Entwicklung zusammen oder erledigte ihre Korrespondenz. Die Fortschritte, die Elijah machte, wurden immer größer – jetzt, da Penelope ihm täglich zur Verfügung stand, um seine Fragen zu beantworten. Außerdem machte sie Helenas analytischen Unterricht (in dem Elijah unzählige Fakten, Mengenverhältnisse und Rezepte auswendig lernen musste) leichter verdaulich. Statt sich auf einzelne Aufgaben und Arbeitsschritte zu versteifen, lieferte Penelope Elijah viele zusätzliche Informationen, die ihm halfen, wesentlich größere Ziele zu erreichen. Des Weiteren förderte sie Elijahs Präsentationskünste, zeigte ihm verschiedene Tricks zum Anrichten, damit das Essen verlockender wirkte, und ließ ihn nach Herzenslust improvisieren. Schon bald beherrschte Elijah zahlreiche Garniertechniken, vom Schnitzen kleiner Radieschenrosen über das Gießen von Blättern und Schnörkeln aus Schokolade bis hin zum filigranen Dekorieren mit Soßen. All dies machte seine Präsentierteller zu etwas ganz Besonderem.

»Der Unterschied zwischen einem guten Gericht und einem hinreißenden Gericht besteht darin, es zu einem *Erlebnis* zu machen«, erklärte Penelope eines Tages, als sie gerade eine in Salz- und Kräuterkruste gebackene Makrele aus dem Ofen holten. Sie war mit Elijah die Grundlagen einer guten Salzkruste durchgegangen und hatte ihm danach die Freiheit gelassen, selbst zu entscheiden, welches Gericht er damit verfeinern wollte. Dabei hatte sie ihm all seine aufkommenden Fragen beantwortet. »Nicht vergessen: Das Auge isst nicht einfach mit, sondern als Erstes! Noch bevor man auch nur einen einzigen Bissen probiert, sieht, hört und riecht man das Essen – wodurch man entweder dazu verführt wird oder die Entscheidung trifft, sich lieber einem anderen Gericht zuzuwenden, falls Alternativen angeboten werden. Für das ultimative Genusserlebnis muss das Gehirn auf vielfacher Ebene gereizt werden. Nur so kann man sich auf bemerkenswerte Weise von der Masse der anderen Gerichte abheben. Es reicht nicht, schlicht besser als gut zu sein, man muss …« Sie verstummte, als sie sah, dass Elijah statt des Fisches sie anschaute. Er hatte den Teller auf der Arbeitsplatte abgesetzt und schenkte ihr ein unergründliches Lächeln. »Was ist denn? Habe ich etwas im Gesicht?«

»So hab ich das noch nie betrachtet«, sagte Elijah.

Penelope runzelte die Stirn. »Hat Helena dir denn nicht auch schon mal etwas Ähnliches gesagt?« Der Gedanke, Helena könnte ihm etwas so Grundlegendes noch nicht beigebracht haben, erschien ihr völlig absurd.

»Doch, sie hat schon mal erwähnt, dass man all seine Sinne einsetzen muss, aber bei ihr klang das eher …« Elijah räusperte sich. »So, wie Sie es formuliert haben, verstehe ich es viel besser. Damit ein ganz besonderes Gericht entsteht, reicht es nicht, dass es gut aussieht und gut schmeckt. Es muss die Leute wirklich überraschen.«

»*Die Gäste*«, korrigierte Penelope. »Nun … ja. Genau davon rede ich.«

Elijah nickte. »Das kann man auch auf viele andere Dinge im Leben anwenden.«

Penelope neigte den Kopf. »Was meinst du?«

»Ich meine das, was Sie gesagt haben – dass man das Gehirn auf vielen Ebenen reizen muss und so. Das muss jedes großartige Erlebnis schaffen, nicht nur das kulinarische.«

»Ja, das stimmt wohl.«

»Nicht, dass ich mit großartigen Erlebnissen so viel Erfahrung hätte«, sagte Elijah mit einem selbstironischen Lachen.

Penelope dachte an einige Erlebnisse, die ihr die Reisen mit ihren Eltern verschafft hatten – die Besteigung einer Maya-Pyramide auf der Halbinsel Yucatan, ein Kamelritt in der Nähe von Marrakesch, die blitzschnellen Sternschnuppen, als sie einmal unter freiem Himmel geschlafen hatten … Alles Erinnerungen, die ihr lieb und teuer waren. Nicht jede hatte sie mit allen Sinnen erlebt. Oder doch? Jetzt, da sie daran zurückdachte, fühlte sie den Wind wieder, der ihr über die Wangen strich, während sie sich die Stufen der Pyramide hochquälte. Der stechende Geruch der Kamele stieg ihr in die Nase. Sie spürte das Glück und hörte den Freudenschrei ihrer Nanay, als die ersten Sternschnuppen über den Sommerhimmel schossen, während ihr Vater neben ihr ihnen durchs Fernglas zu folgen versuchte. Ja, Elijah hatte vollkommen recht. Nicht nur beim Essen galt es, mit allen Sinnen zu genießen.

»Es muss doch zumindest ein wunderbares Erlebnis in deinem Leben gegeben haben, an das du dich zurückerinnern kannst, Elijah. Wie sonst könntest du solch eine kluge Schlussfolgerung ziehen?«

Er zuckte mit den Schultern und wandte sich wieder dem Fisch zu. »Ich hab nix …«

»*Habe nichts*«, korrigierte ihn Penelope sanft.

»Ich … habe noch nicht so viele großartige Zeiten erlebt. Bis auf das hier …« Er zeigte mit einer ausladenden Geste auf die Küche.

»Meinst du den Tag heute?«

»Ja, den Tag heute und überhaupt die meisten Tage, seit ich hier bin.« Er wich Penelopes Blick aus.

Penelope wurde das Herz schwer. Kaum vorstellbar, wie sein Leben vorher ausgesehen haben musste – wenn er die Zeit seit seiner Ankunft als die großartigste Erfahrung empfand. Es machte Penelope einerseits furchtbar traurig, andererseits verstärkte es jedoch auch ihren Entschluss, ihm nach Kräften zu helfen.

Sie stemmte die Hände in die Hüften. »Tja, mein Freund, das ist nur der Anfang. Auf dich kommen noch viel großartigere Zeiten zu.«

Elijah grinste verlegen. »Ach, und woher wissen Sie das so genau?«

Penelope nickte. »Meine Kristallkugel hat's mir verraten.«

Elijah starrte sie eine Sekunde lang an, dann prustete er los. Sein warmes Lachen erfüllte den Raum und Penelope wurde klar, dass sie ihn wohl zum allerersten Mal überhaupt lachen hörte. An sein Lächeln hatte sie sich inzwischen gewöhnt – dieses Grinsen, das sich von links nach rechts schräg übers ganze Gesicht zog –, aber sein Lachen? Nein, lachend hatte sie ihn noch nie erlebt. Oder doch, jetzt da sie darüber nachdachte … Er hatte schon das eine oder andere Mal zu einem Schmunzeln angesetzt, sich dann allerdings wieder selbst ausgebremst. Erst jetzt, in diesem Moment, hatte er sich zum allerersten Mal erlaubt, seine Sorgen beiseitezuschieben und unbeschwert zu sein, wenn auch nur für einen Augenblick.

»Und was verrät Ihnen Ihre Kristallkugel noch so?«, fragte er.

Penelope musste unwillkürlich lächeln. »Dass diese Makrele uns nicht von allein in den Mund springen wird.«

Elijah schüttelte den Kopf, doch es war deutlich, dass er am liebsten wieder laut losgelacht hätte.

Mit ernster Miene reichte Penelope ihm ein Messer und eine Serviergabel. »Also – wie würdest du dieses Prachtstück der Königin präsentieren? Damit es sehr viel mehr ist als nur ein gut gemachtes Fischgericht?«

»Hm …« Elijah starrte stirnrunzelnd auf den Fisch mit seiner dicken Kruste aus Salz und Kräutern. »Ich schätze, ein bisschen Theatralik könnte nicht schaden?«

Penelope sah ihn verwundert an. »Theatralik? Inwiefern?«

»Wie wär's mit ein paar kleinen Podesten inmitten eines flachen Wasserbeckens? Auf jedem Podest könnte ein anderes Fischgericht stehen, so als Beiwerk zu der Salzmakrele, die natürlich in der Mitte des Wassers aufragen würde.«

Penelope nickte beeindruckt. »Klingt spektakulär. Wie groß sollte das Becken sein?«

»Nicht so groß, dass man nicht mehr ans Essen heranreicht.« Elijah breitete die Arme aus. »Hängt natürlich auch von den Maßen des Tisches ab, auf dem es stehen würde.«

Wieder nickte Penelope. Elijah machte wirklich große Fortschritte.

»Vielleicht könnte man ja sogar Salzwasser einfüllen – und noch andere Meerestiere hineinsetzen?«, murmelte Elijah vor sich hin.

»Meerestiere?«

»Nichts Großes. Schnecken, Seesterne und ein paar Muscheln, wenn wir sie irgendwo auftreiben können.« Er sah Penelope an. »Was halten Sie davon?«

Der intensive Blick aus seinen braunen Augen machte Penelope verlegen. Aus Freude über seine tollen Ideen hätte sie am liebsten in die Hände geklatscht. »Ich glaube, das würde selbst die Königin großartig finden.«

Elijah lächelte sie an, doch diesmal war es ein anderes Lächeln. Ein nachdenkliches, besinnlicheres. Und wieder einmal fragte sich Penelope, was wohl in seinem Kopf vorging. »Von den Meeresfrüchten würdest du allerdings probieren müssen, fürchte ich. Vor allem, wenn das Menü für die Königin wäre.«

Elijah nickte. »Kein Problem, Meeresfrüchte habe ich schon öfter gegessen.«

Penelope seufzte. »Was das …« Nach einem Blick aufs Küchenpersonal beschloss sie, das Gericht nicht beim Namen zu nennen. »Was das … andere angeht, weiß ich immer noch keine Lösung.«

»Es geht ja nicht nur darum, dass ich mich überwinden müsste, etwas zu tun, was von mir erwartet wird«, sagte Elijah. »Ich glaube, das würde ich sogar schaffen. Zumindest ab und zu. Wie bei den anderen Sachen, die ich auch schon gegessen habe. Es ist nur …« Er atmete tief durch. »Meine Eltern waren arme Leute, aber sie haben es trotzdem nie gegessen. Egal wie wenig wir zu essen hatten, wir haben immer was anderes aufgetrieben. Klingt wahrscheinlich dämlich, doch ich hab das Gefühl, wenn ich mich dran halte, bin ich weiterhin mit ihnen verbunden.«

»Das klingt ganz und gar nicht dämlich«, sagte Penelope. Sie wollte nicht einmal daran denken, wie es ihr ergangen wäre, wenn sie ihre Eltern in so jungem Alter verloren hätte. »Ich bin sicher, sie wären stolz auf dich, weil du die Traditionen aufrechterhältst.«

»Keine Ahnung …« Elijah sah auf seine Füße. »Ich bin echt nich … *nicht* perfekt darin. Aber ich hoffe auch, dass sie stolz auf mich wären.«

Seine Niedergeschlagenheit war so deutlich spürbar, dass es Penelope drängte, ihn zu trösten. Allerdings hatte sie noch nie einen jungen Mann zum Freund gehabt. Sie hätte nicht gewusst, wie sie ihn auf schickliche Art hätte trösten sollen.

Schließlich entschied sie sich für Worte. »Niemand ist perfekt. Und eines habe ich in den letzten Monaten über dich gelernt, Elijah Little: Du gibst immer dein Allerbestes.«

Als er den Blick hob, lag darin Überraschung … und noch etwas anderes. Penelope hätte es nicht benennen können, doch sie spürte, wie es ihre Wangen zum Glühen brachte, und beschloss abrupt, das Thema zu wechseln.

»War es schön, mit Menschen aufzuwachsen, die den gleichen Hintergrund hatten? Bitte entschuldige die Frage, ich kannte damals kein einziges Kind, das so war wie ich – das zu zwei verschiedenen Welten gehörte und gleichzeitig zu keiner der beiden so ganz. Auch die Familie meiner Nanay war mit der Heirat nicht einverstanden, daher ist sie die einzige Verbindung, die ich zu ihrer Insel habe.«

Elijah musterte sie unergründlich. »Darüber hab ich nie nachgedacht«, sagte er. »Es ist nicht einfach, wenn Leute dich nur wegen deiner Abstammung beleidigen. Aber ...« Er fuhr sich mit einer Hand über den Nacken und Penelope brachte es nicht übers Herz, ihn an seine Manieren zu erinnern. »Wahrscheinlich wäre es noch viel schlimmer gewesen, wenn ich weit und breit der Einzige gewesen wäre, dem das passiert.«

Penelope nickte, hin- und hergerissen zwischen ihrem Wunsch, mehr zu sagen, und der Sorge, das Personal könnte ihre Unterhaltung mit anhören. »Ich finde trotzdem, du solltest es Helena erzählen.«

»Mir was erzählen?« Helena kam in die Küche gestürmt.

Penelope sah von ihr zu Elijah. »Von seiner ...« Elijahs Gesichtsausdruck deutete keineswegs darauf hin, dass er sich Helena anvertrauen wollte. »Von seiner genialen Idee, das Menu so zu präsentieren, dass es selbst der Königin würdig wäre.«

»Ich höre?«, hakte Helena interessiert nach.

Also begann Elijah, ihr seine Ideen zur Makrele in Salzkruste zu schildern, wobei er sie diesmal noch mehr ausschmückte.

»Das kommt dem sehr nahe, was ich mit Lady Rutland für die Admiralität der Marine auf die Beine gestellt habe«, sagte Helena, als er geendet hatte. »Sehr gut, Mr Little.«

Elijah verbeugte sich höflich.

»Ich glaube, Sie sind jetzt so weit, Ihre Künste in der Öffentlichkeit auszuprobieren«, fuhr Helena fort und drückte

Penelope einen Brief in die Hand, den sie mitgebracht hatte. »Lady Rutland schreibt, am Wochenende findet ein kulinarischer Markt statt. Das wäre die perfekte Gelegenheit!«

Penelope überflog rasch den Brief. »Das klingt gut, doch meinst du selbst auch, dass du so weit bist, Elijah?«

»Ja, natürlich ist er das«, ging Helena dazwischen, noch bevor Elijah einen Ton sagen konnte. »Er hat in den letzten Wochen Riesenfortschritte gemacht. Außerdem muss er sowieso irgendwann ans Licht der Öffentlichkeit, und dann lieber früher als später.«

Penelope warf Elijah einen Seitenblick zu, der jedoch auf den Fisch hinunterstarrte. »Was müsste ich dafür tun?«

»Dieser Markt ist eine Art Vorentscheid für diejenigen, die sich für die Royale Kulinarik-Ausstellung zu Ehren von Prinzessin Adelaide qualifizieren wollen. Jeder Teilnehmer und jede Teilnehmerin bereitet ein selbst erdachtes Gericht zu und die Besucher dürfen alles probieren, um schließlich ihre Favoriten küren – und zwar in den Kategorien Amateure, Gentleman-Köche und Kulinarikerinnen. Die zwei Besten jeder Kategorie präsentieren dann ihre Kreationen auf der Royalen Kulinarik-Ausstellung neben den ausländischen Teilnehmerinnen.« Helena wippte vor Aufregung auf den Zehenspitzen auf und ab.

Penelope konnte beinahe körperlich spüren, wie eingeschüchtert Elijah von diesen Aussichten war.

»Niemand erwartet von dir, perfekt zu sein«, sagte Penelope. »Und wir helfen dir beide dabei.«

»Selbstverständlich«, gab Helena ihr recht. »Wir fangen

gleich nach dem Frühstück an zu üben. Ich bin sehr zuversichtlich, dass wir ihm alles Nötige beibringen können, Pen.«

»In welcher ... Kategorie werde ich starten?«, fragte Elijah.

»Bei den Gentleman-Köchen natürlich«, sagte Helena – im selben Augenblick, in dem Penelope »Amateure« sagte.

Die Mädchen sahen einander an, dann wandten sie sich beide Elijah zu, dessen Blick wie wild zwischen ihnen hin- und hersprang.

»Wir haben Sie schließlich gezielt zum Gentleman ausgebildet, Mr Little. Also sollte Ihr erster Auftritt auf einer kulinarischen Plattform dem auch entsprechen«, beharrte Helena.

»Vielleicht möchte er aber gar kein Gentleman sein?«, gab Penelope zu bedenken. »Selbst wenn er vom Auftreten her inzwischen sicher als Gentleman-Koch durchgehen könnte ...«

»Es wird niemand seinen Stammbaum nachschlagen, Pen! Ich habe von Anfang an gesagt, dass er schon bald als Gentleman durchgehen wird, und das hat sich inzwischen bewahrheitet.« Helena zeigte stolz auf Elijah.

Der junge Mann wirkte wie versteinert, wobei er den Rücken dennoch durchdrückte. Eine Anweisung von Helena, die er sich in letzter Zeit sehr zu Herzen genommen hatte. Ja, mit dieser distanzierten Haltung, die er vor allem in Helenas Gegenwart annahm, würde er sicherlich als Gentleman durchgehen. Darum ging es jedoch eigentlich nicht. »Das stimmt«, gestand Penelope. »Als Gentleman kann man aber mit Kochen kein Geld verdienen. Wenn er also in dieser Kategorie startet und sich gut schlägt, werden ihn daraufhin alle als Gentleman-Koch kennen, als neuen vielversprechenden Kandidaten auf dem Heiratsmarkt – und nicht als Amateurkoch, der darauf hofft, die Aufmerksamkeit zukünftiger Kunden oder Investoren auf sich zu lenken.«

»Warum denn nicht? Diese ganzen kulinarischen Klasseneinteilungen werden ohnehin bald der Vergangenheit angehören. In ein paar Jahren erinnert sich kein Mensch mehr daran! Also, Pen: Wieso sollte ein Gentleman denn nicht ein eigenes Lokal führen oder wohlsituiert heiraten oder beides oder nichts davon, ganz nach Belieben? Und wieso sollte das alles nicht auch für einen Teigtaschenverkäufer vom Covent Garden Markt gelten?«

Penelope grummelte leise. Ja, auch sie war der Meinung, dass Elijah im Leben alles erreichen sollte, was er wollte. Doch gesellschaftliche Zwänge verschwanden nicht einfach, nur weil Helena sich das wünschte. »So weit ist die Gesellschaft noch nicht und das weißt du.«

»Unsinn! Was wir hier tun, ist schließlich auch noch nie versucht worden. Trotzdem hat uns das nicht davon abgehalten, es zu tun. Weder uns noch Mr Little. Ich wüsste nicht, warum er sich dann von seinen angestrebten Zielen abhalten lassen sollte.« Sie lächelte beide an und Penelope konnte nicht umhin, ihre Argumentation durchaus schlüssig zu finden. »Außerdem …«, fuhr Helena fort und begann, am Arbeitstisch entlang auf und ab zu tigern. »Derzeit betreiben Gentleman-Köche nur kein eigenes Geschäft, weil sie fürchten, eine kaufmännische Karriere würde ihren Status in der

Gesellschaft herabsenken – eine völlig überholte Denkweise. Ein Überbleibsel aus der Zeit von König George. Für jemanden wie Mr Little wäre die Zugehörigkeit zu egal welcher gehobenen Schicht auf jeden Fall mit einer Verbesserung seines Lebensstandards verbunden. Wir halten folglich fest, dass ein gesellschaftlicher Aufstieg sehr viel schwieriger zu bewerkstelligen ist als ein Abstieg. Genau deswegen führen wir dieses Experiment doch durch, oder etwa nicht?« Sie blieb stehen und sah die beiden herausfordernd an.

Elijah nickte und Penelope atmete tief ein. Es rührte sie, dass Helena nicht vergessen hatte, warum sie dieses Experiment seinerzeit eingegangen war.

Zufrieden drückte Helena die Fingerspitzen aneinander. »Also. Ich bin nach wie vor der Meinung, dass Mr Little sich eine größere Bandbreite an Optionen eröffnen sollte. Und meiner bescheidenen Einschätzung nach würde ihm die Teilnahme in der Gentleman-Köche-Kategorie genau dies ermöglichen.«

Penelope sah zu Elijah, der stirnrunzelnd überlegte, dann schlug sie die Hände zusammen. »Helena hat recht. Du solltest nicht zulassen, dass irgendwelche überholten Gesellschaftsnormen dich von deinen Zielen abbringen. Damit würdest du dir selbst ein Bein stellen.«

Elijahs Blick begegnete dem ihren, und obwohl er nichts sagte, wusste Penelope, dass er verstand, was sie meinte. Seine Herkunft durfte ihn nicht daran hindern, nach den Sternen zu greifen, nach dem Mond oder nach allem anderen, was er sich wünschte.

»Die Zeiten ändern sich, meine Freunde«, verkündete Helena mit einem selbstbewussten Lächeln. »Und *wir* sind diejenigen, die sie verändern werden.«

Elijah widerstand dem Drang, sich durch das kurzgeschnittene Haar zu fahren. Die Mädchen hatten darauf bestanden, dass er nicht nur das Verhalten, sondern auch das Aussehen eines Gentlemans an den Tag legen musste. Also hatte Helena einen Herrenfriseur ins Haus kommen lassen. Der hatte Elijah die braunen Haare an den Seiten wesentlich kürzer geschnitten, als er es je selbst getan hatte, sodass er sicher noch eine Zeitlang brauchen würde, um sich an sein neues Erscheinungsbild zu gewöhnen.

»Eine große Verbesserung« hatte Helena es genannt und Penelope hatte ihr zugestimmt, dass Elijah mit der neuen Frisur sehr gut aussehe. Das hatte ihn etwas beruhigt, auch wenn er immer noch nicht verstand, wieso die Seiten so viel kürzer sein mussten als das Deckhaar. Andererseits hatte er schon etliche hochrangige Gentlemen mit einem ähnlichen Haarschnitt durch Covent Garden laufen sehen – daher musste das in bestimmten Kreisen wohl gerade in Mode sein. So oder so, ändern konnte er es nun ohnehin nicht mehr.

Auch einen Schneider hatte Helena einbestellt, der Elijahs Maße genommen und versprochen hatte, in zwei Tagen mit mindestens einer perfekt sitzenden Komplettausstattung wiederzukommen. In ihrer selbstherrlichen Art hatte Helena alles allein bezahlen wollen. Angesichts Elijahs Unmut hatte sie dann aber doch Penelopes Drängen nachgegeben, ihn zumindest den Anteil übernehmen zu lassen, den er sich leisten konnte. Es machte Elijah zu schaffen, dass er nicht die ganze Summe aus eigener Kraft aufbringen konnte. Helena hatte ihn jedoch daran erinnerte, dass die neue Garderobe für sein neues Leben unerlässlich war.

Er schielte aus dem Augenwinkel zu Helena hinüber. Gerade standen sie mehrere Meter auseinander im Salon und warteten in betretenem Schweigen darauf, dass der Schneider kam und die Anprobe begann. Penelope war in der Küche geblieben, um Mais zu nixtamalisieren, wofür die Körner stundenlang in einer speziellen Mischung gekocht wurden. Mit dem Ergebnis wollte sie Elijah später die Zubereitung von Tamales beibringen. Allerdings hatte sie versprochen, sich zu den beiden in den Salon zu gesellen, sobald sie fertig war. Elijah wurde bewusst, wie sehr Penelope in den vergangenen Wochen zu einem willkommenen Puffer zwischen ihm und Helena geworden war. Nach dem Desaster bei Lady Rexborough hatte er sich ursprünglich gewundert, dass Helena seiner Weigerung, das Schweinefleisch zu probieren, nicht weiter auf den Grund gegangen war. Vermutlich sah sie aber einfach nur das, was sie sehen wollte.

Für einen so klugen Menschen wie sie war es dennoch merkwürdig, dass sie so vieles um sich herum nicht bemerkte (oder ignorierte?). Denn immer wieder schien Helenas Verhalten diese Einschätzung zu bestätigen. Die einzige andere Erklärung, die ihm einfiel (an die er viel mehr geglaubt hätte, wenn Penelope ihn nicht immer von Helenas guten Eigenschaften hätte überzeugen wollen), bestand darin, dass Helena einfach alles nach ihrem Willen haben wollte. Und dafür war sie sogar bereit, alles zu ignorieren, was nicht in ihr Bild passte – gesellschaftliche Regeln, die Gefühle der Menschen um sie herum, ja selbst den gesunden Menschenverstand. Und das nur, um ihre eigenen Ziele zu erreichen.

Helena war ein Genie, das musste man ihr lassen. Dennoch war Elijah sich sicher, dass sie auf seine jüdische Herkunft nicht so reagiert hätte wie Penelope, als er ihr sein Geheimnis verraten hatte. Klar, auch Penelope wäre nicht von allein daraufgekommen, dass er Jude war, trotzdem hatte sie immerhin gespürt, dass er etwas verheimlichte. Hätte Helena etwas vermutet, hätte sie ihn das gewiss wissen lassen. Er selbst würde sie jedenfalls ganz sicher nicht von sich aus darauf ansprechen. Gut möglich, dass Helena kein Problem mit Penelopes Herkunft hatte und sich ab und zu sogar sehr wohlwollend über einige der Rezepte von deren Mutter äußerte, seine jüdische Abstammung wäre aber bestimmt eine ganz andere Sache.

Auch wenn in England – im Gegensatz zu anderen europäischen Ländern – keine speziellen Gesetze gegen Juden existierten, verfügten jüdische Menschen hier dennoch nicht über die gleichen Rechte wie andere Bewohner der Insel. Teilweise durften sie nicht wählen, weder in Oxford noch in Cambridge die Universität besuchen, nicht als Parlamentarier oder auf sonstigen Regierungsposten arbeiten und auch nicht Jura studieren. Noch schlimmer als diese Beschränkungen war jedoch die allgegenwärtige Angst, bei einem schlichten Spaziergang durch die Straßen plötzlich angegriffen, zum Essen von Schweinefleisch gezwungen, ausgeraubt, zusammengeschlagen oder gar getötet zu werden – einfach so, nur weil man jüdisch war.

Auch Elijah hatte in seinem Leben schon manche Anfeindung und Spöttelei über sich ergehen lassen müssen. (Wahrscheinlich gab es in ganz London keinen einzigen Händlerjungen, der das noch nicht erlebt hatte.) Was ihm allerdings am meisten zu schaffen machte und sein Blut in Wallung brachte, war die Reaktion der Leute, wenn das Wort »Jude« fiel. Für etliche Menschen war allein schon der Begriff gleichbedeutend mit Anstößigkeit, Hinterlist und schlechtem, verachtenswertem Charakter. Elijahs Verständnis solchen Leuten gegenüber hielt sich sehr in Grenzen. Selbst wenn er ihre individuellen Beweggründe gekannt hätte, hätte dies nicht den Schaden an Geist und Seele verringert, den er durch ihr Verhalten in seiner Kindheit davongetragen hatte.

Elijah hatte nie gewusst, wie er dagegen hätte angehen sollen. Stattdessen hatte er einfach versucht, seiner Wege zu gehen und solche Leute zu ignorieren. Doch wie sollte man diesen Anfeindungen aus dem Weg gehen, wenn man einen jüdischen Namen hatte oder so aussah, wie Leute dachten, dass Juden aussahen? Egal, was Penelope glaubte – Helenas Bemerkungen über die Jungs, die am Straßenrand ihre Waren feilgeboten hatten, waren eindeutig ein Ausdruck ihrer Vorurteile gegenüber Menschen wie ihm. Genau deswegen hatten viele der Jungs, mit denen er zur Schule gegangen war, ihre Religion geheim gehalten. Einige (wie Elijah) hatten die Traditionen nur abgeschwächt ausgeübt oder dem Judentum gar komplett den Rücken gekehrt. Das Ziel der Armenschule war es gewesen, mittellosen Kindern Lesen, Schreiben und grundlegende Kenntnisse in Hebräisch und Rechnen beizubringen, in der Hoffnung, dass sie eines Tages vielleicht mehr erreichen könnten, als für Kleingeld auf den Straßen Londons Waren zu verkaufen. Doch wegen der herrschenden Vorurteile konnten Juden immer noch kaum Einzelhandelsgeschäfte betreiben – was Elijah Penelope gegenüber aber wohlweislich nicht erwähnt hatte, auch wenn die Tatsache selbst für niemanden ein Geheimnis war.

Kreative Ausnahmen von der Regel gab es natürlich trotzdem. Einige Juden nannten sich Großhandelskaufleute und betitelten ihr Unternehmen als »Warenhaus« – verkauften ihre Produkte oder Dienstleistungen allerdings auch im Ladengeschäft, wenn Laufkundschaft hereinkam und danach fragte. Wohlhabendere Juden meldeten ihr Unternehmen auf den Namen eines christlichen Freundes oder Angestellten an. Solche Hintertürchen standen armen Straßenhändlern wie Elijah, die weder über Geld noch Einfluss oder Beziehungen verfügten, natürlich nicht offen. Doch wenn er sich jetzt auf dem Kulinarikmarkt gut schlagen würde, vielleicht …

Was er damals gesagt hatte, als er den Jungen an der Straße Sachen abgekauft hatte, war vollkommen ernst gemeint gewesen. Manchen Leuten war einfach nicht zu helfen – ihre Ansichten waren unverrückbar wie Granitfelsen und würden sich niemals ändern. Das wusste Elijah aus eigener unguter Erfahrung zur Genüge. Nichtsdestotrotz erlebte er nun, dass es auch Menschen wie Penelope gab, die interessiert Fragen stellten und gewillt waren, über die Antworten zu diskutieren.

Unterm Strich blieb es dennoch dabei – die meisten Leute stellten erst gar keine Fragen. Und das lag nicht daran, dass sie nicht gewusst hätten, wie sie sie stellen sollten. Sondern daran, dass sie ohnehin keine anderen Antworten akzeptiert hätten als die vorgefertigten in ihrem Kopf. Und Elijah war sich ziemlich sicher, dass Helena zu dieser Kategorie Menschen gehörte.

Verstohlen sah er sie von der Seite an. Ausnahmsweise fegte sie nicht wie ein Wirbelwind durch die Gegend oder rief ihm Anweisungen zu. Sie schaute einfach nur stumm ins Feuer, während Elijah am Fenster stand, das eine Aussicht auf den Platz bot. Es war das erste Mal, dass Elijah sich fragte, ob Penelope vielleicht doch recht hatte. Zwar traute er ihrer Einschätzung mehr als jedem anderen Menschen, doch er wusste auch, dass Penelope immer das Gute im Menschen sah – manchmal mehr, als es eigentlich zu sehen gab. Es war ihm nicht wohl dabei, mit seiner Abstammung hinterm Berg zu halten, aber hatte Helena ihm nicht selbst dazu geraten, das zu tun, was für ihn am nützlichsten war? Wenn dazu auch gehörte, seine Religion vor ihr geheim zu halten, dann würde er eben genau das tun. Um ein Gentleman-Koch oder ein Lokalbesitzer zu werden, würde er diesen Teil seiner Identität ohnehin immer verbergen müssen. Und das ganze Projekt war von vornherein Helenas Idee gewesen.

Pierce öffnete die Tür zum Salon und hinter ihm trat der Schneider herein. »Lady Helena, Mr Benjamin ist da.«

Helena entfernte sich vom Kamin, um den Mann zu begrüßen. »Willkommen, Mr Benjamin. Ich nehme an, Sie konnten etwas Schönes für Mr Little entwerfen?«

Der Schneider verbeugte sich und hielt dann eine Schachtel an deren Griff hoch. »Ja, Lady Helena. Ich glaube, es wird Ihren Ansprüchen genügen.« Er sah Elijah an. »Vielleicht wäre Mr Little so freundlich, alles anzuprobieren?«

»Wunderbar.« Helena ging zur Tür. »Ich komme nachher wieder, um zu sehen, wie es passt. Pierce, folgen Sie mir bitte. Ich möchte mit Ihnen sprechen.«

Der Butler schloss die Tür hinter ihnen beiden, sodass Elijah mit dem Schneider allein zurückblieb. Mr Benjamin gab ein paar höfliche Floskeln von sich, während er die Schachtel abstellte und dann ein hellgraues Jackett mit dazu passender Hose sowie eine blaue Weste daraus hervorholte. Genau wie die Kleider des Marquess wirkten auch diese viel zu fein für jemanden wie ihn, fand Elijah. Schleunigst schob er diesen Gedanken beiseite und schlüpfte in die maßgeschneiderten Kleidungsstücke. Die Hose passte wie angegossen, die Weste war unter den Armen allerdings ein Stück zu weit.

»Keine Sorge, Mr Little, das haben wir gleich.« Der Schneider steckte den Stoff enger, bis die Weste perfekt saß. »Wie ist das?«, fragte er über den Rand seiner Brille hinweg.

Elijah, der noch nie etwas getragen hatte, was ihm auf den Leib geschneidert worden wäre, wusste nicht recht, was er antworten sollte. »Scheint zu passen.«

Mr Benjamin fuhr sich über das lichter werdende Haar. »Können Sie sich darin gut bewegen?«

Stirnrunzelnd ruderte Elijah mit den Armen durch die Luft. Das sah bestimmt absolut lächerlich aus! Die Weste saß enger als die abgelegten Sachen des Marquess, doch ansonsten fühlte sich alles ganz normal an.

»Hm … ich sehe schon. Vielleicht wenn ich …« Mr Benjamin zupfte an einer Seite am Stoff und pinnte den Armausschnitt neu fest. »Versuchen Sie es nun noch einmal.«

Elijah ließ wieder die Arme schwingen und zog erstaunt die Augenbrauen hoch. »Jetzt geht es besser.«

Der Schneider lächelte. »Dachte ich mir. Dann lassen Sie uns das Jackett anprobieren.«

Sobald Elijah in die Ärmel geschlüpft war, schnalzte Mr Benjamin unzufrieden mit der Zunge und begann, Pinnnadeln zu stecken. Elijah stand stocksteif da, um bloß nicht gestochen zu werden.

»Wissen Sie, junger Mann, mir ging neulich nicht aus dem Kopf, wieso Sie mir so bekannt vorkamen«, nuschelte Mr Benjamin schwer verständlich– er hatte sich etliche Nadeln zwischen die Lippen geklemmt.

Sofort verkrampfte sich Elijah – und fühlte prompt einen Stich an der Schulter. »Autsch!«

»Entschuldigen Sie. Wenn Sie bitte stillhalten könnten …« Elijah atmete tief durch.

»Doch dann bin ich draufgekommen – Sie erinnern mich an einen alten Freund, den ich hatte, als ich am Duke's Place gewohnt habe. Moishe Levin hieß der Mann. Ich stand noch ganz am Anfang meiner Laufbahn und habe Knöpfe und Garn von ihm bezogen.«

Elijah wurde heiß und kalt zugleich. Papa! Dieser Mann hatte seinen Vater gekannt – oder konnte es sich um einen anderen Moishe Levin gehandelt haben? »Wann war das?«

»Ach, zehn Jahre ist es bestimmt schon her.«

Elijah schluckte. Sein Vater war vor zwölf Jahren gestorben.

»Ich kann mich noch an Moishes Witze über seinen Namensvetter Mose erinnern«, fuhr Mr Benjamin schmunzelnd fort. »Er pflegte zu sagen, dass er, wie sein Namensvetter, ein Fremder in einem fremden Land war, aber im Gegensatz zu Mose nicht langsam sprach – er sprach sogar ziemlich schnell. Zumindest auf Jiddisch. Ach, ich mochte seinen Sinn für Humor wirklich sehr. Er verbreitete immer gute Laune und Zuversicht. Ich vermisse ihn immer noch.«

Zwar hatte Elijah nur wenige eigene Erinnerungen an seinen Vater, aber sein Onkel hatte ihm viel von ihm erzählt, darunter auch ein paar seiner Lieblingswitze. Das konnte kein Zufall sein – Mr Benjamin hatte wirklich seinen Papa gekannt! Elijah schluckte den Kloß in seiner Kehle hinunter. »Was ist aus ihm geworden?«

Der Schneider ging um ihn herum, um das Jackett von hinten zu betrachten. »Ach, das ist eine traurige Geschichte. Er hat mit verschiedenen Waren gehandelt, manchmal auch außerhalb Londons. Eines Tages wurde er unterwegs überfallen, ausgeraubt und zusammengeschlagen. Er hat es gerade noch zurück zu Frau und Kind geschafft, ist allerdings kurz darauf an seinen Verletzungen gestorben.«

Elijah ballte unwillkürlich die Fäuste. Die meisten seiner Erinnerungen an seinen Vater waren verblasst, doch an dessen blutüberströmtes Gesicht konnte er sich noch gut erinnern. Und auch daran, wie er Elijahs kleine Hand in seiner großen gehalten und ihm zum letzten Mal gesagt hatte, wie sehr er ihn liebte. Das tränenüberströmte Gesicht seiner Mutter hatte sich ebenfalls unauslöschlich in sein Gedächtnis eingebrannt.

Mr Benjamin stellte sich vor Elijah und sah ihm in die tränenden Augen. »Sie sehen ihm wirklich sehr ähnlich. Und Ihrer Mutter auch.«

Elijah blinzelte gegen die Tränen an. Er wollte diesen Schmerz nicht spüren, diese schreckliche Leere, die der Tod seiner Eltern hinterlassen hatte und die wie ein Ungeheuer im Schatten nur darauf lauerte, ihn anzuspringen, wenn er nicht aufpasste. Er sah sich im Raum um, dann blickte er zu seinen neuen Kleidern hinunter. »Ich weiß nicht, was ich hier tue … Ich hab nichts verbrochen, um hierherzukommen, ich wollte mir nur ein besseres Leben erarbeiten. Ich wollte alles tun, damit sie stolz auf mich sind. Aber ich –«

Der Schneider hob abwehrend die Hände. »Augenblick mal, junger Mann. Ich wollte mich nicht in Ihre Angelegenheiten einmischen. Außerdem … *A mentsch tracht, un Got lacht.* Wissen Sie, was das bedeutet?«

Elijah und sein Onkel hatten nur noch selten Jiddisch gesprochen und so hatte Elijah vieles vergessen, doch diesen Spruch kannte er noch. »Der Mensch dachte, und Gott lachte.«

Mr Benjamin nickte. »Wir geben alles, um das Leben zu führen, das wir uns wünschen. Manchmal läuft es eben nicht nach Plan. Trotzdem müssen wir uns immer Mühe geben. Denn sonst lacht Gott uns erst recht aus.«

Elijah seufzte. »Ja, das hab ich auch immer gedacht.«

»Wenn Moishe hier wäre, würde er Ihnen bestimmt genau dasselbe sagen, was ich meinen Kunden immer sage: *Di pave zol nit hobn di sheyne federn, volt zikh keyner af ir nit umgekukt.* Hätte der Pfau keine schönen Federn, würde sich niemand nach ihm umdrehen.«

Elijah kicherte. Das Wohlwollen des Schneiders tat ihm gut, egal ob sein Vater das tatsächlich gesagt hatte oder nicht. »Danke. Ich …« Er verstummte, als ein Klopfen ertönte. »Herein«, sagte er und die Tür öffnete sich.

Penelope streckte den Kopf herein. Die Locken, die ihr Gesicht umrahmten, wirkten etwas zerzaust, als habe sie sie mehrfach aus der Stirn streichen müssen, während sie sich über den Arbeitstisch beugte. Sie trug immer noch ihre Schürze mit dem bunten Blumenmuster. »Ich komme doch nicht zu spät, oder?«, fragte sie.

Elijah schüttelte den Kopf und sah, wie sie voller Bewunderung auf seine neuen Kleider schaute. »Mr Little, Sie sehen …« Sie musterte ihn von oben bis unten und schien Probleme zu haben, die richtigen Worte zu finden. »Sie sehen wie der perfekte Gentleman aus.«

Elijah lächelte und entspannte sich ein wenig. Wenn Penelope ihn so angrinste, machte es ihm nicht einmal etwas aus, dass eine Nadel ihn in den Arm stach. Wie schön wäre es gewesen, wenn sie jetzt unter vier Augen hätten reden können. Doch dann löste sich Penelopes Blick von ihm und wandte sich dem Schneider zu.

»Mr Benjamin, Sie haben sich mal wieder selbst übertroffen. Ich kann es kaum erwarten, die restlichen Kleidungsstücke zu sehen.«

»Es ist mir ein Vergnügen, jemanden wie Mr Little einzukleiden«, erklärte Mr Benjamin mit einem Lächeln und sah Elijah an, der ihm wortlos mit Blicken dankte. Natürlich hätte es nichts ausgemacht, wenn der Schneider Penelope von Elijah und seinen Eltern erzählt hätte, doch das konnte dieser ja nicht wissen.

»Dann wollen wir mal sehen!«, rief Helena aus, als sie in den Salon stürmte. Sie betrachtete Elijah von Kopf bis Fuß und drehte sich dann zu Mr Benjamin um. »Ich bin nicht sicher, ob ich die blaue Weste mit dem hellgrauen Anzug kombiniert hatte. Dennoch kann ich schwerlich leugnen, dass ihm alles ziemlich gut steht.«

Aus ihrem Mund war das ein großes Lob und Elijah versuchte, es als solches aufzufassen. Penelope dagegen wirkte entsetzt. »Helena, er sieht umwerfend aus, nicht einfach nur ziemlich gut!«

Der Schneider warf ihm einen belustigten Blick zu.

Und obwohl Elijah so tat, als würde er es nicht bemerken, sondern der Unterhaltung der beiden Mädchen über den Schnitt seines neuen Jacketts und die Länge der Ärmel folgen, konnte er nicht verhindern, dass er von einem Ohr zum anderen grinste.

12

Mit ganz viel Gelassenheit

Elijah behielt den Mund zu und die Augen offen, als er Helena und Penelope zwischen ionischen Säulen hindurch zum überdachten Eingang des Pantheons in der Oxford Street folgte. Früher war darin erst ein Versammlungsraum, später ein Theater beheimatet gewesen. Doch inzwischen diente der Große Salon an vier Tagen der Woche als Bazar und ansonsten als Veranstaltungsraum für Messen – wie auch heute für den Kulinarik-Markt.

Die drei gingen zusammen von der Eingangshalle in den Großen Salon, der beinahe quadratisch war. Durch zwei lange Reihen großer, bogenförmiger Fenster in der Deckenkuppel, die Elijahs Einschätzung nach bestimmt mindestens fünfzehn Meter hoch war, fiel strahlendes Sonnenlicht herein und erhellte den Raum. Zu beiden Seiten standen Theken und Tische, hinter denen sich die Wettbewerber des heutigen Tages postiert hatten. Menschen aus den unterschiedlichsten Gesellschaftsschichten schoben sich durch den Salon. Einige waren Teilnehmerinnen, die Servierteller und Schüsseln mit ihren zubereiteten Gerichten an ihren Platz transportierten, andere schienen Besucher zu sein, die bewusst früh gekommen waren, um das Essen noch vor den anderen in Augenschein zu nehmen und sich ihre Favoriten herauszupicken.

Die Mädchen blieben schließlich vor einem u-förmigen Tisch etwa in der Mitte der Reihe stehen und stellten die Körbe mit den Gerichten ab, die Elijah den ganzen Vormittag über zubereitet hatte. Auch er lud seine schwere Kiste ab, in der sich Servierplatten und Teller befanden, während Helena ihren Bediensteten Anweisungen gab, wo sie die restlichen Utensilien und Beilagen platzieren sollten.

Elijah schielte nach beiden Seiten. Der Tisch zu seiner Rechten bog sich beinahe schon unter den unzähligen kleinen Tellern voller bunter Kreationen. Ein junger Mann, der kaum älter sein konnte als Elijah, richtete mithilfe eines Löffels ein Gericht nach dem anderen an. Zwar hatte er sein burgunderrotes Jackett und seinen hohen Hut auf einen Stuhl hinter dem Tisch gelegt, doch um seine restliche Kleidung zu schützen, wischte er sich ständig die Hände an einem Tuch ab.

Elijah betrachtete seine eigenen Finger, bevor er sich über das Revers des allererersten nagelneuen Jacketts seines Lebens strich. Mr Benjamin hatte ein paar Tage zuvor die umgenähten Sachen an Helenas Adresse geliefert und versprochen, dass auch die restliche Garderobe bald fertig sein würde. Er hatte Elijah Glück gewünscht und Helena noch einmal seiner Verschwiegenheit versichert. Denn dies war Helenas Be-

dingung dafür gewesen, dass er den Auftrag bekam – schließlich konnte sie nicht riskieren, das Experiment aufs Spiel zu
setzen, nur weil jemand nicht den Mund hielt. Der Schneider hatte Elijah zudem einen vielsagenden Blick zugeworfen
und ihn eingeladen, irgendwann sein Atelier zu besuchen,
wofür sich Elijah freundlich bedankt hatte. Wenn das alles
hier erst einmal hinter ihm lag, würde er ihm ganz sicher einen Besuch abstatten. Außer seinem Onkel wusste er von
niemandem, der seinen Papa gekannt hatte, und trotz allen
Schmerzes würde es ihm bestimmt guttun, mit jemandem
über seinen Vater zu reden.

Wirklich seltsam – oder auch gerade passend? –, dass er
ausgerechnet jetzt jemandem begegnet war, der seine Eltern
gekannt hatte. Jetzt, da er im Begriff war, sich seinem neuen
Leben zu stellen. Wie hatte Mr Benjamin so treffend gesagt:
Der Mensch dachte, Gott lachte. Elijah konnte nur hoffen, dass
Gott ihn nicht allzu laut auslache.

Auf der Kutschfahrt zum Ausstellungsmarkt hatte Helena
ihn daran erinnert, dass dieser Tag der Beginn seines neuen
Lebens sein würde. Seufzend sah Elijah an sich herab, um
sich zu vergewissern, dass seine Weste immer noch perfekt
zugeknöpft war. Tatsächlich sah er nach wie vor so makellos
gekleidet aus wie in der Kutsche – die Sorgen machte er sich
also ganz umsonst.

Elijah holte tief Luft, um sich zu beruhigen. Als er wieder
aufschaute, fiel sein Blick auf drei herumwandernde und auf
verschiedene Gerichte deutende Matrosen. Sofort musste er
an seinen Onkel Jonathan denken. Was er wohl sagen würde,

könnte er Elijah jetzt, als Teilnehmer eines Wettbewerbs von Gentleman-Köchen sehen? Hoffentlich wäre er stolz auf seinen Neffen.

»Tagträume?«, fragte Penelope und stellte sich neben Elijah.

Er blinzelte und sah in ihr sanftes ovales Gesicht. Ihr liebevolles Lächeln war zu einem steten Begleiter geworden, der seine Tage aufhellte, ganz besonders während der letzten Wochen. »Ich kann noch gar nicht glauben, dass ich hier bin«, gestand er und schielte zu Helena hinüber, um sicher zu sein, dass sie ihn nicht hören konnte. Doch diese war damit beschäftigt, die Bediensteten die Teller umstellen zu lassen, damit sie optisch besser zur Geltung kamen.

»Du brauchst nicht nervös zu sein«, sagte Penelope. »Dein Menü wird die Menschen und die Jury sehr beeindrucken. Das hat mir meine Kristallkugel verraten.« Sie zwinkerte ihm verstohlen zu.

Elijah musste unwillkürlich lachen. Wie absurd, dass *sie* sich ebenfalls Mühe gab, ladylike zu wirken, während er alles dafür tat, als Gentleman durchzugehen! Da klapperte zu seiner Linken plötzlich Geschirr und seine Aufmerksamkeit wurde auf einen jungen Mann in tadellos sitzendem braunem Anzug gelenkt, der gerade dabei war, seine Gerichte planlos auf dem Tisch zu platzieren. Irgendwie kam der Mann ihm bekannt vor, aber Elijah fiel einfach nicht ein, woher.

»Wollt ihr die ganze Zeit da herumstehen und plaudern?«, rief Helena zu ihnen herüber.

Elijah setzte sich in Bewegung, hob die Waren aus der Kiste und begann, alles auf den kleinen Tellern anzurichten, von denen die Jury probieren würde, um danach ihr Urteil zu fällen. Jeder Besucher der Messe, der Eintritt bezahlte, erhielt einen Satz Marken, mit denen er seine zwei Favoriten in jeder Kategorie auszeichnen konnte – und zwar, indem er die Marke in das Glas warf, das auf dem Tisch des Teilnehmers stand. Elijah beäugte sein Glas und widerstand dem Drang, sich den Nacken zu reiben. Es würde schon alles so kommen, wie es kommen musste. Er konnte nur auf das Essen Einfluss nehmen – und dafür sorgen, dass er so sprach und sich so verhielt, wie die zwei jungen Damen es ihm beigebracht hatten.

Schweigend legte er alle Zutaten auf die vorgesehenen Teller. Helena raunte ihm mehrfach zu, wie viel Zeit bis zur Verkostung noch blieb, und er nickte mit gesenktem Kopf, um ihr zu signalisieren, dass er sie gehört hatte. In den vergangenen Monaten hatte er gelernt, dass Helena nur selten mehr als dieses stumme Nicken erwartete – viel mehr Antwort brauchte sie nicht.

Ganz im Gegensatz zu Penelope. In all der Zeit hatte sie kein einziges Mal den Eindruck gemacht, sie würde Elijahs Meinung als unwichtiger erachten als ihre eigene oder Helenas. Ob das mit ihrer Kindheit zusammenhing? Mit ihren aus zwei Welten stammenden Eltern, die ihr Kind und einander liebten? Und mit der Tatsache, dass sie nie lange am selben Ort gelebt hatte? Das musste ihren Horizont extrem erweitert haben. Eigentlich hätte Elijah eifersüchtig werden können – wäre sie darüber hinaus nicht auch noch der faszinierendste, großherzigste und klügste Mensch gewesen, den er kannte.

Und jetzt stand sie vor ihm, mit ihrem schmeichelnden grünen Kleid und dazu passender Haube, und schenkte ihm ein sonniges Lächeln, das er erwiderte. Nachdem er den letzten lilafarbenen Kartoffelpfannkuchen auf seinem Teller platziert hatte – ein versteckter Hinweis auf seine Herkunft, der Helena garantiert entgehen würde –, trat er zurück, um den Tisch zu begutachten.

Helena erinnerte ihn daran, eventuelle Tropfen oder Flecken vom Tellerrand zu entfernen, und er nickte stumm, obwohl er schon längst dabei war, alle Teller zu prüfen. Ein letztes Mal wischte er mit einem Tuch alles sauber, dann verschränkte er die Hände auf dem Rücken.

Die vielen Teller mit bunten Gerichten sprangen ihn regelrecht an. Dünn geschnittener Räucherlachs in Rote-Bete-Beize auf den knusprigen Scheiben aus violetten Kartoffeln aus den Anden, gekrönt von einer winzigen Salathaube aus Rucola, essbaren Blüten und in Passionsfruchtsud eingemachten Schalotten-Ringen – und das alles so angerichtet, dass man es mit einem einzigen Bissen verkosten konnte. Elijahs Hommage an die Geschmacksrichtungen Südamerikas, die Penelope ihm nahegebracht hatte, sowie an seine eigene jüdische Herkunft. Daneben stand ein Teller mit einem Lapsang-Souchong aus über Teeblättern geräucherter Taubenbrust in Tamarindensoße. Diese war in einen kräutergewürzten Blätterteigmantel gehüllt, eine raffinierte Version einer seiner eigenen Teigtaschen. Und zum Dessert ein Bonbon aus Schokolade mit Chili- und Zimtbeigabe an einer Horchata aus flüssigem Karamell. Elijah wusste, dass er den Geschmack genau so hinbekommen hatte wie geplant, trotzdem war er sich nicht sicher, ob seine Gerichte für den Wettbewerb edel genug waren.

Zum Glück hatte Penelope ihn bei der Zusammenstellung des Menüs unterstützt und es sogar vor Helena verteidigt, als diese wegen einiger Zutaten wie den Tamarinden, die schwer zu bekommen waren, ihr Veto hatte einlegen wollen.

»Dann sollten wir jetzt vielleicht zur Seite treten, um niemanden zu beeinflussen«, unterbrach Helena Elijahs Gedanken. »Alles sieht so aus, wie Sie es eingeübt haben. Nun warten wir einfach ab, was die Tester dazu sagen.«

»Ich wäre mehr als überrascht, wenn sie sich nicht die Finger danach lecken – im wahrsten Sinne des Wortes.« Penelope lächelte Elijah an.

»Viel Glück, Mr Little«, sagte Helena. »Der Gong wird jeden Augenblick ertönen.«

Er verschränkte die Hände auf dem Rücken. »Danke sehr.«

Helena entfernte sich, um die Nachbartische in Augenschein zu nehmen.

Dafür rückte Penelope näher. »Geht es dir gut?«, raunte sie ihm zu. »Du wirkst etwas blass.«

Elijah räusperte sich. »Ehrlich gesagt hab ich nicht die geringste Ahnung, was ich hier mache.« Er strich sich wieder das Jackett glatt.

Penelope legte den Kopf schief, auf dem ihre hellgrüne Haube thronte. »Elijah, du wirst sie alle überwältigen. Du hast dich so gut vorbereitet! Du siehst von Kopf bis Fuß wie der perfekte Gentleman aus. Dein Essen ist wunderbar. Und jetzt musst du nur noch das frech-charmante Gesicht aufsetzen, das du uns bei unserer ersten Begegnung auf dem Nachtmarkt präsentiert hast. Der Mann von *damals* hätte sicher kein Nein akzeptiert, und der von *heute* …«, sie zeigte mit beiden Händen auf ihn und faltete sie dann vor dem Bauch, »… weiß, wie er die Liebenswürdigkeit und Selbstsicherheit eines Gentlemans einsetzen kann, um die Menschen dazu zu verleiten, seine Gerichte zu probieren und ihre Marke in sein Glas zu werfen. Du vereinst alles in dir! Konzentrier dich einzig auf das, was du zu tun hast.«

Bei ihr hörte es sich so einfach an, ganz und gar nicht einschüchternd. Als sei es nicht viel anders als seine Verkaufstouren auf dem Nachtmarkt. Vielleicht hatte sie ja recht. Er musste sich nicht entscheiden, ob er ein Teigtaschenverkäufer oder ein Gentleman sein wollte. Vielleicht konnte er das Beste aus beidem zu einer ganz neuen Mischung vereinen. Elijah streckte den Rücken durch. »Sie haben vollkommen recht, Miss Pickering, danke.« Er neigte den Kopf, wie die Mädchen es ihm beigebracht hatten. Immer noch wagte er es nicht, sie zu duzen und Penelope zu nennen, wie sie es ihm eigentlich erlaubt hatte – zum einen, weil sich ihre Freundschaft nach wie vor sehr fremdartig anfühlte, zum anderen, weil sie sich hier in der Öffentlichkeit befanden. Doch Penelope schien es ihm nicht übel zu nehmen.

»Sehr, sehr gerne, Mr Little«, sagte sie mit einem Lächeln

und machte einen kleinen Knicks. »Bis später«, flüsterte sie noch, dann wandte sie sich ab und ging Helena hinterher.

Elijah sah ihr noch kurz nach, ehe er tief Luft holte, um sich zu beruhigen. In leisem Ton übte er die Aussprache einiger einstudierter Sätze. Als er noch jünger war, hatte er lange gebraucht, bis er sich getraut hatte, Kunden anzusprechen. Die Leute hier waren keine Kundschaft im eigentlichen Sinne, Penelope zufolge jedoch auch nicht allzu weit davon entfernt. »Einen schönen guten Tag, Madam. Darf ich Ihnen ein Bonbon anbieten? Guten Tag, Sir, könnte ich Sie vielleicht für ein Kartoffelküchlein mit Lachs in Rote-Bete-Beize begeistern? Oder möchten Sie stattdessen vielleicht von der geräucherten Taubenbrust in Blätterteig probieren?« Elijah sprach sich selbst Mut zu. Er konnte es schaffen. Oder sollte er vielleicht lieber –

Da schlug der Gong. Elijah schob alle Gedanken beiseite und zauberte sich ein charmantes Lächeln ins Gesicht – gerade rechtzeitig, um die ersten Besucher zu empfangen, die sich seinem Tisch näherten.

Helena nickte einem jungen Gentleman an seinem Stand zu und schaute nach hinten zu Elijah, auf der Suche nach Penelope. Deren hellgrünes Kleid mit weiten Puffärmeln und waldgrünen Saumschleifen sollte in der Menge eigentlich leicht auszumachen sein. Helena nahm einen Teller vom Tisch des jungen Mannes, um das Gericht darauf zu probieren – eine Art Eclair, das mit einem Chickencurry gefüllt zu sein schien.

Der Deckel aus knusprigem Brandteig stand in einem wunderbaren Kontrast zum gelblichen Kokosmilchcurry im Inneren. »Gute Würzung«, sagte Helena nach dem ersten Bissen, als sie den erwartungsvollen Blick des jungen Mannes sah. Dann deutete sie auf ein anderes Gericht – grüne Tomatenscheiben auf kreisrunden Polentascheiben. »Sind die Tomaten eine neue grüne Sorte oder einfach nur noch nicht reif?«

»Letzteres«, erwiderte der Gentleman mit einem Lächeln. »Ich habe sie eingelegt. Die Polentascheiben habe ich in Reismehl gewälzt, bevor ich sie zweifach ausgebacken habe.«

Neugierig schob Helena sich die Tomaten-Polenta-Kombination in den Mund. Von der Säure der Tomate hätte sie beinahe den Mund verzogen, doch sie bewahrte nach Kräften die Fassung. Wenn Elijahs Mitbewerber alle solche grundlegenden Fehler begingen, würde er keine Schwierigkeiten haben, in seiner Kategorie zu gewinnen – außer natürlich, er und Penelope hörten nicht auf, die ganze Zeit die Köpfe zusammenzustecken und miteinander zu flüstern.

Helena hatte noch nie viel Zeit darauf verwendet, in sich zu gehen und die eigenen Empfindungen zu überprüfen. Doch sie konnte nicht umhin zu bemerken, dass die Freundschaft, die sich seit dem desaströsen Tag bei ihrer Großmutter zwischen Penelope und Elijah entwickelt hatte, sie ein wenig – wenn auch nur *sehr* wenig – irritierte. Wobei sie diese Empfindung kaum hätte definieren können. Außenstehende hätten es vielleicht Eifersucht genannt oder Angst davor, ihre Freundin zu verlieren. Helena hingegen hatte in ihrem jungen Leben noch nie Grund gehabt, sich mit solchen Emotionen auseinanderzusetzen, und so verfügte sie auch kaum über die Fähigkeit, sie sich bewusst zu machen und zu benennen.

Warum Elijah offenbar so viel lieber mit Penelope sprach als mit ihr, fragte sie sich allerdings schon. Mit Pen zu sprechen, fiel jedoch anscheinend sowieso jedem Menschen leicht.

»Beim nächsten Mal sollten Sie Ihrer Marinade vielleicht ein bisschen Honig hinzufügen, um die Säure abzumildern«, sagte sie zu dem jungen Mann – freundlich, um ihn nicht in Verlegenheit zu bringen.

Seine kühle Antwort hörte sie allerdings schon nicht mehr, denn im selben Moment rief Penelope ihren Namen.

»Hier bist du«, sagte Penelope. »Du warst plötzlich verschwunden.« Sie schaute auf die Teller des jungen Gentlemans. »Sieht verlockend aus.«

»Versuch die grünen Tomaten«, konnte Helena sich nicht verkneifen.

Penelope steckte sich ein Stück Polenta in den Mund und zog die Augenbrauen hoch, während sie kaute. »Dass sie eingelegt waren, kam wirklich überraschend«, sagte sie, nachdem sie den Bissen heruntergeschluckt hatte, und fing den Blick des jungen Mannes auf. »Die Säure hat mir gefallen. Erinnert mich an Gerichte, die ich aus der philippinischen Küche kenne, oder auch aus der persischen. In beiden Kulturen schätzt man sauer eingelegtes Gemüse sehr.«

Der junge Mann strahlte sie an. »Ich muss gestehen, dass ich noch nie ein Gericht der philippinischen Küche probiert habe. Dass die persische Küche eine Vorliebe für saure Gerichte hat, war mir jedoch bewusst. Ihre Freundin hat mich allerdings eben darauf hingewiesen, dass ich die Säure lieber mit etwas Süße abmildern sollte.« Er sah Helena an.

Penelope nickte. »Ja, wir haben beigebracht bekommen, wie wichtig der Geschmacksausgleich ist. Zuweilen esse ich persönlich trotzdem sehr gern etwas mit einer dezenten sauren Note.«

Der junge Mann riss verwundert die Augen auf. »Dann sind Sie also Kulinarikerinnen?«

»Ja, wir sind im Abschlussjahrgang der Royalen Akademie der Kulinarik«, erwiderte Helena.

»Sie kamen mir gleich verdammt bekannt vor«, sagte der Mann und beäugte Penelope mit geneigtem Kopf. Dann räusperte er sich. »Bitte um Entschuldigung – *sehr* bekannt. Sind wir uns schon irgendwo begegnet?«

Helena hatte Mühe, angesichts seiner Unverschämtheit nicht die Augen zu verdrehen, während Penelopes Gesicht sich aufhellte. »Aber ja! An einem regnerischen Abend, gegenüber dem Covent Garden. Sie waren mit Ihrer Mutter und Ihrer Schwester dort, wenn ich mich recht entsinne.«

»Ha!« Der junge Mann schlug mit der Hand auf den Tisch, sodass einige Teller klapperten. »Sie sind die Kulinarikerin, die frisch aus Amerika zurückgekehrt war! Darf ich offiziell um Ihre Bekanntschaft bitten?«

Penelope stellte erst sich, dann Helena vor. Helena hatte

definitiv kein Interesse daran, seine Bekanntschaft zu machen, verhielt sich aber um ihrer Freundin willen höflich. Eigentlich verabscheute sie die überholten Gesellschaftsnormen der Georgianischen Gesellschaft, doch gerade wünschte sie sich, es gelte noch immer die Regel, dass nur eine gemeinsame Bekannte einen Gentleman mit einer feinen Dame bekannt machen durfte. Hätte der junge Mann vor ihnen nämlich erst nach einer gemeinsamen Bekannten suchen müssen, wären sie und Pen längst ans andere Ende der Markthalle verschwunden, bevor er jemanden hätte auftreiben können.

»Freddie Eynsford-Hill, treu zu Diensten, die Damen.« Der Gentleman verbeugte sich.

»Treten Sie öfter bei solchen Wettbewerben an, Mr Eynsford-Hill?«, fragte Penelope und nahm den Teller entgegen, den er ihr reichte – ein gezuckertes Fruchtgelee mit einer weichen Baiser-Haube.

»Je nach Lust und Laune, Miss Pickering. Ich habe mich schon immer für die Kochkunst interessiert, doch ich übe nicht so viel, wie ich eigentlich sollte.«

Was seine ganz und gar nicht himmlisch schmeckenden Gerichte erklärt, dachte Helena.

»Ja, stete Übung ist essenziell«, sagte Penelope, dennoch steckte sie sich das Dessert in den Mund – und lächelte den jungen Mann nach dem Genuss positiv überrascht an. »Hagebuttengelee?«

Der Gentleman erwiderte erfreut ihr Lächeln. »Mit einem Hauch Zitronenverbene.«

Penelope nickte. »Dachte ich mir. Eine originelle Mi-

schung. Passt auch wunderbar zur Süße der Baiser-Haube.«
Sie holte eine Marke aus ihrer Tasche und ließ sie in das Glas
fallen, das in der Ecke auf seinem Tisch stand.

»Sie sind sehr freundlich, Miss Pickering.« Der junge
Mann verbeugte sich erneut.

Penelope verschränkte die Hände vor der Brust. »Ehre,
wem Ehre gebührt, Mr Eynsford-Hill.«

Helena räusperte sich. Sie ärgerte sich, dass Penelope eine
ihrer kostbaren Marken auf jemanden verschwendete, der
gerade zugegeben hatte, wie wenig er übte. »Viel Glück, Mr
Eynsford-Hill«, sagte sie und wandte sich ab, ehe er den
Abschiedsgruß erwidern konnte. Im Weggehen konnte sie
jedoch noch hören, wie er sich bei Penelope für ihr Urteil
bedankte und seiner Hoffnung auf ein weiteres Treffen Ausdruck verlieh.

Helena biss die Zähne zusammen. Was wollte dieser kulinarische Amateur bloß von Penelope? Natürlich wäre Penelopes Studienabschluss ein Garant für ihren beruflichen Erfolg – was bestimmt selbst dieser dilettantische Dämlack
erkennen konnte. Einige Gentlemen nahmen einfach aus
Freude am Kochen an solchen Wettbewerben teil, andere
aber auch, weil sie die Gunst einer reichen oder hochrangigen
Lady mit gutem beruflichem Stand auf sich richten wollten.
Und Helenas Meinung nach gehörte dieser Freddie Eynsford-Hill eindeutig zur zweiten Sorte.

Abschätzig betrachtete Helena die Tische einiger anderer
Teilnehmer und entschied, dass sie es nicht wert waren, bei
ihnen stehen zu bleiben. Hoffentlich war Penelope schlau ge-

nug, den jungen Gentleman selbst zu durchschauen. Jemanden zu heiraten, bevor sie sich eine eigene berufliche Laufbahn erarbeitet hatte, wäre keine gute Idee.

Helena jedenfalls hatte keinerlei Heiratsabsichten. Erst wenn sie sich ihre Vormachtstellung als Englands beste Kulinarikerin gesichert hatte, würde sie vielleicht, *vielleicht* darüber nachdenken. Doch besonders verlockend erschien ihr die Idee nicht. Zum Glück würde ihr Bruder Roland den meisten Besitz ihres Vaters erben. So wäre Helena gut genug abgesichert, sollte sie sich nicht aus eigener Kraft als Kulinarikerin ernähren können. Was Penelope wohl für Zukunftspläne hatte? Zum ersten Mal ging Helena auf, dass sie ihre Freundin noch nie wirklich danach gefragt hatte.

Plötzlich unterbrach eine bekannte Stimme auf unwillkommene Weise ihre Überlegungen. Wie vom Donner gerührt blieb Helena stehen – und bereute es bereits in der nächsten Sekunde, als Mabel Pilkington von hinten gegen sie krachte. Helena stöhnte, während Mabel eine Entschuldigung murmelte.

»Kannst du nicht aufpassen, Mabel?« Helena wirbelte zu ihr herum. »Das Gedränge ist doch nicht so schlimm, dass du mir nicht hättest ausweichen können.«

Mabels Kringellöckchen schwangen hin und her, als sie den Kopf schüttelte. »Das war keine Absicht, so viel kann ich dir versichern. Bist du mit Penelope hier?«

»Ja, sie ist irgendwo da drüben.« Helena hielt wieder nach ihrer Freundin Ausschau, in der Hoffnung, deren Auftauchen könnte ihr Mabel vom Leib halten. »Ah, sie steht bei

Lady Hartleys Tisch.« Helena zeigte auf die Kulinarikerin, die für ihre Liebe zur skandinavischen Küche bekannt war. »Warum gehen wir nicht –«

»Tut mir leid, dass du bei Prinzessin Adelaides Geburtstagsfest nicht dabei sein konntest«, unterbrach Mabel sie. »Trotzdem wird es dich sicher freuen zu hören, dass es ein großer Erfolg war.«

Mabel musste sich lange auf die Gelegenheit gefreut haben, ihr das entgegenzuschleudern. Helena setzte ein großmütiges Lächeln auf. »Gewiss doch.« Die dumme Gans hätte gutes Essen nicht einmal erkannt, wenn es ihr ins Gesicht gesprungen wäre. »Ich bin sicher, Prinzessin Adelaide ist dir zu großem Dank verpflichtet.«

Mabel kicherte leise. »Die Prinzessin ist die Liebenswürdigkeit in Person. Sie hat mich tatsächlich schon gebeten, ihr für die Royale Ausstellung mit Rat und Tat zur Seite zu stehen.«

Das wunderte Helena nun doch. Hatte Mabel wirklich so einen guten Eindruck auf die dumme Gans gemacht, dass die sie noch einmal in den Königspalast eingeladen hatte? Und dann auch noch für ein Ereignis von solch großer internationaler Bedeutung?

»Tatsächlich?«

»Es ist natürlich eine große Ehre. Und Lady Rutland sagt, ich kann das in mein Abschlussprojekt integrieren.« Als sie den Kopf schieflegte, hüpften ihre Löckchen wieder auf und ab. »Was ist denn eigentlich dein Projekt, Helena?«

»Ach Mabel, das soll doch eine Überraschung werden. Das

Einzige, was ich verraten kann: Es ist ein Projekt von höchster sozialer Wichtigkeit.« Helenas Mundwinkel zuckten beim Anblick von Mabels finsteren Gesichtsausdruck.

»Lady Rutland würde auch sicher nichts Geringeres von dir erwarten, liebe Helena. Wie wir alle.«

Helena schenkte ihr ein angespanntes Lächeln.

»Ich dagegen bin mit meiner Rolle als Helferin und Vertraute der Prinzessin ausgesprochen glücklich«, sagte Mabel mit einem leisen Seufzen.

»Vertraute?«, entschlüpfte es Helena, bevor sie es zurückhalten konnte.

»Ja, selbstverständlich. Um genau zu sein …« Mabel schaute sich um, als habe sie Bedenken, dass ihre Unterhaltung mitgehört werden könnte. »Ich weiß aus berufenen Kreisen, dass die Royale Ausstellung sich dieses Jahr auf das Schicksal der Nation ganz entscheidend auswirken wird.«

Helena kniff die Augen zusammen. »Inwiefern?«, hakte sie ungläubig nach.

Mabel schob das Kinn vor. »Mehr darf ich darüber nicht sagen.«

Helena schnaubte. Anscheinend dachte sich Mabel wieder einmal irgendeine Geschichte aus, um sich wichtig zu machen. »Vielleicht weil es überhaupt nicht mehr darüber zu sagen *gibt*?«

Mabel hüstelte. »Also gut, ich sag's dir, doch du darfst es niemand anderem verraten.«

Helena verdrehte die Augen. »Wie du meinst …«

»Prinzessin Adelaide wird sich auf der Royalen Ausstellung einen Ehemann aussuchen. Schließlich werden dort Prinzen und Adelige aus der ganzen Welt versammelt sein, die sie mit ihren kulinarischen Künsten beeindrucken wollen. Am Ende kürt sie die besten drei – und einer davon wird ihr Bräutigam!«

Helena klappte regelrecht die Kinnlade herunter. Als Mabel sie siegessicher angrinste, riss sie sich schnell zusammen und presste die Lippen aufeinander. Es war allgemein bekannt, dass Königin Charlotte, und überhaupt das gesamte Königshaus, die Kulinarik als eine der größten Stärken Britanniens schätzte und förderte. Schon häufig waren Kulinarikerinnen auf diplomatische Mission gesandt worden, um auf Grundlage der gemeinsamen Leidenschaft für gutes Essen Brücken zu anderen Ländern und Kulturen zu schlagen. Solche Kooperationen hatten sogar dazu beigetragen, politische Konflikte aus dem Weg zu räumen.

Die britische Regierung setzte inzwischen bewusst auf Diplomatie statt Kolonialisierung, wodurch sie mehr neue Verbündete hinzugewonnen hatte als alte verloren. Die Royale Ausstellung verkörperte all diese Werte der Charlottianischen Ära – sie bot anderen Ländern die Möglichkeit, ihre besten Kulinarikerinnen zu entsenden und um die begehrten Royalen Siegel des Mäzenatentums miteinander wetteifern zu lassen. Zwar hatte Helena sich immer nur geringfügig für Politik interessiert, doch sollte Königin Charlotte es der dummen Gans wirklich erlauben, sich unter den besten drei Teilnehmern einen Ehemann auszusuchen, war selbst ihr klar, dass ihre diplomatischen Beziehungen zu anderen

Ländern mittlerweile besser sein mussten als je zuvor. Denn wenn Mabel die Wahrheit sagte, würde die Prinzessin auf diese Weise eventuell sogar einen Bürgerlichen heiraten – sofern sie sein Essen beeindruckend genug fand.

»Wirklich eine Schande, dass du nicht am Menü für Prinzessin Adelaides Geburtstag mithelfen konntest«, fuhr Mabel fort. »Sonst würdest du jetzt auch zu ihren Vertrauten zählen.« Mabel genoss es sichtlich, zum ersten Mal über Helena triumphieren zu können.

Doch Helenas Gedanken waren längst abgeschweift – hin zu einem neuen Plan, der endgültig beweisen würde, dass sie eine solch legendäre Kulinarikerin war, wie sie das Königshaus und die Royale Akademie noch nie zuvor gesehen hatten.

Mit einer hastigen Entschuldigung verabschiedete sie sich von Mabel und eilte zurück zu Elijahs Tisch. Dort hatte sich inzwischen Lady Rutland mit einigen anderen Kulinarikerinnen eingefunden. Auch andere Besucher umlagerten den Tisch, nahmen kleine Teller in die Hand, probierten ... und lächelten. Elijah selbst strahlte, unterhielt sich angeregt mit allen – wenn auch nur in Form von kurzen, grammatikalisch perfekt formulierten Sätzen, mit denen er auf Fragen nach Zutaten und Zubereitungsmethoden antwortete.

Helena schielte auf das Glas in der Ecke des Tisches. Es war schon fast zu drei Vierteln mit Marken gefüllt. Dann sah sie auf die Uhr, die an ihrem Kleid festgemacht war. Nur noch eine Viertelstunde bis zur finalen Auszählung – ein Glück, denn Elijah würden bald die Portionen ausgehen. Helena schob sich zur Ecke und probierte von dem gerösteten Taubenfleisch. Die Teigtasche zerschmolz regelrecht auf der Zunge – perfekt. Genau wie sie es ihm beigebracht hatte. Mit einem Lächeln in Richtung Lady Rutland warf sie ihre Marken in Elijahs Glas.

Lady Rutland gesellte sich zu Helena. »Der junge Mann ist wirklich sehr beeindruckend. Finden Sie nicht auch?«, fragte sie.

»In der Tat.« Helena deutete einen Knicks an. »Obwohl das Taubenfleisch noch einen Hauch mehr Salz vertragen könnte.«

Zwei junge Damen, die neben ihr standen, schnaubten empört. »Mehr Salz? Sind Sie verrückt geworden?«, stieß eine der beiden hervor.

»Ich finde auch, es schmeckt perfekt so, wie es ist«, gab die Zweite ihr recht. Sie winkte Elijah zu und kicherte, als er sich mit seinem typischen schrägen Lächeln vor ihr und ihrer Freundin verbeugte.

»Die Tamarindensoße war eine absolute Offenbarung«, sagte Lady Rutland laut hörbar.

Einige der Umstehenden nickten und ließen ihre Marken in Elijahs Glas fallen, bevor sie zum nächsten Tisch weiterwanderten.

»Und der amerikanische Einfluss auf die Gerichte ist unverkennbar«, fuhr Lady Rutland fort, während Penelope sich zum Tisch wandte, einige Kulinarikerinnen begrüßte und sich eins der letzten Bonbons nahm.

»Was hat Sie dazu bewogen, in diese Richtung zu gehen, Mr Little?«, fragte Lady Rutland.

Sein Blick wanderte zwischen ihr und Penelope hin und her. »Ich würde sagen, ich wurde dazu inspiriert.«

Lady Rutland lächelte. Dann nahm sie Helena beiseite. »Es würde mich sehr wundern, wenn er heute nicht zu den Gewinnern gehören würde«, raunte sie ihr zu. »Was dann – wie Sie wohl wissen – bedeuten würde, dass er für die königliche Familie kochen darf. Ich möchte sichergehen, dass er weiß, was ihn da erwartet.«

Helena nickte. »Selbstverständlich, Lady Rutland.«

»Seine Aussprache ist ein paarmal etwas verrutscht, doch ich glaube, außer mir ist das niemandem aufgefallen. Sein Essen ist sehr gut, und er deckt verschiedenste Geschmacksrichtungen ab. Wenn er sich bei der Royalen Ausstellung wacker schlägt, können wir wohl mit Sicherheit behaupten, dass Ihr Projekt erfolgreich war.«

Helena lächelte. »Vielen Dank, Lady Rutland.« Dann glitt ihr Blick wieder zu Elijahs Glas hinüber. In ihrem Kopf überschlugen sich die Gedanken daran, dass sie ihn in einen Gentleman-Koch verwandeln würde, der so gut war, dass selbst die dumme Gans ihn nicht würde ignorieren können. Welch ein Triumph es sein würde, Mabel und den anderen grässlichen Zicken an der Schule ins Gesicht zu schleudern, dass sie die dämliche Prinzessin hinters Licht geführt hatte! Helena grinste selbstzufrieden vor sich hin, während sie zusah, wie eine Dame und ein Gentleman sich um Elijahs letztes verbliebenes Bonbon stritten. Vor ihrem inneren Auge nahmen die herrlichsten Visionen Gestalt an.

13

Mit fliegenden Herzen übers Parkett

Du liebe Güte, du siehst großartig aus!«, rief Penelope, als Elijah in seiner nagelneuen, maßgeschneiderten Hose und dem schwarzen Frack am Treppenansatz von Helenas Haus erschien. »Du wirst das Highlight der Royalen Ausstellung sein. Und des Balls noch dazu.«

»Es ist so … prachtvoll«, sagte Elijah eingeschüchtert. Er konnte es immer noch nicht glauben, dass er auf dem Kulinarikmarkt zu den zwei Gewinnern der Kategorie Gentleman-Köche gehört hatte. Ganz zu schweigen davon, dass er nun auf der Royalen Ausstellung zum Wettbewerb antreten würde. Er strich sich das Revers des Fracks glatt, obwohl dieser ohnehin perfekt gestärkt war. In Kombination mit der cremefarbenen Weste war es die eleganteste Garderobe, die Mr Benjamin geliefert hatte.

»Das muss auch so sein für den Ball«, sagte Helena, die hinter Elijah stand. Sie kam die letzten Stufen herunter in die Eingangshalle und stellte sich neben Penelope. »Der

Frack steht ihm wirklich sehr gut. Und jetzt folgt mir bitte in den Salon.« Der Glockenrock ihres altrosa Kleides raschelte, als sie herumwirbelte und davonrauschte.

Im Salon waren Pierce und zwei weitere Bedienstete damit beschäftigt, Stühle und einen Tisch an die Seitenwände des Raums zu verschieben, wo auch das Sofa bereits stand.

»Ah, sehr gut, Pierce«, sagte Helena. »Mr Little, Ihre Kleidung und Manieren sind mittlerweile auf einem guten Stand. Und an Ihren Gerichten für die Royale Ausstellung werden wir natürlich auch weiterhin arbeiten. Doch eine Sache fehlt noch.«

»Tanzen!« Penelope klatschte plötzlich so begeistert in die Hände, dass Elijah und Helena gleichermaßen zusammenzuckten. »Auf dem Ball, der den Abschluss der Ausstellung darstellt, wird getanzt«, sagte Penelope. »Kannst du … ähm … können Sie Walzer tanzen, Elijah?«

Mit aufgerissenen Augen sah er zwischen den beiden Freundinnen hin und her, dann wandte er sich um, als suche er nach einem Fluchtweg. »Nein.«

»Natürlich kann er das nicht«, sagte Helena. »Deswegen müssen wir es ihm eben beibringen.«

Pierce räusperte sich so vielsagend, dass alle im Raum seine Missbilligung heraushören konnten.

»Danke, Pierce, Ihre Dienste werden im Moment nicht mehr benötigt«, entgegnete Helena. »Gegen das Halskratzen dürfen Sie sich gern einen Schluck meines Hustensafts aus Propolis und Holunderbeeren genehmigen. Die Flasche steht in der Speisekammer.«

Unter unverständlichem Gemurmel verließ Pierce den Salon, mit den beiden anderen Bediensteten im Schlepptau.

Elijah schaute ihnen nach. Ob er sich zur Toilette entschuldigen und einfach nicht mehr wiederkommen könnte? Doch das wäre zwecklos, Helena würde ihn ganz bestimmt überall finden. Hilfe suchend drehte er sich zu Penelope um, die seinen Blick erwiderte. Ihre Unterlippe bebte vor Anstrengung, das Lachen zu unterdrücken, während sie Pierce hinterhersah. Elijah grinste, als er begriff, was sie so lustig fand.

Zumindest machte Penelopes Anwesenheit ihm das Ganze etwas erträglicher. Verstohlen betrachtete er sie von oben bis unten. Ihr senfgelb gemustertes Kleid passte perfekt zu ihren braunen Augen und die Art, wie sie dastand, die Schultern zurückgedrückt, die sanfte Wölbung ihres Kinns, als sie lächelte …

»Irgendwann werden Sie natürlich alle Tänze beherrschen müssen«, unterbrach Helena seine Gedanken. »Da wir bis zur Ausstellung allerdings nur noch einige Wochen Zeit haben, schlage ich vor, dass wir uns auf den Walzer und das Menuett konzentrieren, weil diese beiden bei Hofe am häufigsten getanzt werden. Und da normalerweise die Herren zum Tanz auffordern, können Sie die Damen dann gezielt nur um einen Walzer und ein Menuett bitten.«

»Das königliche Privileg gibt es aber auch noch«, gab Penelope zu bedenken.

»Stimmt. Die Königin und die Prinzessinnen dürfen Gentlemen ihrer Wahl zum Tanz auffordern – was normalerweise über einen Mittelsmann geschieht. Doch ich weiß zufällig, dass die du … dass Prinzessin Adelaide eine Schwäche für Walzer hat. Und deswegen werden wir mit genau diesem Tanz beginnen.«

»Wieso sollte die Prinzessin ausgerechnet mit mir tanzen wollen?«, fragte Elijah. »Sie wird doch sicher genug andere Gentlemen zur Auswahl haben.«

Helena reckte das Kinn. »Man weiß ja nie … Und wie schon mehrfach besprochen – Sie sollten jede nur denkbare Gelegenheit nutzen. Was würden Sie denn tun, wenn die Prinzessin Sie wirklich auffordert und Sie noch nie im Leben einen Walzer getanzt haben? Sie beleidigen, indem Sie Nein sagen? Ihr sagen, dass Sie nicht tanzen können?«

Elijah zuckte die Schultern. Helenas Argumentation hörte sich wie immer allzu … einleuchtend an. »Darüber hab ich nicht nachgedacht.«

»Eben. Also, schauen Sie zu. Penelope und ich demonstrieren jetzt die Schritte. Das Erste, was Sie lernen müssen: Beim Tanzen führt immer der Herr. Und zweitens: Walzer lernt man am besten, indem man bis drei zählt. In etwa so …«

Helena und Penelope gingen in Position und bewegten sich im Kreis, während Helena laut mitzählte. »Sehen Sie? Eins-zwei-drei, eins-zwei-drei … Ganz einfach. Man bewegt die Füße im Takt der Musik. So, und nun versuchen Sie es selbst.«

Elijah starrte sie an. Als Helena nichts weiter sagte, begann sein Herz zu rasen. »Allein?«

»Natürlich nicht«, antwortete Helena. »Ich setze mich ans Klavier und Sie tanzen mit Penelope.« Sie wandte sich an ihre Freundin. »Tut mir leid, Pen, doch soweit ich mich erinnere, sind deine Fähigkeiten am Pianoforte nicht so überragend wie deine Kochkunst.«

Penelope lachte. »Da hast du recht.«

Helena zog Elijah am Arm hinter sich her, bis er vor Penelope stand. »Jetzt nehmen Sie Pens rechte Hand in Ihre linke. Die andere Hand der Dame ruht entweder auf der Schulter des Herren oder hält die Schleppe ihres Kleides hoch. In diesem Fall trägt Penelope jedoch kein Kleid mit Schleppe.«

Penelope und Elijah verschränkten die Hände und sie legte ihre Linke auf seine Schulter.

»Sie legen Ihre rechte Hand an ihren Rücken, in etwa auf Taillenhöhe, damit Sie sie führen können«, fuhr Helena fort.

Zögerlich platzierte Elijah seine Hand auf der gelben Schärpe um Penelopes Taille. Als ihre Blicke sich trafen, wurde ihm plötzlich bewusst, dass dies erst das zweite Mal war, dass sie sich berührten – das erste Mal war an dem Tag gewesen, als sie sich im Küchengarten die Hand gegeben hatten. Genau wie an jenem Morgen fühlte sich Penelopes Hand auch diesmal klein, weich und trotzdem stark an. Sie fühlte sich gut an in seiner eigenen, als würde sie dahin gehören. Der Gedanke brachte ihn aus der Fassung. Und dann umgab ihn Penelopes Duft, eine blumige Mischung, die er nicht identifizieren konnte. Am liebsten wäre er zurückgewichen, nur um nicht der Versuchung zu erliegen, sich ihr noch weiter zu nähern.

Penelope lächelte ihn an und er hätte sie fast losgelassen. »Du musst nicht so finster dreinblicken.«

Elijah stieß den angehaltenen Atem aus. »Oh. Entschuldigung.« Er versuchte zu lächeln, war sich allerdings sicher, dass es nun eher so aussah, als hätte er Schmerzen.

Penelope drückte beruhigend seine Hand. »Keine Sorge, ich bin nicht aus Porzellan.«

Elijah blinzelte sie verständnislos an.

»Du darfst deinen Griff ruhig verstärken. Ich gehe schon nicht kaputt.«

Elijah räusperte sich und umfasste ihre Taille fester. Penelope schwieg, doch die Luft um sie beide herum schien zu sirren, als sie unter ihren dichten Wimpern hindurch zu ihm hochschaute.

Helena setzte sich ans Klavier und stimmte eine Walzermelodie an.

»Du kannst mit dem rechten Fuß anfangen, ich folge dir dann«, sagte Penelope und senkte den Blick zu seinem Kragen. »Eins-zwei-drei, eins-zwei-drei …«, zählte sie den Takt mit.

Elijah tat es ihr ein paarmal im Kopf gleich, dann machte er mit dem rechten Fuß einen Schritt nach vorn, wie Penelope es ihm gesagt hatte. Doch statt ihm zu folgen, trat sie mit dem rechten Fuß nach hinten, sodass sein Knie gegen ihr linkes Bein stieß.

»Oh.« Penelope lachte.

Elijah ließ sie erschrocken los. »Tut mir leid«, entschuldigte er sich, ohne zu wissen, was er falsch gemacht hatte.

Penelope schüttelte den Kopf. »Nein, nein, ich hatte es nicht richtig erklärt. Du musst mit dem linken Fuß nach vorn anfangen und ich gehe mit dem rechten nach hinten. Ich musste bisher noch nie einem Jungen das Tanzen beibringen ...« Als sie wieder lachte, klang es etwas nervös, was Elijah seltsamerweise irgendwie tröstete.

»Noch einmal!«, befahl Helena vom Klavier.

»Wir zählen zusammen«, sagte Penelope und streckte die Arme seitlich aus, um ihm zu bedeuten, dass sie bereit war.

Elijah griff nach ihrer Hand und ihrer Taille und fiel in ihren Singsang mit ein. »Eins-zwei-drei ...«

Diesmal gelang ihm eine halbe Drehung, bevor Penelope ihm auf den Fuß trat. »Oje, tut mir leid.«

Elijah lachte. »Am Ende haben wir wahrscheinlich beide überall blaue Flecken.«

Kichernd sah Penelope zu ihm hoch und zwinkerte ihm zu. Die fast bernsteinfarbenen Ringe um ihre Pupillen fesselten ihn vollkommen, genau wie damals, als sie ihm das erste Mal aufgefallen waren. »Ich hoffe doch nicht.« Dann verschwand ihr Lächeln und sie hielt seinen Blick eine gefühlte Ewigkeit gefangen.

»Na los, weiter, weiter«, rief Helena.

Penelope blinzelte und sah auf ihre Füße. »Eins-zwei-drei ...«

Elijah tat sein Bestes, alle Gedanken abzuschütteln, und verstärkte den Griff um ihre Taille. »Eins-zwei-drei ...«

Diesmal schafften sie eine ganze Drehung, ohne einander wehzutun, und Penelope belohnte ihn mit einem strahlenden Lächeln.

»Du hast den Dreh raus«, sagte sie. »Jetzt musst du mich in

größeren Kreisen über die Tanzfläche führen. Im Ballsaal werden natürlich etliche Paare auf dem Parkett sein, also musst du die genauso im Blick behalten wie deine eigene Tanzpartnerin. Wollen wir mal versuchen, uns durch den Raum zu schieben?«

»Kann ja nicht schaden«, gab Elijah zurück. Als sie sich in Bewegung setzten, stellte er fest, dass es leichter ging, wenn er Penelope nicht die ganze Zeit anschaute. Ohne ihre braunen Augen vor sich – und ohne das kleine Grübchen, das bei jedem Lächeln links neben ihrem Mundwinkel auftauchte – konnte er besser auf seine Füße und den restlichen Raum achten.

»Bitte um Entschuldigung, Lady Helena«, drang da plötzlich Pierces Stimme von der Tür herüber. Elijah blieb wie vom Donner gerührt stehen, sodass Penelope gegen seine Brust krachte – und zwar auf eine Art, die der Butler bestimmt nicht schicklich fand.

Helena hörte auf zu spielen. »Was gibt es denn, Pierce?«

Elijah musterte Penelope. »Alles in Ordnung?«

Sie begegnete seinem Blick, ohne vor ihm zurückzuweichen, und Elijah spürte die Hitze, die von ihr ausging. »Ja, vielen Dank.«

Zum allerersten Mal streifte Elijah der Gedanke, dass es ihr vielleicht mit ihm genauso ging wie ihm mit ihr. Er trat einen Schritt zurück, hielt sie jedoch nach wie vor fest.

»Was will der Lackaffe denn hier?«, stieß Helena hervor und erst da wurde Elijah bewusst, dass er wohl Pierces Worte verpasst hatte.

»Er behauptet, er sei von Miss Pickering eingeladen worden.«

»Bei allen galoppierenden Garnelen!« Helena verdrehte die Augen. »Pen, hast du Mr Freddie Eynsford-Hill wirklich eingeladen?«

Penelope ließ sachte Elijahs Hand los und er machte einen weiteren Schritt zurück. Wer bitte war dieser Freddie Eynsford-Hill?

»Oh, ich … Ich hätte nicht gedacht, dass er sich schon so bald meldet. Er hatte mich auf der Messe um Erlaubnis gebeten vorbeizukommen, doch …« Penelope sah zwischen Elijah und Helena hin und her. »Ich möchte ihn heute eigentlich nicht empfangen. Wir sind anderweitig beschäftigt.« Sie wandte sich Pierce zu. »Bitte sagen Sie ihm, dass ich heute nicht im Hause bin.«

»Sehr wohl, Miss.« Pierce verschwand den Flur hinunter.

»Wollen wir fortfahren?«, fragte Penelope und hielt Elijah ihre rechte Hand hin. Er nahm sie, wich ihrem Blick jedoch aus.

»Ist mir ein Rätsel, warum du ihm überhaupt erlaubt hast hierherzukommen«, sagte Helena und ging kopfschüttelnd zurück zum Klavier. »Er war so schlecht, dass er keinen Startplatz bei der Royalen Ausstellung ergattern konnte. Was eigentlich ganz schade ist. Wäre er der zweite Gewinner in der Kategorie Gentleman-Koch gewesen, hätte Mr Little ihn auf der Ausstellung mit Leichtigkeit aus dem Rennen werfen können.«

»So talentiert wie Elijah ist er bei Weitem nicht, das

stimmt«, gab Penelope ihr Recht und versucht Elijahs Blick aufzufangen. »Aber er schien nett zu sein.«

»Nett …« Helena schnaubte und begann wieder zu spielen.

Elijah führte Penelope ein weiteres Mal durch den Raum, wobei er ihrem Blick nach wie vor geflissentlich auswich. Wie hatte er nur so töricht sein können, anzunehmen, dass sie für ihn etwas anderes als Freundschaft empfinden könnte? Sie war eine echte Lady und verdiente einen *echten* Gentleman. Nicht einen, der nur so tat, als wäre er einer. Nicht so einen dahergelaufenen armen Schlucker wie Elijah, dessen Zukunft ungewiss war. Außer …

Wenn er auf der Royalen Ausstellung einen der vordersten Plätze ergattern konnte, wäre er ein gemachter Mann. Helena hatte ihm erzählt, dass der Erstplatzierte zum Ritter geschlagen und das Royale Siegel der Königin erhalten würde. Das kam in etwa einer Königlichen Ernennungsurkunde gleich, wobei es sogar mit noch mehr Prestige verbunden war. Der Zweitplatzierte würde die Mitgliedschaft im Orden der Kulinarischen Künste und ebenfalls ein Royales Siegel erlangen, allerdings das der Prinzessin von Wales, und der Drittplatzierte das des Prinzgemahls.

An Ritterschlägen und Adelstiteln hatte Elijah wenig Interesse, doch er wäre mehr als glücklich, wenn er sich ein Royales Siegel sichern könnte. Jemandem, der mit so einem ausgestattet war, würde niemand das Recht auf ein eigenes Unternehmen absprechen. Könnte Elijah also solch ein Siegel ergattern, würden ihm Kunden und Investoren mit dicker Brieftasche die Tür einrennen. Nicht einmal die vorurteilsbehafteten Londoner Händler, die Juden davon abhielten, Geschäfte zu eröffnen, würden noch etwas gegen ihn ausrichten können. Und dann würde auch Penelope in ihm vielleicht nicht mehr nur den Straßenjungen sehen, den sie und Helena dank einer kulinarischen Ausbildung aus der Gosse geholt hatten. Wenn er ihr etwas zu bieten hätte, würde Penelope es womöglich tatsächlich auch annehmen.

Elijah biss immer wieder die Zähne zusammen. Und schließlich wagte er, Penelope erneut ins Gesicht zu sehen.

»Tja, mein Freund«, sagte sie. »Ich denke, jede Dame der Gesellschaft wird hocherfreut sein, mit einem solch formvollendeten Gentleman zu tanzen. Bis die Royale Ausstellung beginnt, wirst du so gut sein, dass du nichts mehr zu befürchten hast. Davon bin ich überzeugt.« Wieder erblühte das kleine Grübchen neben ihrem Mundwinkel und Elijah wandte verlegen den Kopf zur Seite. Er konnte nur hoffen, dass Penelope recht behielt.

14

Der Wettbewerb ist eröffnet

Wirklich, Helena, ich glaube, ich war in meinem ganzen Leben noch nie so nervös!«, rief Penelope aus, als sie über die weitläufige Rasenfläche des Hampton Court Palace gingen, wo in Kürze die Royale Kulinarische Ausstellung eröffnet werden würde. Zum Glück entsprach selbst das Wetter den königlichen Erwartungen, denn die Sonne spähte bereits hinter einer Ansammlung von Schäfchenwolken hervor. Eine leichte Brise verteilte den Duft von Frühlingsblumen. In den Zelten, die rechts und links der breiten Pfade im Großen Brunnengarten aufgestellt waren, dampften unzählige frisch angerichtete Teller verführerisch vor sich hin.

»Nicht einmal vor unserer Abschlussprüfung in Kulinarischer Chemie letztes Jahr?«, hakte Helena nach, während sie nach Elijahs Zelt Ausschau hielt.

Penelope wrang ihre Handschuhe, die sie schon in der Kutsche abgestreift hatte. »Nein, nicht einmal da. Auch wenn ich damals mächtig aufgeregt war, waren wir trotzdem *vorbereitet.* Wir hätten Elijah so viel mehr beibringen sollen! Wieso haben wir ihm nicht –«

»Pen.« Helena blieb mitten auf dem Weg stehen und drehte sich zu ihrer Freundin um. »Erstens solltest du endlich aufhören, ihn in der Öffentlichkeit Elijah zu nennen. Ich weiß nicht genau, wann das mit dem Duzen begonnen hat und warum –«

Penelope nestelte an dem Anhänger um ihren Hals herum. »Na ja, ich –«

»Egal.« Helena schien an einer Antwort eindeutig nicht interessiert zu sein. »Denk daran, was Lady Rutland gesagt hat: Solange das Experiment läuft, darf uns niemand mit Mr Little in Verbindung bringen. Er muss aufgrund seiner eigenen Leistung überzeugen.«

»Ja, ich weiß«, erwiderte Penelope. »Und wenn andere anwesend sind, achte ich darauf. Habe ich auf der Messe doch auch gemacht.«

Helena nickte. »Und zweitens: Wir haben jeden Tag ganze achtzehn Stunden mit ihm geübt. Ich sehe nicht, wie wir noch mehr hätten tun können – außer du hättest zwanzig Stunden arbeiten oder gleich ganz aufs Schlafen verzichten wollen. Während der letzten Woche habe ich dich keine einzige Minute an deinem eigenen Projekt sitzen sehen.« Mit einem vielsagenden Blick setzte Helena sich wieder in Bewegung.

»Ein wenig habe ich schon dran gearbeitet«, protestierte Penelope, während sie an einem russischen Grafen vorbeigingen, der in vollem militärischen Ornat vor seinem Zelt stand. »Ich wollte nur … Ich fand es wichtiger, dass Elijah so gut wie möglich vorbereitet ist.«

Helena zog die Augenbrauen hoch. Wenn Penelope nicht aufpasste, riskierte sie, bei den Abschlussprüfungen den zweiten Platz zu verlieren, den sie bisher immer innegehabt hatte. Vielleicht würde selbst Mabel Pilkington mit den neuen Chancen, die Lady Rutland ihr eingeräumt hatte, an Penelope vorbeiziehen. Und wie sollte ihre Freundin dann mit so einer Schmach leben? »Lady Rutland erwartet unsere Abschlussberichte bis zum Ende des Monats, das weißt du doch?« Helena stapfte bewusst rasch an dem Zelt des zweiten britischen Teilnehmers vorbei. Er und Elijah hatten auf der Kulinarikmesse beinahe gleich viel Marken in ihren Gläsern gehabt. Auch Helena hatte von Curtis Loewes Gerichten probiert und entschieden, dass er ihrer Meinung nach über mehr Stil als Kochtalent verfügte. Wodurch Elijah eindeutig einen Vorteil hatte.

Penelope seufzte. »Ja, das ist mir bewusst, Helena.«

»Ich wollte es einfach noch einmal erwähnt haben. Ah, da ist er ja!« Elijahs Zelt stand im Schatten einer der uralten, pyramidenförmig aufragenden Eiben, ein kleines Stück vom großen Brunnen entfernt.

Es entging Helena nicht, dass der Anblick von Elijah in seinem neuen blauen Jackett Penelopes Nervosität sogleich verringerte. Ohne sich auch nur einen Hauch seiner eigenen Angst anmerken zu lassen, platzierte er seine Teller. Lächelnd begrüßte Penelope ihn.

»Wie läuft es bislang?«, fragte sie.

»Sehr gut.« Elijah nickte ihnen beruhigend zu. »Anfangs gab es noch eine kleine Verwirrung um die Frage, welches Zelt meins ist. Anscheinend wollte ein Graf aus Liechtenstein es haben, doch dann haben sie ihn mit einem Zelt näher beim Palast besänftigt.«

»Ich wünschte, wir hätten dir beim Aufbauen und Anrichten helfen dürfen«, sagte Penelope, während Elijah seine kleinen Teller weiter mit kleinen farbenfrohen Elementen dekorierte.

»Diesmal hätten wir dafür wohl kaum einen einleuchtenden Vorwand finden können«, sagte Helena. »Außerdem muss Mr Little genauso gentlemanlike wirken wie jeder andere. Was ausländische Prinzen und Adelige tun, können wir nicht beeinflussen. Wenn allerdings jemandem zu Ohren kommt, dass Mr Little *Protegé* einer Kulinarikerin ist, die *auf dem Papier* noch keinen Studienabschluss hat, könnte sich das auf seine Erfolgsaussichten negativ auswirken.« *Zudem würde er vermutlich in der Gunst der dummen Gans sinken*, dachte Helena, behielt diesen Gedanken jedoch für sich.

Penelope merkte sehr wohl, dass Helena den Beitrag ihrer Freundin zum Projekt außer Acht gelassen hatte. Obwohl es sie nicht überraschte, seufzte sie doch frustriert auf. »Ich weiß, dass das alles stimmt, dennoch ändert es nichts an meinem Wunsch, mich nützlich machen zu wollen.«

Elijah sah von seiner Arbeit auf und lächelte sie an, sodass in Penelopes Bauch auf unerklärliche Art Schmetterlinge flatterten. Schon seit dem frühen Morgen, als Elijah zusammen mit zwei Bediensteten, seinen Gerichten, dem Geschirr und allen sonstigen Utensilien das Haus am Cavendish Square verlassen hatte, fühlte sie sich flau im Magen. Aber jetzt, da sie sehen konnte, dass er alles vorbereitet und im Griff hatte, hätte es ihr doch besser gehen müssen. Stattdessen war sie aufgeregter denn je. Sie versuchte, nicht darauf zu achten, dass seine neue, maßgeschneiderte Kleidung ihn noch größer erscheinen ließ und der Haarschnitt, den ihm der Herrenfriseur kurz vor der Messe verpasst hatte, seine markante Wangenlinie betonte. Daher konzentrierte sie sich lieber auf seinen Mitbewerber gegenüber.

Der Gentleman dort war genauso beschäftigt wie Elijah. Gerade arrangierte er seine fluffigen Fladenbrote in einem kegelförmigen Korb, damit die Vorbeigehenden leicht danach greifen konnten. Sein Kilt und das schicke, tailliert geschnittene Jackett wiesen ihn als Schotten aus. Sein Hauptgericht schien Wildgeflügel zu sein, das sicher hervorragend schmecken konnte, optisch stach seine Präsentation jedoch nicht gerade aus der Masse hervor.

In dieser Hinsicht würde Elijah ihn mit Leichtigkeit übertreffen. An jedem der drei Tage der Ausstellung mussten die Teilnehmer eine besondere Herausforderung meistern. Dadurch würden immer mehr ausscheiden, bis am letzten Tag schließlich nur noch zehn Gentleman- und Amateurköche übrig blieben. Den besten drei dieser Finalisten würden dann die Royalen Siegel des Mäzenatentums verliehen. Der Ruhm, der mit solch einem Ergebnis einherging, war nicht zu unterschätzen. Ein Royales Siegel würde Amateuren wie Gentlemen zu vielen Vorteilen verhelfen. Zum Beispiel konnten

Amateure, die ein Siegel ergatterten, problemlos ein Lebensmittelgeschäft oder Lokal eröffnen, während der Vorteil der Gentlemen eher im sozialen Aufstieg lag. Ausländische Bewerber würden ihrem Unternehmen und Land zu mehr Anerkennung verhelfen. Selbst die Kulinarikerinnen, die nicht um die drei Finalplätze kämpfen konnten, weil sie bereits den Gipfel ihres Metiers erreicht hatten, profitierten von der Gelegenheit, ihre Künste den Königshäusern und Adeligen zahlloser Länder vorzuführen.

Penelope ließ den Blick über die benachbarten Zelte gleiten und gestand sich zum wiederholten Mal ein, wie klug die Entscheidung gewesen war, Elijah in der Kategorie der Gentlemen anzumelden. Wenn er sich hier gut schlug – und daran hegte sie keinerlei Zweifel –, dann würde er über Nacht zum Liebling der Gesellschaft avancieren. Als Erst- oder Zweitplatzierter dürfte er sich zukünftig Sir Elijah Little nennen beziehungsweise Elijah Little, Mitglied des Ordens der Kulinarischen Künste – und wäre als solcher einer der begehrtesten Gentlemen in ganz London. Doch war es auch wirklich das, was er wollte?

Mit so einem Hintergrund könnte er eine reiche Witwe oder eine mit üppiger Mitgift ausgestattete Tochter eines Landadeligen heiraten und hätte fürs Leben ausgesorgt. Allerdings würde er dann niemals ein Lokal führen, wie er es sich immer erträumt hatte. Die meisten Damen der Gesellschaft würden es nicht gern sehen, dass ihr Gatte Essen zubereitete und *verkaufte*, um für den Lebensunterhalt zu sorgen. Zwar hatten sich in den vergangenen Jahren viele Dinge geändert, die Berufe von Gentlemen jedoch nur wenig. Andererseits – wenn Elijah eine Frau fand, die ihn genauso liebte wie seine kulinarischen Fähigkeiten, würde sie ihn sicher auch bei der Erfüllung seiner Träume unterstützen.

Penelope schluckte den Kloß hinunter, der sich in ihrer Kehle gebildet hatte. Sie hätte beim besten Willen nicht sagen können, wieso sie sich so seltsam fühlte. Sie wandte sich wieder Elijah zu, der die Tellerränder auf Hochglanz polierte. Unter seinem Zylinderhut kringelte sich an seiner linken Schläfe eine schillernd braune Haarlocke hervor, deren Farbe Penelope an eine im Sonnenlicht funkelnde Sternanisschote erinnerte.

Gleichgültig, was heute passieren würde – Elijah verdiente nur das Beste und Penelope würde alles in ihrer Macht Stehende tun, um ihm dazu zu verhelfen.

»Sie scheinen alles bestens im Griff zu haben«, sagte Helena. »Die Eröffnungszeremonie beginnt bald, also verschließen Sie jetzt am besten Ihr Zelt. Wir sehen uns am Podium.«

Elijah nickte und Helena setzte sich Richtung Palast in Bewegung.

»Viel Glück, Elijah«, raunte Penelope. »Nicht dass du es bräuchtest.« Sie schenkte ihm ein breites Lächeln, das sie ebenso beruhigen sollte wie ihn.

»Nicht solange Sie in der Nähe sind«, raunte er zurück.

Penelope erwartete beinahe, dass er ihr wie an dem Abend auf dem Nachtmarkt zuzwinkern würde. Stattdessen sah er sie nur intensiv aus seinen tiefen haselnussbraunen Augen an. Wieder kribbelte es in ihrem Bauch. Seit Penelope einige Jahre zuvor Padróns Pfefferschoten probiert hatte, wusste sie, dass sich in jedem Bündel ein, zwei Exemplare befanden, die so scharf waren, dass sie einem den Atem raubten. Man aß sich Stück für Stück durch die Schoten und wiegte seine Geschmacksknospen in einer trügerischen Sicherheit. Und dann biss man in eine, die einem dermaßen den Atem stocken ließen, dass man nicht anders konnte, als die Augen aufzureißen und nach Luft zu schnappen. Und hier, in Elijahs Gegenwart, hatte Penelope plötzlich das Gefühl, als hätte sie gerade in eine dieser unfassbar scharfen Pfefferschoten gebissen.

»Ein herzliches Willkommen zur Royalen Kulinarischen Ausstellung!«

Elijah schluckte, als Lady Rutland, die als Zeremonienmeisterin fungierte, die Arme ausbreitete. Sie stand auf einem erhöhten Podium inmitten des breiten Pfades, der die beeindruckende Fassade des Palastes vom Großen Brunnengarten abtrennte. Ehrfürchtig betrachtete Elijah die ganze Szenerie. Hampton Court war das größte, imposanteste Anwesen, das er je gesehen hatte: Tudor-Türme aus roten Ziegelsteinen schienen sich bis in den Himmel zu erstrecken und die symmetrische Barockfassade ragte prachtvoll hinter dem Podium auf. In den Palast selbst hatte er noch keinen Fuß gesetzt. Doch schon beim Anblick der riesigen Gartenanlage, von der er bisher erst einen kleinen Teil gesehen hatte, war er sich sicher, dass es dort drin nicht weniger extravagant aussehen würde.

Elijah ließ den Blick über die Bewerber und vielen Besucher schweifen und fragte sich, ob sie alle von der Herrschaftlichkeit des Ortes ebenso beeindruckt waren wie er. Die Prinzen und Lords standen derart aufrecht da, als gehörten sie selbstverständlich hierher. Nur wenige Leute – vermutlich die Amateurköche, denn Elijah erkannte zumindest einen als einen der Gewinner der Kulinarikmesse wieder – rangen nervös die Hände oder strichen sich über die Kleidung. Vermutlich ging es am heutigen Tag auch für sie um alles oder nichts.

»Ich freue mich, so viele innovative Köchinnen und Köche sowie Kulinarikerinnen aus der ganzen Welt hier, im Schatten des Hampton Court, begrüßen zu dürfen«, fuhr Lady Rutland lächelnd fort. »Dies war, wie Sie sicher wissen, der Lieblingsort eines von Britanniens berüchtigtsten, genussfreudigsten Monarchen – Henry VIII.«

Einige der Zuschauer lachten.

»Seit jenen Tagen hat Ernährung einen großen Wandel durchlebt, ganz besonders in den vergangenen zehn Jahren, wie diese Ausstellung beweist. Im allerersten Jahr hatten wir gerade mal sieben Teilnehmer aus England und dem Rest Europas hier. Heute hingegen dürfen wir allein aus Großbritannien vierundzwanzig Sieger und Siegerinnen begrüßen, dazu die Abgesandten fünfunddreißig weiterer Länder, die allesamt höchst unterschiedlichen Esskulturen angehören.«

Die Menge applaudierte. Elijah sah zu den Damen und Herren hinüber, die eine halbe Weltreise gemacht hatten, um hierherzugelangen. Ein Mann mit brauner Hautfarbe, gekleidet in die Landestracht eines Königreiches, das Elijah nicht hätte benennen können, stand neben ihm und murmelte etwas Unverständliches. Als er Elijahs Blick auffing, neigte er leicht den Kopf. Elijah verbeugte sich seinerseits in der Hoffnung, damit dem Protokoll des Heimatlandes dieses Herrn Genüge zu tun. Ohne dessen Rang oder gesellschaftlichen Stand zu kennen, war es sicher besser, ihn lieber zu höflich als nicht höflich genug zu begrüßen. Als der Mann sich ebenfalls verbeugte, atmete Elijah erleichtert auf.

»Wie Sie wissen«, sagte Lady Rutland, »werden alle Bewerberinnen und Bewerber ihre ganz persönliche Auswahl an Gerichten in ihren Ausstellungszelten präsentieren. Unabhängig davon, ob sie bei der heutigen Blindverkostung unter den besten Zwanzig landen oder nicht. Die besten Zwanzig wiederum werden morgen in die nächste Runde starten und vor Ort kochen. Die dann verbliebenen Zehn werden am Finaltag ein letztes Mal ihr Können demonstrieren. Ich weiß, dass Sie alle am liebsten sofort zur Blindverkostung übergehen möchten, doch zunächst habe ich die Ehre, Ihnen die ganz besondere Preisrichterin des diesjährigen Wettbewerbs vorzustellen. Prinzessin Adelaide, möchten Sie vielleicht einige Worte ans Publikum richten?«

Die Menge begann zu klatschen, als eine junge Frau mit hellbraunen Ringellöckchen und einem blauen, spitzengesäumten Satinkleid die wenigen Stufen erklomm, um sich neben Lady Rutland aufs Podium zu stellen. Erst jetzt wurde Elijah bewusst, dass sie schon die ganze Zeit dahinter gestanden und alles beobachtet hatte – er hingegen war von dem ganzen Spektakel zu abgelenkt gewesen, um sie zu bemerken. Obwohl etwa zehn Meter zwischen ihnen lagen, konnte er erkennen, dass sie in etwa so groß war wie Helena und über ein langes, beinahe rechteckiges Gesicht, ein vorwitziges Kinn und ein hübsches Lächeln verfügte.

»Herzlich willkommen auch von mir. Alles, was es zu sagen gibt, hat Lady Rutland bereits erwähnt – und es wesentlich wortgewandter formuliert, als ich es hätte tun können. Deswegen möchte ich nur Folgendes hinzufügen: Wir fühlen uns sehr geehrt, dass viele von Ihnen solch eine lange Reise in Kauf genommen haben, um hierherzukommen, und empfinden es als Privileg, all die unterschiedlichen kulinarischen Kreationen kosten zu dürfen. Es wird eine schwierige Aufgabe sein, den Kreis der Bewerber auf lediglich zwanzig einzuengen, und ich bin dankbar, dass Lady Rutland und mein Vater, Prinz Leopold, uns bei der heutigen Blindverkostung ihre Gaumen und ihre Erfahrung zur Verfügung stellen. Vielen Dank an alle!« Mit einem strahlenden Lächeln sah sie in die Menge und erntete begeisterten Applaus.

Nachdem die Prinzessin das Podium wieder verlassen hatte, übernahm Lady Rutland erneut das Wort. »Prinzessin Adelaide, Prinz Leopold und ich werden uns nun in den Palast zurückziehen und auf die Kostproben warten. Ich bitte alle Bewerberinnen und Bewerber, in ihre Zelte zurückzukehren. Bedienstete des Hofes werden Ihre Gerichte in den Verkostungsraum bringen und Ihnen eine Nummer zuweisen, anhand derer Sie Ihr Gericht identifizieren können, falls es unter den besten zwanzig landet. Viel Glück!«

Elijah holte tief Luft und schaute zu seinem Zelt. Es ging los! Entschlossen setzte er sich in Bewegung. Vor seinem Zelt wartete bereits ein Diener in rot-gold besticktem Livree auf ihn. »Sehr aufmerksam«, sagte Elijah.

»Vielen Dank, Sir«, sagte der Mann mit einer Verbeugung.

Ob er sich je daran gewöhnen würde, *Sir* genannt zu werden? Bis auf die Jungen, die am Straßenrand Orangen verkauften, hatte ihn noch nie jemand so angesprochen. Die Angestellten am Cavendish Square taten es nicht, was jedoch sicher daran lag, dass sie von seiner Herkunft als kleiner Straßenverkäufer wussten. Dieser Bedienstete hingegen hatte keine Ahnung davon. Für ihn war Elijah tatsächlich der Gentleman, für den er sich ausgab.

Elijah betrat das Zelt und vergewisserte sich, dass der Teller für die Blindverkostung genau so aussah, wie er es vorgesehen hatte. Wie auf der Kulinarikmesse mussten die Gerichte auch hier erst außerhalb zubereitet werden, wurden dann im Palast angerichtet und bei Raumtemperatur serviert. Außerdem waren englische Erdbeeren als Zutat vorgeschrieben, weil die Prinzessin diese besonders gern aß und sie derzeit Saison hatten.

Elijah hatte Entenconfit-Schenkel in gemahlenem Koriander, Kümmel und Chili angebraten und eine passende Gastrique-Soße aus Erdbeeren und rosa Pfefferkörnern kreiert, die er über die Ente und drumherum geträufelt hatte. Dazu hatte er in kleinen runden Förmchen Küchlein mit Walnüssen, Ramp-Lauch und mexikanischem Queso-fresco-Käse gebacken, die er jeweils mit einer Erdbeerblüte verziert hatte. Eine weitere Portion Queso fresco hatte er (nach Penelopes Rezept) mit Rote-Bete-Pulver eingefärbt und dann zu kleinen herzförmigen Gebilden geformt, die er mit Schwarzkümmel gespickt hatte – obendrauf lag jeweils ein mehrblättriger Erdbeerstängel, sodass die Kreationen wie Erdbeeren aussahen und ihnen gleichzeitig eine cremige Note verliehen würde. Als weitere Farbakzente und zur Betonung des Themas hatte er zudem gewürfelte und halbreif eingelegte Erdbeeren, noch mehr Erdbeerblüten sowie winzige, wohlduftende gelbe und rote Walderdbeeren über den Teller verteilt. Kleine Blättchen knuspriger, glänzender Entenbrusthaut rundeten das Gericht vollends ab.

Auf dem Teller sah es aus wie in einem blühenden Sommergarten. Helena und Penelope hatten die Idee zu diesem Gericht auf Anhieb mit großer Begeisterung aufgenommen und ihre eigenen Vorschläge für eine bessere Präsentation eingebracht. Von denen hatte Elijah einige berücksichtigt und andere wiederum zugunsten seiner eigenen Vorstellungen verworfen.

Nach einem letzten Blick auf den Teller stülpte er die silberne Glocke darüber und brachte ihn nach draußen zu dem wartenden Diener. »Bitte vorsichtig damit umgehen«, sagte er und hoffte, dass man ihm die Nervosität nicht allzu sehr anmerkte.

»Selbstverständlich, Sir.« Mit einer Verbeugung setzte sich der Bedienstete mit Elijahs Essen Richtung Palast in Bewegung.

Elijah holte tief Luft. Jetzt lag es nicht mehr in seiner Hand.

Etwa eine Stunde später hatten Helena und Penelope rund zwei Drittel der Zelte bereits abgeklappert und zumindest Helena hegte kaum Zweifel daran, dass Elijah gute Chancen hatte, unter die besten Zwanzig zu kommen. Penelope mochte das feine Essen des spanischen Grafen und die Erzeugnisse einer Amateurköchin aus Wales, die winzige Türmchen aus aufeinander gestapelten Welsh Cakes mit Erdbeerscheibchen dazwischen kreiert hatte. Diese servierte sie zu Lammkoteletts mit glasierten Erdbeeren.

Helena dagegen sah in einem Herzog aus Transsylvanien Elijahs stärksten Konkurrenten. Der Mann überzeugte mit technischer Raffinesse und ungewöhnlichen Geschmackskombinationen, die sich in seinem komplexen Kaninchen-Gericht mit einer Vielfalt kontrastierender Elemente offenbarten. Es gab zudem einige weitere Teilnehmer, die Lady Rutland bestimmt begeistern würden. Doch Helena wusste auch, was die dumme Prinzessinnengans für gute Küche hielt, und sie war sich sicher, dass Elijahs Essen sie beeindrucken würde.

Helena sah auf ihre Uhr, während Penelope vor dem Zelt der sardischen Delegation stehen blieb, um eine farbenfrohe

Terrine zu bewundern. Vielleicht konnten sie nun, da genug Zeit vergangen war, bei Elijah vorbeigehen, ohne Verdacht zu erregen, und schauen, wie seine Kreationen ankamen.

»Ah, Helena!«

Der Klang von Mabels Stimme ließ Helena erstarren. Wie schaffte es dieses Mädchen bloß, immer dann zu erscheinen, wenn man am wenigsten mit ihr rechnete? Wie so oft war Helena derart in Gedanken versunken gewesen, dass sie nicht früher bemerkt hatte, wie Mabel ihr von weiter weg zuwinkte.

»Was für ein bezaubernder Tag, nicht wahr?«, sagte Mabel und kam näher.

»Ja, in der Tat«, erwiderte Helena. »Doch ich dachte, du wärst im Palast und würdest an der Verkostung teilnehmen?«

Mabel zuckte mit den Schultern. »Für heute habe ich meinen Teil bereits getan. Prinzessin Adelaide hätte mich gern bei sich gehabt, allerdings weißt du ja, wie streng Lady Rutland auf die Einhaltung der Regeln achtet. In den Verkostungsraum dürfen nur sie, Prinz Leopold und die Prinzessin. Den Dienern werden die Teilnehmer per Zufallsprinzip zugeteilt und so weiter und so fort ... Alle sollen die gleichen Chancen haben. Wusstest du, dass die Abgesandten gewisser Länder in den vergangenen Jahren versucht haben, Bedienstete zu bestechen? Was für ein skandalöses Verhalten!« Mabel schlug sich eine Hand vor die Brust, als wäre sie wahrhaftig empört.

Helena schaffte es mit großer Anstrengung, nicht die Augen zu verdrehen. »Ja, natürlich wusste ich das. Lady Rutland hat die Vorkommnisse letztes Jahr in ihrem Kurs zu Moderner Kulinarischer Präsentation bereits ausgiebig verurteilt.«

Mabel wedelte mit einer Hand durch die Luft. »Oh ja, natürlich. Was für ein hervorragendes Gedächtnis du doch hast, Helena. Darüber haben wir untereinander schon öfter gesprochen. Manche Mädchen beneiden dich sehr darum, weißt du.«

»Habe ich schon mitbekommen.« Sie sah zu Penelope hinüber, in der Hoffnung, deren Blick aufzufangen. Helena wusste, dass ihre Mitschülerinnen sie aus vielerlei Gründen beneideten, jedoch war ihr gutes Gedächtnis vermutlich einer der unwichtigeren. Natürlich war es im Studium sehr von Vorteil, aber um erfolgreich zu sein, war es noch viel bedeutender, im Unterricht immer aufzupassen. Etwas, was vielen der Mädchen an der Royalen Akademie, Mabel eingeschlossen, ausgesprochen schwerzufallen schien.

Schon in den allerersten Monaten an der Akademie hatte Helena festgestellt, dass die meisten Schülerinnen durchaus eine Karriere als Kulinarikerin anstrebten. Trotzdem ließen sie sich dann doch von den unsäglichsten Dingen ablenken – etwa dem attraktiven Hilfsgärtner, der neuesten Mantelmode oder der Hausparty, auf die sie am Ende des Semesters gehen würden. Helena dagegen war damals wie heute überzeugt, dass man unmöglich zu einer der besten Kulinarikerinnen der Nation werden konnte, wenn man sich auf solche Albernheiten konzentrierte, die mit Kochen nichts zu tun hatten. Das war auch einer der Gründe, warum sie und Penelope sich angefreundet hatten. Denn Penelope erlaubte sich ebensowenig, ihre Aufmerksamkeit zu profanen Alltäglichkeiten abdriften zu lassen. Zumindest hatte Helena das immer angenommen – bis vor Kurzem.

Helena riss die Augen auf, als sich das unverwechselbare Profil von Freddie Eynsford-Hill ihrer Freundin näherte, die immer noch in eine Unterhaltung mit dem sardischen Gentleman vertieft war. Wie hatte dieser Schönling überhaupt eine Einladung zur Ausstellung ergattern können? Auf der Messe hatte er sich jedenfalls nicht dafür qualifiziert!

Mabel folgte neugierig Helenas Blick. »Ah, Penelope und Mr Eynsford-Hill. Kennst du ihn?«

Helena wandte sich ihr wieder zu. »Noch nicht lange. Flüchtig. Und du?«

»Oh ja!« Mabel legte ihr eine Hand auf den Unterarm.

Helena verzog das Gesicht. Sie konnte es nicht leiden, wenn Leute sie ungefragt berührten, und von Mabel mochte sie es gleich doppelt nicht.

Die allerdings schien Helenas Unbehagen nicht zu bemerken. »Die Eynsford-Hills sind gute Freunde meiner Familie. Freddie war in jüngeren Jahren noch ziemlich flatterhaft, doch inzwischen gibt er eine recht gute Partie ab.«

Jetzt reichte es Helena endgültig. Wenn Mabel Pilkington Freddie für eine gute Partie hielt, war sie offenbar wirklich so dumm, wie Helena angenommen hatte. Gemeinsam beobachteten sie, wie Freddie etwas sagte, worüber Penelope lachen musste.

»Penelope hätte es auch wesentlich schlechter treffen können, denke ich«, sagte Mabel.

Helena verdrehte die Augen. »Mabel, Penelope hat keinerlei Absichten, jemanden zu heiraten. Schon gar nicht, bevor wir uns eine Karriere als Kulinarikerinnen aufgebaut haben.«

Mabel zog vielsagend die Augenbrauen in die Höhe. »Hat sie das so gesagt?«

Helena schüttelte den Kopf, wütend darüber, diese lächerliche Konversation überhaupt führen zu müssen. »Das braucht sie gar nicht. Ich weiß es auch so.«

»Viele Kulinarikerinnen heiraten und machen eine gute Partie. Das eine schließt das andere doch nicht aus. Denk nur an die Herzogin von Audrey – sie war damals eine der besten Kulinarikerinnen überhaupt und nun ist sie Herzogin!«

Helena schnaubte verächtlich. »Die Herzogin wird kaum noch als kulinarische Beraterin eingesetzt. Sie tut nichts anderes mehr, als ihre Kinderschar auf dem Land großzuziehen. Solch eine lange Ausbildung, und wofür? Um jetzt zu Hause herumzuhocken?«

Mabel zuckte die Schultern. »Vielleicht hat sie das selbst so entschieden. Und wer könnte sich erdreisten zu beurteilen, ob sie damit nicht sehr glücklich ist?«

Helena presste die Lippen aufeinander. Es widerstrebte ihr, Mabel in irgendeinem Punkt recht geben zu müssen. Trotzdem musste sie eingestehen, dass es durchaus möglich war. Sie kannte die Herzogin jedoch nicht persönlich, hätte es also nicht mit absoluter Sicherheit sagen können. Kurz streifte sie der Gedanke, ob Mabel vielleicht nur auf die Akademie gegangen war, um einen guten Fang zu machen. Wenn dem so war, würde sie in Helenas Achtung noch tiefer sinken als ohnehin schon. Was für eine Vergeudung von Zeit und Ausbildung! »Ich bleibe dennoch dabei. Es ist eine Sünde, Bildung – in welchem Metier auch immer – einfach für nichts und wieder nichts zu verschwenden.«

Mabels oberflächliches Lachen brachte sie zur Weißglut. »Ach Helena, es ist nicht jeder Mensch so unabhängig wie du! Für manche Frau könnte eine gute Heirat einen riesigen gesellschaftlichen Aufstieg bedeuten. Für Penelope zum Beispiel.«

Helena kniff die Augen zu. »Was meinst du damit?«

Mabel fuhr sich mit der Zunge über die Lippen und sah sich verstohlen um, als wolle sie sichergehen, dass niemand zuhörte. »Ich meine natürlich ihre Herkunft.«

Helena funkelte sie kühl an. »Was soll mit ihrer Herkunft sein?«

»Nichts Schlimmes, um Himmels willen«, flüsterte Mabel. »Allerdings stellt die Verbindung ihrer Eltern für Penelope einen recht prekären Stand innerhalb der Gesellschaft dar. Der richtige Ehemann könnte all dies vergessen machen. Ihr Ansehen und ihre Stellung sichern.«

Helena holte tief Luft und sah erneut zu Penelope hinüber, die immer noch angeregt mit Freddie Eynsford-Hill plauderte. Bisher hatte Helena gedacht, außer ihr selbst und Lady Rutland wüsste niemand, dass Penelopes Mutter von den

Philippinen stammte. Woher hatte Mabel es bloß erfahren? »Wie kommst du auf die Idee, dass Penelopes Herkunft etwas sein könnte, das die Gesellschaft als kritikwürdig erachten würde?«

Mabel wickelte sich eine Haarlocke um den Finger. »Na ja, Dory Smith-Smythe hat gehört, wie sich einige Lehrkräfte darüber unterhalten haben. Anscheinend hat Penelopes Vater ihre Mutter von irgendeiner primitiven Insel entführt. Deswegen sind sie nie wieder nach England zurückgekehrt.«

Helena traute ihren Ohren kaum. Nicht nur, dass diese völlig verdrehte Geschichte an der Royalen Akademie die Runde machte – wenn sowohl Mabel als auch Dory Smith-Smythe sie gehört hatten, war es sogar höchst wahrscheinlich, dass sie sie überall herumerzählten. Für Helena waren Penelopes Eltern kein Thema, doch wie es schien, zerrissen sich ihre schrecklichen Mitschülerinnen schon seit Monaten die Mäuler darüber und bliesen das Ganze zu einem Lügenmärchen auf. Während Helena und Penelope sich im Haus am Cavendish Square nichtsahnend mit ihren Abschlussprojekten beschäftigt hatten.

Sie streckte den Rücken durch, wobei sie die Tatsache ignorierte, dass Mabel trotzdem noch einige Zentimeter größer war, und starrte sie in Grund und Boden. »Diese Geschichte ist erstunken und erlogen, Mabel Pilkington. Ich kenne Penelopes Eltern. Du kannst Dory Smith-Smythe sagen, sie soll aufhören, solche unverschämten Märchen zu verbreiten, und ich wäre dir sehr verbunden, wenn du dies ebenfalls tun würdest.«

Mabel blinzelte ungläubig. »Bist du sicher, dass darin nicht zumindest ein Hauch Wahrheit steckt?«

Die Worte waren Helena herausgesprudelt, ohne dass sie es gewollt hätte. Und bevor sie die Folgen ihres Tuns hätte bedenken können. Sie war nun einmal ein spontaner, impulsiver Mensch und bisher war sie immer gut damit gefahren. Diesmal bohrte sich allerdings ein kleiner Stachel des Zweifels in ihr Gewissen. Was sie dennoch nicht daran hinderte, weiter in dieselbe Kerbe zu hauen.

»Selbstverständlich bin ich sicher. Und ich werde gleich mit Lady Rutland sprechen, um herauszufinden, welche Lehrkräfte solche Gerüchte in die Welt gesetzt haben.«

Mabel nickte. »Du weißt ja, ich mochte Penelope schon immer. Und ich habe diese Geschichte nicht wirklich geglaubt. Immerhin hat Penelope doch helle Haut.«

»Was hat das denn damit zu tun?«, fuhr Helena sie an.

Mabel fuchtelte mit der Hand durch die Luft. »Ach, lass uns lieber das Thema wechseln. Da kommt unsere liebe Freundin auch schon.«

»Hallo, Mabel«, sagte Penelope, der Freddie Eynsford-Hill auf den Fersen folgte.

»Schön, dich zu sehen, Penelope«, erwiderte Mabel mit einem breiten Lächeln.

Helena knirschte mit den Zähnen. Am liebsten wäre sie jetzt einfach abgerauscht, doch sie konnte Penelope schlecht mit Mabel allein lassen.

»Mr Eynsford-Hill kennt ihr beide, nicht wahr?«, sagte Penelope.

Er verbeugte sich vor den Damen und sie antworteten mit einem Knicks.

»Zu schade, dass Sie sich nicht für den Wettbewerb qualifizieren konnten«, sagte Helena und es war ihr vollkommen gleichgültig, dass ihre Stimme nicht im Geringsten bedauernd klang.

»Ach, das finde ich überhaupt nicht, Lady Helena«, sagte er mit einem unbedarften Lächeln. »Das wäre für jemanden wie mich viel zu viel Druck gewesen.« Er zeigte auf die Zelte. »Ich genieße es lieber, all die Köstlichkeiten zu probieren und mich mit so bezaubernden zukünftigen Kulinarikerinnen wie Ihnen allen zu unterhalten. Ich empfinde es als Privileg, Sie kennen zu dürfen, noch bevor Sie zu den führenden Damen der Gesellschaft aufsteigen werden.«

Mabel und Penelope lachten, Helena presste nur schweigend die Lippen aufeinander.

»Mr Eynsford-Hill hat sich angeboten, uns durch den Rest der Ausstellung zu begleiten«, sagte Penelope.

Helena presste die Lippen aufeinander. Im Augenblick fiel ihr beim besten Willen nichts Höfliches ein, was sie hätte sagen können.

»Möchtest du dich uns ebenfalls anschließen, Mabel?«, fuhr Penelope fort.

Mabels Gesicht leuchtete auf. »Es wäre mir ein Vergnügen. Zufällig habe ich –«

»Wir möchten dich allerdings nicht unnötig aufhalten. Du hast sicher unheimlich viel zu tun«, ging Helena dazwischen und warf Penelope einen vielsagenden Blick zu.

»Sehr rücksichtsvoll von dir, Helena«, gab Mabel zurück. »Doch ich wollte gerade sagen, dass mir zufällig der Rest des Tages zur eigenen Verfügung freisteht. Zumindest bis die Ergebnisse der Blindverkostung bekannt gegeben werden. Dann muss ich natürlich zu Lady Rutland, um die Vorbereitungen für den morgigen Tag zu besprechen.«

»Wunderbar!«, rief Penelope in ihrer gewohnt herzlichen Art aus. Gemeinsam setzten sich die vier in Bewegung, um auch die weitere Ausstellung in Augenschein zu nehmen.

In Helena rumorte es mächtig wegen der erzwungenen Gesellschaft – ein junger Mann, der ihrer besten Freundin nicht würdig war, und eine doppelzüngige Mitschülerin, die üble Gerüchte über besagte Freundin in die Welt setzte. Was Penelope beides nicht zu bemerken schien. Helena ließ sich ein Stück zurückfallen, während sie ein Brothäppchen nach dem anderen kosteten, sowie Teigwaren aus einem halben Dutzend europäischer Länder, Rauchfleisch in allen Variationen und mehr Gemüsegerichte, als sie zählen konnte. Es bereitete ihr Übelkeit, zuzusehen, wie Freddie seinen Charme über Penelope ausgoss (in anderen Worten: wie er flirtete, was das Zeug hielt) und wie sie sich (wenn man ihrem Lächeln Glauben schenken wollte) davon geschmeichelt fühlte. Mabel und Freddie schienen in der Tat ein vertrautes Verhältnis zu haben. Auf ihre Bitte hin begann er zwischen zwei Bissen von den Abenteuern seiner Schwester auf dem Royalen Konservatorium für Gestaltung und Design zu erzählen, was Helena zu Tode langweilte.

Schließlich wandte sich Helena Elijahs Zelt zu und ging

forschen Schrittes vorneweg, sodass sie den anderen keine andere Wahl ließ, als ihr zu folgen. Ein Paar mittleren Alters und zwei Damen, die in etwa so alt waren wie Helenas Großmutter, bummelten vor dem Zelt herum, probierten hier und da ein Häppchen und unterhielten sich darüber. Elijah beantwortete mit ruhiger Stimme ihre Fragen. Ein angedeutetes Lächeln ließ ihn unnahbar erscheinen – genau so, wie sie es während der letzten Wochen einstudiert hatten. Anscheinend hatte er alles im Griff.

Helena trat zwischen das Paar und die beiden älteren Damen. »Guten Tag, Mr Little. Wie schön, Sie wiederzusehen. Wir würden gern von Ihrem Gericht kosten.« Sie deutete auf Penelope und die anderen, die hinter ihr standen.

Elijah neigte den Kopf. »Guten Tag, Lady Helena. Miss Pickering.«

»Wenn ich Ihnen unsere Begleitung vorstellen darf«, sagte Helena und machte ihn mit Mabel und Freddie bekannt, bevor diese Gelegenheit hatten, etwas Peinliches zu sagen oder zu tun.

»Bemerkenswerte Leistung, es hierhergeschafft zu haben«, sagte Freddie. »Ich habe auch an der Messe teilgenommen, doch mit Ihnen hat eindeutig der beste Mann gewonnen! Ihre Ente sieht köstlich aus.«

»Sehr freundlich, danke.« Elijah reichte jedem der vier einen Teller, auf dem sein Essen schön angerichtet war, und sie griffen sich je eine Gabel aus dem Korb, der auf dem Tisch stand.

»Dann sind Sie also einer der Gentlemen-Köche aus England«, meinte Mabel. »Haben Sie Helena und Penelope in diesem Zusammenhang kennengelernt?« Sie beäugte den rötlichen Queso fresco in Form einer Erdbeere, dann steckte sie sich das winzige Gebilde in den Mund. »Grundgütiger! Das schmeckt wunderbar! Ein milder Ziegenkäse?«

»Nein, ein Queso fresco, ein mexikanischer Käse aus roher Kuhmilch«, erklärte Elijah.

»Und den haben Sie selbst gemacht?«, hakte Mabel nach.

Elijah nickte. »Selbstverständlich.«

»Nie davon gehört«, sagte Freddie. »Er passt sehr gut zum würzigen Entenfleisch. Kannten Sie Queso fresco?«, wandte er sich an die drei jungen Damen.

Penelope und Helena nickten, während Mabel sagte: »Penelope hat schon immer ein besonderes Faible für die amerikanische Küche gehabt, nicht wahr?«

Penelope murmelte etwas Zustimmendes, sah jedoch so aus, als wäre sie unsicher, was sie dazu sagen sollte.

»Und wie sind Sie an das Rezept gelangt, Mr Little?«, fragte Helena, um die Aufmerksamkeit von Penelope wegzulenken. Die Antworten auf solche Fragen hatten sie in den vergangenen Wochen gut eingeübt.

»Mein Onkel ist ein vielgereister Mann«, begann Elijah. »Er schickt mir Rezepte aus jedem Hafen, in dem sein Schiff anlegt, und ich probiere sie so oft wie möglich aus.«

»Diese Küchlein sind meine absoluten Favoriten bisher«, sagte Penelope lächelnd. »Ramp-Lauch, Walnüsse und Käse – stets eine hervorragende Kombination.«

Helena seufzte innerlich. Penelope würde sich mit ihrem

leicht durchschaubaren Lob noch selbst verraten! Hoffentlich zwinkerte sie Elijah nicht auch noch zu und ruinierte damit das ganze Projekt!

»Meine Favoriten sind die eingelegten Erdbeeren«, sagte Freddie. »Ich mag saure Gerichte ohnehin sehr gern – vielleicht sogar ein bisschen mehr, als ich sollte.«

Lachend wandte Penelope sich ihm zu. »Stimmt! Ich stehe immer noch dazu, dass Ihre eingelegten grünen Tomaten vom Kulinarik-Markt einzigartig lecker waren. Wenngleich vermutlich nicht jedermanns Geschmack. Vielleicht war das der Grund dafür, dass Sie es nicht unter die zwei Besten geschafft haben.«

Freddie grinste sie breit an. *Sein bislang gewagtester Versuch, sie mit seinen (wahrlich beschränkten) Verführungskünsten zu betören*, dachte Helena. Hoffentlich würde Penelope nicht darauf hereinfallen. Wobei er ihrer großmütigen Freundin bislang schon ein Kompliment und Sätze entlockt hatte, die ihn sicher dazu animieren würden weiterzumachen. Was könnte er wohl noch erreichen, wenn man ihm nur die Chance bot?

»Sie sind allzu freundlich, Miss Pickering«, sagte er. »Es ist wahrscheinlich mein Schicksal, von den einen geliebt und von den anderen verachtet zu werden. Damit habe ich mich inzwischen abgefunden, dennoch hoffe ich wirklich sehr, dass Sie eines Tages zur ersten Kategorie gehören.« Er beugte sich näher zu Penelope.

Diese lachte verlegen und wich seinem Blick ebenso aus wie denen der anderen. Trotzdem entging Helena nicht, dass

Elijahs Lächeln erstarb – und was noch schlimmer war: Auch Mabel hatte dies bemerkt.

»Mr Little, möchten Sie uns vielleicht verraten, wie Sie auf die Idee gekommen sind, der Erdbeer-Gastrique rosa Pfefferkörner hinzuzufügen?«, fragte Helena, um seine und Mabels Aufmerksamkeit auf sich zu lenken.

Elijah schaute sie mit einem Ausdruck an, wie sie ihn von ihm bereits kannte – als wäre er gedanklich gerade ganz woanders gewesen. Sie presste die Lippen aufeinander in der Hoffnung, dass ihm das zu mehr Konzentration verhalf.

»Ja, Sie haben wirklich ein Händchen für interessante Geschmackspaarungen, Mr Little«, sagte Mabel und trat näher an den Tisch heran. »Bestimmt haben Sie schon langjährige Erfahrung im Kochen.«

Elijahs Blick strafte sein Lächeln Lügen. »Ja, ich koche seit meiner Kindheit, Miss Pilkington. Meine Mutter hat es mir beigebracht, bis sie leider viel zu früh verstarb. Sie hatte ein großes Talent fürs Kochen, dabei hat sie nie etwas abgemessen oder gewogen.«

»Ihr Verlust tut mir sehr leid«, sagte Mabel. »Wie schön, dass sie Ihnen noch so viel beibringen konnte. Ihre Techniken sind beinahe so ausgefeilt wie die einer ausgebildeten Kulinarikerin.«

Penelope sah Helena von der Seite an. Auch sie erkannte wohl, dass Mabel etwas bemerkt hatte. Doch Helena starrte stur geradeaus.

»Ich habe nach ihrem Tod auf eigene Faust weitergelernt und mein Onkel hat mir geholfen. Dadurch habe ich verschiedene Geschmackskombinationen kennengelernt. Mit ausreichend Übung kann man sehr viel erreichen, denke ich«, sagte Elijah.

»Und mit ausreichend Talent«, fügte Mabel hinzu.

Elijah lachte auf. »So viel Lob aus dem Munde dreier zukünftiger Kulinarikerinnen, und dann auch noch inmitten solch eines harten Wettbewerbs … Ich kann diesen Tag jetzt schon, unabhängig vom Ergebnis, als Erfolg verbuchen. Vielen Dank, Miss Pilkington.«

Helena musterte Mabel, die nun entzückt die Augen zukniff und Elijah ein verträumtes Lächeln schenkte. Sie klimperte sogar mit den Wimpern! Unglaublich, wie manche Mädchen ihres Alters sich benehmen konnten. Wenn dies allerdings zu Elijahs Erfolg beitragen sollte, dann bitte schön.

»Nichts zu danken, Mr Little«, sagte Mabel. »Ich bin überzeugt, dass Prinzessin Adelaide Ihre Art, die Erdbeere auf verschiedenste Weise in den Mittelpunkt zu rücken, sehr zu schätzen –«

Sie brach ab, als ein Diener im Livree sich hinter ihr räusperte und Elijah ein Blatt Papier reichte. »Die Liste, Sir.«

Elijah nickte. »Danke.«

Nach einer Verbeugung lief der Bedienstete weiter zum nächsten Zelt. Mit angehaltenem Atem beobachtete Helena, wie ein Dutzend weiterer königlicher Diener den Teilnehmern die Listen aushändigten. Penelope biss sich auf die Lippe, während Elijah den täuschend ruhigen Blick über die Zeilen auf dem Papier gleiten ließ. Dann ruhten seine Augen und er holte mehrmals tief Luft.

Schließlich sah er erst Penelope, dann Helena an. Niemand sprach ein Wort.

»Was ist denn nun, junger Mann. Sind Sie drin?«, durchbrach Freddie das Schweigen.

Helena hätte ihn am liebsten erdolcht. Wie konnte er sich einmischen, wenn sie und Penelope sich regelrecht die Zungen blutig bissen, um nicht zu verraten, dass Elijah mehr als nur ein flüchtiger Bekannter war?

Elijah stieß den angehaltenen Atem aus und ein gepresstes Lachen entrang sich seiner Kehle. Dann fing er Penelopes Blick auf und verzog den Mund zu einem Lächeln. »Ja, in der Tat, ich bin drin.«

Das ist allein Ihr Verdienst!

»Was für ein Tag! Was für ein Triumph!«, rief Helena, nachdem sie sich am Abend in ihr Stadthaus am Cavendish Square zurückgezogen hatten und vom Butler in Empfang genommen worden waren. »Pierce, es wird Sie sicher freuen zu hören, dass Mr Little unter den letzten Zwanzig gelandet ist. Sie haben die vergangenen Monate also vollkommen umsonst gejammert!«

Pierce riss erstaunt die Augen auf, nahm den beiden Damen die Umhänge ab und wies die Bediensteten an, das Geschirr und die anderen Utensilien der Ausstellung zum Abspülen in die Küche zu bringen. »Sehr schön, Lady Helena. Ich habe nie daran gezweifelt, dass Sie am Ende erfolgreich sein würden. Möchten Sie vielleicht eine Kleinigkeit zur Feier des Tages?«

»Nichts zu essen, Pierce, ich bin absolut satt.« Helena nahm mit einem breiten Lächeln ihre Haube ab, dann schaute sie Elijah und Penelope an. »Doch wenn ich's mir recht überlege, könnten wir eine Flasche Champagner öffnen. Solche Erfolge verdienen etwas Besonderes. Ich bin sicher, meine Eltern wären ganz meiner Meinung. Könnten Sie den Champagner bitte im Salon servieren, Pierce?«

»Ich hatte vorsorglich bereits eine Flasche auf Eis gelegt, Lady Helena«, gab der Butler zurück. »Nur für alle Fälle.« Er neigte den Kopf in Elijahs Richtung, der angesichts des unerwarteten Lobs beinahe ein wenig zu wachsen schien. In den letzten Wochen hatte Penelope immer wieder mitbekommen, wie abschätzig Pierce Elijah gemustert hatte, ohne dass Helena es bemerkt hätte. Daher freute sie die Erkenntnis, dass der Butler offenbar doch einiges Vertrauen in Elijahs Fähigkeiten gesetzt hatte.

Helena lachte. »Sie Schlitzohr! Dann haben Sie uns den Erfolg trotz Ihres Genörgels also sehr wohl zugetraut.«

»Ich weiß lediglich, dass Sie jedes Ziel erreichen, das Sie sich in den Kopf gesetzt haben, Lady Helena.«

Penelope seufzte und wollte Elijah ein aufmunterndes Lächeln schenken, um ihn über Pierces zweifelhaftes Kompliment hinwegzutrösten. Allerdings sah Elijah sie nicht an.

Helena richtete den Blick an die Decke. »Ja, das weiß ich auch«, sagte sie lachend. »Bitte kommen Sie und stoßen mit uns an, Pierce.« Damit lief sie in Richtung Salon.

»Für mich bitte nur einen kleinen Schluck, Helena«, sagte Penelope. »Ich bin völlig erschöpft nach diesem Tag. Aber zumindest anstoßen möchte ich mit euch.« Sie schielte wieder zu Elijah hinüber. Auch er wirkte müde und morgen würde er gleich weiterkochen müssen. Da konnte er alle Erholung gebrauchen, die er kriegen konnte.

»Wie du meinst, Pen.« Im Salon angekommen, hielt sie direkt auf die Champagnerflasche zu, die in einem Eimer mit zerstoßenem Eis steckte. Penelope ließ sich aufs Sofa fallen, während Elijah neben dem Kamin stehen blieb und in die kleinen züngelnden Flammen schaute. Helena ließ den Korken knallen und goss den Champagner in die Gläser ein, die Pierce ihr hinhielt.

»Wir hätten auch auf der Ausstellung feiern können, wenn diese grässliche Mabel uns nicht auf Schritt und Tritt gefolgt wäre. Und dann noch dieser lächerliche Freddie Sowieso-Sowieso.« Helena verdrehte die Augen. »Ich wünschte, du wärst nicht immer so fürchterlich höflich, Pen.«

Penelope sah überrascht hoch. »Ich konnte Mabel schlecht abweisen, nachdem ich schon Mr Eynsford-Hill angeboten hatte, uns zu begleiten.«

Helena seufzte übertrieben laut auf. »Mag sein. Dennoch verstehe ich nicht, warum du es *ihm* überhaupt erst angeboten hast. Selbst wenn du planst, irgendwann zu heiraten – wie Mabel es anzunehmen scheint –, könntest du doch wirklich einen Besseren auswählen als diesen Mr Grüne Sauertomaten. Wobei ich beim besten Willen nicht nachvollziehen kann, warum du eine so vielversprechende Karriere als geniale Kulinarikerin aufgeben solltest, nur um dir einen Ehemann an die Kochschürze zu binden. Allerdings –«

»Helena«, unterbrach Penelope sie. »Wir wollten doch feiern und nicht unsere Heiratsaussichten analysieren, oder? Danke, Pierce.« Sie nahm das angebotene Champagnerglas und sah zu Elijah, während sie daran nippte. Der wandte sich dem Butler zu, um ihm ebenfalls ein Glas abzunehmen, und wich Penelopes Blick weiterhin aus. Wohin er gedanklich wohl abgedriftet war?

»Ja, du hast recht, Pen«, sagte Helena. »Hier ist Ihr Glas, Pierce.« Mit einem Kopfnicken nahm er den Champagnerkelch aus ihrer Hand. Helena erhob ihr Glas. »Auf unseren Sieg! Aus diesem einst zerknautschten Kohlkopf ...«, sie deutete auf Elijah, »... ist nun ein Gentleman namens Mr Elijah Little geworden. Ein Gentleman obersten Rangs, der für königliche Häupter kocht! Heute unter den besten Zwanzig, morgen unter den besten Zehn und danach ... nun, vielleicht sogar im Rennen um die Hand von Prinzessin Adelaide! Vom Kohlkopf zum Chefkoch, genau wie ich es geplant habe! Cheers!«

Penelope umklammerte ihr Glas fester und sah zwischen Helena und Elijah hin und her. Ihre Freundin nippte an ihrem Champagner und seufzte selbstzufrieden. Es dauerte mehrere Augenblicke des Schweigens, bis sie bemerkte, dass Elijah und Penelope sie gleichermaßen anstarrten.

»Was ist? Trinkt ihr nicht mit? Freut ihr euch denn gar nicht?«

Penelope schüttelte den Kopf. »Was meinst du mit ›im Rennen um die Hand von Prinzessin Adelaide‹?«

Helena wedelte mit einer Hand durch die Luft. »Ha! Das ist das Beste überhaupt! Mabel hat mir auf der Ausstellung erzählt, dass Prinzessin Adelaide vorhat, sich unter den drei Preisträgern ihren zukünftigen Ehemann auszusuchen! Wie sehr die königliche Familie die Kochkunst schätzt, ist natürlich allgemein bekannt, dennoch hätte ich so etwas nicht erwartet. Mr Little muss morgen lediglich gut kochen – woran ich nicht im Geringsten zweifle, denn das Gericht wird aus dem Tagesfang bestehen und wir wissen alle, wie wunderbar er Fisch zubereitet. Und schon rutscht er unter die Kandidaten, aus denen sich die dumme Gans ihren Gemahl herausfischt, ha!«

Penelope klappte die Kinnlade herunter, während Helena auf den Zehenspitzen auf- und abwippte und weiter von ihrem Champagner trank. »Kannst du dir das Gesicht der Prinzessin vorstellen, wenn sie erfährt, dass Mr Little alles, was er kann, von mir gelernt hat? Oder denk nur an Mabel … Ich werde mich vor Lachen nicht mehr einkriegen können!« Ohne zu bemerken, welche Schockwellen sie durchs Zimmer gesendet hatte, ließ sie sich in den nächstgelegenen Sessel plumpsen.

Elijah erholte sich als Erster. »Ich … ich kann die Prinzessin nicht heiraten«, stammelte er blinzelnd.

»Jetzt seien Sie doch nicht albern«, schnaubte Helena. »Wenn sie bereit ist, *irgendjemanden* zu heiraten, der es unter die ersten Drei schafft, werden *Sie* doch wohl keine Vorbehalte gegen sie haben, oder?« Sie nippte erneut an ihrem Glas und strich den bedruckten Nesselstoff ihres Rocks glatt.

Penelope räusperte sich, während Elijah stumm den Mund auf- und zuklappte. »Vielleicht *möchte* Elijah die Prinzessin einfach nicht heiraten«, sagte sie und spürte sofort Elijahs Blick auf ihr.

»Nun sei nicht albern, Pen«, höhnte Helena. »Er hat bestimmt nur Angst. Dieselbe Angst, die ihm beinahe zum Verhängnis geworden wäre, als er herkam und darum bat, dass ich ihn unterrichte.«

Ihre Freundin öffnete den Mund, um zu protestieren, aber Helena fuhr unbeirrt fort: »Warum sollte er die Prinzessin denn *nicht* heiraten wollen? Er hätte für den Rest seines Lebens ausgesorgt! Nie wieder müsste er auch nur einen Tag arbeiten, nie zu seinen Teigtaschen zurückkehren. Er könnte allein zum Vergnügen kochen, so wie viele andere Gentlemen auch.«

»Ich *kenne* sie doch nicht einmal«, wandte Elijah in einem Tonfall ein, den Penelope noch nie von ihm gehört hatte. Ein Muskel zuckte an seiner Wange.

»Ach, wenn Sie sich *ihretwegen* Sorgen machen, kann ich Sie beruhigen. Sie mag eine dumme Gans sein, aber sie ist auch erst sechzehn. Mit zunehmendem Alter könnte sie also noch besser werden, genau wie dieser feine Tropfen hier.« Sie nahm einen weiteren Schluck und lächelte. »Außerdem werden Sie sie morgen sicherlich kennenlernen.« Helena gähnte und hielt sich den Handrücken vor den Mund. »Vorher sollten wir uns jedoch alle ein paar Stunden Erholung gönnen. Sie haben einen der ersten Kochtermine zugewiesen bekommen und sollten sich deshalb möglichst frühzeitig dort einfinden, um sich mit den Räumlichkeiten und dem Drumherum vertraut zu machen.« Sie stemmte sich aus dem Sessel hoch. »Danke, dass Sie so vorausgedacht und den Champagner kaltgestellt hatten, Pierce. Sie dürfen ihn gerne austrinken, wenn Sie möchten.«

Der Butler nickte. »Vielen Dank, Lady Helena. Und noch einmal herzlichen Glückwunsch zu Ihrem Erfolg.«

»Danke sehr.« Helena lächelte höchst selbstzufrieden.

Pierce neigte den ergrauenden Kopf und nahm den Eiseimer samt Flasche mit, als er den Raum verließ. Helena kippte den restlichen Champagner in ihrem Glas hinunter, ehe sie es auf einem kleinen Tisch abstellte. »Ihr beiden seht wirklich erledigt aus. Dann bis morgen früh.«

Penelope spürte, wie sich in ihrem Magen etwas Kaltes, Schweres zusammenballte. »Helena«, sagte sie und stand auf. »Du hättest uns schon viel früher von Prinzessin Adelaides Plänen erzählen sollen. Elijah hätte ein Recht darauf gehabt, zu erfahren, wo er sich heute hineinmanövriert hat. Er hat eine gute Chance, es unter die besten Drei zu schaffen – und was, wenn er der Prinzessin dann besser gefällt als die anderen beiden? Er könnte ihre Hand nicht ausschlagen, ohne die gesamte königliche Familie plus den Großteil des Adels zu beleidigen. Sonst wäre er schnell wieder da, wo er angefangen hat. Doch diesmal mit einem ruinierten Ruf, von dem er sich nie wieder erholen könnte.«

Helena schnaubte. »Welcher Mann, der noch bei Sinnen ist, würde die Hand der englischen Kronprinzessin ausschlagen? Gleichgültig, welche Makel sie aufweist? Außerdem hätte es eurer beider Angst nur noch weiter gesteigert, wenn ich euch davon erzählt hätte. Mr Little hat großartig gekocht und die Sache ist zu seinen Gunsten ausgegangen. Denk daran, wie nervös du warst, Pen. Und nun stell dir vor, wie schlimm es erst gewesen wäre, hätte ich dir davon erzählt.«

Penelope presste die Lippen aufeinander. Ja, Helena hatte recht, trotzdem war es falsch gewesen. Sie hätte Elijah Bescheid sagen müssen – schließlich ging es um *seine* Zukunft. Sie sah ihren Freund an, dessen Miene nichts verriet. Am liebsten hätte sie ihn aufgefordert, den Mund aufzumachen und Helena zu sagen, was auch immer in seinem geheimnisumwitterten Kopf so vorging. Doch sie wusste, dass ihm wahrscheinlich kein weiteres Wort mehr über die Lippen kommen würde.

»Ich glaube wirklich, du bist einfach erschöpft, Pen. Morgen früh wirst du bestimmt begreifen, dass ich richtig gehandelt habe, indem ich euch beiden diese Information vorenthalten habe. Ich sage jetzt Gute Nacht. Elijah, könnten Sie bitte die Kerzen ausmachen, bevor Sie nach oben gehen?«

Damit verließ sie den Raum und Pen keuchte verzweifelt auf. Ja, natürlich war sie erschöpft. Dennoch würde ihre Meinung auch am nächsten Morgen unverändert sein. Vielleicht wäre *Helena* nach einer guten Portion Schlaf bereit, sich einzugestehen, wie falsch sie sich verhalten hatte?

Penelope warf Elijah einen Blick zu, von dem sie hoffte, er könnte ihn aufmuntern. »Du hast dich heute großartig geschlagen. Ich bin wirklich stolz auf dich. Und ich hoffe, du weißt, dass du nichts tun musst, was du nicht wirklich tun willst.«

Er verbeugte sich. »Danke für alles, Penelope. Ohne dich hätte ich das nicht geschafft.«

Sie zuckte zusammen, als sie bemerkte, dass er sie gerade zum allerersten Mal »Penelope« genannt und geduzt hatte –

und das, obwohl schon mehrere Wochen vergangen waren, seit sie sich zu Freunden erklärt hatten. Und wie weich seine Stimme die einzelnen Silben ihres Namens aussprach … Als würde sie ihnen eine zusätzliche Bedeutung verleihen. War es möglich, dass er …?

Sofort verwarf sie diesen Gedanken. Die Erkenntnis, dass sie etwas für ihn empfand, war noch so neu. Auf der ganzen Heimfahrt zum Cavendish Square hatte sie immer wieder aus dem Augenwinkel zu ihm geschielt, wusste allerdings nicht, was sie tun sollte. Schlussendlich hatte sie sich gesagt, dass seine Gegenwart offenbar ihr Urteilsvermögen vernebelte, und hatte gehofft, dass etwas Alleinsein und ein guter Schlaf ihr zu mehr Klarheit verhelfen würden. Statt ihre Gedanken in Worte zu kleiden, sagte sie also: »Das glaube ich nicht. Du bist einer der begabtesten Menschen, die ich kenne. Du hast mehr Talent im kleinen Finger als die meisten anderen Teilnehmer zusammen. Was auch immer morgen passiert – das kann dir niemand nehmen.« Sie lächelte ihn wieder an und hoffte, dass ihre Worte in seinem Herzen nachklingen würden.

Als Elijah zurücklächelte, wirkte er traurig. Penelope streckte die Hand aus und drückte die seine. »Gute Nacht, Elijah.«

Er sah auf ihre kleine Hand, die seine viel größere umklammerte, und Penelope verspürte den Drang wegzulaufen, bevor sein Blick auf ihren treffen würde. Verlegen zog sie ihre Hand zurück und rauschte Richtung Tür. Dort blieb sie jedoch einen Herzschlag lang stehen, als er hinter ihr flüsterte: »Gute Nacht … Penelope.«

Nachdem Penelope gegangen war, blieb Elijah allein im Salon zurück und sah den Holzscheiten im Kamin zu, wie sie aufflammten und mit der Zeit verglühten. Ein Wirbelsturm verschiedenster Gefühle tobte in seinem Inneren und er wusste nicht, was er denken oder tun sollte. Er hatte Angst vor dem kommenden Tag und davor, dass seine Hoffnungen im Hinblick auf Penelope durch einen sehr geschickten Gentleman zerschlagen worden sein könnten, noch bevor er sich hätte beweisen können. Hinzu kam die Ungewissheit darüber, was sie für ihn empfand, die Sorge, er könnte morgen versagen, sowie die schreckliche Erschöpfung nach diesem Tag, der ihm alles abverlangt hatte. Und dann war da noch die Wut, die all diese anderen Empfindungen überschattete.

Er hatte das Ganze nicht getan, um sich nun in einer Falle wiederzufinden, in die er niemals hatte geraten wollen! Er hatte die letzten Monate und Helenas Hochnäsigkeit nur ertragen, um *sein* Leben zu verändern und seinem Onkel etwas zurückzugeben, nachdem er ihn bei sich aufgenommen hatte. Und er hatte es tatsächlich geschafft, er hatte sein Leben verändert. Aber in welche Richtung? Wenn er morgen gut kochte, könnte er sogar zum *Ehemann* der Prinzessin avancieren! Allein der Gedanke war absurd, doch Helena hatte ihn so lässig ausgesprochen, als ginge es nur um einen Spaß. Darum, der Prinzessin einen Streich zu spielen. Um ein weiteres Experiment. Nur dass bei diesem Experiment Elijahs ganze Zukunft auf dem Spiel stand.

Wenn er es wie beabsichtigt unter die ersten Drei schaffte und Prinzessin Adelaide wirklich Gefallen an ihm fand, würde er sie nicht abweisen können, ohne seine Zukunft ernsthaft zu gefährden. Und wenn er nicht so gut kochte, um es unter die ersten Drei zu schaffen, hätte er Penelope nichts zu bieten. Zumal sie vielleicht sowieso mehr Interesse an einem echten Gentleman wie Freddie Eynsford-Hill hatte. Es bestand jedenfalls kein Zweifel daran, dass dieser Interesse an *ihr* hatte.

Elijahs Hand zitterte. Am liebsten hätte er sein Glas in den Kamin geschleudert. Danach hätte er sich bestimmt besser gefühlt. Aber dann hätte er auch alles saubermachen müssen. Außerdem würde Pierce nachbohren, wo das Glas abgeblieben war, und würde ihm einen vernichtenden Blick zuwerfen, wenn er gestand, es zerbrochen zu haben. Das war ihm die Sache nicht wert. Also stellte er das Glas stattdessen auf dem Kaminsims ab und fuhr sich mit beiden Händen durchs Haar. Ein Knurren entrang sich seiner Kehle. Mit welchem Recht hatte Helena ihn in so eine Lage manövriert? Mit welchem Recht spielte sie Gott, wo und wann immer es ihr beliebte? Elijah bohrte die Fingernägel in seine Handflächen. Ja, sie hatte Rechte – die Rechte einer adeligen, reichen Lady, der alles zur Verfügung stand. Und sogar zwei Eltern, die so vertrauensselig und großmütig waren, dass sie ihr erlaubt hatten, einen fremden Jungen ins Haus zu holen, den sie selbst noch nie gesehen hatten.

Das Schlimmste war jedoch weder Helenas Glück noch ihr Verhalten. Nein, das Schlimmste war, dass sie Elijah nie im

Leben als gleichrangig betrachten würde. Für sie war er nur Mittel zum Zweck. Selbst heute, nachdem *Elijah* alles in seiner Macht Stehende getan hatte, um zu beweisen, dass er der Gentleman werden konnte, zu dem sie ihn machen wollte, hatte sie nichts anderes getan, als *sich selbst* zu gratulieren. Sie hatte keinerlei Bewusstsein dafür, wie sehr er sein eigenes Ich von innen nach außen gekehrt hatte. Wie er sich bildlich betrachtet mit Salz und Essig abgescheuert hatte wie ein Stück Innereien, um allen Schmutz zu beseitigen. Nein, für Helena würde er immer dieses unreine Stück Fleisch bleiben.

»Oh, Sie sind ja noch da.«

Wenn man vom Teufel sprach. Elijah wirbelte herum, als Helena in einem burgunderroten Morgenmantel und dazu passenden Hauspantoffeln das Zimmer betrat. »Ich dachte, Sie lägen längst im Bett. Nachdem Sie aber schon mal hier sind – haben Sie vielleicht meinen Pompadour gesehen? Mein Notizheft liegt darin und ich wollte vor dem Zubettgehen noch einige meiner Anmerkungen durchgehen. Auf der Ausstellung war dieser österreichische Herzog, der faszinierende Teigtaschen mit Erdbeeren und Seetang gebacken hatte. Die würde ich gern mal ausprobieren. Ich denke zwar, dass ich ihn morgen erneut antreffen könnte, wenn er es unter die besten Zwanzig geschafft hat, doch –«

»Er liegt da drüben«, unterbrach Elijah sie und deutete zum Beistelltisch, auf dem sie ihr Champagnerglas abgestellt hatte.

Helena blinzelte. »Ah, tatsächlich!« Sie ging hinüber und holte ihr handtellergroßes Notizheft heraus. »Das wird uns bestimmt sehr zugutekommen, sobald wir wissen, wer Ihre morgigen Konkurrenten sind.«

Elijah biss die Zähne aufeinander, sagte allerdings nichts.

Helena ging zur Tür. »Bleiben Sie nicht mehr so lange auf. Sie wollen doch nicht zu müde sein, um auf die Prinzessin einen guten Eindruck zu machen.«

Heiße Wut durchflutete ihn. »Ich bin sehr wohl in der Lage, selbst zu entscheiden, wann ich schlafen gehe.«

Helena blieb wie angewurzelt stehen und starrte ihn an. »Das ist grundsätzlich sicher richtig. Sie haben aber auch noch nie an einem mehrtägigen Kochwettbewerb teilgenommen. Und um ehrlich zu sein, scheinen Sie nicht *immer* in der Lage zu sein zu entscheiden, was für Sie am besten ist.«

Elijah wich vom Kamin zurück und warf ihr einen eindringlichen Blick zu. »Und Sie schon?«

In gespielter Unschuld riss Helena die Augen auf. »Ich habe in den meisten Fällen recht behalten, oder nicht?«

Elijah fuhr sich mit einer Hand über den Nacken. »Also soll ich jetzt schön den Mund halten und zu Bett gehen? Ihre Marionette sein in diesem kindischen Spielchen, in dem es Ihnen nur darum geht, die Kronprinzessin, Mabel Pilkington und mich zu erniedrigen? Ja, wirklich lustig, toller Scherz.«

Helenas Miene wurde hart. »Elijah, Sie vergreifen sich im Ton. Ich glaube, Sie sind weit erschöpfter, als Ihnen bewusst ist. Sie sollten –«

»Ja, ich bin erschöpft. Dennoch kann ich zum allerersten Mal seit vielen Monaten ganz klar denken.« Er machte einen

Schritt auf sie zu. »Sie wollten mich in einen Gentleman verwandeln. Ich wollte keiner werden, aber Sie haben darauf bestanden. Und jetzt, nach dem heutigen Tag – nach *Ihrem* Triumph, wie Sie betonen –, bin ich tatsächlich ein Gentleman. Sie haben selbst gesagt, als solcher kann ich tun und lassen, was *ich* will. Und *ich*, Lady Helena, habe nicht die geringste Lust, irgendwelche alten Rechnungen für Sie zu begleichen oder Ihre Eitelkeit zu befriedigen oder sonst was in der Art zu tun, verdammt! Ich danke Ihnen für die Ausbildung, die Sie *und* Miss Pickering mir haben zuteilwerden lassen. Und ich danke Ihnen für die Möglichkeiten, die Sie mir eröffnet haben. Aber von diesem Augenblick an gehe ich nur noch meinen eigenen Weg.«

Helena verschlug es die Sprache. In den letzten Minuten hatte Elijahs Wut alles andere in seinem Kopf verschleiert, doch jetzt lastetet die Stille schwer im Raum. Dann schnaubte Helena plötzlich – und tat etwas, womit Elijah als Letztes gerechnet hatte. Sie lachte!

»Sie überraschen mich, Elijah! Um Königin Charlotte zu gefallen, werden Sie einen starken Charakter brauchen. Sie mag Leute, die ihre Meinung laut und deutlich kundtun. Ich weiß nicht genau, was die Prinzessin an einem Mann attraktiv findet … Wobei ich vielleicht diese aufgeblasene Mabel fragen –«

»Sie haben nicht zugehört.« Elijah bebte vor Zorn. »Ich kann die Prinzessin nicht heiraten«, sagte er und betonte dabei jedes Wort einzeln, in der Hoffnung, so zu Helena durchzudringen.

Diese richtete den Blick zur Decke. »Und wieso denken Sie das?«

Elijah holte tief Luft. Jetzt musste er ihr alles erzählen. Sonst würde sie niemals Ruhe geben. Er schüttelte den Kopf, dann sah er Helena direkt in die Augen. »Ich bin Jude.«

Helena blinzelte. »Wie bitte?«

»Sie haben mich sehr wohl verstanden.«

»Was soll das heißen, *Sie sind Jude*?«, wiederholte Helena dümmlich.

»Genau das. Ich bin Jude. Ein Mensch jüdischen Glaubens. Kein Christ. Oder wie auch immer Sie es formulieren möchten.« Elijahs Zorn wurde immer größer.

»Aber Sie …« Helenas Stimme brach ab. »Deswegen haben Sie das Schweinefleisch nicht probiert!« Kopfschüttelnd setzte sie sich in Bewegung, tigerte im Zimmer auf und ab und baute sich schließlich erneut vor Elijah auf. »Wieso haben Sie denn nie etwas gesagt?«

»Warum hätte ich das tun sollen?«, gab er zurück. »Außerdem wusste ich, dass das alles verändert hätte.«

»Ja, natürlich hätte es das! Sie hätten niemals … Ich hätte niemals …« Sie wandte sich ab.

»Was hätten Sie niemals?«, zischte Elijah. »Mich unterrichtet? Mich zu einem Gentleman gemacht? Nur weil ich Jude bin?«

Helena riss die Arme hoch. »Ganz bestimmt hätte ich Sie nicht in die Lage gebracht, eventuell die Prinzessin zu heiraten! Nicht einmal König George durfte Maria Fitzherbert rechtmäßig heiraten – und sie war nur katholisch. Nie im

Leben würde man Prinzessin Adelaide erlauben, einen Juden zu heiraten! Ich meine …« Helena starrte Elijah an. »Ich glaube, Sie werden in London nicht einmal ein Lokal eröffnen dürfen! Gibt's da nicht so ein Gesetz?«

Er schüttelte den Kopf. »Nein, das ist kein Gesetz. Die Händler selbst haben das Verbot aufgestellt, weil sie Vorurteile haben. Sonst gar nichts. Und es gibt Möglichkeiten, das Verbot zu umgehen –«

Helena schnaubte verächtlich. »Möglichkeiten, es zu umgehen? Ganz bestimmt beruhen diese Möglichkeiten auf Geld oder Einfluss. Und beides haben Sie nicht. Wie konnte jemand wie Sie bloß annehmen, dass – «

Elijahs ganzer Körper war zum Zerreißen angespannt. »Was meinen Sie mit ›jemand wie ich‹?« Er hatte Mühe, ruhig zu sprechen. Noch nie war er in solch einer Situation gewesen. Helena hatte genau so reagiert, wie er befürchtet hatte – nein, schlimmer. Doch jetzt reichte es ihm endgültig.

»Jemand wie Sie eben«, wiederholte Helena. »Sie wissen, was ich meine.«

Elijah ging mehrere Schritte auf sie zu, bis er direkt vor ihr stand. »Ja, ich weiß genau, was Sie meinen. Vom ersten Augenblick an haben Sie mich für wertlos gehalten. Und was ich Ihnen gerade über mich erzählt habe, bestätigt Sie sicherlich in Ihrem Vorurteil.«

Helena reckte das Kinn. »Wenn ich Sie für wertlos gehalten hätte, dann hätte ich wohl nicht mehrere Monate darauf verwendet, meine Kenntnisse mit ihnen zu teilen.«

Er schüttelte den Kopf. »Das haben Sie nur getan, damit

Sie mit Ihrem kostbaren Projekt punkten können. Tun Sie bloß nicht so, als wäre es Ihnen jemals um mich gegangen.«

Helena verschränkte die Arme vor der Brust. »Ich fasse es nicht, dass Sie jetzt auch noch die Unverfrorenheit besitzen, mir Vorwürfe zu machen. *Sie* haben mich von Anfang an belogen!«

Elijah lachte höhnisch. »Wie hätte ich denn anders handeln sollen? Schauen Sie doch nur, wie Sie gerade reagieren!«

»Ich habe Sie vertrauensvoll in mein Haus aufgenommen. Das Mindeste, was Sie hätten tun können, wäre gewesen, ehrlich zu mir zu sein –«

»Obwohl ich miterlebt habe, wie Sie Penelopes Rezepte ablehnen oder jedes Mal das Thema wechseln, sobald sie ihre Eltern erwähnt?« Elijahs Herz raste, doch nun musste er alles loswerden, was er zu sagen hatte. »Schon nach einer Woche bei Ihnen habe ich genau erkannt, dass Sie keinerlei Toleranz gegenüber Menschen hegen, die irgendwie anders sind als Sie. Penelope ist allein deswegen noch Ihre Freundin, weil sie in jedem Menschen nur das Gute sieht, auch in Ihnen. Dabei behandeln Sie ihre Herkunft – etwas, was sie zu einem großen Teil ausmacht – wie etwas, was man auf keinen Fall aussprechen darf. Sollten Sie noch den leisesten Zweifel daran haben, warum ich meinen Glauben geheim gehalten habe, kann ich Ihnen bloß sagen: *Sie* sind der Grund dafür.«

Elijahs Puls hämmerte in seinen Ohren, als er herumwirbelte und das Zimmer verließ. Zu wütend, um Helena noch ein weiteres Mal anzusehen.

16

Was wahre Freundschaft ausmacht

Penelope steckte die letzten losen Haarsträhnen im Dutt fest und betrachtete ihre Frisur im Spiegel. Bestimmt hätte ihr Helenas Ankleidemädchen Julie etwas Ausgefalleneres gezaubert. Doch auf ihren Reisen und während des Studiums an der Akademie hatte Penelope es sich angewöhnt, ihre Haare selbst zu frisieren. Zumal Julie sich garantiert längst um Helena kümmerte, nachdem Penelope heute länger geschlafen hatte als beabsichtigt, da die letzten Tage so anstrengend gewesen waren. Also hatte sie beschlossen, lieber nicht nach Julie zu klingeln.

Am Abend zuvor war Penelopes Verstand nicht mehr in der Lage gewesen, gegen die Müdigkeit anzukämpfen, und so war sie schnell in einen traumlosen Schlummer gesunken. Hoffentlich hatte Elijah genauso gut geschlafen wie sie selbst. Sie versuchte die Löckchen, die ihr Gesicht umrahmten, so zu richten, dass sie noch schmeichelhafter wirkten, gab schließlich allerdings entnervt auf. Wie sehr sie auch darauf gehofft hatte – der neue Tag hatte ihr im Hinblick auf ihre aufkeimenden Gefühle für Elijah keine Auswahl an Lösungen auf dem Silbertablett präsentiert. Penelope stand vom Frisiertisch auf und öffnete auf der Suche nach ihrer lavendelfarbenen Haube die Kommode.

Sie wollte schnell nach unten, um Elijah noch zu erwischen, bevor er zur Ausstellung aufbrach. Gestern hatte er nicht wie er selbst gewirkt und Penelope wollte ihm noch einmal Mut zusprechen. Außerdem sollte er wissen, dass er sich wegen Helenas Plänen keine Sorgen zu machen brauchte. Helena konnte – und *sollte* – ihn zu überhaupt nichts zwingen, was er nicht selbst wollte. Schon gar nicht zu einer unerwünschten Heirat. Und in Bezug auf ihre eigenen verstörenden Gefühle hatte Penelope beschlossen, sich nach Elijahs Verhalten zu richten. Etwas anderes fiel ihr derzeit ohnehin nicht ein.

Ein lauter Schrei zerschnitt die Stille. Penelope erschrak, raste zur Tür und riss sie auf.

»Was soll das heißen, ›Er ist weg‹?!«, gellte Helenas Stimme durchs Haus. »Penelopeeee!«

Sie trat auf den Flur hinaus und rief: »Was ist denn passiert?«

Mit in die Hüften gestemmten Händen stand Helena unten an der Treppe. Die schwarzen Locken fielen ihr in dichten Wellen über die Schultern und ganz offensichtlich war sie noch nicht komplett angekleidet. Julie stand hinter ihr und knöpfte ihr eilig das Kleid zu, während Pierce verlegen zur Seite blickte.

»Pen! Dieser undankbare Flegel ist verschwunden!«, rief Helena.

Penelope brauchte eine Sekunde, um zu begreifen. »Elijah?«

»Ja, natürlich *Elijah*. Dieser aufgeplusterte Schaumschläger mit Möchtegern-Ambitionen. Er hätte längst unten sein müssen, um die letzten Vorbereitungen für die Ausstellung zu treffen, doch Pierce sagt, er sei nirgendwo aufzufinden!« Sie riss die Arme hoch, sodass das Ankleidemädchen in ihrem Tun innehalten musste. »Beeil dich, Julie!«, schimpfte Helena.

Penelope spürte ihre eigene Geduld wie Butter in der Sonne schmelzen. Sie atmete tief durch. »Kann es nicht sein, dass er einfach etwas früher zur Ausstellung aufgebrochen ist? Er schien mir gestern Abend etwas besorgt.«

Helena schnaubte verächtlich. »*Besorgt* nennst du das? Dieser Halunke hat uns seit Monaten angelogen und hatte dann auch noch die Dreistigkeit, mir ins Gesicht zu schleudern –«

»Er hat dir also von seiner Religion erzählt?«, ging Penelope dazwischen. Helenas Verhalten erzürnte sie mit jeder Sekunde mehr.

Helena klappte vor Verblüffung der Mund auf und zu. »Du ... du hast davon gewusst?«

Penelope nickte, die Zähne fest aufeinandergebissen.

»Und *du* hast es ebenfalls vor mir verheimlicht?«

Penelope schob das Kinn vor. »Es stand mir nicht zu, es dir zu erzählen. Es war allein Elijahs Entscheidung, wann und wie er das tun möchte.«

»Aber wie konntest du zulassen, dass ich ihn weiter ausbilde – in dem Bewusstsein, wer er ist? Das hätte ich wirklich nicht von dir gedacht, Pen.« Helena schüttelte den Kopf.

»Dich hat es doch nie gekümmert, wer er ist. Einzig, wozu er imstande ist. Ich habe ihm immer wieder Fragen gestellt, ihn nach seiner Meinung gefragt. Auch Lady Rutland und Pierce haben ihm Fragen gestellt. Doch du – niemals.« Penelope verschränkte die Arme vor der Brust. »Bisher war es dir vollkommen gleichgültig, wer er ist. Und selbst jetzt kümmert es dich keinen Deut, wie er wirklich ist, was ihn zu *ihm* macht … Das Einzige, was dich interessiert, ist dein Plan. Wie sich sein Verhalten auf *dich* auswirkt. Oder willst du das etwa abstreiten?«

Helen kniff die grünen Augen zu. »Ich wollte, dass er so gut wird, wie er nur kann! Und beinahe hätte ich das auch erreicht!«

Penelope wurde das Herz ganz schwer vor Enttäuschung. »Es geht immer einzig und allein um dich, nicht wahr? Du kannst gar nicht anders. Dass *deine* Pläne ruiniert sind, dass *du* gestern triumphiert hast … Hast du je darüber nachgedacht, wie schwer die letzten Monate für ihn gewesen sein müssen? Dieser Druck, sich einen neuen Lebensstil anzueignen, immer mit der Angst im Hinterkopf, dass du herausfinden könntest, dass er Jude ist und du es dir dann vielleicht anders überlegst? Oder dass du genau so reagieren könntest, wie du es jetzt tust?« Sie lachte traurig. »Denkst du etwa, es sei das Einfachste auf der Welt, allen zu sagen, dass man anders ist? Da täuschst du dich, Helena. Meine Eltern leben nur deswegen im Ausland, um mich vor dem Gerede der Leute zu bewahren. Du hast nämlich nie miterlebt, wie wir behandelt wurden, wenn wir als Familie auftraten, oder wie das Verhalten der Leute mir gegenüber sich ändert, sobald sie von meiner Herkunft erfahren. Doch jetzt sage ich es dir: Es tut weh! Und es ist ungerecht. Und ich glaube, du hast nicht die leiseste Ahnung –«

»Ha! Das denkst du! Jetzt täuschst *du* dich aber gewaltig! Nimm zum Beispiel Mabel, zu der du immer so freundlich bist.« Helena schnaubte wieder. »Erst gestern hat sie Gerüchte über deine Eltern verbreitet. Dass dein Vater deine Mutter von einer primitiven Insel entführt hätte und solchen Schwachsinn. Und ich … *ich* habe ihr gesagt, dass das alles dumme Lügen sind. Wer weiß, wem sie das Ganze noch erzählt hat. Ich werde Lady Rutland mitteilen, dass Mabel und Dora Smith-Smythe solche Gerüchte verbreiten. Ich werde nicht zulassen, dass diese grässlichen Dummschwätzerinnen dich wie eine Aussätzige behandeln –«

»Augenblick mal!«, unterbrach Penelope sie. »Hast du ihr gesagt, dass meine Mutter von den Philippinen stammt?«

Helena schüttelte energisch den Kopf. »Natürlich nicht! Ich habe die komplette Geschichte abgestritten. Ich lasse doch nicht zu, dass Mabel Pilkington und ihresgleichen deinen sozialen Status ruinieren, bevor du die Gelegenheit hattest, deinen Abschluss zu machen.«

Penelope atmete ein paarmal tief durch und sah Helena durchdringend an. »Wieso hast du ihr nicht die Wahrheit gesagt? *Ich* habe meine Herkunft noch nie verleugnet. Und dich habe ich auch nicht gebeten, das zu tun. Man kann eine Lüge nicht mit einer anderen Lüge bekämpfen. Nur mit der Wahrheit. Und die Wahrheit ist, dass meine Eltern einander lieben – und mich.«

Helena fuchtelte mit den Armen durch die Luft. »Dennoch ändern viele ihr Verhalten, sobald sie es wissen!«

»Ja! Genau! Und für Elijah gilt das genauso, verstehst du das denn nicht?«

Helena erstarrte und kniff die Lippen zu einem dünnen Strich zusammen. Dann schüttelte sie langsam den Kopf. »Ich habe doch nur an deinen Ruf gedacht –«

»Weißt du, was ich viel eher glaube, Helena?« Penelope hatte endgültig genug von den halbgaren Ausflüchten ihrer Freundin. »Ich glaube, du hattest viel eher Sorge, dass Mabel und ihresgleichen *dich* anders behandeln könnten, wenn sie über die Abstammung deiner einzigen Freundin Bescheid wüssten. Ich glaube, du bist nicht wütend auf Elijah, weil er dir nichts von seiner Religion *gesagt* hat, sondern weil er Jude *ist*. Wir haben doch beide mitbekommen, was du über die jungen Straßenverkäufer außerhalb Londons gesagt hast. Und das hat Elijah nicht wenig gekränkt, das kann ich dir versichern.«

Helena schüttelte wieder den Kopf. »Ich kann mich überhaupt nicht mehr erinnern, was ich gesagt habe. Was auch immer es war, ich habe es garantiert nicht beleidigend oder verletzend gemeint.«

»Ja, das habe ich Elijah damals auch gesagt. Das erkläre ich anderen immer, wenn ich dich verteidige. Dass du es niemals böse oder beleidigend *meinst*. Aber die schreckliche Wahrheit ist: Auch wenn du es nicht absichtlich tust – du tust es. Du beleidigst Menschen. Und gleichgültig, wie du das zu rechtfertigen versuchst, es ist und bleibt falsch. Was du über Juden gesagt hast, war nicht nur eine ungeheuerliche Verallgemeinerung, sondern auch sehr grausam.«

»Woher hätte ich denn wissen sollen, dass Elijah –«

»Es ist vollkommen egal, ob du es wusstest oder nicht. Deinem heutigen Verhalten nach zu urteilen, muss ich davon ausgehen, dass du das Gesagte oder Angedeutete zumindest teilweise wirklich *glaubst*. Es war dumm von mir, es mir nicht einzugestehen. Denn eigentlich sagst du doch *immer*, was du denkst. Es war also meine Schuld. Ich habe von Anfang an zugelassen, dass du Elijah kleinmachst.« Sie deutete auf Pierce. »Wir haben es alle zugelassen, wenn man es genau nimmt. Und ich habe nichts gesagt, weil …« Sie schüttelte beschämt den Kopf. »Ich weiß eigentlich gar nicht, warum ich nichts gesagt habe. Außer vielleicht, weil ich mir eingeredet habe, du tätest das Ganze zu einem größeren Zweck. Um das Leben eines Menschen zu verbessern, in der Hoffnung, dass dies in Zukunft auch anderen helfen würde.« Sie atmete tief durch, um sich zu beruhigen.

»Doch da habe ich mich wohl geirrt. Du tust alles nur um deiner selbst willen. Und du kannst gern weiter hier herumstehen und den ganzen Vormittag über Elijah schimpfen – obwohl ich ihn noch nie auch nur einen Moment lang als undankbar empfunden habe –, aber ich werde sicher nicht bleiben und dir dabei zuhören.« Penelope sah in die Runde, fing Helenas finsteren Blick auf, Julies aufgerissene Augen und Pierces Unbehagen. Dann wandte sie sich ab und ging durch den Flur auf Elijahs Zimmer zu.

Was der Butler oder irgendwer anderes davon hielt, dass sie nun diesen Raum betrat und die Tür hinter sich zumachte, war ihr herzlich egal. Sie schüttelte ihre Arme aus. Sie konnte sich nicht daran erinnern, seit ihrer Kindheit jemals so wütend auf jemanden gewesen zu sein, schon gar nicht auf Helena. Bereits früher war Penelope heiter und vertrauensselig gewesen und hatte sich an der Aufmerksamkeit ihrer Eltern erfreut. Auf ihren zahlreichen Reisen hatte sie jedoch die Erfahrung gemacht, dass es überall und unabhängig von Hautfarbe oder Religion solche und solche Menschen gab. Solche, die friedlich zusammenlebten, und solche, die das nicht konnten. Die Welt war nie so gerecht, wie sie sein sollte. Dennoch hatte Penelope immer nach Kräften versucht, Schwarz-Weiß-Denken und extreme Verhaltensweisen zu meiden. Normalerweise betrachtete sie sich selbst als Frau mit nüchternem Sachverstand und war stets gewillt, im Zweifel das Beste in jedem Menschen zu sehen. Helena hatte nun allerdings jede nur erdenkliche Toleranzgrenze überschritten.

Genau wie Elijah es vorhergesehen hatte. Das ungute Gefühl, dass sie den Charakter ihrer besten Freundin so falsch eingeschätzt und damit dazu beigetragen hatte, dass diese Elijah derart schlecht behandelt hatte, nagte an Penelopes Gewissen. Sie hätte unbedingt mehr dagegenhalten, mehr dagegen *tun* sollen. Und jetzt war es möglicherweise zu spät.

Penelope ließ den Blick durch das aufgeräumte Gästezimmer schweifen. Von Elijahs Besitztümern war keine Spur mehr zu sehen. Sie öffnete den Schrank – nur die Hälfte seiner neuen Garderobe war noch da. Penelope fuhr über eines der weißen Baumwollhemden. Kurzentschlossen machte sie den Schrank wieder zu und trat ans Fenster, das auf den Cavendish Square und den mittig gelegenen, runden grünen Park hinausschaute.

Was musste Elijah sich wohl gedacht haben, wenn er jeden Morgen mit dieser Aussicht vor Augen aufwachte? Wie anders musste das gewesen sein, verglichen mit der Gegend, in der er aufgewachsen war? Penelope seufzte und wünschte sich, sie hätte ihn öfter danach gefragt. Aber meistens hatten sie unter Helenas Beobachtung gestanden, oder in Sichtweite der Bediensteten. Und Penelope hatte immer darauf geachtet, ihn auf nichts anzusprechen, was er vor den anderen möglicherweise geheim halten wollte.

Sie wandte sich vom Fenster ab und ihr Blick fiel auf einige Bücher und handbeschriebene Blätter, die auf dem kleinen Schreibtisch lagen. Bei den meisten handelte es sich um Geschichtsbücher oder Kochbücher aus der Bibliothek. Daneben lag jedoch auch ein dünnes Papierbündel, das gefaltet und mit einem Tropfen Wachs versiegelt war. Auf der Rückseite stand in Elijahs ordentlicher Handschrift *Miss Penelope Pickering*. Sie setzte sich an den Tisch, brach das Siegel auf und begann zu lesen.

Cavendish Square Nr. 9

3. Juni 1833

Liebe Penelope,
bitte verzeih mir, dass ich das Haus verlasse, ohne mich zu verab-
schieden. Aber was gestern passiert ist, hat mich zu dem Schluss
gebracht, dass es besser wäre, schon ganz früh aufzubrechen. Lady
Helena wird Dir inzwischen sicher gesagt haben, dass ich ihr von
meiner Religion erzählt habe. Wie vermutet, hat sie es nicht gut
aufgenommen. Ich weiß nicht, ob sie sich entscheidet, es für sich
zu behalten oder nach außen zu tragen. So oder so, ich habe be-
schlossen, heute trotzdem auf der Ausstellung anzutreten.

Erleichtert seufzte Penelope auf. Wenigstens wusste sie jetzt,
wo er war. Den nächsten Satz in dem Brief hatte er mehrmals durchgestrichen, doch als sie ihn genauer in Augenschein nahm, konnte sie das meiste davon entziffern.

~~obwohl ich dies nur um meinetwillen tue~~

Schlau wurde Penelope daraus nicht. Was wollte er ihr damit sagen und warum hatte er es dann wieder durchgestrichen? Sie las weiter.

Auch wenn Lady Helena das anders sieht – ich hege keinerlei
Absicht, die Prinzessin zu heiraten. Trotzdem werde ich heute so
gut kochen, wie ich nur kann. Das bin ich Dir – und mir selbst –
schuldig. Ohne Dich wäre ich niemals so weit gekommen. Was ich

Dir auch bereits gesagt habe, weil es wahr ist. Und ich weiß auch, dass Du viel Zeit für mich geopfert hast, die Du für Dein Projekt hättest aufwenden sollen. Aber Du wolltest mir helfen. Ich möchte noch einmal betonen, wie dankbar ich Dir dafür bin, und ich hoffe, dass ich jetzt endlich anfangen kann, mich dafür erkenntlich zu zeigen.

Vor Kurzem habe ich nach monatelanger Wartezeit einen Brief von meinem Onkel mit den langersehnten Rezepten erhalten. Er hat sie auf seinen derzeitigen Reisen durch Amerika und die Westindischen Inseln gesammelt. Ich hoffe, sie können Deinem Projekt zumindest ein bisschen zugutekommen. Ebenso hoffe ich, dass ich Dein Abschlussprojekt nach Fertigstellung lesen darf. Und dass meine Abwesenheit es Dir nun ermöglichen wird, Dich stärker auf Deine Arbeit zu konzentrieren und die Royale Akademie mit den höchsten Ehren abzuschließen, die Du rechtmäßig verdienst. Ich weiß, ein Gentleman sollte eine Lady nie in Verlegenheit bringen. Dennoch muss ich Folgendes schreiben: Trotz der Schufterei, trotz des Schlafmangels und der vielen Hindernisse der letzten Monate, und trotz dieser letzten (vermutlich unausweichlichen) Auseinandersetzung mit Lady Helena würde ich all das immer wieder tun. Das Privileg, mit Dir befreundet zu sein, würde ich gegen nichts auf der Welt eintauschen wollen. Solltest Du jemals etwas brauchen, was auch immer es ist, zögere bitte nicht, Dich an mich zu wenden.

Der Deine
Elijah

Penelopes Blick blieb an den letzten Worten und Elijahs Unterschrift hängen. Sie beide, Helena und Penelope, hatten ihn bei der Ausbildung monatelang durch die Hölle gescheucht und dennoch würde er es genauso wieder machen. Um *ihrer* Freundschaft willen. Penelope fuhr sich mit der Zungenspitze über die Lippen. Ihre Kehle war wie ausgetrocknet.

Dann blätterte sie die Rezepte durch, die Elijah seinem Brief beigelegt hatte. Von Tostadas über gegrillten Fisch bis hin zu einer erstaunlichen Vielfalt an Gerichten mit geröstetem Ziegenfleisch – Elijahs Onkel hatte in Mexiko, Mittelamerika und Brasilien unglaublich viel zusammengetragen. Die Rezepte waren allesamt in Elijahs Handschrift notiert und er hatte sogar noch seine eigenen Notizen zu Empanadas aus verschiedenen Ländern hinzugefügt.

Penelope fuhr mit den Fingerspitzen über das letzte Blatt. *Salvadorianische Empanadas.* Wann hatte er nur die Zeit gefunden, all diese Rezepte für sie abzuschreiben? Er hatte doch in den vergangenen Wochen wegen der Vorbereitungen auf die Ausstellung ohnehin kaum eine freie Minute gehabt.

Währenddessen hatte sie zugelassen, dass Helena ihn wie ein Experiment behandelte statt wie einen Menschen. Natürlich hatte Penelope andere Unterrichtsmethoden angewendet, um einen Ausgleich zu schaffen, als sie gesehen hatte, dass Helena ihm nicht das nötige Verständnis entgegenbringen konnte. Aber eines war Penelope erst an diesem Morgen klargeworden: Indem sie einen Teil von Elijahs Ausbildung selbst übernommen hatte, hatte sie Helena in dem

Glauben bestärkt, dass ihre Methoden richtig waren. Dass es in Ordnung war, ihn wie ein aufsässiges Kleinkind zu behandeln und nicht wie einen gleichaltrigen jungen Mann, der nur den Nachteil besaß, nicht mit denselben Privilegien geboren worden zu sein wie sie.

Statt Elijah zu helfen, hatte sie ihm dadurch in Wahrheit eher geschadet. Dennoch hatte er nichts anderes im Sinn, als sich bei ihr zu bedanken. In Penelopes Magen krampfte sich alles zusammen. Elijah hatte so viel Besseres verdient! Er war einer der begabtesten Köche, die Penelope je begegnet waren, und ihm stand große Anerkennung zu. Und dazu eine echte kulinarische Ausbildung. Nicht nur diese Möchtegern-Lehre durch zwei Mädchen, die sich einbildeten, alles zu können, obwohl sie noch keine fertig ausgebildeten Kulinarikerinnen waren. Penelope kannte ja anscheinend nicht einmal ihre beste Freundin! Nie im Leben hätte sie gedacht, dass Helena so voreingenommen auf Elijahs Offenbarung reagieren würde – ja, *voreingenommen* war das richtige Wort, so ungern Penelope das auch zugab. Dass sie Penelopes Herkunft leugnen würde, hätte Penelope ihr ebenfalls nicht zugetraut. Doch all das hatte sie getan. Und das sprach Bände über sie. Penelope faltete den Brief und die Rezepte zusammen. Sie musste sich unbedingt bei Elijah entschuldigen.

Sie warf einen Blick auf die Uhr über dem Kamin. Wenn sie sofort aufbrach, könnte sie vielleicht noch rechtzeitig nach Hampton Court kommen, bevor Elijah mit dem Kochen begann.

17

Ein täuschend echter Gentleman

Eilig durchquerte Penelope den Garten vor Hampton Court zum Hintereingang des Palastes, wo Elijah und seine Mitstreiter sich treffen sollten. Ein Boot anzuheuern, das sie die Themse hinunterfuhr, hatte wesentlich länger gedauert als erwartet. Deshalb hatte sie jetzt nur wenig Hoffnung, Elijah noch abzufangen, bevor er in die Palastküche verschwand. Trotzdem lief sie Richtung Hintereingang und schaute sich dabei nach allen Seiten um, ob er sich nicht doch noch unter den herumwandernden Teilnehmern und Ausstellern befand. Dabei ignorierte sie alle Düfte und Geräusche, die an ihre Nase und Ohren drangen.

Schließlich fiel ihr Blick auf eine kleine Gruppe, die vor der Palasttür wartete. Penelope schob sich mitten hindurch, aber Elijah war nirgendwo zu sehen.

»Bitte um Entschuldigung«, wandte sie sich an eine großgewachsene Dame mit olivfarbenem Teint, die eine bunt bestickte Schürze trug. Unter normalen Umständen hätte Penelope wohl nach der Herkunft des wunderschönen Kleidungsstücks gefragt und sich erkundigt, wie sie vielleicht selbst eins erwerben könnte. Aber heute überlagerte die Sorge um Elijah alles andere. »Könnten Sie mir bitte sagen, für welche Uhrzeit Ihr Kocheinsatz geplant ist?«

»Elf Uhr«, antwortete die Frau.

Penelope verzog das Gesicht. Elijahs Zeitfenster begann um zehn – das hieß, er musste wie befürchtet längst im Palast sein.

»Und Ihrer?«, fragte die Dame zurück.

Penelope schüttelte den Kopf. »Oh, ich nehme nicht selbst teil. Ein Freund von mir muss gerade hineingegangen sein. Ich hatte gehofft, ihn noch abfangen zu können.«

Die Frau zog eine Augenbraue hoch, sagte jedoch nichts mehr.

Penelope fragte sich flüchtig, was das wohl zu bedeuten hatte, beschloss allerdings gleich darauf, dass es sie nicht kümmerte. Es war völlig in Ordnung, auch männliche Freunde zu haben.

Plötzlich ging die Palasttür auf und Mabel erschien auf der Schwelle, ein Stück Papier und einen Stift in der Hand. »Guten Morgen!«, sagte sie. »Ich möchte jetzt die Bewerberinnen und Bewerber aufnehmen, die für elf und zwölf Uhr terminiert sind. Bitte nennen Sie mir Ihren Namen und … oh, hallo, Penelope«, sagte sie, als sie ihr Winken bemerkte. »Tut mir leid, ich fürchte, hier dürfen sich nur diejenigen aufhalten, die am Wettbewerb teilnehmen.«

»Ja, ich weiß, Mabel. Ich war bloß auf der Suche nach El-Mr Little. Ist er schon hineingegangen?«

Mabel legte den Kopf schief. »Ja, ist er. Er befindet sich in der Vorbereitungsphase, genau wie alle anderen Teilnehmer der Zehn-Uhr-Runde.«

Penelope biss sich auf die Unterlippe. »Sehr gut. Dann sehen wir uns sicher später, Mabel. Viel Glück Ihnen allen!« Sie warf den Umstehenden einen entschuldigenden Blick zu und wandte sich ab.

»Penelope!«, hielt Mabel sie zurück. »Es gibt für ausgesuchte Besucher die Möglichkeit, der Verkostung von der Sängerempore aus zuzusehen. Wenn du möchtest, könnte ich Lady Rutland fragen, ob du zugelassen wirst.« Mabel zog die Augenbrauen fragend in die Höhe.

Penelope zögerte. Wäre sie Mabel verpflichtet, ihr auch einen Gefallen zu tun, sollte sie Ja sagen? Normalerweise hätte das Penelope kein Kopfzerbrechen bereitet. Doch wenn Mabel wirklich hässliche Gerüchte über ihre Eltern in die Welt gesetzt hatte – man konnte über Helena sagen, was man wollte, aber in dieser Hinsicht hatte sie bestimmt nicht gelogen –, dann war Penelope nicht darauf erpicht, solch einer Person etwas zu schulden. Andererseits hatte sie Mabel bisher nie als berechnend erlebt. Töricht, ja, und eine ziemliche Klatschbase. Aber nicht hinterhältig. Vielleicht wollte Mabel mit diesem Angebot auch nur beweisen, wie nahe sie Lady Rutland und dem Palast stand? Falls es so war, gäbe es keinen Grund, warum Penelope aus dieser Selbstgefälligkeit keinen Vorteil schlagen sollte.

»Vielen Dank, Mabel. Das fände ich wirklich sehr schön«, sagte Penelope lächelnd.

Mabel zupfte mit einem zufriedenen Schmunzeln an ihren Handschuhen. »Warte bitte kurz, ich muss nur noch die Namen der Teilnehmer notieren.«

Penelope nickte und sah zu, wie Mabel alle Namen abfragte und die Anwesenheit mit einem Haken dahinter bestätigte. »Sie können eine Viertelstunde vor Ihrem Termin wiederkommen, dann begleite ich Sie in die Küche. Bis dahin dürfen Sie sich nach Belieben auf der Ausstellung umsehen.« Murmelnd gingen die Versammelten ihrer Wege und Mabel bedeutete Penelope, ihr in den Palast zu folgen.

Gemeinsam betraten sie eine vertäfelte Empfangshalle. Penelope, die noch nie im Inneren des Hampton Court gewesen war, hatte das Gefühl, in die Fußstapfen der Tudors zu treten. Sie konnte sich glücklich schätzen, in einer Zeit zu leben, in der Frauen nicht mehr nur als Spielzeug für Männer galten. Dann wanderten ihre Gedanken wieder zu Elijah. Zu der Zeit, als Hampton Court erbaut worden war, waren Menschen seines Glaubens in England nicht einmal geduldet worden. Die Gesellschaft hatte sich seit dem sechzehnten Jahrhundert stark zum Guten verändert – wenn auch ganz eindeutig noch nicht genug. Wofür Helenas Verhalten einen traurigen Beweis lieferte.

»Ich wusste, dass Prinzessin Adelaide Mr Littles kleines Gericht von gestern schmecken würde«, sagte Mabel und drehte sich halb zu Penelope um, damit sie deren Reaktion auffangen konnte.

»Ja, da hattest du offenbar recht«, erwiderte Penelope, immer noch in Gedanken versunken.

Mabel hielt inne, als erwarte sie, dass Penelope noch mehr sagen würde. »Er ist ein beeindruckender junger Mann, findest du nicht auch?«

Das machte Penelope nun doch stutzig. Solche Fangfragen erkannte sie auf Anhieb. Sie überlegte, was sie darauf am besten antworten sollte. »Sein Eifer ist in der Tat bewundernswert.«

Das würde Mabels Neugierde sicher nicht befriedigen, das war Penelope durchaus bewusst. Dennoch war sie überrascht, als Mabel das Thema ohne Umschweife wieder aufgriff.

»Kennst du ihn schon lange?«

Zum Glück hatten sie und Helena die Antworten auf solche Fragen lange eingeübt, nur für alle Fälle.

»Das muss irgendwann letzten Winter gewesen sein. Helena und ich waren gerade bei Smithfield, um Verjus-Saft zu kaufen. Wir waren beide so davon fasziniert, dass ein junger Mann sich ebenfalls dafür interessierte, dass wir ihn in eine Konversation verwickelten. Auf der Kulinarikausstellung haben wir ihn dann wiedergesehen.«

»Ah! Was für ein glücklicher Zufall«, sagte Mabel.

»Ach, wie du weißt, ist die Welt der Kulinarik im Grunde immer noch ein Dorf.« Penelope konnte nur hoffen, dass sie überzeugend klang – eine geborene Schauspielerin war sie eindeutig nicht.

»Ja, das stimmt«, sagte Mabel. »Doch einen jungen Mann von feiner Abstammung und gutem Stand zu finden, der auch noch über einen hervorragenden Gaumen und kulinarische Fähigkeiten verfügt, ist in etwa so, als würde man versuchen, in einem Sack Mehl einen Sesamsamen auszumachen.«

»Gut möglich«, erwiderte Penelope und fragte sich, worauf Mabel hinauswollte. Hatte sie womöglich von Elijahs Herkunft erfahren?

Nun wandte Mabel sich ihr ganz zu. »Jedenfalls sagt das Prinzessin Adelaide sehr häufig.«

Penelope blinzelte. »Tatsächlich?«

Mabel nickte mit geschlossenen Augen, als wäre sie im Begriff, ihr ein großes Geheimnis zu verraten. »Oh ja.«

»Für jemanden in ihrer Position wird es sicherlich noch viel schwieriger sein«, wagte Penelope sich vor.

»Und ob. Genau deswegen hatte ich überlegt … Könntest du mir vielleicht sagen, ob du denkst, dass Mr Little über all diese Qualitäten verfügt? Ich meine, würdest du …«, sie zuckte flüchtig mit den Schultern, »… würdest du dich für ihn verbürgen?«

Penelope biss sich auf die Innenseite ihrer Wangen. Mabel fragte sie also über Elijah aus, um für die Prinzessin Informationen zu sammeln. Zwar hatte Adelaide Elijah noch nicht persönlich kennengelernt, aber anscheinend schien er Mabel gestern so beeindruckt zu haben, dass sie beschlossen hatte, sich im Namen der Prinzessin nach ihm zu erkundigen. Natürlich konnte Penelope nicht abschätzen, ob Mabel noch vor der Verkostung Gelegenheit haben würde, mit der Prinzessin zu sprechen. Dennoch wusste sie: Egal, wie die Lage war, auf Mabels Frage konnte es nur eine einzige Antwort geben.

Sie sah Mabel in die Augen. »Natürlich kann ich mich für ihn verbürgen. Mr Little hat alles, was ein Gentleman-Koch haben sollte.« Und tief im Herzen wusste sie, dass das die Wahrheit war.

Von ihrem Platz hinter einem langen Holztisch erklärte Lady Rutland Elijah und seinen zwei Mitstreitern die Regeln des heutigen Wettbewerbs. Währenddessen konzentrierte er sich darauf, seine Hemdsärmel bis zu den Ellbogen hochzukrempeln. Die königliche Küche von Hampton Court war so überwältigend und blitzsauber, dass er Mühe hatte, sich nicht ständig mit aufgerissenen Augen umzuschauen.

Nach ihrer Thronübernahme hatte Königin Charlotte sich von ihrem wahnsinnigen Großvater George III und ihrem höchst unbeliebten Vater distanziert, indem sie neue Traditionen einführte. Die waren zwar innovativ, bezogen sich aber auch auf die historische Vergangenheit. Und obwohl Hampton Court zu Zeiten von Königin Charlottes Urgroßvater als royale Residenz bedeutungslos geworden war, hatte sie dem Palast nun als Sommerresidenz zu neuem Glanz verholfen. Teil dieser Bemühungen war auch die Royale Kulinarikausstellung. Für deren Ausführung hatte die Königin schon bald den alten Tudor-Küchentrakt renovieren und in eine moderne Küche verwandeln lassen, die selbst die Große Küche ihres Vaters im Royalen Pavillon von Brighton in den Schatten stellte.

Die neue Königliche Küche von Hampton Court verfügte über alle nur denkbaren Errungenschaften, etwa eine hochmoderne Entlüftungsanlage, hohe Fenster, die viel Licht hereinließen, und eine Decke, die mit bemaltem, aus Kupfer geformtem Gemüse verziert war. Außerdem gab es eine unbegrenzte Zuleitung von Wasser und die neueste Dampfheizungstechnik bis hin zu einem riesigen Kamin, in dem sich mehrere Bratspieße automatisch drehten. Dazu stand hier der größte Herd, den Elijah jemals gesehen hatte – dieser allein nahm eine gesamte Wand ein.

Doch hätte Elijah zu viel darüber nachgedacht, wie er hierhergelangt war, an diesen unglaublichen Ort, an dem er nun kochen sollte – wovon er nie gewagt hätte zu träumen –, dann wäre er womöglich derart eingeschüchtert gewesen, dass er auf der Stelle geflohen wäre. Also richtete er seine Gedanken stattdessen lieber auf Penelope. Auf die vielen Stunden, in denen sie ihn unterrichtet hatte, statt sich ihrem eigenen Projekt zu widmen. Auf das kleine Grübchen, das neben ihrem Mundwinkel auftauchte, wenn sie fröhlich war. Auf die Frage, ob sie seinen Brief inzwischen gelesen hatte und was sie von ihm hielt. Der letzte Gedanke beschäftigte ihn so sehr, dass seine Kehle ganz trocken wurde, daher schüttelte er ihn ab und wandte seine Aufmerksamkeit Lady Rutland zu.

»Wie Sie alle wissen, besteht Ihre heutige Aufgabe darin, ein Gericht zu kreieren, das einer Königin würdig ist«, erklärte Lady Rutland. »Und zwar unter Verwendung des Tagesfangs. Königin Charlotte wird die Verkostung heute natürlich selbst vornehmen. Prinzessin Adelaide und meine Wenigkeit sind die beiden anderen Preisrichterinnen.« Sie deutete auf eine Auswahl frischer Fische, Mies- und Herzmuscheln, Austern, Hummer und Langusten, die auf dem Tisch vor ihr auf einem Bett aus zerstoßenem Eis ausgelegt waren. »Sie können alles verwenden, was Sie hier sehen, und außerdem jede Zutat, die in der Vorratskammer zu finden ist.« Sie zeigte auf einen großen, hell erleuchteten Raum links von Elijah. Aus seinem Blickwinkel wirkte er mindestens so gut bestückt wie der Vorratsraum am Cavendish Square, wenn nicht sogar besser. Wobei Elijah auch nichts anderes erwartet hatte. Trotzdem war die Vorstellung, dass ihm heute die gesamte Hülle und Fülle dessen zur Verfügung stand, wovon sich auch das Königshaus bediente, schier überwältigend.

»Sie haben eine Viertelstunde Zeit für die Planung und das Festlegen der benötigten Zutaten. Für die Zubereitung und das Anrichten Ihres Gerichts steht Ihnen dann eine Dreiviertelstunde zur Verfügung. Nach Ablauf der Stunde haben Sie noch einige Minuten, um sich zu sammeln, bevor Sie von einem Bediensteten in die Große Halle begleitet werden, wo Sie der Jury sich und Ihr Gericht präsentieren. Ob Sie eine einzige große Platte anrichten, die Sie bei der Präsentation selbst in drei Portionen einteilen oder gleich drei separate Teller mit gleich großen Portionen, bleibt Ihnen überlassen. Da Sie hintereinander antreten werden, ziehen Sie nun bitte eine Marke, um die Reihenfolge festzulegen.«

Lady Rutland streckte beide Hände aus, in denen ein kleiner Beutel aus blauem Samt lag. Elijah warf seinen Mitbewerbern einen Seitenblick zu, dann trat er vor.

Er und ein weiterer männlicher Teilnehmer aus seiner Zeitgruppe – ein Adeliger aus dem Großherzogtum Toskana, der etwa Ende Zwanzig sein musste – verbeugten sich gleichzeitig, um zu zeigen, dass Sie der weiblichen Mitbewerberin den Vortritt lassen wollten. Bei ihrer Vorstellung hatte die Dame – eine leicht untersetzte Frau, deren Haar zu ergrauen begann – erzählt, dass sie aus Wales stammte. Was darauf schließen ließ, dass sie entweder Kulinarikerin oder Amateurköchin war. *Ihrem Alter nach zu urteilen eher Letzteres*, dachte Elijah. Und seine Vermutung wurde dadurch bestätigt, als diese eine kleine Holzmarke aus dem Beutel fischte und Lady Rutlands Verhalten dabei in keinster Weise darauf hindeutete, dass sie die Dame kannte.

Der Mann aus der Toskana folgte ihrem Beispiel, nachdem er sich vor Lady Rutland kurz verbeugt hatte. Lächelnd sah er auf die Marke in seiner Hand.

Elijah nickte Lady Rutland zu und holte die letzte Marke aus dem Beutel. Ein winziges Lächeln zupfte an den Mundwinkeln der Schulleiterin, aber sie sagte nichts.

Die Oberseite der Marke war unbeschriftet, doch als Elijah sie umdrehte, prangte eine große 3 darauf. Elijah atmete tief durch. Er hatte gehofft, als Zweites ins Rennen zu gehen. Dennoch war der dritte Startplatz zumindest besser als der erste.

»Wer hat die Eins?«, fragte Lady Rutland.

Der toskanische Adelige hob seine Marke.

Lady Rutland nickte. »Und die Zwei?«

Die Waliserin hielt ihre Marke hoch.

»Dann geht Mr Little als Dritter ins Rennen«, schloss Lady Rutland mit einem Blick zu ihm.

Er nickte.

»Wunderbar«, sagte Lady Rutland. »Ihre Viertelstunde zum Planen und Aussuchen der Zutaten startet jetzt. Conte di Fratini«, wandte sie sich an den toskanischen Grafen. »Ich gebe Ihnen Bescheid, sobald Sie mit dem Kochen beginnen können. Nun dürfen Sie sich erst einmal alle den Fisch aussuchen.«

Die drei Bewerber näherten sich dem Tisch. Der Conte nahm sich augenblicklich so viele Venusmuscheln vom Eis, wie er tragen konnte, und dazu zwei Tintenfische. Elijah hatte ein Auge auf den Wolfsbarsch geworfen und griff danach, wobei er sorgfältig darauf achtete, sich nicht an der scharfen Rückenflosse zu verletzen. Er sandte einen stummen Dank an die Person, die die Fische im Vorfeld gesäubert und ausgenommen hatte. Diese Arbeit hätte ihm sonst nämlich einen gehörigen Anteil seiner knappen Zeit geraubt. Die Dame aus Wales griff sich zwei Flundern und einige Herzmuscheln. Elijah plante den Fisch entweder anzubraten oder anzudünsten und dazu vielleicht eine Ceviche zuzubereiten, falls die richtigen Zutaten dafür in der Vorratskammer zu finden waren. Also entschied er, auch ein paar Austern vom Tisch zu nehmen und alles zu seinem Kochplatz zu bringen, bevor er sich in den Vorratsraum begab. Selbst wenn seine Mitbewerber alle anderen Fische und Meeresfrüchte allein verbrauchen würden – was Elijah stark bezweifelte –, wäre der Wolfsbarsch groß genug, um drei ordentliche Portionen daraus zu zaubern. Selbst bei den vielen verschiedenen Ideen, die ihm dazu durch den Kopf wirbelten.

Der Vorratsraum war tatsächlich größer als der am Cavendish Square. Und nahm bestimmt die doppelte Fläche des Zimmers seines Onkels in der Old Fish Street ein. Elijah holte tief Luft und konzentrierte sich auf die Aufgabe, die vor ihm lag. In den Wandregalen standen Körbe mit Obst und Gemüse, dazu Mehlsäcke, Beutel mit Salz und Zucker sowie vielerlei Gewürzgläschen. Von allem gab es jeweils drei Exemplare. Frische Kräuter ragten aus kleinen Wasserkrügen, getrocknete hingen in Bündeln von der Decke herunter.

Zunächst suchte Elijah nach Zitrusfrüchten, Zwiebeln und Chilipfefferschoten als Basis für seine Ceviche. Zu seiner Erleichterung fand er nicht nur Zitronen, sondern auch Orangen aus Sevilla und persische Limetten, von denen er jeweils mehrere einsteckte. Zwiebeln gab es wie erwartet im Überfluss, sodass Elijah sich ein paar rote sowie eine trockene Knoblauchknolle nahm. Der Vorrat an Chilis war schon spärlicher, aber immerhin gab es mehrere Sorten zur Auswahl. Elijah zog aus jedem Bündel eine Schote heraus, um später ihren Schärfegrad zu prüfen. Überraschenderweise entdeckte er auch ein Bündel Kochbananen, braune Kokosnüsse sowie eine Ananas, die er hastig mitnahm. Allerdings nicht, ohne sich zu fragen, ob jeder der drei Bewerber eine Frucht für sich bekommen würde oder ob er sich damit die einzige unter den Nagel gerissen hatte. Zum Schluss sammelte er noch verschiedene Kräuter, ein paar Tomaten mit dünner Schale und ein Glas Senfsamen ein. Dann ging er zu seinem Arbeitstisch und stellte alles darauf ab.

»Sie haben noch sieben Minuten, um sich das Gewünschte vom Fischtisch sowie aus der Vorratskammer zu holen«, verkündete Lady Rutland. »Zwar können Sie sich auch noch während des Kochens Nachschub holen, doch dann müssen Sie sich mit dem zufriedengeben, was übrig ist. Deswegen empfehle ich Ihnen, sich gleich jetzt alles Nötige zu besorgen – vor allem die beiden Kandidaten, die als Zweites und Drittes antreten.«

Elijah sah zur Fischauswahl hinüber und überlegte, was er davon wohl noch gebrauchen könnte. Wäre mehr Zeit gewesen, hätte er vielleicht einen Lachs oder eine Forelle geräuchert. Er dachte darüber nach, ob er eine Makrele in Salzkruste braten sollte, wie Penelope es ihm beigebracht hatte. Mit etwas Pech gäbe es jedoch eine ziemliche Sauerei, wenn die Salzkruste aufgebrochen wurde, und das konnte bei den Preisrichterinnen leicht nach hinten losgehen. Also holte Elijah sich nur noch einen kleinen Kabeljau vom Eis, den er vielleicht zu kleinen Fischnuggets formen und anbraten konnte.

Die meisten Meerestiere waren inzwischen von seinen Mitbewerbern genommen worden, aber er hatte seine Austern, die er eventuell ausbacken könnte, und der Rest kümmerte ihn wenig. Wie er Penelope erzählt hatte, aß er auch mal Schalentiere, falls es sein musste, dennoch riss er sich wahrlich nicht darum. Denn jedes Mal, wenn er welche aß –

normalerweise, weil es auf dem Markt nichts Billigeres zu kaufen gab oder einer der Fischhändler zu viel davon übrighatte und es schnell loswerden wollte –, hatte er ein schlechtes Gewissen dabei. Obwohl sein gesunder Menschenverstand ihm sagte, dass vermutlich weder Gott noch seine Eltern gewollt hätten, dass er Hunger litt. Wobei natürlich kein Mensch mit Sicherheit sagen konnte, was Gottes Wille war. Aber jetzt war Elijah wohl oder übel bis hierher gekommen und er war durchaus in der Lage, etwas Köstliches zu kochen, ohne sich oder seine Traditionen zu verraten. Als er die gestrige Unterhaltung mit Helena noch einmal Revue passieren ließ, entschied er, auch die Austern wegzulassen.

»Noch zwei Minuten«, rief Lady Rutland.

Elijah ging erneut in die Vorratskammer, holte sich einen Laib Roggenbrot, Butter, Eier, frische Gemüsepaprika und ein bisschen von Penelopes Lieblings-Chilipulver – Chili de árbol. Er konnte zwar nicht wissen, was sie von ihm dachte, nachdem sie Helenas Bericht über die Nacht zuvor gehört hatte –, doch auf jeden Fall würde er heute ein Gericht zaubern, das ihrer würdig war. Über den morgigen Tag, den Rest seines Lebens und was er damit anzufangen plante, würde er sich erst hinterher Gedanken machen.

Penelope beugte sich auf ihrem Stuhl auf der Sängerempore vor, um über den Balkon in die Große Halle zu spähen. Dort saßen Lady Rutland, Königin Charlotte und Prinzessin

Adelaide an einer großen Tafel, die sich einmal längs durch den riesigen Raum zog. Mrs Rowlands aus Wales hatte gerade ihre gerösteten Flundern zu einer Herzmuschelsoße und dazu unterschiedlich große walisische Küchlein mit Lauch und Zwiebeln aufgetischt. Königin Charlotte hatte sich so höflich und großmütig dazu geäußert, wie Penelope sie kannte, während Lady Rutland und die Prinzessin die Herzmuscheln in der Soße für ihren Geschmack etwas zu zäh gefunden hatten.

In ihrem Urteil über den Conte di Fratini, der sein Gericht als Erster präsentiert hatte, war sich die Jury hingegen einig gewesen. Der Herr hatte mit seinem gelockten dunklen Haar und dem makellosen, maßgeschneiderten grünen Gehrock eine gute Figur abgegeben. Und jetzt, da Helena ihr von Prinzessin Adelaides Plänen erzählt hatte, sich unter den Preisträgern einen Ehemann auszusuchen, achtete Penelope sehr genau darauf, wie die Prinzessin auf den Charme und das Essen des toskanischen Adeligen reagierte.

Prinzessin Adelaide hatte ihm jedoch nicht mehr Aufmerksamkeit als jedem anderen gewidmet. Aber seine selbst gemachte Pasta, die mit Tintenfischtinte eingefärbt und von einer Soße aus Tintenfischfleisch, Mies- und Venusmuscheln sowie angeröstetem Fenchel begleitet wurde, schien ihr wirklich geschmeckt zu haben. Die Soße war mit Weißwein gebunden worden und er hatte das Gericht mit angebratenen Tintenfischringen abgerundet, die zuvor in Reismehl gewälzt und mit Fenchelsamen bestreut worden waren. Nach dem ersten Bissen war der höfliche Gesichtsausdruck der Prinzessin einer überraschten Miene gewichen und sie hatte sofort einen zweiten genommen. Penelope schloss daraus, dass der Herr aus der Toskana gute Chancen hatte, in die nächste Runde zu gelangen.

»Mr Elijah Little aus London«, verkündete ein Bediensteter nun.

Penelope hielt den Atem an. Zwei Diener im Livree betraten den Raum mit Tellern auf den Händen. Hinter ihnen kam Elijah herein. Obwohl er bestimmt nicht viel Schlaf gehabt hatte, sah er hochelegant aus. Wie der perfekte Gentleman-Koch. Ohne den geringsten Anflug von Nervosität stand er aufrecht da, mit der Kinnlinie parallel zum Boden. Genau wie sie es ihm beigebracht hatten. Was für ein Unterschied zu dem ärmlichen, gekrümmten jungen Mann mit Zottelhaar und einem Tablett voller Empanadas. Seine Körpergröße war ein Vorteil, den auszunutzen ihm Helena mehr als einmal eingebläut hatte. Und sosehr es Penelope auch schmerzte, dass Helena ständig an ihm herumkritisiert hatte, so musste sie doch zugeben, dass Elijahs Haltung jetzt dazu führte, dass er so wirkte, als gehöre er wie selbstverständlich hierher.

Auch heute trug er wieder sein aschgraues Jackett zur hellbraunen Hose. Ersteres – das Penelope ausgesucht hatte, nicht Helena – war, soweit sie es erkennen konnte, makellos sauber und gestärkt. Elijah mochte weder Herzog noch Prinz sein, dennoch wäre er zweifellos jeder Prinzessin würdig. Elegant. Beherrscht. Gut aussehend. Nun aber kam es auf seine Kochkunst an.

Die Diener stellten die Teller vor der Königin, Lady Rutland und Prinzessin Adelaide ab.

»Guten Morgen, Mr Little«, sagte Königin Charlotte mit einem heiteren Lächeln.

Elijah neigte den Kopf, wie er es gelernt hatte. »Ihre Majestät.«

Wieder hielt Penelope den Atem an. Sollte Elijah von der Situation überwältigt sein, so ließ er es sich jedenfalls nicht anmerken. Die Königin trug ein exquisites kornblumenblaues Seidenkleid mit weiten, durchscheinenden Ärmeln aus Seidennetz. Ihr kastanienbraunes Haar war zu einem kunstvollen Dutt geflochten, der wie eine Krone auf ihrem Hinterkopf thronte und von einer juwelenbesetzten Kette durchwoben war.

Ihre gerade, recht markante Nase war auf Elijah gerichtet, als sie ihm in die Augen sah. »Seien Sie herzlich willkommen. Sicherlich kennen Sie meine Tochter und Lady Rutland, selbst wenn Sie ihnen möglicherweise noch nie persönlich begegnet sind.«

Elijah nickte den Frauen zu. »Königliche Hoheit. Lady Rutland. Es ist mir eine Ehre, für solch distinguierte Damen kochen zu dürfen.«

Penelope meinte in Lady Rutlands Gesicht ein winziges Lächeln zu entdecken. Die Prinzessin hingegen trug ein perfektes Abbild der neutralen Miene ihrer Mutter zur Schau. Nur die dunklen, durchdringenden Augen sowie die hohen Wangenknochen hatte sie offenbar von ihrem Vater geerbt.

»Wären Sie so freundlich, uns zu verraten, was Sie vorbereitet haben?«, bat die Königin und bedeutete den Dienern mit einer Handbewegung, die Silberglocken von den Tellern zu heben.

Elijah richtete sich noch gerader auf. »Ich habe das Gericht *Dreierlei vom Wolfsbarsch* genannt. Auf der linken Seite Ihres Tellers finden Sie eine Zitrusfrüchte-Ceviche mit gelben Chilischoten und einem Hauch eingelegter Limette. Dazu eine Beilage aus frittierten Kochbananenscheiben.«

Selbst von ihrem Platz aus konnte Penelope erkennen, dass Elijah die Ceviche zu einem kleinen Fisch geformt hatte, der zur Mitte des Tellers schaute.

»Die zweite Variation ist ein in der Pfanne angeschwitztes, in Chili de árbol gewälztes Wolfsbarschfilet. Dazu gibt es mit Paprika gewürzte Kartoffelscheiben, die so gehobelt und arrangiert wurden, dass sie an Fischschuppen erinnern«, fuhr Elijah fort.

Beim Anblick des knusprig aussehenden Filets lief Penelope das Wasser im Mund zusammen. Auch dieser Fisch schien so ausgerichtet zu sein, dass er auf den dritten und letzten Teil des Gerichtes zeigte, der auf der rechten Seite des Tellers drapiert war.

»Und die dritte Variation ist ein ausgebackenes Küchlein aus Wolfsbarsch und Kabeljau an frischen Korianderblättern und Serrano-Chili an einem Schaum aus Ananas, Chili und Limette.«

Mit einem Nicken probierten die Königin und ihre Tochter von der Ceviche.

»Möchten Sie uns bitte erklären, was Sie mit dem Meerfenchel gemacht haben?« Lady Rutland deutete auf ein Büschel grüner Halme, die an dünne, spitze Spargelstangen erinnerten.

»Der Meerfenchel soll für den Seetang stehen, genau wie der Ananasschaum die Gischt der Wellen symbolisiert. Den Meerfenchel habe ich in gewürzter Butter angeschwitzt«, erklärte Elijah.

Penelope konnte sich ein breites Lächeln nicht verkneifen. Elijah hatte es geschafft, dass die Fische – vor allem der mit den Kartoffelschuppen in der Mitte – beinahe so aussahen, als würden sie im Ozean schwimmen. Den Schaum hatte er gezielt auf dem Teller verteilt, auch nahe an der Ceviche, sodass man die Kochbananenscheiben entweder pur oder darin gestippt probieren konnte.

»Diese … Ceviche, wie Sie sie nennen – ist die gekocht?«, fragte Prinzessin Adelaide.

Penelope war so sehr auf Elijah konzentriert gewesen, dass sie gar nicht auf die Prinzessin geachtet hatte. Jetzt richtete sie ihre volle Aufmerksamkeit auf sie. Von ihrem Sitzplatz aus konnte sie jedoch lediglich einen Teil ihres Profils erkennen.

»Vielmehr in Zitrussaft mariniert als gekocht, was den Fisch sozusagen pökelt und ihm gleichzeitig seine weiche Textur gibt«, erwiderte Elijah.

»Ich glaube, so etwas habe ich noch nie gegessen«, sagte die Prinzessin und wandte sich Lady Rutland zu. »Sie vielleicht?«

»In England und Europa begegnet einem solch ein Gericht

nur selten. Allerdings hatte ich schon einmal die Gelegenheit, etwas Ähnliches zu kosten«, sagte Lady Rutland und kaute anmutig ihren Bissen. »Ich glaube, diese Zubereitungsart stammt vom amerikanischen Kontinent, nicht wahr, Mr Little?«

Elijah zögerte kurz, dann erlaubte er sich zum ersten Mal, seitdem er hereingekommen war, zu lächeln. »Ganz richtig, Lady Rutland. Ich lasse mich gern von der Küche Mittel- und Südamerikas inspirieren.«

Lady Rutland nickte, ebenfalls lächelnd.

Penelope biss sich auf die Unterlippe. Hoffentlich wirkte sich ihr Einfluss auf Elijahs Kochkunst nicht zu seinem Nachteil aus. Natürlich war Lady Rutland die Einzige, die wusste, dass Helena und sie Elijah unterrichtet hatten, und bestimmt würde die Schulleiterin ihm niemals seine Chancen im Wettbewerb zerstören. Das ginge sonst gegen alles, was sie zu dem Projekt besprochen hatten. Aber wenn Lady Rutland vielleicht dachte, Elijah könne nicht aus eigener Kraft kochen und wäre auf anderer Leute Hilfestellung angewiesen …

Penelope schüttelte den Kopf. Nein, das war absurd. An diesem Tag war niemand mit in der Küche gewesen, der Elijah hätte helfen können. Und er hatte sich schon für Rezepte des amerikanischen Kontinents interessiert, bevor sie und Helena ihn kennengelernt hatten. Lady Rutland hatte seine Empanadas sogar selbst probiert.

»Das Fischküchlein schmeckt mir besonders gut«, sagte Prinzessin Adelaide. »Es ist so schön locker.«

»Ja, davon könnte ich noch drei essen«, gab ihr die Königin lachend recht.

Elijahs Lächeln wurde breiter. »Vielen Dank, Majestät.«

»Der Ananasschaum klang zunächst etwas befremdlich, doch er passt wunderbar zum Rest«, fuhr die Prinzessin fort. »Und dann diese kreative Dekoration aus Kartoffelschuppen und Meerfenchel … Sehr pfiffig, nicht wahr, Mama?«

Die Königin nickte. »Sehr gut gemacht, Mr Little.«

Penelope wäre am liebsten jubelnd aufgesprungen, schlug sich aber nur eine Hand vor den Mund und ließ ihre Füße unter ihrem Rock tänzeln. Sie sah Elijah an und wünschte sich, er hätte ihren Blick gespürt und erwidert.

»Ja, in der Tat«, sagte Prinzessin Adelaide und schenkte Elijah ein einladendes Lächeln, das Penelopes Freude einen Stich versetzte. »Vielen Dank für dieses köstliche Gericht.«

Er bedankte sich, verbeugte sich mehrmals und verließ hocherhobenen Hauptes den Raum. Penelope beobachtete, wie die Prinzessin ihrer Mutter etwas zuraunte und sich schließlich leise kichernd zurück in ihren Sitz lehnte. Dann wandte sie den Kopf zur Tür, durch die Elijah gerade verschwunden war, ehe sie auf die Punktekarte hinuntersah, die einer der Bediensteten ihr gereicht hatte, und sie ausfüllte.

Penelope schluckte zweimal trocken. Ihr Puls raste, was bestimmt nicht nur an der Euphorie darüber lag, dass Elijah an diesem denkwürdigen Tag so großartig für die königlichen Herrschaften gekocht hatte. Nach einem letzten Blick auf die eifrig schreibende Prinzessin nahm sie ihren Pompadour und eilte von der Empore.

Penelope erwischte Elijah gerade noch, bevor er aus der Palasttür ging. Sie hatte ein gutes Stück entfernt auf ihn gewartet, um sicherzugehen, dass keiner der Bewerber sie ansprechen würde, doch nun hastete sie nach vorn, sodass Elijah sie keinesfalls übersehen konnte.

»El- Mr Little!«, verbesserte sie sich.

Sein Blick begegnete ihrem, als er sich gerade durch die kleine Gruppe der Teilnehmer schob, die auf die Bestätigung ihrer Kochzeit warteten.

Innerhalb eines Augenblicks erblühte sein Lächeln, verschwand aber direkt wieder. Penelope wusste nicht, was sie davon halten sollte.

»Miss Pickering«, sagte er, als wären sie nur flüchtige Bekannte. »Guten Morgen.«

Obwohl er genau das Richtige tat, verspürte Penelope den Wunsch, sie wären allein, damit sie frei reden könnten. Sie neigte den Kopf zu dem kleinen Podium, von dem Lady Rutland am Tag zuvor gesprochen hatte, in der Hoffnung, er würde ihren Wink verstehen.

Beinahe unmerklich nickte Elijah und gemeinsam entfernten sie sich von der Gruppe der Bewerber. Sobald sie außer Hörweite waren, raunte Penelope ihm zu: »Du machst dich bisher ganz großartig! Die Kartoffelschuppen auf dem Fisch sahen herrlich aus und der Schaum aus Ananas und Chili war eine geniale Idee – du musst mir unbedingt zeigen, wie du den gemacht hast. Und das Beste: *Alle* waren sehr beeindruckt! Selbst die Königin. Du warst …« Sie brach ab, als Elijahs freches Grinsen sein Gesicht zum Leuchten brachte. »Du warst einfach … umwerfend. Ich wünschte, ich hätte selbst auch davon kosten können.«

Elijah zog eine Augenbraue hoch. »Ganz zufällig hab ich das letzte Küchlein für dich aufgehoben.« Er ließ eine Hand unter das Revers seines Jacketts und in seine Brusttasche gleiten.

»Wirklich? Das hast du getan?« Penelope hoffte, dass er den Stoff nicht damit beschmutzt hatte. Doch vielleicht spielte das auch überhaupt keine Rolle.

Elijah lachte, als er ihren Gesichtsausdruck bemerkte, der deutlich eine Mischung aus freudiger Erwartung und Missbilligung spiegelte. »Nein, ich fürchte nicht«, sagte er und zog die leere Hand heraus. Penelope kicherte, froh darüber, dass er so guter Stimmung war. Aber ein bisschen enttäuscht war sie schon, dass sie kein Küchlein abbekommen würde.

»Ich wusste nicht, ob ich dich heute sehen würde«, sagte Elijah. »Sonst hätte ich ein paar für dich zurückbehalten. Auf Wunsch kann ich allerdings jederzeit frische für dich zubereiten.«

Penelope blinzelte. Die Art, wie er das sagte, schien anzudeuten, dass sie nicht nur Freunde waren, die zusammen kochten. Da schwang noch mehr mit als Dankbarkeit und höfliches Gentleman-Benehmen. Einfach … mehr. Doch möglicherweise bildete sie sich das auch nur ein? Penelope fuhr sich mit der Zungenspitze über die trockenen Lippen.

»Es tut mir so leid, was gestern Abend passiert ist. Es gibt keine Entschuldigung für das, was Helena dir angetan hat. Ich wünschte, ich wäre dabei gewesen, dann hätte ich ihr das ins Gesicht gesagt. Aber …« Sie holte tief Luft und sah Elijah in die tiefbraunen Augen. »Auch ich habe dich auf jede nur denkbare Weise im Stich gelassen. Ich hätte ihr so oft sagen müssen, dass sie dich in Ruhe lassen oder netter zu dir sein soll oder –«

»Ich mache dir keinen Vorwurf«, unterbrach Elijah sie. »*Ich* habe um euren Unterricht gebeten und mich darauf eingelassen, obwohl ich wusste, mit welchen Schwierigkeiten das verbunden sein würde. Ich wusste, dass sie ablehnend auf meine Religion reagieren würde. Das hatte ich ja bereits gesagt.« Er zuckte mit den Schultern.

Penelopes Kehle wurde eng. »Ja, und du hattest recht.« Sie schüttelte den Kopf. »Bisher habe ich immer gedacht, sie hätte keine Vorurteile gegenüber der Ehe meiner Eltern. Aber gestern hat sie zu Mabel gesagt, alle Gerüchte, die über meine Eltern kursieren, seien eine Lüge. Statt zu sagen, dass an dieser Ehe nichts Falsches oder Verwerfliches ist, hat Helena lieber gelogen. Sie schämt sich für meine Herkunft und ich fasse es nicht, dass ich das bisher nicht gesehen habe. Auch die Tatsache, dass sie auf deine Religion so ablehnend reagieren würde. Ich habe …« Seufzend sah sie Elijah in die Augen. »Ich habe wirklich gedacht, wir wären Freundinnen.«

Er runzelte die Stirn. »Du siehst eben immer nur das Beste im Menschen. Daran ist nichts verkehrt.«

Das sah Penelope inzwischen anders. »Danke für die Rezepte. Sie sind wunderbar.«

Elijahs Augen glitzerten vor Wärme.

»Woher hast du bloß die Zeit genommen, sie alle abzuschreiben?«

Er nestelte an einem seiner Jackettknöpfe herum und wich ihrem Blick aus. »Das ging schon irgendwie. Meinst du, die könnten dir bei deinem Projekt helfen?«

»Natürlich! Das war wirklich sehr aufmerksam von dir. Ich …« In Ermangelung weiterer Worte strahlte Penelope ihn einfach an. »Das bedeutet mir mehr, als ich sagen kann.«

Als Elijahs Blick ihren traf, konnte sie nicht mehr wegschauen.

»Genau so geht es mir mit allem, was du für mich getan hast«, sagte Elijah. »Du hast mich nie herablassend behandelt. Sondern immer schon wie einen Gentleman – und zwar lange, bevor ich wusste, wie ein Gentleman spricht oder sich benimmt.« Sein typisches freches Grinsen breitete sich auf seinem Gesicht aus und zum ersten Mal wurde Penelope auf schockierende Art klar, dass sie sich wünschte, er würde sie auf der Stelle küssen. Der Gedanke raubte ihr den Atem.

»Helena hingegen behandelt selbst Gentlemen so, wie sie kleine Straßenverkäufer sieht«, fügte Elijah hinzu und lenkte Penelopes Gedanken damit vom Küssen wieder zu Helena zurück.

Sie seufzte. »Ich finde, das Richtige wäre, alle Menschen gleich zu behandeln, meinst du nicht?«

Elijah überlegte stirnrunzelnd. »Leider leben wir in keiner Welt, die das zulässt. Jedenfalls ist mir diese Sichtweise noch nirgendwo begegnet.«

»Mir auch nicht. Trotzdem dachte ich, Helenas Projekt würde genau das unter Beweis stellen. Anderen zeigen: Wenn du es schaffst, kann es jeder Mensch schaffen. Nicht nur in der Kulinarik, sondern auch in allen anderen Bereichen.« Sie biss sich erneut auf die Lippe.

Elijah sah sich um. »Vielleicht kann ich die Erfahrung hier ja nutzen, um mir auf dem Nachtmarkt einen festen Stand zu kaufen.« Er gab sich sichtlich Mühe, den Ton der Unterhaltung aufzulockern. »Die Fischküchlein werden bestimmt ein Knaller, meinst du nicht?«

Penelope lachte. »Na, ich weiß nicht … Bevor ich sie nicht probiert habe, kann ich mir kein professionelles Urteil erlauben.«

Elijah neigte anerkennend den Kopf. »Sehr weise Entscheidung.«

»Doch jetzt mal im Ernst – sowohl die Königin als auch die Prinzessin fanden sie köstlich. Ich bezweifle, dass ein distinguierter Gentleman-Koch wie du es nötig haben wird, wieder auf dem Nachtmarkt zu arbeiten. Jetzt stehen dir vollkommen neue Wege offen. Natürlich *könntest* du jederzeit auf den Nachtmarkt zurück, wenn du das möchtest. Aber hast du dir schon mal Gedanken gemacht, was du noch anderes tun könntest?« Der Zusatz *jetzt, da Helena dir nicht mehr reinreden kann* hing unausgesprochen zwischen ihnen.

Elijah sah Penelope durchdringend an. »Denkst du wirklich, dass jemand wie ich alles erreichen kann, was er will?«

Sie reckte ihr Kinn. »Ja, das denke ich wirklich.«

Er holte tief Luft. »Ich gehöre nun nirgendwo mehr so richtig hin. In das Zimmer meines Onkels in der Old Fish Street kann ich nicht mehr zurück. Da würde mich niemand wiedererkennen. Und wenn ich ihnen erzähle, was ich gemacht habe, würden sie mich sofort für verrückt erklären.«

Penelope rang hilflos die Hände.

»Ich habe längst entschieden, was ich machen werde, wenn das hier zu Ende ist«, fuhr Elijah fort. »Trotzdem gibt es da noch etwas anderes, was mich beschäftigt. Ich –«

»Little, alter Knabe! Miss Pickering!« Freddie Eynsford-Hills fröhliche Begrüßung, die über mehrere Meter Entfernung zu ihnen hallte, ließ Elijah verstummen.

Penelope ärgerte sich, hätte sie doch zu gern gewusst, was Elijah hatte sagen wollen. Halbherzig winkte sie Mr Eynsford-Hill, als er auf sie zukam.

»Na, wie ist es gelaufen? Kochen die anderen auch nur mit Wasser?«, fragte Freddie lachend, nachdem sie alle Begrüßungsfloskeln ausgetauscht hatten. »Sollte ein Witz sein.«

»Nicht schlecht«, sagte Elijah.

»Eigentlich war es ein echter Triumphzug«, warf Penelope ein. »Mabel und Lady Rutland haben mir erlaubt, bei der ersten Runde von der Sängerempore aus zuzusehen. Königin Charlotte und Prinzessin Adelaide waren von Mr Littles Kochkunst sehr beeindruckt.«

Elijah duckte sich verlegen, doch Freddie klopfte ihm wohlwollend auf die Schulter. »Gut gemacht, alter Knabe!«

Elijah murmelte ein Dankeschön.

»Stellen Sie Ihre Gerichte wieder im Zelt aus?«, fragte Freddie weiter.

Elijah schüttelte den Kopf. »Heute machen das nur diejenigen aus, die es nicht unter die besten Zwanzig geschafft haben.«

»Ausgezeichnet«, sagte Freddie. »Dann können wir zusammen etwas zu Mittag essen gehen. Sie hatten gestern ja nicht die Möglichkeit, von den Gerichten der anderen zu probieren. Und ich bin sicher, Miss Pickering ist recht hungrig, nachdem sie bei der ersten Runde nur zusehen durfte. Also, was sagen Sie?« Seine offene Art und seine Begeisterung für gutes Essen, die natürlich sowohl Penelope als auch Elijah mit ihm teilten, machten es schwer, seine Einladung abzulehnen.

Obwohl sie beide es vorgezogen hätten, ihre private Unterhaltung fortzuführen, war Penelope zu höflich, um Nein zu sagen. Elijah schwankte dagegen zwischen Verärgerung über Freddies plötzliche Anwesenheit und seinem Wunsch, Penelope nicht mit Freddie allein zu lassen, hin und her. Also setzten sie sich zu dritt Richtung persisches Zelt in Bewegung, um von den dortigen Köstlichkeiten zu probieren. Wobei zumindest zwei der drei sich fragten, ob der Tag nun eine Wendung zum Schlechteren genommen hatte.

Am späten Nachmittag näherte sich Helena dem Hintereingang von Hampton Court, wo, wie sie wusste, die Bewerber warten sollten. Seit ihrer Unterhaltung mit Penelope am Morgen plagten sie schreckliche Kopfschmerzen, sodass sie beinahe beschlossen hätte, den ganzen Tag zu Hause zu bleiben. Doch ihre Angst, Elijah könnte alles wegwerfen, was sie ihm ermöglicht hatte, hatte sie dann doch dazu bewogen, in ihre Kutsche zu steigen und zum Wettbewerb nach London zu fahren. Dennoch würde sie erst weit nach Elijahs Darbietung ankommen. Aber für den Fall, dass dieser nicht aufgetaucht wäre, um zu kochen, könnte sie Lady Rutland die Situation zumindest erklären.

»Hallo, Mabel«, wandte sie sich an ihre Kollegin, als diese mit einer Liste in der Hand aus dem Palast lief.

Mabel hob eine Augenbraue. »Helena. Dann seid Penelope und du also getrennt hergekommen?«

Helena schloss daraus, dass Mabel ihre Freundin offenbar schon getroffen hatte. »Ja, ich war noch mit meinem Projekt beschäftigt. Kann ich Lady Rutland sprechen?«

Mabel schnaubte. »Sie hat alle Hände voll zu tun.«

»Es dauert auch nur eine Minute.«

»Wenn es um unser gestriges Gespräch geht, bin ich sicher, dass es warten kann«, sagte Mabel.

Helena blinzelte überrascht. Anscheinend dachte Mabel, sie würde Lady Rutland erzählen, dass Mabel Gerüchte über Penelope verbreitete. »Nein, es hat mit meinem Projekt zu tun«, sagte Helena. »Ich benötige ihren Rat. Wenn du so lieb wärst …« Es widerstrebte Helena, sie um etwas zu bitten, doch es musste wohl sein.

Mabel seufzte. »Na gut. Vielleicht kann sie eine Minute zwischen zwei Bewerbern erübrigen. Aber ich muss mich erst einmal vergewissern, dass alle Teilnehmer hier sind.«

Mit zusammengebissenen Zähnen wartete Helena, bis Mabel sämtliche Namen auf ihrer Liste abgehakt hatte und sie dann in den Palast führte. Dort sollte sie in einem kleinen, zweckdienlich eingerichteten Zimmer warten. Nach etwa zehn Minuten, während derer Helenas Kopfschmerzen in unregelmäßigen Abständen kamen und gingen, betrat Lady Rutland schließlich den Raum.

»Helena, ich fürchte, wir müssen uns kurz fassen, ich habe nicht viel Zeit. Mabel sagte, Sie bräuchten Hilfe bei Ihrem Projekt?«

Helena nickte. »Danke, dass Sie gekommen sind. Ich wollte nur fragen, ob Mr Little heute Vormittag zum Kochen angetreten ist.«

Lady Rutland zog eine Augenbraue in die Höhe. »Ja, das ist er. Und er hat sehr gut gekocht, um genau zu sein. Hatten Sie Grund, daran zu zweifeln?«

Helena rang sich ein Lächeln ab. »Eigentlich nicht. Er schien sich gestern bloß nicht sicher zu sein, ob er heute antreten sollte. Deswegen dachte ich, ich frage –«

»Wieso war er unsicher?«

Helena war hin- und hergerissen, ob sie Lady Rutland erzählen sollte, was sie über den Plan der Prinzessin wusste. Am Ende entschied sie aber, dass es eher auf Mabel als auf sie selbst ein schlechtes Licht werfen würde. Daher beschloss sie, es zu wagen. »Mabel hat mir anvertraut, dass Prinzessin Adelaide vorhat, sich aus den drei Besten einen Gatten auszusuchen. Ich hatte Mr Little gesagt, dass er meiner Meinung nach durchaus das Zeug hat, bis ins Finale vorzudringen. Und er … er schien kein gesondertes Interesse an einer potenziellen Heirat zu haben.«

Lady Rutland schnaubte. »Mabel hätte diese Information nicht nach draußen dringen lassen dürfen. Da werde ich wohl mit ihr sprechen müssen. Allerdings wird es heute Abend, sobald die zehn Finalisten bekanntgegeben werden, ohnehin verkündet. Sie hätten Ihrerseits aber auch erst zu mir kommen und mich darauf ansprechen sollen, bevor Sie Mr Little davon erzählen.«

Helena nickte. »Es gibt da noch etwas anderes, was ich Ihnen berichten muss. Mabel und Dora Smith-Smythe verbreiten Gerüchte über Penelopes Elternhaus. Laut Mabel habe Dora mitgehört, als einige Lehrkräfte darüber sprachen. Ich habe ihr gesagt, dass ich vorhabe, mit diesen Informationen zu Ihnen zu kommen.« In diesem Augenblick kümmerte es sie nicht, dass sie Mabel gegenüber eigentlich indirekt versprochen hatte, es zunächst für sich zu behalten.

Lady Rutland runzelte die Stirn. »Wie geht es Penelope damit?«

Helena biss sich auf die Innenseite ihrer Wangen. »Ich fürchte, sie hat ihre Wut auf die Überbringerin der schlechten Nachricht abgeladen. Ich habe ihr gesagt, dass ich Mabel gegenüber alles abgestritten habe. Trotzdem ist sie böse auf *mich*. Sie meint, ich hätte Mabel die Wahrheit sagen sollen – als hätte Mabel das Ganze nicht ohnehin so aufgeblasen, dass sie am Ende Penelopes Zukunftsaussichten ruiniert hätte! Penelope wirft mir vor, ich hätte keine Ahnung, wie es sich für sie oder Elijah anfühlt, mit –«

»Und Sie glauben, Sie wüssten, wie es ist, ein kleiner Straßenhändler ohne Geld und Beziehungen zu sein, oder ein Mädchen gemischter Abstammung, dessen Eltern sich lieber außer Landes aufhalten, um ihrem Kind keine Schwierigkeiten zu bereiten?«, fragte Lady Rutland.

Helena nickte energisch, hörte jedoch sofort wieder auf, weil es ihre Kopfschmerzen ins Unermessliche steigerte. »Natürlich, warum denn nicht?«

Lady Rutland funkelte sie an. »Ich hatte in den Jahren, die Sie an der Royalen Akademie verbracht haben, ausreichend Gelegenheit, Sie kennenzulernen. Sie sind in der Lage, mit allen kulinarischen Herausforderungen zurechtzukommen. Wenn es allerdings um *Persönliches* geht, haben *Sie* große Schwierigkeiten, sich anzupassen oder in jemand anderen hineinzufühlen. Mr Little und Penelope wurden in ihrem Leben schon mit vielen Dingen konfrontiert, mit denen Sie sich niemals werden herumschlagen müssen.«

»Aber das bedeutet nicht, dass sie nicht über sich selbst hinauswachsen können«, gab Helena zurück.

»Das stimmt. Und dies zu beweisen war auch das Ziel Ihres Projekts, nicht wahr?«

Dem konnte Helena nur zustimmen.

»Wie es scheint, hat Mr Little alles erreicht, was Sie für ihn vorgesehen hatten. Die Königin und Prinzessin Adelaide waren von seinem Essen und seiner Präsentation sehr beeindruckt. Ich –«

»Ja, aber er –«, versuchte Helena sie zu unterbrechen.

»Helena, es war Ihr Ziel, Ihren Akademie-Abschluss in

Ehren zu erhalten, und *er* hat das für Sie geschafft. Ich schlage vor, dass Sie Ihr Experiment damit beenden. Wenn Mr Little heute in die nächste Runde kommt, entscheidet er selbst darüber, ob er weiterhin antritt oder nicht. Und Sie werden keinen Versuch mehr unternehmen, ihn zu beeinflussen. Habe ich mich klar ausgedrückt?« Lady Rutland senkte den Kopf und warf ihr einen durchdringenden Blick zu.

Helena nickte. Sie würde jetzt mit ihrem eigenen Leben weitermachen können – ohne die Last, diesem verlogenen Empanada-Bäcker noch irgendetwas beibringen zu müssen. Die Erkenntnis hatte eine enorm befreiende Wirkung auf sie. Nur warum fühlten sich die pochenden Kopfschmerzen dann doppelt so schlimm an wie zuvor?

»In diesem Puddingtörtchen ist ganz schön viel Kardamom. Aber mir schmeckt es trotzdem«, sagte Freddie und steckte sich den letzten Bissen in den Mund. »Wie finden Sie es, Miss Pickering?«

»Absolut dekadent«, sagte Penelope und schenkte einem der Mitglieder der portugiesischen Delegation ein Lächeln. »Wirklich mutig von Ihnen, mit den traditionellen Pastéis de nata zu spielen.«

Elijah genoss die weiche Creme und den wunderbar knusprig lockeren Blätterteig, da zwinkerte der Portugiese Penelope verführerisch zu. Gerade eben hatte Elijah das Törtchen noch wunderbar geschmeckt, doch bei diesem Anblick verging es ihm sofort. Er sah weg und dachte an die Zeit zurück, in der er selbst auch so geflirtet hatte, ohne sich etwas dabei zu denken. Die Zeiten waren vorbei. *Englische* Gentlemen *taten* so etwas nicht.

»Wollen wir, Miss Pickering?« Freddie bot Penelope seinen Arm an.

»Ja, ich glaube, das kroatische Zelt wäre als Nächstes dran«, sagte Elijah und hielt ihr ebenfalls seinen Arm hin. Penelope und Helena hatten ihm vieles beigebracht, was ein Gentleman wissen musste, dennoch hatte er sich während der vergangenen paar Stunden auch bei Freddie Eynsford-Hill so einiges abgeschaut. Nur dass ihn das leider nicht gerade selbstbewusster gemacht hatte, ganz im Gegenteil. Freddie hatte so eine Unbeschwertheit an sich, von der Elijah nicht wusste, ob er sie sich jemals in seiner neuen Verkleidung würde aneignen können. Zuvor hatte er sie durchaus besessen – und sie auf dem Nachtmarkt zu seinem Vorteil eingesetzt. Aber jetzt hatte er das Gefühl, als wäre diese Unbefangenheit mitsamt seinen schmuddeligen Klamotten auf dem Müllhaufen gelandet.

Freddie mochte vom Kochen bei Weitem nicht so viel verstehen wie Elijah, allerdings musste er das auch nicht. Bei Freddie wäre niemand auf die Idee gekommen, ihn *nicht* wie einen Gentleman zu behandeln. Auch in Zukunft würde er – außer von Helena vielleicht – nie anders behandelt werden. Für Freddie Eynsford-Hill würde das Leben immer einfach sein. Und an der Art, wie er sich an diesem Nachmittag Penelope gegenüber verhielt, wurde deutlich, dass er dachte, seine Aufmerksamkeit würde früher oder später zum gewünschten Ergebnis führen.

Penelope sah zwischen den beiden Männern hin und her, dankte dem Portugiesen und hängte sich bei Freddie und Elijah zugleich ein. Elijah spürte den Druck ihrer kleinen, warmen Hand und musste an den Tag zurückdenken, an dem sie ihm das Tanzen beigebracht hatte. Sie war so lieb und geduldig gewesen. Wie immer. Er sah auf ihre lavendelfarbene Haube hinunter und wünschte, er hätte – bevor Freddie aufgetaucht war – die Chance gehabt, ihr zu sagen, was er für sie empfand. Jetzt konnte er nur hoffen, dass sie seinen Brief und sein Geschenk richtig deuten würde. Dass sie aus seiner Aussage, er könne die Prinzessin unmöglich heiraten, auch den Grund dafür herausgehört hatte: weil seine Zuneigung *Penelope* gehörte. Vorhin hatte er beinahe gedacht, dies in ihrem Gesicht erkannt zu haben. Doch dann war Freddie gekommen und hatte sie unterbrochen.

Im kroatischen Zelt sprachen Freddie und Penelope zwei Frauen auf ihre Gerichte an und suchten sich schließlich mehrere Teller aus. Penelope bot Elijah einen davon an, aber er lehnte mit einer Handbewegung dankend ab. Sie hatten sich schon den ganzen Nachmittag durch die Ausstellung gekostet, und obwohl er sich noch gut an die Zeiten erinnerte, als er mehr Hunger als Essen gehabt hatte, war sein Appetit verschwunden. Er merkte, wie Freddie Penelope höchst interessiert beobachtete, während sie anmutig von den angebotenen Köstlichkeiten probierte. Als wäre sie eine Art Rätsel, das er zu lösen versuchte.

Penelope schloss die Augen und machte ein leises Geräusch. Wie immer, wenn ihr etwas besonders gut schmeckte. Schon beim ersten Mal hatte Elijah das bezaubernd gefunden und während der vergangenen Wochen hatte er es immer wieder hervorzulocken versucht. Aber zu sehen, welche Blicke Freddie Eynsford-Hill ihr nun zuwarf, rief in ihm einen Beschützerinstinkt hervor, den er bisher nicht an sich gekannt hatte. Er räusperte sich lautstark, und als Freddie in seine Richtung sah, musterte er ihn vielsagend.

Doch Freddie zuckte nur unbekümmert die Schultern, reichte der Kroatin den Teller zurück und holte seine Taschenuhr hervor. »Ich frage mich, wann die Finalisten bekanntgegeben werden«, sagte er.

»Ich glaube, der letzte Kochtermin ist um vier Uhr nachmittags«, erwiderte Penelope.

»Dann kann es nicht mehr lange dauern. Es ist bereits kurz vor fünf.« Freddie steckte seine Uhr wieder weg. »Kommen Sie beide morgen zum Ball?«

Penelope lief in Richtung des nächsten Standes. »Ja, ich freue mich sehr darauf.« Über die Schulter sah sie zu Elijah und er musste unwillkürlich lächeln.

»Großartig. Darf ich Sie jetzt schon um die ersten zwei Tänze bitten, Miss Pickering?«

Die Frage traf Elijah. Wieso hatte er nicht selbst daran gedacht, Penelope zu fragen? Vielleicht weil er bisher gar nicht gewusst hatte, dass er sie um so etwas bitten durfte. Er biss die Zähne zusammen. Auf jeden Fall konnte er sich nicht daran erinnern, dass die Mädchen es je erwähnt hätten.

Penelope sah zögerlich zwischen den beiden Männern hin und her. Dann lächelte sie Freddie an. »Natürlich, Mr Eynsford-Hill, es wäre mir ein Vergnügen.«

Ihre Antwort schlug wie eine eisige Welle über Elijah zusammen. Aber was hatte er erwartet? Jemandem wie Freddie Eynsford-Hill fiel eben alles in den Schoß, das war nun einmal die Realität. Die Hoffnung, die Elijah vorhin geschöpft hatte, als Penelope hinter dem Palast auf ihn gewartet hatte, verwandelte sich jäh in einen leise pulsierenden Schmerz unterhalb seiner Rippenbögen. Und während er zusah, wie Freddie Penelope mit einem selbstzufriedenen Grinsen zunickte, fragte Elijah sich – nicht zum ersten Mal –, was in aller Welt er bloß dagegen tun könnte.

Penelope wünschte sich, Elijah wäre auf die Idee gekommen, sie um die ersten beiden Tänze zu bitten. Zwar fand sie Mr Eynsford-Hill durchaus sympathisch, er war freundlich und aufmerksam und verfügte über gute Manieren. Trotzdem … Sie hatte Elijah sogar noch einen verstohlenen Blick zugeworfen in der Hoffnung, er würde sie zumindest darum bitten, ihm einen anderen Tanz zu reservieren. Doch er hatte sich abgewandt.

»Ah, da kommt Lady Helena«, sagte Freddie.

Penelope wirbelte herum. Tatsächlich, da stürmte sie herbei, das sonst so sorglose Gesicht zu einer Grimasse verzogen. Penelope presste die Lippen aufeinander und drehte sich um. Zumindest würde Helena in der Gegenwart von Mr Eynsford-Hill keine Szene machen können. Penelope schielte zu Elijah hinüber, der ausdruckslos geradeaus schaute.

Als sie näherkam, begrüßte Helena die kleine Gruppe.

»Hallo, Helena«, erwiderte Penelope ihre Begrüßung frostig. »Du hast dir einen ausgesprochen schönen Nachmittag entgehen lassen.« Auch wenn dies nicht ganz der Wahrheit entsprach – schließlich hätte Penelope den Nachmittag noch schöner gefunden, wäre sie mit Elijah allein gewesen –, konnte sie nicht umhin, es ihr unter die Nase zu reiben.

Helenas Blick schoss zwischen Elijah und Freddie hin und her. »Wie schade. Entschuldigung, die Herren, könnte ich bitte mit Miss Pickering unter vier Augen sprechen?«

Elijah knirschte mit den Zähnen, während Freddie sofort nachgab. »Selbstverständlich. Wir sehen uns derweil die Zelte beim Podium an. Bestimmt werden gleich die Namen der zehn Finalisten bekannt gegeben. Kommen Sie, Mr Little.« Er tippte sich an den Hut und stapfte davon.

Elijah schwieg, sah jedoch mit hochgezogenen Augenbrauen Penelope an. Sie nickte ihm unmerklich zu – und konnte nur hoffen, dass er verstand, was sie ihm damit sagen wollte: dass er sich nicht antun musste, was Helena zu sagen hatte. Sie selbst würde vor Helena jedenfalls nicht zu Kreuze kriechen. »Ich komme gleich nach«, sagte sie zu Elijah.

Dieser runzelte zwar die Stirn, verabschiedete sich dann aber und folgte Mr Eynsford-Hill.

»Was gibt es denn, Helena?«, fragte Penelope, sobald die Männer außer Hörweite waren.

Helenas grüne Augen wichen ihrem Blick aus. »Ich …
Könnte sein, dass ich … etwas … überreagiert habe.«

»Ach?« Penelopes Stimme triefte vor Sarkasmus.

Helena streckte den Rücken durch. »Ich war bloß überrascht … Elijah hatte solche Fortschritte gemacht! Bei seinem
Talent war ich mir sicher, einfach alles aus ihm machen zu
können. Und beinahe hätte ich es geschafft. Es machte mich
so wütend, dass ich meine Zeit verschwendet habe! Und deine noch dazu.«

Penelope stieß zischend den Atem aus. »Du hast deine Zeit
nicht verschwendet. Elijah ist keine Verschwendung, weder
von Zeit noch sonst irgendwas! Er ist ein Mensch! Ein Mensch
mit eigenen Gedanken und Gefühlen. Mit eigenen Erfahrungen und Ambitionen. Verstehst du das denn nicht?«

Helena seufzte.

Als keine Antwort kam, schüttelte Penelope den Kopf. »Er
kann alles sein, was *er* will. Nicht, was *du* willst, Helena. Un-
seretwegen weiß er überhaupt nicht mehr, wohin er eigentlich gehört. Das ist allein unsere Schuld.«

Helena schnaubte. »Er hat sich doch sehenden Auges darauf eingelassen! Und zwar noch mehr als wir, denke ich. Ich
hätte ihn sicher nicht aufgenommen, wenn ich gewusst hätte,
dass er sich nie bis in die höchsten Gesellschaftsschichten
hochschwingen können wird –«

»Helena!« Penelope spürte, wie sie vor Wut rot anlief.
»Wenn du so etwas noch ein Mal sagst, ist unsere Freundschaft beendet! Es war noch nie Elijahs Ziel, sich in die
höchsten Gesellschaftsschichten *hochzuschwingen*. Alles, was

er wollte, war ein fester Stand auf dem Markt oder ein kleiner Laden – etwas Eigenes, was ihm mehr Sicherheit garantieren würde. *Du* wolltest aus ihm irgend so eine Leuchtgestalt von Gentleman-Koch machen, um den sich die Massen scharen. Trotz meiner Bedenken hast du darauf beharrt, dass er in dieser Kategorie antritt, weil ihm das mehr Möglichkeiten eröffnen würde. Dabei wolltest du nichts anderes, als den Ruhm dafür einzuheimsen, dass *du* einen Teigtaschenverkäufer in einen Gentleman-Koch verwandelt hast. Und jetzt, da du von seiner Religion erfahren hast, wegen der die Gesellschaft ihm Steine in den Weg legen könnte, hörst du immer noch nicht damit auf, ihn herabzusetzen.«

Helena machte den Mund auf, um zu protestieren, doch Penelope hatte genug. Keine einzige Silbe wollte sie mehr hören über Helenas verkorkste Ansichten. Wie deren Wahrheit aussah, was sie gesagt oder getan hatte. »Elijah ist ein junger Mann, der alles erreichen kann, was er selbst möchte. Das hat er schon hinlänglich bewiesen. Einige von uns müssen sich eben jeden Schritt im Leben hart erkämpfen, und für Elijah gilt das noch mehr als für die meisten anderen. Also solltest du vielleicht mal deine kleinkarierten Vorurteile beiseiteschieben und etwas tun, was ihm wirklich hilft – statt ihm *deine* Unzulänglichkeiten und die unserer Gesellschaft zum Vorwurf zu machen. Ich werde übrigens noch heute Abend ausziehen.«

Helena schnappte nach Luft. »Du willst weg?«

Penelope nickte kurz. »Ich halte das für das Beste.«

»Na schön«, sagte Helena und reckte trotzig das Kinn.

»Ich brauche weder dich noch ihn. Ich freue mich schon darauf, das Haus wieder für mich allein zu haben.«

Der Zorn brachte Penelopes Blut noch mehr in Wallung. »Wunderbar, dann ist ja alles geregelt.«

Da setzte der Klang eines Horns aus Richtung des Palastes ihrer Unterhaltung ein Ende. Offenbar würden gleich die Finalisten bekannt gegeben werden. Penelope holte tief Luft. »Ich hoffe, deine Verblendung entschädigt dich für den Verlust der einzigen Freunde, die du jemals hattest.«

Ohne Helenas Reaktion abzuwarten, wirbelte sie auf dem Absatz herum. Als sie auf den Palast zueilte, entdeckte sie Elijah und Freddie in der Menge. Lady Rutland hatte bereits einige Namen genannt und mehrere Leute klopften einander auf die Schulter oder beglückwünschten sich mit einem Handschlag. Penelope schob sich durch die Scharen der Wartenden, bis sie direkt neben Elijah stand.

Er warf ihr einen fragenden Blick zu, dann wandte er seine Aufmerksamkeit wieder Lady Rutland zu. »Was wollte Helena denn?«

Penelope fuhr sich mit der Zunge über die Lippen. Der heiße Zorn in ihrem Kopf hatte sich halbwegs aufgelöst, aber ihr Puls raste immer noch. »Nicht der Rede wert. Ich habe ihr gesagt, dass ich das Haus am Cavendish Square heute Abend verlasse.«

Elijah sah sie an, die Stirn sorgenvoll in Falten gelegt. »Und wo willst du hin?«

»In ein Hotel, denke ich. Oder vielleicht finde ich auch eine nette Pension in der Nähe des Palastes.«

»Ich … Ich habe mir heute Morgen im Gasthof *Zum Hungrigen Hasen* ein Zimmer genommen«, sagte er. »Bestimmt haben sie noch was frei. Wir könnten hingehen und fragen, nachdem –«

»Mr Elijah Little aus London!«, drang Lady Rutlands Stimme über die Köpfe der Versammelten hinweg.

Elijah riss die Augen auf und starrte zum Podium, wo Lady Rutland bereits die nächsten Namen ausrief. Penelope schlug eine Hand vor den Mund und Elijah wandte sich ihr zu.

Sie lachte angesichts des verdatterten Ausdrucks in seinem Gesicht. Dann musste er selbst lachen, die Augen immer noch ungläubig aufgerissen.

»Gut gemacht, alter Junge!«, lobte Freddie von der anderen Seite aus und streckte ihm die Hand hin.

Einige andere Leute um Elijah herum beglückwünschten ihn ebenfalls. Elijah bedankte sich mit einem bescheidenen Lächeln bei ihnen, ehe er sich wieder zu Penelope umdrehte.

»Hab ich's dir doch gesagt«, raunte sie. »Wenn du morgen gut abschneidest, kannst du von jetzt an tun, was immer du möchtest.« *Außer natürlich, Prinzessin Adelaide hat ein Auge auf dich geworfen*, fügte sie in Gedanken hinzu und wand sich innerlich. Wenn er die Prinzessin abblitzen ließ, so wie er es am Abend zuvor angedeutet hatte, würden sich seine guten Aussichten gleich wieder in Luft auflösen.

Elijah atmete tief durch und hob die Hand, um sich über den Nacken zu fahren. Doch er erinnerte sich gerade noch rechtzeitig an sein Gentleman-Training und strich sich stattdessen den Kragen seines Jacketts glatt.

Lady Rutland rief den letzten Namen aus – den des toskanischen Adeligen, der sich mit einem strahlenden Lächeln vor der Menge verbeugte.

»Vielen Dank an alle, die heute für uns gekocht haben«, sagte Lady Rutland. »Sie haben uns die Entscheidung wirklich schwer gemacht, indem jeder von Ihnen einzigartige Gerichte erschaffen hat. Und nun wird Königin Charlotte noch eine Ankündigung machen.«

Unter dem überraschten Raunen des Publikums stieg die Königin aufs Podium.

»Danke, Lady Rutland. Und danke an alle, die so viel Zeit und Mühe aufgewandt haben, um diese Veranstaltung möglich zu machen. Wir fühlen uns geehrt, all diese Köstlichkeiten präsentiert bekommen zu haben. Die morgigen zehn Finalisten werden in der Reihenfolge antreten, in der heute ihre Namen verlesen wurden. Danach werden sie in den Speisesaal des Königs geführt, wo sie uns ein Gericht vorsetzen werden, das ihrer Meinung nach am besten zeigt, wer sie selbst sind.« Sie hielt inne und ließ den Blick über die Menge schweifen. »Und morgen Abend wird meine Tochter, Prinzessin Adelaide, auf dem Ball unter den drei besten männlichen Bewerbern ihren zukünftigen Gemahl aussuchen.«

Ein atemloses Keuchen ging durch die Reihen, dann senkte sich Stille über die Versammelten. Langsam begriffen sie, was da soeben gesagt worden war, und die Ersten begannen zu klatschen. Alle Köpfe wandten sich den zehn Besten des Wettbewerbs zu. Penelope merkte, wie Elijahs Blick sich verfinsterte.

»Viel Glück allerseits!«, rief Königin Charlotte und verließ unter lautem Applaus das Podium.

»Ich werd verrückt! Sie könnten sich die Hand der Prinzessin verdienen!«, sagte Freddie zu Elijah, während sich die Menge zerstreute.

»Ich bin sicher, sie wird sich eher einen Adeligen aus dem Ausland aussuchen«, sagte Elijah wenig überzeugt.

»Ihre Chancen sind genauso gut wie die von jedem anderen«, beharrte Freddie und sah auf der Suche nach Bestätigung Penelope an.

Sie schaute Elijah in die Augen. »Das stimmt.« Und es stimmte ja wirklich. Helenas Machenschaften, die gesellschaftlichen Konventionen, Elijahs Herkunft und Religion und das überwältigende warme Gefühl, das sie jedes Mal in seiner Gegenwart erfasste – Penelope fand, dass nichts davon wirklich wichtig war. Denn Elijah *verdiente* es, alles zu bekommen, was die Welt ihm zu bieten hatte. »Sie würden sicher einen wunderbaren Gemahl für die Prinzessin abgeben, Mr Little.«

Elijah runzelte die Stirn, hielt ihrem Blick aber stand. »Wollen Sie mir damit sagen, ich sollte versuchen, ihre Gunst zu erwerben?«

Penelope nickte kurz. Die wenigen Silben, die sie dann äußerte, brachte sie nur unter Aufbietung aller Selbstbeherrschung über die Lippen. »Ja, das will ich.«

18

In die Ecke gedrängt

Elijah hatte den größten Teil seiner Nacht im Gasthof damit verbracht, an seine Decke zu starren. Die dunklen, freistehenden Balken waren weder so elegant wie der kunstvolle Stuck in seinem Zimmer am Cavendish Square noch so heruntergekommen wie die mit Wasserflecken übersäte Decke in der Wohnung seines Onkels. Doch sie fühlten sich echter an als alles, was er in den letzten Wochen erlebt hatte.

Trotz allem war er Helena dankbar, dass sie ihn großzügigerweise für seinen Aufenthalt in ihrem Haus kaum etwas hatte bezahlen lassen. Dadurch hatte er nur wenig von seinen Ersparnissen angerührt, sodass er sich einige Tage im Gasthof leisten konnte.

Die Mesusa von seinen Eltern hatte er am Abend auf den Ankleidetisch gelegt. Er ließ den Blick von der Decke zu der Kapsel gleiten und fragte sich, ob er in die Old Fish Street würde zurückkehren müssen, wenn sein Geld aufgebraucht war. Würde Mrs Willet ihn wiedererkennen? Aber was spielte das schon für eine Rolle? Er erkannte sich ja selbst kaum wieder.

Elijah schwang die Beine aus dem Bett, goss etwas Wasser in die Schüssel auf dem Tisch und schrubbte sich das Gesicht mit einem nassen Tuch sauber. Über einer Schubladenkommode hing ein runder Spiegel an der Wand. Er sah hinein und fuhr sich mit der Bürste, die er zusammen mit einem kleinen Waschset von den beiden Mädchen bekommen hatte, durchs Haar. Nach einem Blick auf seine Bartstoppeln beschloss er, sich zu rasieren. *Schließlich gilt es jetzt, die Hand einer Prinzessin zu erobern,* schoss es ihm bitter durch den Kopf.

Seine Gedanken wanderten zu dem vorangegangenen Tag zurück. Zu dem Moment, als Lady Rutland seinen Namen verkündet hatte. Wie Penelope vor Freude laut aufgelacht, wie ihr strahlendes Lächeln ihr Gesicht aufgehellt hatte.

Aber sie hatte darauf bestanden, dass er sein Bestes tat, um die Prinzessin zu heiraten – und das konnte nur eines bedeuten: dass sie außer Freundschaft nichts für ihn empfand. Wieso überraschte ihn diese Erkenntnis überhaupt? Schließlich hatte sie nie etwas gesagt oder gar getan, woraus er auf etwas anderes hätte schließen können. Und er kannte es von früher nur so, dass Mädchen, die an ihm interessiert waren, es auch deutlich zeigten.

Allerdings gehörte Penelope Pickering einer anderen Klasse an als die Mädchen von früher. Wobei sie genau genommen eine Klasse für sich war. So ganz anders als jeder andere Mensch, den Elijah kannte: klug, ehrgeizig und trotzdem immer den Bedürfnissen ihrer Mitmenschen zugewandt. Penelope war etwas Besonderes. Deswegen hatte er sich mit der trügerischen Hoffnung getröstet, sie würde ihr Interesse an ihm eben nur auf ihre eigene Weise zeigen.

Er schluckte den bitteren Kloß in seinem Hals hinunter und kleidete sich vollständig an. Als sein Blick erneut auf die Mesusa fiel, folgte er einem spontanen Impuls und ließ sie in seine Tasche gleiten. An so einem Tag fühlte es sich richtig an, etwas von seinen Eltern bei sich zu haben.

Elijah verließ den Gasthof und ging die Meile nach Hampton Court zu Fuß. Er versuchte, sich auf die Frage zu konzentrieren, welches Gericht er im Finale kreieren sollte, doch seine Gedanken wanderten immer wieder zu Penelope ab. Nach der Verkündung der Namen hatte sie eine Kutsche zurück nach London genommen. Und obwohl Elijah ihr angeboten hatte, sie zu begleiten, um ihr beim Umzug zu helfen, hatte sie darauf bestanden, dass er Zeit zum Ausruhen brauche und sie sich lieber erst kurz vor dem Kochwettbewerb wieder treffen sollten. Ob Helena sie am Ende doch noch überredet hatte, im Haus am Cavendish Square zu bleiben? Auf die Frage, was Helena wirklich von ihr gewollt hatte, hatte Penelope ihm nie eine eindeutige Antwort gegeben.

Plötzlich schoss ihm ein neuer Gedanke durch den Kopf. Was, wenn Helena Penelope davon überzeugt hatte, dass er die Prinzessin heiraten müsste? Konnte das der Grund für ihren Meinungsumschwung sein? Hatte sie ihm deswegen geraten, um die Prinzessin zu werben, obwohl sie wusste, dass er das gar nicht wollte? Wobei Helena ja eingewandt hatte, dass die Prinzessin auf keinen Fall einen Juden heiraten konnte. Aber was, wenn Helenas Egoismus sich selbst darüber hinweggesetzt hatte? Oder, schlimmer noch: Was, wenn sie vorhatte, Prinzessin Adelaide die Wahrheit über seine Herkunft zu verraten, um ihr vor Augen zu führen, dass sie wirklich die *dumme Gans* war, für die Helena sie schon immer gehalten hatte?

Elijah fuhr sich mit der Hand über den Nacken. Das war zwar nicht gentlemanlike, aber das war ihm gerade vollkommen gleichgültig. Konnte Helena wirklich derart gemein sein, so etwas zu tun? Die zukünftige Königin von England bloßzustellen und gegen sich aufzubringen, wäre nicht sonderlich schlau. Und wenn Helena sich etwas einbildete, dann darauf, dass sie schlauer war als alle anderen.

Sie hielt große Stücke auf sich und darauf, dass sie bald die unglaublichste Kulinarikerin der Welt sein würde. Noch wichtiger als alles andere war ihr jedoch, immer recht zu haben. Immer. Elijah kickte einen Kieselstein beiseite. Ja, nach den vielen Monaten kannte er Helena gut genug, um das zu wissen. Und noch eines wusste er mit Sicherheit: Er musste ein für allemal herausfinden, was diese Frau wirklich im Schilde führte.

Der Kies knirschte unter Helenas Schuhen, als sie aus ihrer Kutsche stieg und dem Diener zunickte, der ihr hinabhalf. Eigentlich konnte sie sich selbst nicht recht erklären, warum sie hierhergekommen war. Außer vielleicht, weil Lady Rutland es sicher von ihr erwartet hätte.

Kritische Selbstbetrachtung war in der Tat noch nie Helenas Stärke gewesen. In diesem Augenblick aber konnte selbst sie nicht verleugnen, etwas zu empfinden, was entfernt an Niedergeschlagenheit erinnerte – ein Gefühl, das sie in ihrem Leben nur ausgesprochen selten verspürte. Noch am vergangenen Abend hatte Penelope das Haus am Cavendish Square verlassen, ohne auch noch ein Wort mit ihr zu wechseln. Mit dröhnenden Kopfschmerzen war Helena zu Bett gegangen.

Am Morgen hatte Pierce sie darüber in Kenntnis gesetzt, dass Penelope in ein nahe gelegenes Hotel umgezogen war. Bestimmt würde ihre Freundin schon bald wieder zur Vernunft kommen. Doch egal, wie sehr Helena sich auch einredete, dass ihr das Ganze nichts ausmachte – darauf, wie still und leer sich ihr Haus jetzt anfühlte, da Penelope und Elijah weg waren, war sie dennoch nicht vorbereitet gewesen. Bisher war Helena nie aufgefallen, wie sehr deren Anwesenheit die Stimmung am Frühstückstisch aufgehellt hatte. Oder wie die Küche von ihren Gesprächen und ihrem Lachen erfüllt gewesen war. Wie die beiden einfach *zugehört* hatten, wenn Helena ein Gericht oder eine besondere Zubereitungsart mit ihnen besprechen wollte. Über all diese Dinge hatte Helena sich bislang nie Gedanken gemacht. Und schon gar nicht darüber, wie sehr sie die beiden vermissen würde. Sie war immer nur damit beschäftigt gewesen, Elijah in den bestmöglichen Koch und Gentleman zu verwandeln und für das

Projekt die höchstmögliche Anerkennung zu bekommen. Deshalb hatte sie *nie* einen Gedanken daran verschwendet, was *nach* dem Projekt passieren würde.

Bis zur Geburt ihres Bruders Roland hatte Helena sieben Jahre als Einzelkind und einzige Erbin ihrer Eltern verbracht. Ihre Mutter und ihr Vater hatten sie immer abgöttisch geliebt. Auf ihre ruhige, unaufgeregte Art. Doch nach Rolands Geburt schienen alle Erwartungen, die sie bislang an Helena gehabt hatten, langsam aber sicher in den Hintergrund geraten zu sein. Schließlich hatten sie nun ihren männlichen Erben. Und genug finanzielle Mittel, um Helena abzusichern, sobald sie volljährig wurde. Und so hatte Helena immer alles tun können, was sie wünschte (solange sie dabei keine Schande über ihre Familie brachte). Dabei war sie nur selten mit leisen Einwänden ihrer Mutter konfrontiert worden, die aber durch die Überzeugungsarbeit ihres Vaters stets schnell aus der Welt geschaffen wurden.

Als Helena etwa acht oder neun Jahre alt gewesen war, hatte ihre Großmutter sie zum ersten Mal zu einer regionalen Kochveranstaltung mitgenommen, auf der Helena sich mit einigen der anwesenden Kulinarikerinnen unterhalten hatte. Die Erkenntnis, dass diese Laufbahn einer Dame ein eigenständiges Leben ermöglichte, unabhängig von Eltern oder einem Ehemann, hatte Helena sofort gefallen. Seit jenem Tag war sie fest entschlossen, die beste Kulinarikerin ihrer Generation zu werden.

Dabei kümmerte es sie nicht im Geringsten, dass sie sich die ganzen dummen Mädchen auf der Royalen Akademie zum Feind machte – mit Neidern konnte man sich ohnehin nicht anfreunden. Oder dass sie in England bleiben musste, während ihre Eltern Roland eine »kontinentale Erziehung« boten. Und selbst Lady Rutlands kritische Worte gestern hatten sie weit weniger getroffen, als die Lehrerin vermutlich beabsichtigt hatte.

Was Helena dagegen wirklich mitnahm – auch wenn sie sich das nach wie vor nicht gern eingestehen mochte –, war das, was Elijah und Penelope ihr vorwarfen. Helena ging nicht davon aus, dass die beiden neidisch auf sie waren. Während der letzten sechs Monate hatte schließlich keiner von ihnen irgendetwas gesagt oder getan, was darauf hätte schließen lassen. Und das hieß im Umkehrschluss, dass sie die Meinung der zwei nicht einfach so von der Hand weisen konnte, wie sie es bei jedem anderen ihres Alters getan hätte. Und was noch viel schwerer wog: Sie hatte die beiden für Freunde gehalten.

Für Helena war Penelope schon immer die Einzige gewesen, die sie verstand. Deshalb war der Gedanke, dass Penelope ihre Freundschaft nun infrage stellte, keine Kleinigkeit. Sicher, Elijah hatte ihr seine Religion verheimlicht. Trotzdem konnte sie nicht ignorieren, dass sie ihn *möglicherweise* tatsächlich nicht aufgenommen hätte, hätte sie von seiner Herkunft gewusst. Dabei hatte sie doch beweisen wollen, dass jeder Mensch eine Lady beziehungsweise ein Gentleman werden konnte, sofern er die richtige Ausbildung bekam. Und im Grunde war ihr dies auch gelungen.

Stirnrunzelnd passierte sie auf dem Weg zu den Ausstellungszelten den Teichgarten. Zugegeben, sie war wohl nicht immer fair zu Elijah gewesen. Und eins musste sie ihm lassen: Er hatte sich nie beschwert. Nicht einmal, als Penelope Helena gescholten hatte, dass sie ihm mehr Ruhe gönnen musste. Er hatte seine Arbeit gemacht – wirklich *jede* Arbeit. Selbst die, angesichts derer viele andere (wie etliche der Mädchen auf der Akademie) gejammert oder schlicht kapituliert hätten.

Ja, eigentlich hatte Elijah sie immer und immer wieder beeindruckt. Wahrscheinlich hatte sie ihn deswegen stets weitergedrängt. Bestimmt hatte sie das nicht nur getan, um selbst Ruhm und Ehre einzuheimsen, wie Penelope behauptet hatte. Oder doch?

Diese und ähnliche Gedanken wanderten in Helenas Kopf umher, während sie aus dem Privatgarten Richtung Großem Brunnengarten abbog. Da erblickte sie Elijah. Abrupt blieb Helena stehen und sah zu, wie er auf sie zukam. Und zum allererste Mal hatte sie keine Ahnung, was sie zu ihm sagen sollte.

Elijah sprach zuerst. »Hallo.«

»Hallo«, grüßte Helena zurück und begutachtete seinen burgunderroten Frack und die grau-schwarz gestreifte Hose. Nicht das, was Helena ihm zu diesem Anlass herausgesucht hätte, aber eindeutig ein Aufzug, der ihm perfekt stand.

Ein Augenblick verging in beidseitigem Schweigen. Dann streckte Elijah den Rücken durch, obwohl er ohnehin schon fast einen Kopf größer war als sie, und sagte: »Haben Sie vor, allen zu sagen, wer ich bin? Ich kann es nicht gebrauchen, dass mich dieser Gedanke umtreibt – ich muss mich auf das Kochen konzentrieren.«

Helena überlegte. Bisher hatte sie noch gar keinen Plan, wie sie mit der Sache umgehen sollte. Für jemanden, der so entscheidungsfreudig war wie sie, war allein dies schon seltsam. Noch bestürzender war jedoch der Blick, den Elijah ihr zuwarf – als wäre er bereit, gegen sie zu kämpfen. Als wäre Helena ein Feind, den es zu vernichten galt.

»Ich freue mich, dass Sie sich entschlossen haben, im Wettbewerb zu bleiben. Haben Sie vor, sich um Prinzessin Adelaide zu bemühen?«, fragte Helena.

Elijah knirschte mit den Zähnen. »Haben Sie Penelope eingeredet, dass ich das tun sollte?«

Das brachte Helena auf die Palme, schließlich hatte sie dazu gar keine Zeit gehabt. Aber selbst wenn sie es getan hätte – wieso sollte ihn das interessieren? »Hat sie Ihnen gesagt, dass Sie es tun sollten?«

Elijah seufzte. »Das bringt alles nichts. Beantworten Sie mir meine Frage und dann gehen wir ein für allemal getrennte Wege. Haben Sie vor, mich irgendwie zu sabotieren?«

Obwohl Helena noch gestern genau so etwas überlegt hatte, verspürte sie sofort den Drang, seinen Vorwurf weit von sich zu weisen. Gleichzeitig wuchs ihr Respekt für diesen jungen Mann. Er war eindeutig nicht mehr der verlotterte Nichtsnutz, den sie im Januar in Covent Garden getroffen hatten. »Lady Rutland betrachtet mein Projekt als erfolgreich abgeschlossen und ich bin ganz ihrer Meinung. Sie sind *wirklich* zu einem Gentleman geworden, der nun für königliche Häupter kocht.«

An Elijahs Wange zuckte ein Muskel. »Erinnern Sie sich an den Tag, an dem Sie mich dafür ausgescholten haben, dass ich das Schweinefleisch nicht essen wollte? Wäre Miss Pickering nicht gewesen, hätte ich kurz darauf Ihr *Experiment* hingeschmissen. Wenn Sie Ihr Projekt also als Erfolg verbuchen, sollten Sie darüber nachdenken, Penelope ihren Anteil daran zuzugestehen.«

Helena zog eine Augenbraue in die Höhe. Sie hatte zwar gewusst, dass Penelope im größeren Maße an seiner Ausbildung beteiligt gewesen war als geplant – gerade angesichts ihres eigenen Projekts, das sie vollenden musste. Aber ihr war bisher nicht bewusst gewesen, dass er ohne Penelope einen Schlussstrich gezogen hätte.

»Mein Projekt ist jetzt beendet. Sie dürfen – und *sollten* – tun und lassen, was Sie möchten. Ich muss ehrlich sagen, dieser neue starke Zug, den Sie sich zugelegt haben, gefällt mir. Ich wage zu behaupten, dass ihn die meisten Damen in London unwiderstehlich finden werden – einschließlich Prinzessin Adelaide.«

Elijah machte auf dem Absatz kehrt.

Helena ging ihm nach. »Doch was ich denke, spielt ohnehin keine Rolle.«

Elijah wirbelte wieder zu ihr herum. »Da sind wir uns ja ausnahmsweise mal einig. Aber dieser *starke Zug*, wie Sie es nennen, wird völlig unwichtig sein, sobald die Leute herausfinden, dass ich Jude bin. Wenn sie so darauf reagieren wie

Sie, wird alle Ausbildung, die Sie mir haben zuteilwerden lassen, umsonst gewesen sein.«

Auf einmal hatte Helena das Gefühl, als würden ihr die Bänder ihrer Haube die Haut am Hals wundscheuern. »Ich … Ich hätte anders darauf reagieren sollen. Ich war nur so überrascht. Ich wollte doch nicht …« Beinahe wäre ihr herausgerutscht, dass sie nicht vorgehabt hatte, ihn zu kränken. Dann fiel ihr gerade noch rechtzeitig ein, was Penelope am Tag zuvor zu ihr gesagt hatte. Ob Helena andere mit Absicht beleidigte oder nicht, spielte keine Rolle – sie tat es. Was sagte es über sie aus, dass ihr das bisher vollkommen gleichgültig gewesen war?

Sie ließ den Blick noch einmal über seinen Frack und den Zylinder gleiten. »Ich glaube nicht, dass alle so reagieren würden wie ich«, sagte sie. Einige von ihnen vielleicht schon, sehr wahrscheinlich jedoch nicht alle. Penelope hatte schließlich auch nicht so reagiert.

Elijah sah sie geringschätzig an, dann wandte er den Blick ab.

Unbehaglich zerrte Helena am Band ihrer Haube. »Was sagt Penelope denn eigentlich zu alldem?«, fragte sie.

Elijah sah ihr in die Augen.

Von seinem durchdringenden Blick verunsichert, blinzelte Helena hektisch.

»Sie sagte, nach dem heutigen Tag könnte ich alles tun, was ich will.«

Genau das, was Helena auch gerade gesagt hatte.

»Und dann hat sie noch gesagt, ich soll versuchen, die

Hand der Prinzessin zu erlangen. Und das war, nachdem sie gestern mit *Ihnen* gesprochen hatte.«

Helena runzelte die Stirn. Bei ihrem Gespräch hatte Penelope eindeutig nicht den Eindruck gemacht, als würde sie wollen, dass Elijah die Prinzessin heiratete. Anscheinend lag ihm das Thema sehr auf der Seele. Die Frage war nur: warum? Offenbar waren er und Penelope sich im Verlauf der vergangenen Monate nähergekommen, aber steckte vielleicht noch mehr dahinter?

»Ich habe nicht vor, Sie zu sabotieren«, sagte Helena. »Ich finde zwar nach wie vor, dass Sie mir die Wahrheit hätten sagen sollen, doch ich glaube, ich verstehe inzwischen, warum Sie es nicht getan haben. Sie haben schwer dafür gearbeitet, da zu stehen, wo Sie jetzt sind. Ich werde niemanden daran hindern zu erkennen, wie gut Sie, Elijah Little, als Gentleman-Koch geworden sind.«

Die Spannung, die ihm bis eben noch ins Gesicht geschrieben gewesen war, schmolz auf einmal wie Butter in der Sonne. Elijah nickte. »Wenn Sie Penelope sehen, sagen Sie ihr bitte, dass ich sie suche.« Damit ging er davon. Und Helena blieb mit der Frage zurück, ob Penelope ihr vielleicht mehr verheimlicht hatte als gedacht.

Nervös tippte Elijah sich mit den Fingerspitzen ans Bein, während er in der Palastküche an seinem zugewiesenen Arbeitstisch wartete. Ein königlicher Bediensteter stand vorne im Raum. Dort, von wo gestern Lady Rutland den Wettbewerb überblickt hatte. Statt des Tisches mit Fisch und Meeresfrüchten gab es heute eine Tafel, die mit einer riesigen Auswahl an rotem, weißem und Wildfleisch bestückt war. Der Diener sah auf seine Taschenuhr.

Elijah behielt den Mann stets im Blick, doch seine Gedanken schweiften immer wieder zu Penelope ab. Draußen war keine Spur von ihr zu sehen gewesen. Dabei hatte sie versprochen, vor Beginn des Wettbewerbs hier zu sein. Er hätte sie doch lieber zum Cavendish Square begleiten sollen. Ein echter Gentleman hätte das getan, egal wie sehr sie dagegen protestiert hätte. Elijah erinnerte sich selbst daran, dass Penelope es gewohnt war, allein unterwegs zu sein. Bestimmt war sie nur auf dem Weg hierher aufgehalten worden.

Und gleichgültig, was der Grund für ihre Verspätung war – sie hatte ihm geraten, die Prinzessin zu heiraten.

Je länger Elijah über den gestrigen Tag nachdachte, desto mehr verfestigte sich sein Verdacht, dass Penelope möglicherweise Freddie Eynsford-Hill zum Ehemann nehmen würde. Schließlich hatte sie dessen Annäherungsversuche nicht abgeblockt. Und auch wenn Elijah und Penelope befreundet waren – sobald sie jemanden heiratete, dessen Stand weit über Elijahs lag, würde er sie bestimmt nie wieder sehen.

Mehr gab es dazu nicht zu sagen. Außer freundschaftlichen Gefühlen hatte sie nichts für ihn übrig. Und er würde einen Weg finden müssen, damit zu leben.

»Sie dürfen nun anfangen, Mr Little«, sagte der Bedienstete und klappte seine Taschenuhr zu. »Sie haben genau eine Stunde Zeit.«

Elijah nickte und näherte sich dem Tisch, um seine Zutaten auszusuchen. Einen Großteil der Nacht hatte er mit Überlegungen zugebracht, womit er die königlichen Hoheiten wohl am besten beeindrucken könnte. Doch viel mehr als die Gerichte, die er schon kannte, war ihm nicht eingefallen. Er wünschte, die Herausforderung hätte darin bestanden, ein komplettes Menü zuzubereiten, oder zumindest etwas Ausgefalleneres als einfach nur ein einzelnes Gericht.

Ein einziges Gericht, das zeigen sollte, wer er war. Wie konnte das ausreichend sein?

Aber wer war er denn überhaupt? Elijah starrte auf den Tisch, ohne irgendetwas darauf wirklich wahrzunehmen. Immer wieder hallten Penelopes Worte in seinem Kopf nach – er würde einen wunderbaren Gemahl für die Prinzessin abgeben. Das sah Elijah ganz anders. Angespannt strich er sich mit der flachen Hand über den Frack. Dabei ertastete er die Mesusa seiner Eltern, die bislang unbeachtet in seiner Tasche gelegen hatte, und hielt sie fest.

Der Bedienstete musterte ihn aus zusammengekniffenen Augen. Offensichtlich kam es ihm seltsam vor, dass Elijah so lange überlegte und damit einen großen Teil seiner kostbaren Kochstunde vergeudete. Solche argwöhnischen Blicke kannte Elijah schon sein Leben lang – sie stammten von Leuten, die mehr Geld oder einen höheren Stand hatten oder ihn schlicht nicht leiden konnten. Er hatte gedacht, sich selbst neu zu erfinden, würde bedeuten, dass er diese Blicke seltener ertragen müsste. Aber die Wahrheit war, dass er sie bis zu seinem letzten Tag würde hinnehmen müssen. Denn die neue Welt der oberen Schichten brachte neue argwöhnische Blicke mit sich. Ob er nun Gentleman-Koch war oder nicht – die Leute würden immer wissen wollen, wer er war und woher er stammte. Und wenn er nicht schleunigst lernte, damit klarzukommen, würde er für den Rest seines Lebens davor weglaufen müssen.

Elijah seufzte und sah dem skeptischen Diener ins Gesicht. »Wie viel Zeit habe ich noch?«

Der Mann schielte auf seine Uhr. »Noch einundfünfzig Minuten und dreißig Sekunden«, sagte er mit Zweifel in der Stimme.

»Nun denn.« Elijah dachte an die vielen Stunden zurück, in denen Helena und Penelope ihn in den vergangenen Monaten zur Eile angetrieben hatten. »Ein Glück, dass ich es gewohnt bin, unter Druck zu arbeiten.«

Elijah befand sich in Begleitung von zwei Dienern, die seine mit silbernen Glocken bedeckten Teller trugen. Als sie sich dem königlichen Speisesaal näherten, öffneten zwei andere Bedienstete gleichzeitig die Flügeltüren.

Elijah sog die Luft durch die Nase ein, während die Angestellten mit seinem Essen vor ihm den Raum betraten. Er folgte ihnen und musterte die Wände, die mit dunklem Holz vertäfelt und mit üppigen Tapeten und Gemälden verziert waren. Direkt vor ihm stand ein rechteckiger, für vier Personen gedeckter Tisch vor drei deckenhohen Fenstern. Der königliche Speisesaal war nicht ganz so groß oder glamourös, wie Elijah erwartet hatte. Dennoch musste er trocken schlucken, als er sich dem langen Tisch näherte, an dem die Königin, Prinz Leopold, Prinzessin Adelaide und Lady Rutland saßen. Königin Charlotte und die Schulleiterin lächelten ihm wohlwollend entgegen, während die Prinzessin und ihr Vater keinerlei Gefühlsregung erkennen ließen. Die Bediensteten stellten die Teller vor der Jury ab.

»Willkommen zurück, Mr Little«, sagte die Königin.

Elijah verbeugte sich. »Eure Majestät.«

»Erzählen Sie uns bitte, was Sie zubereitet haben.«

Die Diener hoben die Servierglocken ab.

Elijah atmete tief durch. »Ich habe heute gebratene Wachteln zubereitet, die mit Gewürzsumach, Koriander und Chili gewürzt sind. Dazu Cachapas aus süßem Mais – das sind die kleinen Blechküchlein. Darüber hinaus gibt es in Teig ausgebackene und mit Hüttenkäse gefüllte Zucchiniblüten.« Elijah hielt kurz inne. Das Gericht wirkte sicher überraschend simpel. Die Cachapas waren der einfachste Bestandteil, möglicherweise würde die königliche Jury sie sogar als zu ärmlich betrachten. Aber das Rezept stammte von Elijahs Onkel Jonathan. Er hatte es vor vielen Jahren von einer Fahrt nach Venezuela mitgebracht. Und seitdem hatte Elijah es immer weiter perfektioniert, wenn er genug Süßmais auftreiben konnte.

Prinzessin Adelaide beäugte das Gericht, als wäre sie verwundert, dass es so simpel wirkte. Dann sah sie Elijah fragend an.

Er hielt ihrem Blick stand. Er war schon immer der Meinung gewesen, dass Essen ein großer Gleichmacher war – immerhin musste jeder Mensch essen, um zu überleben, unabhängig von Nationalität oder Religion. Auf der Royalen Ausstellung entfalteten sich schließlich auch die Küchen und Kulturen von über dreißig verschiedenen Ländern. Soweit Elijah es beurteilen konnte, war hier jeder willkommen, egal aus welcher Ecke der Welt. Sein erster Impuls war daher gewesen, etwas zu kochen, was aus seiner Essenskultur stammte, etwas, was mehr oder weniger subtil ausdrückte: *Ich bin Jude und daran ist nichts verkehrt.*

Seit er alt genug gewesen war, um die Verunglimpfungen zu verstehen, die ihm auf Londons Straßen um die Ohren gehauen wurden, hatte er sich Gedanken darüber gemacht: Man würde ihn stets durch den Filter der Vorurteile betrachten. Die Lebensweise seines Onkels hatte Elijah aber den willkommenen Vorwand geboten, sich schon als Junge von den Glaubensgrundsätzen, Traditionen und Gebräuchen zu distanzieren, die ihn auffällig machten. Doch heute war er nicht mehr jener eingeschüchterte Junge, den sein Onkel aufgenommen hatte. Und auch nicht mehr der schnodderige Jungspund, der über nichts weiter verfügte als seinen Grips und das bisschen Geld, das er auf dem Nachtmarkt verdiente. Inzwischen war er ein ganz anderer Mensch geworden.

Und so gern er dem Schmerz entflohen wäre, der ihn befiel,

wenn er an seine Eltern dachte – ihm war bewusst geworden, dass all das, was sie durchgestanden hatten, für immer auch Teil seines Lebens bleiben würde. Doch als Elijah vorhin in der Küche angefangen hatte, sich die Zutaten für Kartoffelpuffer zusammenzusuchen, war ihm noch etwas klargeworden: Ja, seine Herkunft und Religion hatten ihn geprägt und das würde stets so bleiben. Aber sie waren nicht das Einzige, was ihn ausmachte. Er musste sich selbst nicht ausschließlich darüber definieren. Genauso wenig, wie er sich von anderen ausschließlich darüber definieren *lassen* wollte. Was er am liebsten kochte, waren Gerichte aus Mittel- und Südamerika. Deren Geschmacksrichtungen fand er aufregend und schon auf dem Nachtmarkt hatte er es genossen, die Reaktion der Leute zu beobachten, wenn er ihnen etwas zu kosten gab, was sie noch nie probiert hatten. Also war er zwar bei der Idee des Puffers geblieben, hatte aber von Kartoffeln auf Mais umgeschwenkt. Denn waren Cachapas im Grunde nicht jüdische Latkes, nur mit anderem Namen?

Die Königin und der Prinz probierten gerade von der Wachtel.

»Die Würzung ist ziemlich schlicht, doch wirkungsvoll«, murmelte Lady Rutland.

»Dem stimme ich zu.« Der Prinz nickte und schnitt seine Zucchiniblüte auf.

»Die Beilage finde ich sehr gut«, sagte die Königin. »Leichte Konsistenz, aber mit einer dezenten Schärfe – ein perfektes Sommergericht.«

»Vielen Dank, Eure Majestät«, sagte Elijah.

Er beobachtete das Gesicht der Prinzessin, die gerade in ihre Cachapa biss. Zunächst ließ sie kaum eine Reaktion erkennen, schnitt dann allerdings ein Stück ihrer Zucchiniblüte ab und steckte sie zusammen mit einem weiteren Bissen von der Cachapa in den Mund. Ihre Pupillen weiteten sich kaum merklich. Sie probierte erneut. Schließlich stippte sie die Gabel, auf die die Cachapa aufgespießt war, mit dem letzten Stück ihrer Zucchiniblüte in die hellgrünen Soßenkleckse, die Elijah auf den Teller geträufelt hatte. Danach hob sie den Blick und sah ihm in die Augen.

»Was ist in der Füllung noch drin, außer Hüttenkäse? Zwiebeln?«

»Nur Salz, Eure Hoheit«, erwiderte Elijah.

Die Prinzessin neigte den Kopf. »Erstaunlich. Der Teigmantel war so leicht und knusprig. Ich hätte nie gedacht, dass eine Blüte einen derartigen Geschmack entfalten könnte.« Ein feines Lächeln huschte über ihr Gesicht.

»Ich auch nicht«, gab der Prinz ihr Recht und musterte Elijah durchdringend. »Wie ich hörte, ging Ihr Gericht der vorherigen Runde in eine vollkommen andere geschmackliche Richtung. Mich würde interessieren, warum Sie von Ihrem bisherigen Kurs abgewichen sind und heute mit vergleichsweise sehr viel schlichteren Elementen gearbeitet haben?«

Mit solchen Fragen hatte Elijah gerechnet. »Die Aufgabe lautete, in einem Gericht zu zeigen, wer man ist. Manchmal sind Dinge, die zunächst ganz simpel erscheinen, in Wirklichkeit doch sehr komplex. Und denen, die anfangs komplex erscheinen, fehlt auf den zweiten Blick jede Substanz. Ich finde, die Zutaten sollten für sich selbst sprechen.« Was auch immer jetzt kommen mochte, dachte sich Elijah – er hatte alles in seiner Macht Stehende getan und konnte stolz auf sich sein.

Prinzessin Adelaide zog eine Augenbraue in die Höhe. »Faszinierend.«

19

Wenn man verliebt ist ...

Penelope betrat die Große Halle des Hampton Court Palastes in ihrem besten Kleid – einem Traum aus sonnenblumengelber Seide, auf dessen Rockschößen Glasperlen in Blattmuster aufgestickt waren. Puffärmel bauschten sich ganz tief an ihrem Schulteransatz auf und eine Schärpe aus weißer Seide betonte ihre Taille. Die Ohrringe und die Halskette aus Saatperlen, die sie zum sechzehnten Geburtstag von ihren Eltern geschenkt bekommen hatte, passten perfekt dazu. Den größten Teil ihrer üppigen braunen Locken hatte Penelope zu einem verdrillten Zopf geflochten, der auf ihrem Hinterkopf thronte. Für das Richten der Löckchen links und rechts vom Gesicht hatte sie viel zu viel Zeit verwendet, bis sie mit dem Ergebnis endlich zufrieden war. Dennoch hatte es ihr Freude bereitet, sich ausnahmsweise mal richtig schick zu machen. Auch wenn es ihr fehlte, mit Helena über das Kleid oder die Frisur zu sprechen. Penelope sah sich nach ihrer früheren Freundin um, aber die schien noch nicht eingetroffen zu sein. Vielleicht war das auch besser so – Penelope verspürte immer noch keinen besonderen Drang, mit ihr zu reden.

Langsam betrat sie den Ballsaal, wo Hunderte Bienenwachskerzen die Zierleisten und Schnitzereien der kunstvollen Deckenbalken erleuchteten. Feinste Brüsseler Wandteppiche hingen in langen Bahnen an beiden Seitenwänden herab. Die hatte Penelope gestern nur aus der Ferne von ihrem Platz auf der Sängerempore aus bewundern können. Heute war auf der gegenüberliegenden Seite des Saals ein Podium aufgebaut. Auf dem langen Tisch davor standen zehn mit Silberglocken bedeckte Teller. Vor diesen waren kleine Kärtchen mit den Nummern eins bis zehn so aufgestellt worden, dass das Publikum sie lesen konnte. Zwei Bedienstete hielten rechts und links vom Tisch Wache und ein leises Streichkonzert drang von der Sängerempore über ihnen in den Saal.

Welcher Teller wohl von Elijah stammt?, fragte sich Penelope. Sie reckte den Kopf, um einen Blick auf seine groß gewachsene Gestalt zu erhaschen, aber er war nirgends zu sehen. Hoffentlich war der Tag für ihn gut verlaufen. Eigentlich hatte sie fest vorgehabt, ihn noch vor Beginn der Kochphase zu sprechen. Doch all ihre Sachen ins Hotel zu schaffen, hatte sich als sehr viel ermüdender herausgestellt als gedacht. Trotz des Hausmädchens, das Pierce ihr zur Unterstützung mitgeschickt hatte. Nachdem sie sich vergewissert hatte, dass Penelopes Unterkunft gesichert war, hatte sich die junge Zofe wieder in das Haus am Cavendish Square begeben. Und Penelope war so erschöpft gewesen, dass sie auf der

Stelle eingeschlafen und erst wieder aufgewacht war, als eine Bedienstete des Hotels an ihre Tür geklopft und ihr Frühstück gebracht hatte.

Und auch danach hatte Penelope noch eine Weile im Bett verbracht. Wozu sollte sie auch aufstehen? Da war kein Elijah, der unten auf sie wartete. Keine Helena, die sich über den Brotaufstrich beklagte. Innerhalb nur weniger Monate waren sie im Haus Nummer 9 zu einer eingeschworenen Gemeinschaft zusammengewachsen – das war nun vorbei. Elijah würde die Prinzessin heiraten. Und wenn nicht sie, dann sicher eine andere Dame hohen Standes, die ihre Verbindungen dazu nutzen würde, ihm zu seinem eigenen Laden zu verhelfen. Penelope selbst verfügte dagegen über keinerlei nennenswerte Verbindungen (außer, man rechnete die entfremdete Familie ihres Vaters dazu, was Penelope nicht tat).

Elijah wäre mit einer Frau, die ihm helfen könnte, die gesellschaftliche Leiter weiter zu erklimmen, sicherlich besser dran. Und nach seiner Hochzeit würde ihre Freundschaft der Vergangenheit angehören. Penelope versuchte, den Kloß in ihrem Hals hinunterzuschlucken.

Helena würde die Akademie bestimmt als Jahrgangsbeste absolvieren und ihre große Karriere in Angriff nehmen. Auch Penelope würde ihren Weg gehen. Nach und nach würden sie sich immer mehr auseinanderleben – vor allem, wenn sie sich um dieselben Aufträge bewarben.

Deshalb hatte Penelope schon öfter überlegt, ihre Ausbildung im Ausland fortzusetzen. Das würde ihr – verglichen mit Helena – zu einem Alleinstellungsmerkmal verhelfen und ihr erlauben, ihre Eltern häufiger zu sehen. Das war schon lange ihr Plan gewesen und an den würde sie sich halten. Obwohl dann ein gewisser groß gewachsener junger Mann mit braunen Augen, welligem Haar und einem bezaubernden Lächeln in weite Ferne rückte. Obwohl sie nie mehr Gelegenheit hätte, mit ihm zusammen zu lachen oder ein Rezept auszuprobieren. Obwohl sie nie wieder Seite an Seite in einer Küche arbeiten oder an einem Arbeitstisch einander gegenüberstehen würden. Und obwohl all diese Gedanken in ihr den Wunsch weckten, sich wie ein kleines Mädchen zu verkriechen und die Bettdecke über den Kopf zu ziehen. Und obwohl die Vorstellung von alledem in ihr einen seltsamen Schmerz verursachte, den Penelope noch nie empfunden hatte.

Elijah hatte alles Gute verdient, was die Welt ihm bieten konnte. Er hatte es verdient, nicht nur nach dem Mond und den Sternen zu *greifen*, wie Helena es gesagt hatte, sondern sie auch zu erreichen.

Ja, Penelope würde sich an ihren alten Plan halten. Der Brief ihrer Eltern war ein Zeichen, dass sie das tun sollte. Er war ihr vom Cavendish Square nachgeschickt worden und sie hatte ihn heute erhalten, bevor sie das Hotel verließ. Ihre Eltern freuten sich darauf, sie nach ihrem Abschluss in Liverpool zu treffen. Von dort aus würden sie dann gemeinsam zu der Reise über den Pazifik aufbrechen, die Penelope sich schon so lange gewünscht hatte. Die Reise, die ihre Eltern ihr als Entschädigung versprochen hatten, weil sie ihre ganze Schulzeit allein hatte durchstehen müssen. Eine Belohnung dafür, dass Penelope so eine unabhängige junge Frau geworden war, auf die ihre Eltern stolz waren: Die erste Kulinarikerin gemischter Abstammung, die ihr Studium an der Royalen Akademie der Kulinarik abschloss.

Penelope freute sich sehr auf die Reise. Und etwas zu schaffen, was noch nie jemandem wie ihr gelungen war, war auch etwas Großes, auf das sie viele Jahre hingearbeitet hatte. Bald würde sie es erreicht haben. Aber warum hatte sie trotzdem das Gefühl, als würde etwas Entscheidendes fehlen? Seufzend schloss sie die Augen.

Schon den ganzen Vormittag hatten diese Gedanken an ihr genagt. Deswegen hatte sie beschlossen, erst herzukommen, wenn der Ball näher rückte. Den Nachmittag hatte sie damit verbracht, Elijahs Rezepte und ihre wenigen Bücher über die Küche des amerikanischen Kontinents auf Übereinstimmungen und Querverweise zu untersuchen. Wobei sie sich alle Mühe gegeben hatte, nicht an ihn zu denken.

Je mehr Notizen sie sich gemacht hatte, desto deutlicher war geworden, dass sie mit ihrem Projekt sträflich hinterherhinkte. Elijah auf den Wettbewerb vorzubereiten, hatte einen Großteil ihrer Zeit verschlungen, den sie lieber für Recherche und das Verfassen ihrer Abschlussarbeit hätte verwenden sollen.

Doch jetzt stand sie hier und starrte auf die zehn abgedeckten Teller im Großen Saal, der von flackerndem Kerzenlicht erhellt wurde. Sie nickte dem Bediensteten zu, der sie ermahnte, nichts anzufassen, und entdeckte endlich Elijah, der mit hocherhobenem Kopf durch die Tür am anderen

Ende des lang gestreckten Raumes eintrat. Und sofort wusste sie, dass es richtig gewesen war, einen großen Teil seiner Ausbildung zu übernehmen. Sie hätte ihn niemals allein in Helenas Hände gegeben.

Elijah schaute sich im Saal um und sein Blick fiel auf Penelope. Er kam auf sie zu und sie konnte nicht anders, als ihm breit entgegenzulächeln. Er trug denselben formellen schwarzen Frack mit cremefarbener Weste und eierschalenfarbenem Halstuch wie an dem Tag, als sie ihm das Tanzen beigebracht hatten. Im Schein der vielen Kerzen sah er noch viel besser aus als je zuvor. Während Penelope vor sich hingeträumt hatte, hatte sich der Saal gefüllt und Elijah musste auf dem Weg zu ihr vielen Menschen ausweichen oder ein paar höfliche Worte austauschen. Penelope setzte sich in Bewegung, um ihm auf halbem Wege entgegenzulaufen, doch sie hatte sich so sehr auf Elijah konzentriert, dass sie Freddie Eynsford-Hill erst bemerkte, als er sie ansprach.

»Miss Pickering, wie wunderbar Sie heute Abend wieder aussehen«, sagte er mit einer Verbeugung.

Penelope wandte sich ihm nur halb zu. »Mr Eynsford-Hill. Ich hatte Sie gar nicht gesehen.«

Er zog gut gelaunt eine Augenbraue hoch. »Ich wollte Sie nicht erschrecken.«

Penelope schüttelte den Kopf. Dann schaute sie wieder zu Elijah, der jedoch plötzlich verschwunden war. Hektisch reckte sie den Hals nach allen Seiten.

»Geht es Ihnen nicht gut?«, fragte Freddie.

»Doch, doch, alles bestens«, erwiderte sie. Wo war Elijah

denn auf einmal hin? Stattdessen entdeckte sie nun Helena, die den Raum in einem grün-blauen Kleid betrat, dessen Ärmel mit blau-weißen Schleifchen verziert waren.

Penelope wandte sich ab, ohne sicher sagen zu können, ob Helena sie gesehen hatte.

»Sie wurden heute in den Ausstellungszelten sehr vermisst«, sagte Freddie.

»Sehr freundlich von Ihnen, das zu sagen«, gab Penelope zurück. »Ich musste dringend an meinem Abschlussprojekt arbeiten.«

Er nickte. »Ich bewundere Ihr Interesse an der amerikanischen Küche. Sie werden es in der kulinarischen Welt gewiss zu großem Ansehen bringen. Auch wenn ich befürchte, dass die Geschmacksrichtungen des amerikanischen Kontinents es nicht leicht haben werden, den Gaumen der Leute hier zu erobern. Besonders den der älteren Generation meiner Mutter.« Er lachte kurz.

Penelope sah ihn durchdringend an. »Ja, ich erinnere mich, dass sie mich wegen meiner Reisen nach Amerika anscheinend etwas sonderbar fand.«

»Ja, meine Mutter ist recht altmodisch.« Freddie schüttelte den Kopf. »Sie steht allem Fremden nicht gerade wohlwollend gegenüber, wenn Sie verstehen, was ich meine.«

Penelope schürzte die Lippen und wollte gerade nachhaken, als plötzlich die Musik verstummte. Ein Raunen ging durch die Menge, da Königin Charlotte am Arm des Prinzgemahls hereinkam. Sofort knicksten alle Damen und die Herren verbeugten sich.

Die Königin und der Prinz gaben wie immer ein wunderbares Paar ab: Sie, mit Juwelen behangen und gekleidet in ein Gewand, dessen silberne Verzierungen im Kerzenschein glitzerten, er, trotz seines mittleren Alters immer noch in guter Form und attraktiv. Prinzessin Adelaide folgte ihren Eltern in einem hellrosa Kleid mit Puffärmeln, einem bodenlangen Bauschrock und einem Mieder, das die Plisseefalten der Ärmel aufgriff. Ihr hellbraunes Haar war zu einer kunstvollen Frisur hochgesteckt und eine zarte Tiara mit rosafarbenen Saphiren und Diamanten vervollständigte ihren Aufzug.

An dem Abend, an dem sie den Namen ihres zukünftigen Ehemannes verkündet, muss eine Prinzessin wohl auch überwältigend aussehen, dachte Penelope. Die royale Familie ging an ihr vorbei zum Podium und die Königin stellte sich neben den Tisch mit den silbern bedeckten Tellern. Der Prinz und seine Tochter blieben knapp hinter ihr stehen, während die Diener sich weiter zurückzogen. Einer von ihnen bedeutete den Musikern, mit dem Spielen aufzuhören.

Schließlich ergriff die Königin das Wort. »Ich heiße Sie alle zum Finale der Royalen Kulinarik-Ausstellung willkommen!«

Die Menge applaudierte.

Königin Charlotte wartete lächelnd, bis der Beifall verklungen war. »Wir haben es sehr genossen, all die vielen Köstlichkeiten aus heimischen und fremden Landen zu kosten. Die Bewerberinnen und Bewerber haben uns die Entscheidung dank ihrer überlegenen Fähigkeiten und ausgefeilten Kochkünste erneut ausgesprochen schwer gemacht. Es war uns eine Ehre, jedes einzelne Häppchen kosten zu dürfen.« Sie lächelte wieder und sah ihre Tochter an. »Wie Sie wissen, wird Prinzessin Adelaide in Kürze den Namen ihres zukünftigen Gemahls bekannt geben – genauso wie die Platzierung der Finalisten, deren Kreationen hier vor uns liegen.«

Während sich im Publikum Gemurmel ausbreitete, suchte Penelope noch einmal den Raum nach Elijah ab.

»Doch zuvor möchte meine Tochter mit drei der Finalisten tanzen. Der Ball ist eröffnet!«

Die Musiker setzten zu einem Walzer an, der das aufgeregte Stimmengewirr der Zuschauer übertönte. Und da sah Penelope ihn endlich aus dem Augenwinkel – Elijah. Ein Diener geleitete ihn durch die Menge zum Podium. Dort verbeugte er sich vor der Königin, dem Prinzgemahl und der Prinzessin. Penelope schluckte den Kloß in ihrem Hals hinunter, als Elijah Prinzessin Adelaide seinen Arm anbot und sie nach vorn trat, um sich einzuhaken. Noch bevor Penelope verstand, was geschah, wirbelte der junge Mann, dem sie das Tanzen beigebracht hatte, mit der britischen Kronprinzessin im Dreivierteltakt übers Parkett.

Mit angehaltenem Atem führte Elijah die Prinzessin in die Mitte des Saals. Was tat er hier? Alle Augen waren auf ihn und Prinzessin Adelaide gerichtet. Eine Welle der Übelkeit schwappte über ihn hinweg und er zwang sich, tief Luft zu holen. Er hatte doch nur genug lernen wollen, um irgendwann einen festen Marktstand zu haben oder ein eigenes Lokal, vielleicht sogar ein Warenhaus. Doch im Mittelpunkt gesellschaftlicher Aufmerksamkeit zu stehen, hatte er nie vorgehabt. Aber hier war er nun. Und es blieb ihm nichts anderes übrig, als das Beste daraus zu machen.

Daher wandte er sich der Prinzessin zu und streckte ihr die Hand hin. So wie Penelope und Helena es ihm gezeigt hatten. Federleicht legte Prinzessin Adelaide die eine Hand in seine und die andere auf seine Schulter. Sie lächelte ihn an und er rang sich ebenfalls ein Lächeln ab, während er im Kopf die Takte mitzählte und seine Tanzpartnerin langsam im Kreis herumführte. Mit der Zeit gesellten sich weitere Paare zu ihnen und wirbelten um sie herum.

Ob die Prinzessin von ihm erwartete, dass er sich mit ihr unterhielt? Sie hatte ihn als allerersten Tanzpartner ausgesucht, was wohl bedeuten sollte, dass er zu den heißen Kandidaten um ihre Hand zählte. *Um ihre Hand*, verdammt! Elijah räusperte sich. Die Vorstellung, eine Frau heiraten zu müssen, mit der er kaum geredet hatte, machte ihn völlig fertig. Natürlich wusste er, dass es in allen Gesellschaftsschichten arrangierte Ehen gab, selbst unter den Traditionsbewussten seiner eigenen Glaubensgemeinschaft. Es nun allerdings selbst zu erleben, war doch etwas ganz anderes.

»Sie sind offenbar kein Mann vieler Worte, Mr Little«, sagte die Prinzessin.

»Ich fürchte, das ist nur einer meiner vielen Makel«, erwiderte er in der Hoffnung, dass man ihm seine Zwiespältigkeit gegenüber seiner potenziellen Braut nicht allzu sehr ansehen konnte.

Prinzessin Adelaide zog eine Augenbraue in die Höhe. »Die meisten Gentlemen geben nicht so schnell zu, überhaupt irgendwelche charakterlichen Mängel zu haben. Zumindest nicht in meiner Anwesenheit.«

Freudlos lachte er auf. »Die meisten Männer hegen in der Tat eine beachtliche Bewunderung für ihren eigenen Selbstwert.«

»Sie dagegen nicht?« Sie hob den Blick zu ihm.

Elijah wusste nicht recht, was er darauf antworten sollte. Natürlich hatte er stets versucht, über sich hinauszuwachsen – zum Teil, um den Leuten, die ihn wegen seiner Armut oder Religion beleidigt hatten, zu zeigen, wie engstirnig sie waren. Doch auch, um sich selbst zu beweisen, dass er sich von deren Sichtweisen nicht kleinhalten lassen würde. Trotzdem bekam er den Spott und die Sticheleien nach wie vor nicht ganz aus dem Kopf. Irgendwie betrachtete er sich selbst immer noch als unterlegen. Das *musste* so sein. Es war die einzig denkbare Erklärung dafür, warum er weiterhin verheimlichte, wer er war. Was war er nur für ein Vollidiot, dass er sich selbst vor dieser hübschen und mächtigen Prinzessin herabsetzte, obwohl sie ihn offenbar als Ehemann in Betracht zog? Er stieß den angehaltenen Atem aus.

Natürlich war das nicht die ganze Wahrheit. Prinzessin Adelaide war hübsch und ganz offensichtlich einfühlsam, aber sie war eben nicht Penelope.

Penelope. Als ihre Blicke sich über den Saal hinweg getroffen hatten, hatte er kurz gedacht, dass ... Doch dann hatte Freddie Eynsford-Hill sie abgefangen und Elijah damit einmal mehr daran erinnert, welche Sorte Gentleman Penelope umwerben sollte: die, zu der Elijah niemals gehören würde. Womit er sich in Gedanken auch wieder selbst abwertete.

Er versuchte, den Kloß in seiner Kehle hinunterzuschlucken. Indem er Penelope nicht sagte, was er empfand, nahm er ihr die Möglichkeit, selbst zu entscheiden, wie sie dazu stand. Außerdem gab er damit auch noch zu, dass alles stimmte, was die Leute über ihn sagten. Helena hatte er ins Gesicht geschleudert, wie falsch sie mit ihrer Behauptung lag, er könne wegen seiner Herkunft und Religion seine Ziele nicht erreichen. Aber bis zu diesem Augenblick war ihm nicht klar gewesen, dass er es versäumt hatte, sich selbst das Gleiche zu sagen.

»Eure Hoheit«, sagte er. »Sie haben mir soeben bewusst gemacht, dass ich *tatsächlich* dazu neige, schlecht von mir zu denken.« Sein Herz begann, wild zu pochen. Er musste dringend mit Penelope reden.

»Wozu Sie meiner Meinung nach jedoch keinerlei Grund haben«, erwiderte die Prinzessin. »Ihre Gerichte waren in allen Wettbewerbsrunden ausgezeichnet. Ich sage es ganz unverblümt: Sie sind nicht umsonst unter den besten Drei gelandet, Mr Little.«

»Das ist sehr großmütig, danke. Ich –«

»Keineswegs. Ich sage nur die Wahrheit, das versichere ich Ihnen.« Sie schenkte ihm ein Lächeln und Elijah erwiderte es. Prinzessin Adelaide wurde ihm langsam immer sympathischer. Trotz allem, was Helena über sie behauptet hatte. Sie schien geradeheraus zu sagen, was sie dachte, und alles andere als eine *dumme Gans* zu sein. Sollte er es wagen, ihr von seiner Herkunft und Religion zu erzählen? Das erschien ihm nur gerecht. Dann könnte sie eine eigenständige Entscheidung fällen, genau wie Penelope.

In diesem Moment wirbelte ebendiese mit Freddie an ihnen vorbei. Sie waren in ein angeregtes Gespräch vertieft, was Elijah einen Stich versetzte. Die Prinzessin keuchte erschrocken auf, als er sie beinahe gegen ein anderes Tanzpaar manövriert hätte. Der Herr konnte gerade noch ausweichen, starrte Elijah im Vorbeirauschen allerdings wütend an.

Elijah murmelte eine Entschuldigung und versuchte, sich wieder auf seine Tanzschritte zu konzentrieren.

»Kennen Sie die Dame?«, fragte die Prinzessin. »Die Dame, die mit Mr Eynsford-Hill tanzt«, fügte sie erklärend hinzu, als Elijah nicht gleich reagierte.

»Ähm … ja. Sie ist eine von Lady Rutlands Studentinnen. Meines Wissens schließt sie nächsten Monat ihre Ausbildung an der Royalen Akademie ab.«

»Hat sie auch einen Namen?« Prinzessin Adelaide neigte den Kopf.

Elijah schluckte. »Miss Penelope Pickering.«

Die Prinzessin zog eine Augenbraue hoch. »Ach, das ist also Miss Pickering! Mabel Pilkington hat sie neulich erwähnt.« Sie sah zur Seite. »Ist sie nicht eng mit Lady Helena Higgins befreundet?«

Elijah folgte dem Blick der Prinzessin. Da stand Helena in

ihrem blau-grünen Kleid und war in eine Unterhaltung mit mehreren älteren Damen vertieft. »Ich glaube schon.«

»Nun, Geschmäcker sind ja unterschiedlich«, sagte die Prinzessin. »Doch Mabel erzählte, Miss Pickering sei immer sehr freundlich zu ihr gewesen. Kennen Sie sie gut?«

Elijah hielt ihrem verschmitzten Blick stand. »Sie ist die reizendste Dame, der ich je begegnen durfte.«

Die Prinzessin warf ihm ein überraschend geheimnisvolles Lächeln zu. »Schön zu hören, dass Sie Mabels Meinung teilen.«

Der Walzer endete und Elijah war gerade noch geistesgegenwärtig genug, sich vor der Prinzessin zu verbeugen, ehe der Herzog von Transsilvanien neben ihnen auftauchte und den nächsten Tanz mit ihr für sich beanspruchte.

»Vielen Dank für den Walzer, Mr Little«, sagte sie, während sie den Arm des Herzogs nahm. »Ihre Aufrichtigkeit hat mich ebenso beeindruckt wie Ihre Kochkunst.«

Elijah bedankte sich ebenfalls, ohne im Mindesten zu wissen, ob er einen guten Eindruck hinterlassen oder sich komplett zum Narren gemacht hatte.

Die Unterhaltung zwischen Penelope und Freddie war genauso chaotisch gewesen wie Elijahs Gedanken, als die beiden an ihm vorbeigetanzt waren.

Zu sehen, wie Elijah die Prinzessin über die Tanzfläche führte, hatte Penelope mehr als nur einen Stich der Eifersucht versetzt. Sofort war ihr Puls in die Höhe geschossen. Hätte Freddie sie nicht zum Tanzen aufgefordert, wäre sie schnurstracks aus dem Ballsaal gerannt. Aber ihr war beim besten Willen keine Ausrede eingefallen, um ihn abblitzen zu lassen, ohne unhöflich zu sein. Dennoch lauerten seine Aussagen über seine Mutter, die alles Fremde ablehnte, noch immer in ihrem Hinterkopf. Als er daher sagte: »Ist es nicht merkwürdig, wie schnell die lächerlichsten Spekulationen aufkommen, sobald jemand in den Mittelpunkt gesellschaftlicher Aufmerksamkeit rückt?«, löste Penelope den Blick schlagartig von Elijah und musterte Freddies Gesicht.

Er dagegen sah gerade über ihren Kopf hinweg. »Mabel hat das dumme Gerücht verbreitet, Mr Little sei nicht der Mann, für den er sich ausgibt.«

Penelope spürte augenblicklich, wie ihr ganzer Körper erstarrte. Als wäre sie in eine Wanne voll Eiswasser getaucht worden. »Ach, tatsächlich?«, entgegnete sie im verzweifelten Versuch, ihre Stimme ruhig klingen zu lassen.

Feixend sah Freddie sie an. »Sie glaubt, er sei überhaupt kein Engländer! Ach, Mabel hat ja schon immer abstrusen Klatsch herumerzählt. Sie hat sogar angedeutet, dass es in der Vergangenheit *Ihrer* Familie irgendeinen Skandal gegeben habe!«

Penelope biss die Zähne zusammen. »Das war mehr ein Zerwürfnis als ein Skandal.«

»Wie albern. Wusste ich's doch, dass sie übertreibt!« Freddie schüttelte den Kopf. »Was für ein Zerwürfnis denn, wenn ich fragen darf?«

Penelope überlegte. Sie hätte am Tag zuvor direkt mit Mabel reden sollen. Aber wenigstens konnte sie die Dinge jetzt richtigstellen. »Die Familie meines Vaters war nicht damit einverstanden, dass er die Tochter eines philippinischen Stammesfürsten heiraten wollte. Und ihre Familie war wiederum nicht damit einverstanden, dass sie einen Engländer zum Mann nehmen wollte. Dennoch sind die beiden glücklich geworden. Ich werde in einigen Wochen zu ihnen stoßen, da wir nach meinem Abschluss zu einer Pazifikreise aufbrechen. Ich freue mich unheimlich darauf, mehr über die Küche der dortigen Völker zu erfahren.«

Während sie sprach, war Freddie verstummt, trotzdem führte er Penelope weiter über die Tanzfläche. Sie konnte sich gut vorstellen, welche Gedanken ihm gerade durch den Kopf gingen. Dass sie so hellhäutig war. Was seine Mutter von alldem halten würde. Dass Penelopes Herkunft seinen gesellschaftlichen Stand in Mitleidenschaft ziehen könnte. Sie beschloss, noch einen Schritt weiterzugehen.

»Gerüchte sind wirklich etwas Lächerliches. Viele Menschen ändern ihre Meinung nur wegen dämlichen Tratsches.«

Freddie nickte, sagte aber noch immer nichts.

»Und? Hat Mabel übertrieben?«, drängte Penelope.

Die Frage schien ihn zu überrumpeln. Er räusperte sich. »Ich denke schon.«

»Tsts«, schnalzte Penelope mit der Zunge. »Dann frage ich mich, ob der Klatsch, den ich über *Sie* gehört habe, ebenso übertrieben ist.«

Er runzelte die Stirn.

Penelope verzog das Gesicht zu einem höflichen Lächeln. »Mir ist zu Ohren gekommen, Sie hätten nur wenig eigenes Vermögen und seien deswegen auf der Suche nach einer erfolgreichen Kulinarikerin, die Sie heiraten können.«

Freddies Gesicht verdüsterte sich und er wich Penelopes Blick aus.

»Natürlich werden Sie sicherlich keine Ehefrau haben wollen, in deren Vergangenheit ein Skandal zu finden ist – wie unbedeutend der auch gewesen sein mag. Das würde ihr gesellschaftliches Ansehen doch sehr beeinträchtigen. Und Ihren im Nachgang natürlich auch. Allerdings wissen Sie ja, dass Gerüchte nie die ganze Geschichte erzählen – wenn sie denn überhaupt einen Funken Wahrheit beinhalten.«

Freddie murmelte irgendetwas Zustimmendes, doch Penelope wusste, dass sie einen wunden Punkt getroffen hatte. »Nur aus Neugier: Wieso denkt Mabel, Mr Little sei kein Engländer?«

»Ähm … Sie hat gesagt, englische Gentlemen würden nicht über die Geduld verfügen, so viele kulinarische Techniken zu erlernen.«

Penelope brummte. »Interessant. Also, meines Wissens ist Mr Little ebenso ein Engländer wie Sie, Mr Eynsford-Hill. Sagen Sie Mabel das ruhig, wenn Sie sie das nächste Mal sehen.«

Womit die Unterhaltung für den Rest des Tanzes beendet war. Als die Musiker endlich die letzten Walzertakte spielten, Freddie Penelope an den Rand der Tanzfläche begleitete und sich unter einem Vorwand verabschiedete, war Penelope einfach nur erleichtert. Der Mann war zwar immer nett zu ihr gewesen, aber sie empfand nichts für ihn.

»Der hat ja wie ein Egel an dir gehangen.«

Penelope musste sich gar nicht erst umdrehen, um zu wissen, dass Helena hinter ihr die grünen Augen zusammengekniffen hatte. »Nun, das dürfte von heute an kein Problem mehr sein.«

Helena trat vor sie. »Jetzt sag nicht, du hast ihn abserviert. Neulich schienst du doch noch so von ihm angetan zu sein.«

Penelope zog die Augenbrauen hoch. »Das war nur dein subjektiver Eindruck, Helena. Du hast mich nie gefragt, was ich von ihm halte.«

Helena biss sich auf die Unterlippe. »Du hast recht, Pen. Ich … Ich habe in letzter Zeit jede Menge Fehler gemacht.«

»Das stimmt.«

Seufzend sah Helena beiseite, dann wandte sie sich wieder Penelope zu. »Ich war furchtbar egoistisch. Bis heute kann ich nicht sagen, wie viel von dem, was ich für Mr Little getan habe, seinetwegen und wie viel meinetwegen war.«

»Das ist aber bloß ein Teil des Problems«, sagte Penelope.

Bedächtig nickend stimmte Helena zu. »Ich fürchte, ich denke viel zu wenig darüber nach, wie andere Menschen empfinden könnten. Nicht dass ich es nie täte, denn das tue ich. Ich hätte Mabel nicht anlügen sollen. Und zu Elijah hätte ich nicht all diese schrecklichen Dinge sagen dürfen. Du hast recht, ich habe ihn von Anfang an unterschätzt. Als ich dann gesehen habe, wie er eine Stufe nach der anderen erklomm, wollte ich unbedingt, dass er es bis ganz nach oben schafft. Aber ich habe nicht bedacht, was *er selbst* wirklich will. Ich bin wohl davon ausgegangen, ich wüsste es besser.«

Penelope schüttelte den Kopf. »Das solltest du ihm sagen, nicht mir. Du glaubst doch *immer*, du wüsstest alles besser als alle anderen. Die Gelegenheiten, bei denen du Elijah gefragt hast, was er denkt oder will, kann man an einer Hand abzählen.«

Helena seufzte wieder. »Ich weiß. Ich war schrecklich selbstgefällig, Pen. Allerdings …« Sie hielt inne.

Penelope konnte es nicht wissen, doch Helena hatte gerade zugeben wollen, dass sie sich sehr daran gewöhnt hatte, ihre Freundin und Elijah im Haus zu haben. Dass sie sich wünschte, sie würden zurückkommen und ihr die Chance geben, ihr Verhalten wiedergutzumachen. Aber stattdessen sagte sie: »Elijah hat dich heute gesucht. Das haben wir beide. Er meinte, du hättest zu ihm gesagt, er sollte versuchen, die Prinzessin zu heiraten.«

Penelope nickte, ohne Helena in die Augen zu schauen.

»Hast du ihm auch geraten, seine Herkunft und Religion weiterhin geheim zu halten?«

»Natürlich nicht!«, platzte es aus Penelope heraus und sie funkelte Helena an.

»Ich meine ja nur. Denn ich wüsste nicht, wie er die Prinzessin heiraten könnte – außer er konvertiert oder –«

»Wie sagst du doch immer so gern – Zeiten ändern sich.«

Helena schüttelte den Kopf. »*So* weit sind wir noch nicht, das weiß sogar ich.«

»Nun, wie du gerade selbst gesagt hast, du weißt auch nicht alles, nicht wahr?«, entgegnete Penelope und reckte das Kinn. »Es gibt kein Gesetz, das einem Mitglied der königlichen Familie untersagt, einen Juden zu heiraten.«

Lautlos schnappte Helena nach Luft. »Aber Thronfolger oder zukünftige Königinnen und Könige dürfen doch nicht einmal Katholiken heiraten, ohne ihren Platz in der Thronfolge zu verlieren. König George musste –«

»Mr Little ist allerdings kein Katholik, wie du weißt.«

Helena schwieg mehrere Sekunden. Pen hatte womöglich recht! Es gab ein Gesetz, das verhindern sollte, dass Thronfolger Katholiken heirateten, weil zwischen Katholiken und Protestanten schon seit Jahrhunderten Krieg herrschte. Aber möglicherweise existierte keine Regel, in der Juden überhaupt erwähnt wurden. Das würde bedeuten, dass Elijah nicht automatisch wegen seiner Religion aus dem Rennen sein musste. Helena fuhr sich mit der Zunge über die Lippen. Die Dinge, die sie zu Elijah gesagt hatte, erwiesen sich – in vielerlei Hinsicht – als noch verletzender als gedacht. »Da wir gerade von anderer Leute Gefühlen sprechen – Elijah schien es ziemlich zu belasten, dass du deine Meinung zu dem Thema geändert hast«, sagte sie. »Er dachte wohl, ich hätte dich dazu angestachelt.«

Penelope verdrehte die Augen. »Ich werde mit ihm sprechen.«

»Nein, damit wollte ich nicht sagen, dass es mir etwas ausmacht«, versuchte Helena zu erklären. »Nur dass er eben –«

»Guten Abend«, sagte Elijah über Helenas Kopf hinweg.

Helena drehte sich um, sah aber zuvor noch aus dem Augenwinkel, wie Penelopes Miene sich schlagartig aufhellte. Hinter Elijah glitten mehrere Tanzpaare im Rhythmus der Musik übers Parkett und unzählige Kerzen tauchten den Saal in ein glitzerndes Lichtermeer. Doch Penelope hatte nur Augen für Elijah.

»Mr Little«, sagte Penelope. »Wie schön, Sie hier zu treffen.«

Strahlend sah er sie an, bevor er Helena kurz zunickte. »Lady Helena.«

»Guten Abend, Mr Little«, erwiderte sie. »Ich muss sagen, Sie haben auf der Tanzfläche eine sehr gute Figur gemacht – das haben auch einige Gäste angemerkt.«

Er bedankte sich mit einem weiteren Kopfnicken, dann wandte er seine Aufmerksamkeit wieder Penelope zu. »Ich hatte auch eine großartige Lehrerin.«

Helena meinte zu sehen, wie Penelopes Wangen zu glühen anfingen.

»Um ehrlich zu sein, wollte ich Sie gerade um den nächsten Tanz bitten, Miss Pickering«, fuhr er fort.

»Sehr gern«, stimmte sie schnell zu.

»Wieso erst auf den nächsten Tanz warten«, ging Helena dazwischen. »Man muss den Moment nutzen.«

Als beide sie überrascht musterten, rang sie sich in Erinnerung an Penelopes Worte über ihre Egozentrik ein unsicheres Lächeln ab. »Natürlich nur, wenn Sie es wünschen.«

Elijah sah Penelope in die Augen. »Was sagen Sie, Miss Pickering? Es ist Damenwahl.«

»In diesem Falle sage ich gern Ja, Mr Little.« Penelope lächelte Helena flüchtig an, bevor sie sich bei Elijah einhakte und sich von ihm auf die Tanzfläche führen ließ.

Helena beobachtete, wie die beiden im Walzertakt durch den Großen Saal wirbelten, und dachte an den Tag zurück, als sie Elijah Tanzunterricht erteilt hatten. Ein Kloß formte sich in ihrem Hals, während ihre Gedanken zu den vielen langen Abenden zurückwanderten, an denen sie gemeinsam gekocht, gelacht und gegessen hatten. Diese beiden Menschen, die gerade an ihr vorbeiglitten, waren die einzigen Freunde, die sie auf der ganzen Welt hatte. Und Helena hatte sie aus eigener Schuld verloren. Immer wieder war sie so schrecklich zu ihnen gewesen und immer wieder hatten sie ihr verziehen – bis Helena schließlich das Unverzeihliche gesagt und getan hatte.

Sie verfolgte, wie die beiden einander in die Augen sahen und lachten. Wie Pens Wangen rosig glühten. Wie Elijah sie angrinste, nicht einfach nur freundlich, sondern richtig *glücklich*.

Der Verdacht, den sie schon den ganzen Tag insgeheim gehegt hatte, wurde zur Gewissheit. Eines war sonnenklar – die beiden waren ineinander verliebt.

Kein Wunder, dass Elijah die Prinzessin nicht heiraten wollte. Kein Wunder, dass Penelope so mit ihr geredet hatte. Ob sie es selbst überhaupt wussten? Helena runzelte die Stirn. Gut möglich, dass sie ihre Freundschaft mit den beiden verspielt hatte – aber sie würde ihr Möglichstes tun, damit die zwei glücklich wurden. Die Frage war nur: was?

Elijah führte Penelope in einer großen Kurve durch den Saal und wünschte sich, er könnte den Moment bis in alle Ewigkeit ausdehnen. Sie schloss die Augen, als würde sie ihm blind vertrauen. Und da wusste er, dass er ihr die Wahrheit sagen musste. Jetzt sofort. »Penelope, ich …«

Fragend schlug sie ihre braunen Augen auf. Die bernsteinfarbenen Ringe um die Pupillen leuchteten.

»Weißt du eigentlich, wie wichtig du mir bist?« Na also. Nun war es raus. Elijah hielt den Atem an.

Penelope öffnete den Mund und schloss ihn wieder – ohne zu lächeln. »Mir ist unsere Freundschaft auch sehr lieb und teuer.«

Elijah stieß den Atem aus. »Das meinte ich nicht. Warum hast du mir geraten, die Prinzessin zu heiraten? Möchtest du wirklich, dass ich das tue?«

Penelope biss sich auf die Lippe. »Weil du das Beste im Leben verdienst. Alles. Nicht nur ein Mädchen, das dir niemals die Beziehungen verschaffen könnte, die du brauchst. Oder eines, das dich immer wieder im Stich gelassen hat und nicht für dich eingetreten ist.« Für einen Moment schloss sie die Augen. »Du solltest Prinzessin Adelaide heiraten. Sie respektiert dich und deine Arbeit. Und du würdest einen stolzen Prinzen abgeben. Egal, was Helena zu dir gesagt hat – es gibt kein Gesetz, das festlegt, dass die Prinzessin keinen Mann deines Glaubens heiraten dürfe. Gestern Abend habe ich den Anwalt meines Vaters kontaktiert und ganz allgemein nach der rechtlichen Lage gefragt. Er hat mir bestätigt, dass nichts Derartiges existiert. Stell dir vor, was du alles tun könntest. Du könntest so vielen Menschen helfen – deinen eigenen Leuten.«

Elijah schüttelte den Kopf. Selbst wenn es so wäre, änderte es nichts an seinen Gefühlen. »Aber ich –«

»Außerdem fahre ich nach dem Studienabschluss zu meinen Eltern nach Liverpool. Und von dort brechen wir Richtung Pazifik auf, wie schon lange geplant.«

Taubheit breitete sich von Elijahs Kopf zu seinem Herzen aus. Das musste es sein: Sie liebte ihn nicht. Wieso sonst sollte sie so weit weg reisen? Weswegen sonst sollte sie darauf bestehen, dass er die Prinzessin heiratete? Seine Beine hatten Mühe, ihn durch den Rest des Tanzes zu tragen. Er hatte es versucht. Und Penelope hatte ihre Entscheidung getroffen.

Penelope hatte schon so viele Bücher gelesen und Theaterstücke sowie Opern gesehen, in denen die Helden und Heldinnen ihr gebrochenes Herz betrauerten. Doch bis zu diesem Augenblick hatte sie nie wirklich verstanden, was sie meinten. Ihre Brust fühlte sich bleiern und schwer an, als könne sie kaum atmen, und in ihr pulsierte der Schmerz, der sie schon den ganzen Tag gequält hatte, nur noch schlimmer. Sie ließ den Arm seitlich an ihrem Rock herunterhängen und ballte ein paarmal die Faust, in der Hoffnung, dass das Gefühl vergehen würde.

Nach Ende des Tanzes hatte Elijah sich vor ihr verbeugt, ihr diesen resigniert traurigen Blick zugeworfen, den sie so gut von ihm kannte, und war dann in der Menge verschwunden. Als er ihr seine Gefühle offenbart hatte, hatte ihr Herz geschrien, ihm zu gestehen, dass sie dasselbe für ihn empfand. Aber ihr Verstand …

Ihr Kopf sagte ihr, dass er eine Bessere verdient hatte als sie. Und ihr Mund hatte es wie ein Papagei nachgeplappert. Um ihren rasenden Puls zu beruhigen, holte sie einmal, zweimal tief Luft. Aber der Schmerz wollte und wollte nicht vergehen.

Sie überlegte, einen Diener um ein Glas Wasser oder ein Erfrischungsgetränk zu bitten, doch alle Getränke, die auf silbernen Tabletts angeboten wurden, schienen Alkohol zu enthalten und das würde ihre Nerven wohl kaum beruhigen. Sie hatte gerade beschlossen, sich auf die Damentoilette zurückzuziehen, als der dritte Walzer endete und der letzte Gentleman – ein schottischer Koch namens Mr McAndrews – Prinzessin Adelaide zum Podium begleitete. Damit war nun klar, wer zu den besten drei zählte: ein ausländischer Adeliger und zwei britische Gentlemen. Penelope schätzte Elijahs Chancen weiterhin gut ein.

Plötzlich räusperte die Prinzessin sich und stellte sich hinter das Gericht, das auf dem zehnten Platz auf dem Tisch stand. »Ich möchte Ihnen noch einmal für Ihre Kochkunst und Ihre fantastischen Kreationen danken. Wie wir alle während der letzten Tage erleben durften, sind Sie die weltweit Besten. Es ist allgemein bekannt, dass der Bereich der

Kulinarik täglich wächst und sich verändert. Und wir sind heute hier, um diejenigen unter Ihnen zu ehren, die an diesem Wachstum und den Veränderungen maßgeblich beteiligt sind.«

Sie begann zu klatschen und das Publikum folgte ihrem Beispiel.

»Wenn die Finalisten jetzt bitte an den Tisch treten würden … Ich werde nun die Gerichte enthüllen, beginnend mit Platz 10.«

Penelope sah gebannt zu, wie die zehn Finalisten mit dem Rücken zum Rest der Menge an das Podium herantraten. Die Prinzessin hob die erste silberne Glocke an und reichte sie einem seitlich wartenden Bediensteten. »Schweineroulade mit Feigen, Pancetta, Walnüssen und einer Vinaigrette aus Sherry und Basilikum. Vom Prinzen von Westfalen.«

Die Zuschauer drängten sich ein Stück an den Tisch heran, um das Essen zu begutachten, während sie für den Prinzen applaudierten. Der wirkte etwas enttäuscht über seine Platzierung, verbeugte sich aber vor der Prinzessin. Sie fuhr fort, die Namen der Nächstplatzierten bekanntzugeben – zwei Amateurköchinnen, zwei Gentleman-Köche und zwei ausländische Prinzen. Schließlich waren nur noch die Gerichte der drei Bestplatzierten mit silbernen Glocken abgedeckt.

Penelope schielte zu Elijah. Aufrecht und ruhig stand er da und starrte stur geradeaus, ohne ihr oder dem Publikum einen Blick zu gönnen. Ihr war flau im Magen und sie fragte sich, ob Elijah genauso aufgeregt war wie sie.

Langsam hob die Prinzessin die drittletzte Glocke an. »Kalbsrücken an einer Soße aus Pfifferlingen und Cashewnüssen, mit Roter Bete in Salzkruste und gedämpftem Sauerampfer. Vom Herzog von Transsilvanien.«

En Raunen ging durch die Menge. Offenbar hatte Prinzessin Adelaide entschieden, einen Bürgerlichen zu heiraten. Penelope hielt den Atem an.

»Und auf dem zweiten –«

»Halt!«

Alle Augen hefteten sich auf die Rücken der zwei jungen Männer, die vor der Prinzessin standen. Zunächst hätte niemand sagen können, wer von beiden gesprochen hatte. Niemand außer Penelope. Den warmen Klang der Stimme hätte sie jederzeit wiedererkannt, selbst ohne das dazugehörige Gesicht sehen zu können.

»Eure Hoheit, darf ich sprechen?«, fragte Elijah.

Langsam nickte die Prinzessin. »Natürlich, Mr Little.«

Er warf einen Blick über die Schulter zum Publikum, dann schien er es sich anders zu überlegen und stieg aufs Podium. »Prinzessin Adelaide, Eure Majestäten …« Er nickte der Königin und dem Prinzgemahl zu, die in kunstvoll geschnitzten Sesseln im hinteren Bereich des Podiums saßen. »Ich bitte um Verzeihung. Ich bin nicht der, der ich zu sein scheine, und wie auch immer Ihre Wahl ausfallen mag – ich finde, Sie verdienen es, vorher die Wahrheit zu erfahren.«

Prinzessin Adelaide zog eine Augenbraue in die Höhe. »Fahren Sie fort.«

Penelopes Finger wurden auf einmal eiskalt.

»Ich bin überhaupt kein echter Gentleman-Koch«, sagte Elijah mit hoch erhobenem Haupt. »Die Wahrheit ist, ich bin ein J–«

»Er ist vielleicht kein geborener Gentleman, aber dennoch ein Gentleman-Koch durch und durch. Kraft seiner Leistung«, ging eine Stimme aus dem hinteren Teil des Publikums dazwischen.

Alle Köpfe wirbelten zu Helena herum, die sich nun ihren Weg Richtung Podium bahnte.

Prinzessin Adelaide reckte ihr Kinn. »Lady Helena.« Ihre eisige Stimme war unmissverständlich.

Helena knickste flüchtig. »Eure Hoheit.«

Diese Geste der Ehrerbietung war neu für Helena und sie überraschte Penelope sehr. Gleichzeitig trommelte ihr Puls, als würde ihr gleich das Herz aus der Brust springen.

»Sie haben etwas zu sagen, Lady Helena?«, drängte die Prinzessin.

Helenas Miene wirkte undurchdringlich. »Ja, Eure Hoheit, wenn Sie erlauben …«

Die Prinzessin schaute zu ihren Eltern nach hinten, ehe sie zustimmend nickte.

Helena warf Elijah einen fragenden Blick zu, fast als wolle sie seine Erlaubnis einholen. Er runzelte die Stirn, nickte dann jedoch ebenfalls kaum merklich. »Ich fürchte, das alles ist allein meine Schuld«, begann Helena und deutete mit einer Hand auf Elijah. »Ich wollte sehen, ob ich diesem jungen Mann alles beibringen kann, was ein Gentleman-Koch wissen muss – und ebenso alles andere, was damit verbunden ist. Es gab Leute, die mir davon abgeraten haben. Auch Mr Little selbst hat das Experiment infrage gestellt. Dennoch wollte ich unbedingt beweisen, dass jeder Mensch, unabhängig von seiner Herkunft oder seines gesellschaftlichen Standes, mit der richtigen Ausbildung den Gipfel der Kulinarik erklimmen kann. Allerdings …« Sie hielt inne und holte tief Luft. »Auch wenn meine ursprüngliche Absicht gut war, erwies sich die Umsetzung meines Plans als fehlerhaft. Meine Arroganz verhinderte, dass ich im Auge behielt, was wirklich wichtig ist. Dabei habe ich Menschen gekränkt, für die ich große Zuneigung empfinde.«

Sie sah Penelope an.

Die Prinzessin folgte ihrem Blick, während Penelope sich auf die Innenseite ihrer Wange biss.

Dann schaute Helena zu Elijah, der entschlossen an der vorderen Kante des Podiums stand. »Was Mr Little hierhergebracht hat, waren seine unermüdliche Arbeit und sein Durchhaltevermögen«, fuhr Helena fort. »Und obwohl er nie darum gebeten hatte, zum Gentleman-Koch gemacht zu werden, ist es meine tiefste Überzeugung, dass er einer ist. *Das* ist die Wahrheit.«

Ein winziges Lächeln erblühte auf Elijahs Gesicht.

Der scharfe Blick der Prinzessin glitt zwischen Helena und Elijah hin und her. Schließlich legte sie den Kopf schief. »Danke für Ihre Aufrichtigkeit, Lady Helena.« Einige Augenblicke lang herrschte Schweigen und alle Versammelten schienen die Luft anzuhalten. Dann wandte sich die Prinzessin der Menge zu und fuhr fort.

»Ich gebe Ihnen vollkommen recht, dass Mr Little unab-hängig von seiner Herkunft durch und durch ein Gentle-man-Koch ist. Von Ihrem Projekt hatte uns Lady Rutland bereits nach der Blindverkostung in Kenntnis gesetzt.«

Mehrere Zuschauer schnappten überrascht nach Luft. Penelope sah zu Lady Rutland, die links vom Podium stand. Ein kleines Lächeln umspielte ihre Lippen.

Die Prinzessin hielt Ruhe gebietend eine Hand hoch. »Sei-nen zukünftigen Lebenspartner und Prinzen kann man schließlich nicht aussuchen, ohne über alle wichtigen Infor-mationen zu verfügen.«

Doch genau das war es gewesen, was Helena von ihr erwar-tet hätte. Deren Mund formte ein verblüfftes O, bevor sie ihre entgleisten Züge wieder unter Kontrolle bekam. »Wir hatten nicht die Absicht, Sie in die Irre zu führen, Eure Ho-heit. Ich *weiß*, dass Mr Little nicht –«

»Ja, Lady Helena, das habe ich auch nicht angenommen«, unterbrach Prinzessin Adelaide sie und wandte sich wieder Elijah zu. »Die Tatsache, dass Sie es dank Ihrer innovativen Geschmacksrichtungen und überragenden Techniken in die zweite Runde geschafft haben, hat uns alle sehr gefreut. Und ich war enorm gespannt darauf, was Sie in der nächsten Run-de abliefern würden. Mr Little, gleichgültig, wie Sie zu die-sem Wettbewerb gelangt sind – unserer Einschätzung nach sind Sie ein wahrer Gentleman.«

Elijah verbeugte sich. »Vielen Dank, Eure Hoheit, aber ich –«

Die Prinzessin lachte leise. »Bevor noch jemand irgendein

Geständnis ablegt, erlauben Sie mir bitte, die letzten beiden Gerichte zu enthüllen. Mr Little, wenn Sie danach noch etwas mit mir besprechen möchten, stehe ich Ihnen nur zu gern zur Verfügung.«

Penelope rang nach Luft. Was hatte das nun zu bedeuten?

Mit einem Nicken trat Elijah vom Podium herunter.

Prinzessin Adelaide lächelte das Publikum an. »Vielleicht ist einigen unter Ihnen das royale Wappen auf der Glocke des Gerichts Nummer zwei aufgefallen.« Damit drehte sie die beiden Glocken so, dass das Wappen auf der Nummer zwei in Richtung der Menge zeigte. Darauf waren ein Löwe und ein Einhorn zu sehen, die einen Schild zwischen sich hochhielten. »Dieses zeigt das Gericht, das von meinem zukünftigen Ehemann kreiert wurde. Was wiederum heißt, dass dieser *nicht* der Gewinner des Wettbewerbs ist.«

Ein Raunen erfüllte den Raum. Penelopes Herz raste.

Schließlich hob die Prinzessin beide Glocken gleichzeitig hoch. Schlagartig verstummte das Publikum. Penelope keuchte auf. Helena strahlte. Elijah lachte und der Mann neben ihm grinste von einem Ohr zum anderen.

»Der Sieger unseres Kochwettbewerbs ist Mr Elijah Little mit seinem herrlich würzigen Gericht aus Wachtelfleisch, gefüllten Zucchiniblüten und Mais-Cachapas«, verkündete Prinzessin Adelaide. »Ein Gericht, das unsere Anforderung, die Zutaten für sich selbst sprechen zu lassen, zur absoluten Perfektion erfüllt hat. Und uns großen Respekt abverlangt hat – genau wie seine kleine Ansprache vor wenigen Augenblicken. Mr Little, ich hoffe für Sie, dass Ihr Mut es Ihnen auch weiterhin ermöglichen wird, Ihren Instinkten zu folgen. Wohin auch immer die Sie führen sollten.« Etliche Zuschauer murmelten ihre Zustimmung. »Was wiederum bedeutet …«, fuhr die Prinzessin fort, »… dass Mr Leslie McAndrews aus Schottland der zukünftige Kronprinz von England wird – sofern er das wünscht.« Sie lächelte Mr McAndrews breit an. Sofort stieg er aufs Podium, ging vor ihr auf die Knie und küsste ihre Hand.

Die Menge brach in ohrenbetäubenden Beifall aus, in dem Mr McAndrews' Worte völlig untergingen. Aber dem glücklichen Lächeln der Prinzessin nach zu urteilen, schien er genau das gesagt zu haben, was sie sich erhofft hatte. Schon bald hatte sie – ganz souveräne Hoheit – ihre Fassung wiedererlangt und bedeutete Elijah, ebenfalls aufs Podium hochzukommen. Er folgte ihrer Einladung und schüttelte Mr McAndrews die Hand, während die Königin und ihr Prinzgemahl zu ihrer Tochter nach vorn traten. Auch der Prinz hieß seinen zukünftigen Schwiegersohn mit einem Händedruck in der Familie willkommen.

Schließlich ergriff die Königin das Wort. »Wir sind hocherfreut über die Wahl, die Prinzessin Adelaide getroffen hat. Ich danke Ihnen allen dafür, dass Sie Zeuge ihres Glücks sind.« Dann wandte sie sich an Elijah. »Mr Little, es ist uns eine große Freude, Ihnen als dem Gewinner der diesjährigen Royalen Ausstellung mitzuteilen, dass Sie demnächst Sir Elijah Little sein werden, Ritter des Königreichs.«

Die Menge jubelte erneut und Elijah senkte sichtlich überwältigt den Kopf. »Doch zunächst«, fuhr die Königin fort,

»überreichen wir Ihnen hiermit den Orden des Pfaus, die höchste Auszeichnung, die Kulinarikern und herausragenden Köchen verliehen werden kann.«

Elijahs Pupillen weiteten sich.

»Hurra!«, rief Helena und Penelope hätte angesichts dieses Bruchs der Etikette beinahe losgelacht. Doch dann gewann ihre Freude für Elijah die Oberhand und sie fing begeistert an zu applaudieren. Sofort fielen auch andere mit ein und die Königin bedeutete Elijah, sich zum Publikum zu drehen. Dann steckte sie ihm einen Metallorden in Form eines Pfaus ans Revers und applaudierte ebenfalls. Ein Lächeln lag auf Elijahs Lippen. Als er Penelopes Blick auffing, begann er übers ganze Gesicht zu strahlen. Penelope biss sich auf die Unterlippe und konnte nicht aufhören zu klatschen.

Schließlich gab die Königin den Musikern ein Zeichen und sie setzten zu einem neuen Tanz an. Entzückt führte Mr McAndrews die strahlende Prinzessin Adelaide auf die Tanzfläche.

Elijah stand wie angewurzelt auf dem Podium und tastete nach dem Pfauenorden aus Gold und Emaille an seinem Revers, ohne auch nur ein Wort herausbringen zu können. Was sollte man in einer solchen Situation auch sagen? »Meinen ergebensten Dank, Majestät«, stammelte er.

Die Königin neigte ihr kastanienbraunes Haupt. »Ihnen steht eine großartige Zukunft bevor, Mr Little«, sagte sie. »Ich glaube, dass dies …«, sie zeigte auf den Orden, »… Ihnen unabhängig von Ihrer Herkunft, Religion oder Ihren bisherigen Lebensumständen so ziemlich jede Tür öffnen wird, durch die Sie hindurchgehen möchten.« Sie schenkte ihm ein vielsagendes Lächeln.

Elijah blinzelte. Dann hatten sie also die ganze Zeit schon gewusst, dass er Jude war! Wie dumm er doch war. Natürlich hätte die Königin nie zugelassen, dass ihre Tochter – die zukünftige Herrscherin über das Königreich – jemanden heiratete, ohne dessen kompletten Hintergrund zu kennen.

»Ich wage zu behaupten, dass Sie einen genauso guten Schwiegersohn abgegeben hätten wie Mr McAndrews«, sprach die Königin weiter. »Doch meine Tochter scheint davon auszugehen, dass Ihr Herz, Mr Little, bereits jemand anderem gehört.«

Elijah keuchte. Waren seine Gefühle für Penelope selbst für die Prinzessin so offensichtlich gewesen?

»Anfangs war ich der Meinung, Miss Pilkington hätte mit dem übertrieben, was sie meiner Tochter erzählt hat. Aber inzwischen denke ich, ihr Vorgehen war ausgesprochen clever.«

Elijah folgte dem Blick der Königin. Penelope stand da und starrte ihn an. Sie spielte mit ihren Händen und ihre braunen Augen glänzten.

»Vielleicht würde Miss Pickering gerne tanzen«, betonte die Königin. Bevor Elijah ihr noch einmal danken konnte, ergriff Prinz Leopold die Hand seiner Frau und gemeinsam stiegen sie vom Podium und tauchten in der Menge der umherkreisenden Paare unter.

Elijah sah erneut zu dem blitzenden Orden hinunter. Nie im Leben hätte er sich ausmalen können, dass die Dinge sich so entwickeln könnten. Er steckte eine Hand in die Tasche und berührte die Mesusa seiner Eltern, froh darüber, dass er sie bei sich hatte. Hätten sich seine Eltern so etwas für ihn erträumen können? Dass er eine Zukunft haben könnte, die strahlender war als alles, was *er selbst* sich je erträumt hätte. Lachend wandte er den Blick nach oben, als würden sie ihm von irgendwoher zusehen. Ja, er war sich sicher, dass seine Eltern in diesem Augenblick bei ihm waren.

Und trotzdem fehlte noch etwas. Elijah hatte sich nun zwar den Mond und die Sterne und möglicherweise sogar den einen oder anderen Planeten geschnappt, aber was nützte ihm das alles ohne die Sonne? Ohne *sie*?

Elijah stieg vom Podium herunter und ging auf sie zu, wobei er links und rechts Glückwünsche entgegennahm, ohne jedoch den Blick von ihr abzuwenden. Schließlich standen sie dicht voreinander.

»Unglaublich, dass du die Cachapas gemacht hast«, sagte sie. »Doch wie hättest du auch nicht, sie gehören einfach zu dir. Zu dem, was du am liebsten kochst. Trotzdem gehört Mut dazu, so ein Gericht auszuwählen.«

Elijah schüttelte den Kopf. »Nicht wirklich. So mancher würde es vielmehr Torheit nennen, königlichen Häuptern einen schlichten Pfannkuchen vorzusetzen.«

»Nach dem hier …«, sie zeigte auf den Orden, »… würde es wohl niemand mehr wagen, dich töricht zu nennen. Aber das mit dem Mut war eher auf das bezogen, was du vorhin beinahe in aller Öffentlichkeit ausgesprochen hättest. Über dich selbst.«

Elijah lachte bescheiden. »Wie sich herausgestellt hat, wussten sie es längst. Ich sollte Lady Helena wohl dafür danken, dass sie versucht hat, mich zu beschützen.«

Penelope seufzte. »Ich finde, das war das Mindeste, was sie tun konnte – nach alldem, was sie vorher angerichtet hat.«

Er nickte zustimmend. »Zumindest hat sie am Ende begriffen, was sie an dir hatte. Das muss man ihr immerhin lassen.«

Penelope sah unter ihren dichten Wimpern hinweg zu ihm hoch.

»Ich habe dir vorhin die falsche Frage gestellt«, fuhr Elijah fort.

Sie biss sich auf die Unterlippe.

»Penelope Pickering, empfindest du etwas für mich?«

Sie keuchte. »Ich … Elijah … Du hättest etwas anderes verdient …«

Er hielt eine Hand hoch. »Schluss damit. Penelope, lass mich bitte wieder so geradeheraus sein, wie ich es war, bevor wir dieses Experiment gestartet haben. Bevor ich gelernt habe, mich *wie ein Gentleman* zu benehmen.«

Penelope zog die Augenbrauen in die Höhe.

»Du bist die Sonne, die meine Tage erhellt. Wäre es möglich, dass ich auch die deine bin?«

Penelope holte tief Luft und schaute zur Decke, ohne zu antworten.

»Bin ich das?«, drängte er mit pochendem Herzen.

Endlich begegnete sie seinem Blick. »Ja, das bist du.« Ihre Wangen glühten. »Aber meine Herkunft würde dich nur zurückhalten, Elijah. Und das kann ich dir unmöglich antun. Meine Eltern sind glücklich miteinander, doch sie müssen weit entfernt von ihren Heimatländern leben. Weit weg von mir. Liebe ist nicht immer einfach.«

»Natürlich nicht. Was ist das schon?«

Penelope fuhr sich mit der Zunge über die Lippen. »Kaum etwas, nehme ich an.«

Elijah umschloss ihre Hände. In diesem Moment war ihm vollkommen egal, wer ihnen dabei zusah. »Ich bin bereit, das Risiko einzugehen, wenn du es auch willst. Wenn ich in den letzten Monaten eines gelernt habe, dann das: Man kann sich immer einen Plan zurechtlegen, für ein Gericht, ein ganzes Menü oder eben sein komplettes Leben. Am Ende kommt es aber doch ganz anders als erwartet. Und manchmal sehr viel besser.«

Ein Lächeln erblühte auf Penelopes Gesicht und in ihrem Bauch flatterten Schmetterlinge.

»Und um mich deutlich auszudrücken: Die Königin höchstpersönlich hat mir gesagt, dass dieser Pfauenorden mir so ziemlich alle Türen öffnen wird.«

Penelope lachte verlegen. »Natürlich! Das ist die höchste Ehre, die man verliehen bekommen kann! Und dazu der Ritterschlag und das Königliche Siegel des Mäzenatentums … Du kannst deine Zukunft so gestalten, wie du sie haben möchtest.«

Elijah drückte ihre zarten Hände. »Penelope, ich glaube nicht, dass ich es schaffen –«

»Jetzt rede doch keinen Unsinn, Elijah. Du kannst alles

schaffen. Hast du das denn nicht schon längst unter Beweis gestellt?«

Er grinste sie an. »Danke, dass du schon immer an mich geglaubt hast. Ohne dich würde ich heute nicht hier stehen. Aber was ich eigentlich sagen wollte – ich glaube nicht, dass ich es ... ohne dich schaffen kann.«

Seufzend sah Penelope in sein ernstes Gesicht, wagte es nicht, etwas zu sagen.

»Also ... Wenn du über den Pazifik reisen willst, nach Amerika, über den Indischen Ozean oder sonst wohin auf der Welt – ich wäre dabei gern an deiner Seite.« Elijah holte tief Luft. »Wenn du mich lässt.«

Penelope senkte den Blick auf seine Hände, die mit ihren verschlungen waren. Seltsam, wie sehr sie diese Berührung innerlich mit Wärme erfüllte. Es war, als würden seine Hände seit jeher da hingehören – zu ihren. Sie schluckte trocken, bevor sie ihn wieder anschaute. »Ich glaube, ich wüsste da etwas, womit du mich überzeugen könntest ...«

Erwartungsvoll musterte Elijah sie und beim Anblick seiner neu erwachten Hoffnung wurde Penelope ganz warm ums Herz.

»Würdest du mir die Ehre erweisen und mit mir Walzer tanzen? Ich weiß, dass ich über kein königliches Privileg verfüge, aber ...«

»Nun ...«, setzte Elijah mit dem spitzbübischen Lächeln an, das sie so sehr an ihm liebte. »Das lässt sich sicher einrichten. Möchten Sie mit mir tanzen, Miss Pickering?« Die Schatten, die sie nur wenige Stunden zuvor noch in seinen

Augen gesehen hatte – und noch viel mehr während der vergangenen Monate –, waren auf einmal verschwunden. Zum allerersten Mal wirkte Elijah einfach nur glücklich. Und sein Glück überstrahlte alles andere. Es war so unfassbar schön, dass Penelope vor schierer Freude lachen musste.

Sie legte ihre rechte Hand in seine linke und die andere auf seine Schulter. Elijahs rechte Hand ruhte auf ihrer Taille und Penelope hob den Kopf, um ihm tief in die Augen zu sehen. Es war, als wäre ihr Herz plötzlich auf die doppelte Größe angewachsen und könnte federleicht wie ein Soufflé in den Himmel schweben. »Mit dir, Elijah, würde ich die ganze Nacht durchtanzen.«

20

Das Chaos im Inneren

itten in der Nacht schleppte Helena sich in ihre Küche, wobei die Rockschöße ihres Ballkleides raschelnd den Türrahmen streiften. Dies war die einzige Zeit des Tages, in der die Küche wie ein einsamer Wachposten stillstand und darauf wartete, dass die Menschen zurückkehrten und der Tag begann. Helena war dafür bekannt, dass sie manchmal auch mitten in der Nacht hierherkam, um ein neues Rezept auszuprobieren, das ihr plötzlich durch den Kopf geschossen war. Deswegen ließ das Personal im riesigen Holzofen immer ein kleines Feuer brennen.

Helena fand es schön, in der Küche zu sein, wenn alle anderen schliefen. Dann hatte sie den Raum für sich allein und niemand stand ihr im Weg herum. Und niemand störte sie durch Gerede, wenn sie versuchte, sich zu konzentrieren.

Allerdings war dann auch niemand da, der vom neuen Gericht hätte probieren können. Niemand, mit dem man Ideen teilen oder von dem man Verbesserungsvorschläge hätte bekommen können. Niemand, mit dem man zusammen lachen könnte. Helena sah sich um. Das Personal hatte die Küche gründlich geputzt. Nichts erinnerte mehr an die Tage, die sie mit Penelope und Elijah hier verbracht hatte. Mit den Handflächen fuhr Helena über die hölzerne Arbeitsplatte. Sie dachte daran, wie die beiden mit glücklichen Gesichtern auf dem Ball getanzt hatten. Etwas von ihrer Freude hatte auf Helena übergegriffen, als sie beobachtet hatte, wie Elijah Penelope im Walzertakt durch den Großen Saal führte. Auch wenn die zwei ihr nie vergeben würden – wenigstens hatten sie ineinander das große Glück gefunden und dieser Abend hatte es besiegelt.

Helena würde die beiden vermissen, aber zumindest hatte sie ihr Bestes getan, um Wiedergutmachung zu leisten. Elijah würde zum Ritter geschlagen werden, Penelope würde ihren Abschluss mit der höchsten Auszeichnung bestehen und danach könnten sie alles tun, was sie wollten. Elijah stand nun unter dem Schutz der Königsfamilie, demnach würde der größte Teil der Gesellschaft ihn ungeachtet seiner Herkunft oder Religion in ihrer Mitte willkommen heißen. Eigentlich hätte Helena – vor allem nach ihrer gestrigen Unterhaltung mit Lady Rutland – wissen sollen, dass ihre Lehrerin die königliche Familie über Elijahs Abstammung in Kenntnis setzen würde.

Helena krümmte sich innerlich bei dem Gedanken, dass die Königin, nachdem sie die Wahrheit erfahren hatte, einer Ehe zwischen Prinzessin Adelaide und Elijah offener gegenübergestanden hatte als Helena selbst. Diese unverrückbare Tatsache sagte sehr viel über sie aus – und über ihre Vorurteile. Helena hatte zwar schon öfter der Gedanke gestreift, dass sie Menschen nicht immer richtig behandelte, doch bis vor zwei Tagen hätte sie nie gedacht, dass die Schuld daran einzig und allein bei ihr lag. Zum allerersten Mal im Leben wurde ihr bewusst, dass etwas in ihr lauerte, das sie ganz und gar nicht mochte. Und dass sie das ändern musste.

So eine Einsicht zu haben und sie dann auch noch in die Tat umzusetzen, war allerdings nicht leicht. Und so saß Helena nun in dieser frühen Morgenstunde ganz allein in ihrer Küche. Nur selten war sie von einer neuen Herausforderung derart verwirrt gewesen. Daher tat sie das Einzige, was sie schon immer in irritierenden Situationen getröstet und beruhigt hatte: Sie begann zu kochen.

Sie ging in die Vorratskammer und ließ den Blick über Gläser, Säcke und Töpfe gleiten. Ihr Gesicht hellte sich auf, als sie die zwei braunen Kokosnüsse sah, die Penelope auf dem Nachtmarkt bei einem ihrer Lieblingshändler gekauft hatte. Eine davon nahm Helena nun in die Hand und ließ sie kreisen. Dann bemerkte sie den Block aus dunkler Zartbitterschokolade, von dem Elijah ständig Stücke abgebrochen hatte, um süße Desserts oder Eiskreationen zu erschaffen. Helena nahm sich etwas davon und griff außerdem nach Mehl und goldbraunem Zucker. Voll beladen machte sie sich wieder auf den Weg zum Arbeitstisch. Dort stellte sie alles ab – wobei sie die Kokosnuss am Davonrollen hinderte – und ging noch einmal zurück, um Eier und Butter zu holen. Auf dem Rückweg blieb sie kurz vor dem Messerblock stehen, aus dem sie sich ein rechteckiges Hackmesser heraussuchte.

Schließlich musterte Helena die Zutaten, die vor ihr ausgebreitet lagen. Ja, jetzt wusste sie, was sie daraus zaubern wollte. Sie nahm die Kokosnuss in die Hand und begann, sie mit ein paar gezielten Hackmesserhieben in der Mitte durchzuschlagen. An der Akademie hatte sie das zwar erst ein einziges Mal gemacht, aber sie hatte Penelope inzwischen so oft dabei zugesehen, dass sie sich sicher genug war, die Methode einigermaßen zu beherrschen. Sie erinnerte sich sogar daran, dass ihre Freundin Elijah beigebracht hatte, wie man eine Kokosnuss richtig festhielt, damit man sich nicht die Finger abhackte.

Der Gedanke an seine ersten unbeholfenen Versuche, Erdbeeren, Kürbisse und Mangos zu schneiden, brachte Helena zum Lächeln. Doch schon bald hatte er den Dreh rausgehabt und war zu einem Meister seines Fachs geworden. Helena hielt inne und betrachtete die aufgesprungene Kokosnussschale. Nur noch ein paar Hiebe, dann war es geschafft. Als die Nuss ein wenig aufriss, legte Helena das Messer beiseite und hielt sie schnell über eine Schüssel, um das Wasser darin aufzufangen. Dann brach sie die Kokosnuss mit beiden Händen ganz auf.

Ein Räuspern durchschnitt ihre Gedanken und ließ Helena herumwirbeln. Penelope und Elijah standen an der Tür und kamen auf sie zu. Penelope trug immer noch ihren Reiseumhang und Elijah hielt seinen Zylinder in der Hand. In ihrem feinen Aufzug wirkten sie in der Küche ziemlich deplatziert. Doch damit waren sie nicht allein, stellte Helena fest, als sie an ihrem eigenen Kleid hinuntersah, dessen Vor-

derseite inzwischen mit Kokosnussfasern und kleinen Scha-
lensplittern übersät war.

»Was soll das werden?«, fragte Penelope mit Blick auf die
Arbeitsfläche.

Helenas schaute zwischen den beiden hin und her, nachdem sie ihr gegenüber auf der anderen Seite des Tisches stehen geblieben waren. »Schokolade-Kokosnuss-Empanadas.«
Penelope zog eine Augenbraue in die Höhe.

»Zu Ehren des erfolgreichsten Gentleman-Kochs und der
besten Kulinarikerin in spe, die ich kenne.«

Die beiden wechselten einen Blick, den Helena nicht zu
deuten wusste. »Ich schulde Ihnen eine Entschuldigung, Mr
Little«, fuhr sie fort. »Was ich gesagt habe, hätte ich niemals
sagen oder überhaupt denken dürfen. Und ich hätte Sie nicht
in diese unmögliche Lage bringen sollen. Ich weiß, dass Sie
mir nicht verzeihen können, aber …« Ihre Stimme brach ab.
Was konnte sie schon sagen, ohne die Sache noch schlimmer
zu machen? »Aber ich möchte Ihnen ganz aufrichtig gratulieren. Zu *all* Ihren Triumphen. Niemand hätte es mehr verdient als Sie, das sage ich aus tiefster Überzeugung.«

Elijah begegnete ihrem nervösen Blick. »Danke, Lady Helena.«

»Und …« Sie sah noch einmal zwischen den beiden hin
und her. »Ich hoffe, dass ihr zusammen außerordentlich
glücklich werdet. Ich gönne es euch von Herzen.«

»Vielen Dank, Helena.« Penelope sah Elijah liebevoll an.
»Das werden wir gewiss sein.«

Elijah erwiderte ihr strahlendes Lächeln, bevor er sich erneut Helena zuwandte. »Habe ich Ihnen jemals mein Geheimnis für den perfekten süßen Empanada-Teig verraten?«

Helena biss sich auf die Innenseite ihrer Wange. »Ich bin sicher, dass ich nie auf die Idee gekommen bin, Sie danach zu fragen.«

Elijah knöpfte seinen eleganten Frack auf, schlüpfte heraus und legte ihn auf den anderen, sauberen Tisch. Dann krempelte er seine Hemdsärmel hoch. »Ein Glück, dass ich gerade ein bisschen Zeit habe, um es Ihnen zu zeigen«, sagte er.

Auch Penelope zog ihren Mantel aus und nahm einen Löffel, ein Messer und eine der Schürzen in die Hand, die an einem Wandhaken neben der Tür hingen. »Und ich bin sicher, dass du dich nicht mehr daran erinnerst, wie man das Fruchtfleisch am besten aus der Kokosnussschale löst. Oder etwa doch?«

Mühsam schluckte Helena den Kloß in ihrer Kehle hinunter und schüttelte den Kopf.

Penelope nickte, während sie sich die Schürze zuband. »Dachte ich mir. Ein Glück, dass Pierce noch wach war und uns ins Haus gelassen hat.«

Elijah holte sich eine Schüssel und begann, das Mehl darin abzuwiegen.

Verdattert klappte Helena den Mund auf und wieder zu. »Aber … ihr … ihr wollt mir wirklich helfen? Nach allem, was ich euch beiden angetan habe? Ich habe mich so schrecklich verhalten!«

Penelope seufzte. »Natürlich wollen wir das, du dumme Gans.«

Der Spitzname traf Helena wie ein Vorschlaghammer, doch schon im nächsten Moment fing sie sich und brach in schallendes Gelächter aus. Auch Penelope kicherte. Und selbst Elijah prustete und versuchte, seine Belustigung mit einem Husten zu verstecken.

Helena biss sich auf die Lippe. »Das hab ich wohl verdient. Ich verspreche, in Zukunft immer darauf zu achten, mich nicht mehr so selbstherrlich aufzuführen.«

»Und uns immer nach unserer Meinung zu fragen«, fügte Penelope hinzu und reichte ihr den Löffel.

Helena nickte. Vor Freude hätte sie am liebsten auf den Zehenspitzen auf- und abgewippt. »Ich gebe euch beiden mein Wort.« Damit legte sie den Löffel weg und rauschte um den Tisch herum, um Penelope in die Arme zu schließen. Sie spürte, wie ihre Freundin sich überrascht versteifte, dann aber die Arme um sie legte und sie an sich drückte. Helena kam sich angesichts ihrer Impulsivität reichlich lächerlich vor, doch es war eben auch wichtig, dass Penelope wusste, wie sie empfand. Schließlich löste sich Helena von ihr und wandte sich Elijah zu. Als sie ihm die rechte Hand hinstreckte, wirkte er zum zweiten Mal an diesem Tag verblüfft. Dann aber nahm er ihre Hand und schenkte Helena ein breites Lächeln.

»Ihr wisst hoffentlich, dass ihr jederzeit willkommen seid«, sagte sie. »Wann immer und so lange ihr wollt.«

»Danke«, sagte Penelope. »Ich habe dem Hotel schon Bescheid gegeben, dass sie meine Sachen morgen früh wieder hierherbringen sollen.« Sie sah Elijah an.

»Und ich habe mir bereits auf dem Rückweg vom Ball meine Sachen aus dem *Hungrigen Hasen* geholt«, sagte er. »So, und jetzt los …« Er setzte eine ernste Miene auf. »Diese Empanadas machen sich schließlich nicht von selbst.«

Helena schluckte und spürte, wie sich in ihren Augenwinkeln Tränen sammelten. Sie schüttelte den Kopf, um sie zurückzudrängen. Dann streckte sie den Rücken durch, holte einmal tief Luft und strahlte ihre Freunde an. »Wie üblich haben Sie vollkommen recht, Mr Little.«

EPILOG

Alles ist möglich

Einige Wochen später standen Penelope, ihre Eltern, Elijah und Helena an der Reling des Schiffs, das sie auf die Pazifikreise mitnehmen würde. Sie würden um das Kap der Guten Hoffnung herum nach Australien, weiter nach Borneo und schließlich bis zu den Philippinen fahren. Danach, also in etwa einem Jahr, wollten Penelope und Helena nach England zurückkehren, um als hoch angesehene Kulinarikerinnen ihren Platz in der Gesellschaft einzunehmen. Elijah wollte dann seinen Orden und den Ritterschlag dazu nutzen, Investoren anzulocken. Denn er plante, eine riesige Markthalle zu eröffnen, in der Delikatessen von überall auf der Welt angeboten wurden. Aber all diese Vorhaben lagen noch in weiter Ferne, darin waren sich die drei Freunde einig. Heute war Penelope einfach nur glücklich darüber, den Tag zusammen mit ihren Eltern, ihrer besten Freundin und ihrer großen Liebe erleben zu dürfen. Lächelnd nahm sie Elijahs Hand und es war ihr egal, ob die Schiffsbesatzung das sah oder nicht.

Beruhigend drückte Elijah ihre Hand und sagte: »Ich wünschte, Jonathan hätte uns verabschieden können.« Sein Onkel war erst eine Woche zuvor nach England zurückgekehrt. Elijah hatte ihn sofort besucht und ihm von den Geschehnissen erzählt, die dieser auf hoher See verpasst hatte. Sein Onkel hatte ihm versichert, dass seine Eltern stolz auf ihn wären – darauf, dass aus ihm so ein feiner Gentleman geworden war. Ganz zu schweigen davon, dass er auch noch zum Ritter geschlagen und ihm der Pfauenorden überreicht worden war! Außerdem hatte er Elijah weitere Rezepte geschenkt, die er auf seiner Reise durch alle Winkel der Welt gesammelt hatte. Diese wollten Elijah und Penelope gemeinsam ausprobieren, sobald sie Zugang zu einer Küche hatten.

Elijah hatte es leidgetan, England zu verlassen, nachdem sein Onkel gerade erst zurückgekommen war. Doch mittlerweile waren sie beide daran gewöhnt, über Briefe miteinander in Kontakt zu bleiben.

Vor der Abreise hatte Elijah auch noch Mr Benjamin besucht. Beim Anblick von Elijahs Orden hatte der Schneider gejubelt: »Was habe ich Ihnen über den Pfau gesagt, junger Mann? Ein *mentsh* waren Sie schon immer, aber jetzt sind Sie ein *mentsh*, den selbst die Königin respektiert. Wer die Bitterkeit nie gekostet hat, wird die Süße nie schmecken. Genießen Sie die Süße! Das würde auch Ihr Vater so wollen.« Anschließend hatten sie zwei Stunden damit verbracht, in Erinnerungen an Elijahs Eltern zu schwelgen.

Helenas Eltern hatten sich hingegen überraschenderweise

als Hindernis erwiesen. Sie waren nur wenige Tage vor Helenas und Penelopes Abschluss in das Haus am Cavendish Square zurückgekehrt. Und dort hatten sie dann direkt erfahren, dass ihre Tochter, die sie seit Monaten nicht gesehen hatten, in Kürze mit ihren Freunden auf Reisen gehen wollte. Damit war Helenas Mutter anfangs nicht einverstanden gewesen, doch weder sie noch ihr Mann konnten leugnen, wie sehr sich ihre Tochter während ihrer Abwesenheit entwickelt hatte. Helenas Egoismus, über den ihre Eltern sich oft insgeheim unterhalten, gegen den sie allerdings kaum etwas unternommen hatten, war verschwunden. Helenas Ehrgeiz hatten sie dagegen schon immer verblüffend gefunden. Besonders da sie finanziell abgesichert war und nicht arbeiten *musste*. Diese Strebsamkeit war zwar auch weiterhin ein Teil von ihr – jedoch richtete sie sich nun nicht mehr nur auf Helena selbst. Denn inzwischen war es ihr sehr wichtig, dass auch ihre Freunde Erfolg hatten, wovon sie oft sprach. Das betrachteten ihre Eltern als große charakterliche Verbesserung. Eine Verbesserung, die wohl Penelopes und Elijahs gutem Einfluss zu verdanken war.

Am Ende hatten Helenas Eltern daher eingelenkt und ihrer Tochter erlaubt, sich der Reise der Pickerings anzuschließen. Besonders nachdem Lady Rutland ihnen versichert hatte, dass eine Erweiterung des Horizonts sehr förderlich für Helenas Weltsicht und ihre kulinarischen Fähigkeiten wäre. Ihr Vater war selbst auch schon dieser Meinung gewesen, hatte dies aber stets nur auf seinen Sohn und Erben bezogen. Damit hatte sich der Ärger darüber, dass Helena so kurz nach der Rückkehr ihrer Eltern aufbrechen wollte, in Luft aufgelöst. Und Helena hatte ihren Willen bekommen – wie immer.

Wie von Lady Rutland prophezeit, hatte Helena für ihr Abschlussprojekt sehr gute Noten erhalten. Nach der Royalen Ausstellung hatte Lady Rutland sie sogar in die Akademie beordert, um sie für ihren Einsatz für Elijah zu loben. Die Schulleiterin hoffte inständig, dass Helenas Projekt die öffentliche Meinung verändern könnte, sodass man die Fähigkeiten eines Menschen in Zukunft nicht mehr über dessen Herkunft definieren würde. Elijah hatte jedenfalls mehr als bewiesen, dass jeder Mensch seinen Stand durch eine solide Ausbildung und Fleiß verbessern konnte. Über Nacht würde sich die Gesellschaft natürlich nicht ändern lassen, aber Elijahs Erfolg war zumindest ein wichtiger Schritt in die richtige Richtung.

Auf der Abschlussfeier hatte Lady Rutland alle mit der Ankündigung überrascht, dass Miss Penelope Pickering den Preis der *Jung-Kulinarikerin des Jahres* gewonnen hatte. Sie erhielt ihn für ihre Bemühungen, die einzigartige und einmalig neue Küche des amerikanischen Kontinents bekannter zu machen, und für ihre Hilfe bei der Ausbildung von Mr Little, dem neuesten Träger des Pfauenordens. Der lauteste Beifall dafür stammte von Helena – sogar *sie* hatte inzwischen begriffen, dass Penelope im letzten Halbjahr weit mehr geleistet hatte als sie selbst.

Mabel Pilkington hatte es sich nicht verkneifen können, Helena einen kleinen Seitenhieb zu verpassen, während sie beobachteten, wie Penelope die bronzene Skulptur in Form eines Tellers überreicht wurde. »Tja, die beste Kulinarikerin hat gewonnen«, sagte sie in der Hoffnung, Helena damit zu einer Bemerkung zu provozieren, die sie später bereuen würde. Mabel würde nach dem Abschluss weiterhin als kulinarische Beraterin von Prinzessin Adelaide arbeiten und bildete sich viel darauf ein, dass sie bei Elijahs und Penelopes Gefühlen füreinander richtig gelegen hatte. Dass sie sich im Hinblick auf Penelopes Herkunft geirrt und die überzogenen Gerüchte über deren Eltern in die Welt gesetzt hatte, kümmerte sie kein bisschen. Genau wie Helena war auch Mabel noch nie ein besonders selbstkritischer Mensch gewesen.

»Meine liebe Mabel«, hatte Helena erwidert. »Du hast noch nie so sehr recht gehabt.«

Woraufhin Mabel nichts mehr zu sagen gewusst hatte. Bis zum Schluss, als sich die Menge nach der Zeremonie in alle Winde zerstreute, hatte sie kein Wort mehr mit ihr gewechselt.

Und nun stand Helena an der Reling und winkte ihren Eltern und ihrem Bruder nach, bis diese in die Kutsche am Anleger stiegen. Sie hatten Helena, Elijah und Penelope bis nach Liverpool begleitet, wo sie wie verabredet auf Penelopes Eltern trafen.

»Ich hoffe, dass die Schiffsvorräte reichen, bis wir in den ersten Zielhafen einfahren«, sagte Helena zu ihren Freunden. »Der Kapitän hat uns zwar eingeladen, mit ihm zu Abend zu essen, aber ich glaube nicht, dass es …«, sie senkte die Stimme, »… so wäre, wie wir es gewohnt sind.«

»Ich bezweifle auch, dass wir hier über große Vielfalt verfügen werden. Obwohl sich die Ausstattung der Bordküchen in den letzten Jahren stark verbessert hat«, sagte Penelope.

»Ich hoffe einfach um Elijahs willen, dass sie noch etwas anderes als gepökeltes Schweinefleisch auf Lager haben. Vielleicht hätten wir selbst einen Vorrat an Trockenrindfleisch mitbringen sollen – nur für alle Fälle.« Helena wandte sich ihnen zu.

»Mach dir meinetwegen keine Sorgen«, sagte Elijah. »Ich werde schon etwas finden. Wie immer.«

»Natürlich«, gab Helena ihm recht. »Ich meine ja nur.«

»Das weiß ich auch sehr zu schätzen.« Elijah zwinkerte Penelope zu. Es verblüffte ihn noch immer, dass Helena sich tatsächlich verändert hatte – und an ihren Aufgaben wuchs. Ein Teil von ihm hatte nicht glauben können, dass sie ihn – und Penelope – jemals so akzeptieren würde, wie sie waren. Bei der Begegnung mit Penelopes Eltern hatte er Helena daher genau beobachtet, doch sie hatte keinerlei Anzeichen von Ablehnung oder Unbehagen erkennen lassen. Sie hatte vor Penelopes Mutter sogar einen Knicks gemacht – vor dieser beeindruckenden Frau, die zwar genauso zierlich war wie ihre Tochter, dieser aber auf den ersten Blick kaum ähnlich sah. Ihr rosinenbraunes Haar war mehrere Nuancen dunkler als Penelopes, ihre Nasenwurzel schmaler und ihre Haut besaß einen dunkleren Braunton, als Elijah erwartet hätte. Ihre Herzlichkeit und Wärme stand der ihrer Tochter in nichts nach, und sie hatte Penelopes Freunde mit Umarmungen und einem aufrichtigen Lächeln begrüßt. Als Penelopes Vater seine Tochter erblickte, hatte er sie, sofort und ohne die restlichen Anwesenden zu beachten, in die Arme geschlossen. Genau wie sie gesagt hatte, kam Penelope äußerlich mehr nach ihm als nach ihrer Mutter, aber mit der Zeit hatte Elijah in der jungen Frau, die er liebte, immer mehr Ähnlichkeiten mit beiden Elternteilen erkennen können.

»Wir haben dich so vermisst, mein Mädchen«, sagte Penelopes Vater, nachdem er sich endlich aus der Umarmung gelöst hatte.

»Ich euch auch, Papa.« In Penelopes Augen glänzten Tränen. Sie stellte die Elternpaare einander vor und Mr Pickering besann sich auf seine Manieren und verbeugte sich vor den Higgins. Dann stellte Penelope Elijah vor.

»Und zu guter Letzt: Papa, Nanay – das hier ist Sir Elijah Little.«

Elijah hielt den Atem an. Würde er sich jemals an das *Sir* vor seinem Namen gewöhnen? Aber er war nun mal ein echter Ritter. Er hatte mit dem rechten Knie auf dem Ordensverleihungssessel vor der Königin gekniet und sie hatte ihn mit einem Schwert zum Ritter geschlagen. Nach der Zeremonie hatte Penelopes und Helenas Applaus den Saal erfüllt.

Elijah verbeugte sich vor Penelopes Eltern und hoffte inständig, sie würden ihn nicht zurückweisen.

»Sir Elijah Little«, wiederholte ihr Vater. »Wir haben schon viel von Ihnen gehört.«

Elijah schluckte. »Nach dem zu urteilen, was Miss Pickering mir über Sie erzählt hat, müssen Sie beide ganz außergewöhnliche Menschen sein. Ich fühle mich geehrt, Sie kennenzulernen, Sir.«

Mr Pickering musterte ihn mehrere Sekunden lang. Dann wurde der Zug um seinen Mund weicher und er schenkte Elijah ein Lächeln. »Wir freuen uns, dass Sie uns auf diese Reise begleiten, junger Mann.« Er sah zu seiner Frau, die Arm in Arm mit Penelope neben ihm stand.

»Wer unserer Penelope so wichtig ist, muss ein bemerkenswerter Mann sein, den wir sehr gerne kennenlernen«, sagte Mrs Pickering.

Erleichtert seufzte Elijah auf. »Vielen Dank, Ma'am.« Er wandte sich Mr Pickering zu. »Sir.«

Unfassbar, wie sehr sich Elijahs Leben in den vergangenen Monaten verändert hatte. Und nun stand er hier an der Reling, mit Blick auf den verheißungsvollen Ozean, und hielt Penelopes Hand fest umklammert. Als sie zu ihm hochschaute, blitzten die bernsteinfarbenen Ringe um ihre Pupillen auf.

»Ich glaube, ich gehe mal unter Deck und beginne auszupacken«, sagte Helena und hielt ihre Haube gegen den auffrischenden Wind fest.

Die beiden nickten – ohne zu ahnen, dass Helena nicht zum Auspacken nach unten ging, sondern um beim Kapitän nachzuhaken, ob sich unter den Schiffsvorräten auch etwas anderes als gepökeltes Schweinefleisch befand.

»Woran denkst du gerade?«, fragte Penelope.

»Daran, dass ich mein Glück kaum fassen kann«, antwortete Elijah. »Ich breche zu einer Weltreise auf, und zwar gemeinsam mit der Frau, die ich liebe.« Er schüttelte den Kopf. »Anscheinend hat Helena am Ende doch recht behalten.«

»Inwiefern?«

Elijah lachte. »Mit ihrer Theorie, dass jeder Mensch, wenn er nur von der richtigen Person ausgebildet wird ...«, er zwinkerte Penelope zu, »... nach dem Mond und den Sternen greifen kann.« Mit der freien Hand strich er ihr eine Haarsträhne, die der Wind gelöst hatte, hinters Ohr.

Penelope stockte der Atem. Neckisch neigte sie den Kopf zu Seite. »Du hast einmal behauptet, dass Leute wie du das niemals schaffen könnten.«

Elijah beugte sich zu ihr herunter. »Was nur beweist, was für ein Dummkopf ich doch war.«

»Und übrigens: Ich liebe dich auch«, flüsterte Penelope.

Elijah setzte das Grinsen auf, das sie so unwiderstehlich an ihm fand. »Wäre es allzu kitschig, wenn ich sagen würde, dass mein Herz sich auf die Reise zum Mond gemacht hat? Das wäre vermutlich passender, als zu behaupten, dass ich ihn vom Himmel gepflückt hätte.«

Penelope kicherte. »Ja, das wäre wirklich kitschig. Aber mir gefällt es trotzdem.«

Als das Schiff Segel setzte, stellte sie sich auf die Zehenspitzen und küsste Elijah. Seine Lippen berührten die ihren mit einer berauschenden Zärtlichkeit. Seufzend schmiegte Penelope sich an ihn. Es gab keinen Ort auf der Welt, an dem sie lieber gewesen wäre.

Die Rufe der Seeleute am Tauwerk, die Schreie der Möwen, der salzige Duft des Meeres – nichts von alledem nahmen Penelope und Elijah wahr, als sie sich mit pochenden Herzen in den Armen lagen. Viele Jahre später, wenn die beiden alt und grauhaarig wären, würden sie sich einig sein, dass dieser Augenblick der Anfang war – der Anfang des Wegs in ihr gemeinsames glückliches Leben voller kulinarischer Abenteuer.

Elijahs, Penelopes und Helenas (leicht modernisiertes) Rezept für Schokoladen-Kokosnuss-Empanadas

Zutaten:
- 1 frische Kokosnuss
- 250 g Kokosnussfleisch
- 125 g Zartbitter-Schokolade
- 720 g Mehl
- Salz
- 1 EL Zucker oder Honig
- 170 g ungesalzene Butter
- 1 Ei
- 60 ml Wasser oder Milch
- Evtl. 1 Ei zum Bestreichen

Für die Füllung:

- 1 frische Kokosnuss klein raspeln.
- 125 g Kokosnussfleisch in einer Pfanne oder im Backofen anrösten, bis es goldbraun ist.
- 125 g Zartbitter-Schokolade (mindestens 60 % Kakaoanteil) in kleine Stücke hacken oder raspeln.
- Weitere 125 g Kokosnussfleisch (nicht angeröstet) in einem Mörser zerstoßen. Löffelweise zimmerwarmes Wasser hinzufügen, bis eine dickflüssige Masse entsteht (von der Konsistenz etwa wie Crème fraîche).
- Die Kokosnusscreme in einem Topf erhitzen, bis kleine Bläschen aufsteigen, dann sofort vom Herd nehmen. Nicht aufkochen lassen! Gehackte Schokolade hinzufügen und 5 Minuten ungerührt stehen lassen. Danach die Schokolade unterrühren, bis sie geschmolzen ist.
- Beiseitestellen, bis die Masse auf ca. 30 °C abgekühlt ist, anschließend das geröstete Kokosnussfleisch (davon 1-2 EL zum Garnieren zurückbehalten) hinzufügen.

Für den Empanada-Teig:

- 720 g Mehl, $^1/_4$-$^1/_2$ TL Salz und 1 EL Zucker oder Honig in einer großen Schüssel vermengen.
- Mit den Händen oder einem Teigmischer 170 g kalte, ungesalzene Butter in die Mehlmischung einarbeiten

und kneten, bis Streusel entstehen, die in etwa die Größe getrockneter Kirschen haben.

- In einer zweiten Schüssel 1 Ei und 60 ml Wasser oder Milch verrühren.

- Ei-Milch-Mischung in kleinen Schlucken zur Mehl-mischung hinzufügen und mit den Händen oder einem Löffel unterrühren, bis ein gleichmäßig fester Teig entsteht. Wenn nötig, mehr Milch oder Wasser hinzufügen, bis die Konsistenz stimmt.

- Teig in 2 Kugeln aufteilen und zu dicken Scheiben flach drücken.

- Teig dünn ausrollen und mit einer runden Backform oder einem kleinen Teller Kreise ausstechen. Alter-nativ kleine Teigkugeln formen und zu flachen Kreisen ausrollen (müssen nicht perfekt rund sein) oder mithilfe einer Tortillapresse (falls vorhanden) flach drücken.

Zubereitung:
- Auf jeden Teigkreis einen Löffel Füllung geben. Die Menge hängt von der Größe der Empanadas ab, aber grundsätzlich darauf achten, nicht zu viel zu nehmen, damit nichts herausquillt.

- Teig zu einem Halbmond zusammenklappen und die Ränder mit den Fingern oder einer Gabel fest zusam-mendrücken. Damit der Teig besser klebt, ggf. innen mit Eiweiß bestreichen. Auf Wunsch kann der Rand mit den Fingern eingedreht werden. Je nach Größe der Empanadas und der Menge der Füllung kann es sein, dass von dem einen oder dem anderen etwas übrig bleibt.

– Die Teigtaschen für das beste Ergebnis mindestens 30 Minuten im Kühlfach oder an einem anderen sehr kalten Ort abkühlen lassen, bevor man sie backt. Für eine goldbraune Kruste mit Ei bestreichen (entweder 1 ganzes verquirltes Ei oder 1 Eigelb mit einigen Tropfen Wasser verrührt). Zurückgelegte Kokosnussraspeln darüberstreuen.

– Empanadas im Holzofen bei mittlerer Hitze oder in einer flachen Form im Gasofen bei 200 °C backen. Die Temperatur hängt vom Ofen und von der Größe der Empanadas ab. Wenn sie besonders klein sind, bei 190 °C backen und immer wieder nach der Farbe der Kruste sehen. Auch die Backzeit variiert je nach Ofen und Größe der Teigtaschen, liegt aber durch-schnittlich bei 18-25 Minuten. Die Empanadas sind fertig, wenn sie eine goldgelbe Farbe haben.

Etwas abkühlen lassen und dann am besten mit vielen Freunden gemeinsam genießen!

Historische Anmerkungen

Falls ihr euch fragt, warum ihr euch in der Geschichte Großbritanniens an kein Charlottianisches Zeitalter erinnern könnt – keine Sorge, euer Gedächtnis hat euch nicht im Stich gelassen! König George IV. hatte nur eine einzige Erbin: Prinzessin Charlotte Augusta von Wales. Mit ihrer Geburt am 7. Januar 1796 war sie das einzige rechtmäßige Enkelkind von König George III. und Anwärterin auf den britischen Thron. Den historischen Überlieferungen nach zu urteilen war sie ein kluges Mädchen, das schon früh ein großes Interesse an Jura und Politik an den Tag legte. Zudem war Charlotte für ihr heißblütiges Temperament ebenso bekannt wie für ihre Weigerung, sich Formalitäten zu unterwerfen. Wie in meiner Geschichte erwähnt, war sie beinahe im gesamten Königreich beliebt, denn das Volk hatte zunehmend genug von den Exzessen von George IV. (der damals noch Prinzregent war). Und so wurde Charlotte als Hoffnungsträgerin einer neuen Ära betrachtet.

1816 heiratete Prinzessin Charlotte Prinz Leopold von

Sachsen-Coburg (den späteren König von Belgien und Onkel von Prinz Albert von Sachsen-Coburg, der 1840 Königin Victoria zur Frau nahm). Es war eine glückliche Ehe, und als die Prinzessin 1817 schwanger wurde, war die Freude im Königreich groß. Doch leider brachte Prinzessin Charlotte am 6. November ein totes Kind zur Welt und verstarb selbst nur fünf Stunden nach der Geburt.

Der tragische frühe Tod der jungen Prinzessin stürzte ihre Familie und das ganze Land in tiefe Trauer. Der Prinzregent war so niedergeschmettert, dass er nicht einmal an ihrer Beerdigung teilnehmen konnte. Ihre Mutter, Caroline von Braunschweig, fiel bei der Nachricht über den Tod der Tochter in Ohnmacht. In Scharen säumten die Menschen die Straßen von Windsor, als Charlotte beigesetzt wurde.

Heute ist Prinzessin Charlotte nur noch eine Fußnote in der britischen Geschichte. Ihr Tod markierte für die Brüder des Prinzregenten den Startschuss im Rennen um eine schnelle Heirat mit dem Ziel, Erben zu produzieren – die erste Tochter war dann Victoria, die 1837 Königin wurde. Dabei fand ich den Gedanken faszinierend, dass Königin Victoria nie geboren worden wäre, wenn Prinzessin Charlotte 1817 nicht gestorben wäre. Die Repression der Victorianischen Ära war in vielerlei Hinsicht eine Reaktion auf die »schnellen Zeiten« des Regency-Zeitalters.

Mit diesem Buch wollte ich eine Welt entwerfen, in der Frauen nicht den strengen Beschränkungen und Erwartungen unterworfen sind, die ihnen die Wirklichkeit der viktorianischen Gesellschaft auferlegt hat. In Georgianischen und

Regency-Zeiten hatten sich die weiblichen Mitglieder der Upperclass immer mehr Freiheiten erobert und deswegen war es eine große Freude, mir auszumalen, wie eine Charlottianische Ära hätte aussehen können. Wie hätten sich wohl ein Königshaus und eine Gesellschaft entwickelt, die sich weniger auf den Imperialismus fokussierten und mehr Wert auf die Förderung der Geschlechtergleichheit und Bildung sowie auf internationale diplomatische Beziehungen gelegt hätten?

Ebenso war es mir wichtig zu zeigen, wie Menschen wie Elijah und Penelope sich in so einer Gesellschaft wohl geschlagen hätten. Diese Überlegung führte mich zu Tom M. Endelmans Buch *The Jews of Georgian England 1714-1830*, das ich euch wärmstens empfehlen kann, wenn ihr euch mit der Thematik näher beschäftigen möchtet. Tatsächlich wurden Angehörige des Judentums in jener Zeit in England besser behandelt als in den meisten anderen europäischen Ländern. Trotzdem durften sie – wie im Buch erwähnt – auch hier weder bei Parlamentswahlen ihre Stimme abgeben noch ein Regierungs- oder Gemeindeamt bekleiden. Abgeordnete des Unterhauses konnten sie nicht werden, auch nicht Jura studieren oder die ältesten britischen Universitäten besuchen. Damit waren ihnen viele der Privilegien, die anderen britischen Bürgern offen standen, grundsätzlich verwehrt.

In der Londoner Innenstadt gab es auch tatsächlich Händler*innen, die jüdische Personen daran hinderten, Einzelhandelsgeschäfte zu eröffnen, indem sie allen Gewerbetreibenden einen christlichen Eid abverlangten. Jüdinnen und Juden konnten diese Klausel nur umgehen, wenn sie eine*n christliche*n Angestellte*n als Geschäftsführer*in ihres Unternehmens einsetzten oder ihren Laden als Lagerhaus tarnten, in dem in Wirklichkeit aber Waren und Dienstleistungen verkauft wurden. Allerdings hatten – aus verschiedenen Gründen – ohnehin nur die wenigsten Jüdinnen und Juden Interesse daran, über die gleichen Rechte wie die anderen Engländer*innen zu verfügen. Und so fand in England damals kein großer Emanzipationskampf statt – anders als in Ländern wie Deutschland, Frankreich oder Italien, deren diskriminierende Gesetzgebung jüdischen Menschen das reine Überleben schon extrem schwer machte. Die meisten aschkenasischen (mittel-, nord- und osteuropäischen) Jüdinnen und Juden, die zwischen 1700 und 1830 nach England kamen, stammten aus Deutschland. Nur wenige waren aus den Niederlanden und Polen.

Aber auch in Großbritannien grassierte ein tief verwurzelter Antisemitismus. Schon das Wort *Jüdin* oder *Jude* war mit einem starken Stigma belegt. Viele Angehörige des Judentums – wie Elijah und sein Onkel – legten deshalb ihren Namen ab, um nicht mehr als solche erkannt zu werden. Ebenso änderten viele ihr Äußeres: Männer rasierten sich den Bart ab und übernahmen englische Moden. Die Frauen begannen, tief ausgeschnittene Kleider zu tragen, und gaben die traditionellen Perücken auf. Wohlsituierte jüdische Menschen kauften ländliche Anwesen und damit einen Status als Gentlemen – aber der Umzug aufs Land bedeutete auch, dass sie sich selbst von jüdischen Traditionen und Einrichtungen wie jüdischen Schulen, Synagogen und koscheren Metzgereien abschnitten. Ob arm oder reich – alle Personen jüdischen Glaubens mussten, um in der Gesellschaft nicht aufzufallen, vieles auf sich nehmen.

Arme Jungen wie Elijah schlugen sich auf den Straßen und Märkten Londons als kleine Verkäufer durch und um 1800 verband man Zitronen und Orangen fest mit jüdischen Händlern. Bis in die 1830er Jahre war es armen Jüdinnen und Juden durchaus noch möglich, auf der gesellschaftlichen Leiter höherzusteigen. Allerdings war der Erfolg meistens nicht von langer Dauer. Das Geld, das man mit dem Warenhandel gemacht hatte, konnte mit einem Schlag verloren sein – falls man zum Beispiel das Pech hatte, einem tätlichen Angriff oder einem Einbruch zum Opfer zu fallen. Wenn man nicht auf einen bestimmten Geschäftsbereich spezialisiert war, es sich nicht leisten konnte, seine Kinder mehr als drei bis fünf Jahre zur Schule zu schicken oder einem Handwerker die Ausbildungsgebühr zu bezahlen, war es sehr schwer, einen Platz in der Mittelklasse zu ergattern – und noch schwerer, ihn zu behalten.

Während der 1830er Jahre war die Esskultur in England ganz anders als heute. Es galt, *à la française* zu speisen. Dabei werden alle Gerichte, einschließlich dem, was wir als Dessert betrachten würden, gleichzeitig aufgetischt. Auf diese Weise inszenierte die Upperclass ihren Wohlstand – sowohl über die Menge der servierten Gerichte als auch mithilfe von teurem Geschirr und Besteck. Doch bis zur Mitte des 19. Jahrhunderts wechselten die meisten Leute zum *service à la russe*.

Dabei wird im Wesentlichen ein Gericht nach dem anderen eingenommen – so wie es bis heute in beinahe allen gehobenen Restaurants auf der Welt gehandhabt wird.

Geschichtlich vermerkt wurde die Speiseart *à la russe* erstmalig von dem französischen Koch Antonin Carême, der 1818 den Hof von Zar Alexander I. besuchte. Ich hielt es daher für möglich, dass auch ein englischer Koch oder eine Kulinarikerin schon etwas früher eine Reise durch Russland unternommen und die Speisemethode mit nach England gebracht haben könnte. Die Kulinarikerinnen als solche sind natürlich meine Erfindung, genau wie die Große Königliche Küche des Hampton Court Palastes. Um sich einen Eindruck davon zu verschaffen, wie eine königliche Küche in den 1820er Jahren ausgesehen hat, empfehle ich einen Online-Besuch im Königlichen Pavillon der Großen Küche von Brighton. Auf diese war König George IV. so stolz, dass er Besuchern gern eine Besichtigungstour spendierte, um damit zu prahlen. Die Küche verfügte sogar über einen automatischen Drehspieß für alle Fleischsorten, die er gerne aß.

Obwohl es sicherlich auch zu jener Zeit schon Ehen und Kinder mit gemischtem ethnischen Hintergrund gegeben haben muss, habe ich mich mit der Beziehung von Penelopes Eltern ziemlich weit aus dem Fenster gelehnt. Während des Siebenjährigen Krieges von 1762 bis 1764 hatte England Manila eingenommen, die Stadt nach Kriegsende aber wieder an die Spanier zurückgegeben. Obwohl danach nie wieder britische Truppen auf die Philippinen entsandt wurden, gab es dennoch viele britische Handelsschiffe, die durch den

Südpazifik fuhren. Also hielt ich es nicht für ausgeschlossen, dass die Wege von Penelopes Eltern sich gekreuzt haben könnten. Dass Penelopes Nanay von der Insel Panay stammt, ist eine kleine Hommage an meine eigene Herkunft, denn meine Mutter und ihre Familie stammen von Ilo Ilo.

Zwar konnte ich das Heimatland meiner mütterlichen Vorfahren bisher noch nicht besuchen, aber Essen war für mich schon immer eine gute Möglichkeit, um mich ihren Kulturen näher zu fühlen. Ich glaube fest daran, dass Essen perfekt dafür geeignet ist, andere Menschen und Kulturen kennenzulernen, über die man bislang noch nichts weiß. Gutes Essen kann ein Augenöffner sein – und gleichzeitig eine Abrissbirne für die trennenden Mauern in unseren Köpfen. Schließlich ist eine Cachapa auch nichts anderes als ein Latke, nur unter einem anderen Namen.

Schon als Kind besuchte ich mit meinen Eltern Musicals. Neben ihrer Liebe für Musicalfilme (ich kannte alle Rodgers-und-Hammerstein-Streifen, noch bevor ich sieben wurde) hegten meine Eltern eine große Leidenschaft fürs Theater, wohin sie mich und meine Geschwister so oft wie möglich mitnahmen. Außerdem hatten sie all ihre Lieblingsmusicals auf Videokassetten und die kamen auf jeden Familienurlaub mit. Ich bin sicher, ich konnte die Melodien und Texte zu Lerner und Loewes *My Fair Lady* und *Gigi* auswendig, noch ehe ich vollständig verstehen konnte, worum es in den Geschichten ging. Das verdanke ich den Videos und der Reiselust meiner Eltern.

Doch auch als ich alt genug war, um *My Fair Lady* und das

zugrundeliegende Stück *Pygmalion* tatsächlich zu verstehen, blieb dieses Musical eins meiner liebsten. Und das, obwohl ich mir mehr als einmal gewünscht hätte, bestimmte Elemente wären anders geschrieben worden oder anders ausgegangen. Und so ist *Royal Taste* natürlich das Ergebnis der vielen schönen Jahre in Gesellschaft dieser Geschichte über Eliza Dolittle, Henry Higgins und Colonel Pickering, die George Bernard Shaw 1912 erschaffen hat – nur aus meiner 21.-Jahrhundert-Perspektive. Ich hoffe, sie hat euch genauso sehr gefallen, wie es mir Freude bereitet hat, sie zu schreiben!

Liebe und Kekse für alle!

Danksagung

Während einer Pandemie ein Buch zu schreiben, ist mit verschiedenen Herausforderungen verbunden – nicht zuletzt damit, sich eine neue Routine aneignen und motiviert bleiben zu müssen. Eine Sache, die mich bei der Stange gehalten hat, war das Wissen, dass Menschen, die *Dangerous Alliance* (erscheint Frühjahr 2024 auf deutsch als *Dangerous Relations*) gelesen hatten, sich schon auf mein zweites Buch freuten. Mein erstes Dankeschön geht also an euch Leser*innen und an alle, die eine Rezension zu *Dangerous Alliance* geschrieben, großartige Fotos gemacht, begeisterte Beiträge gepostet, mir Nachrichten geschickt haben oder vor Beginn der Pandemie zu Live-Lesungen gekommen sind. Eure Begeisterung hat mich an den Schreibtisch gefesselt, auch wenn mir eigentlich eher danach war, den ganzen Tag im Internet zu surfen oder fernzusehen. Danke auch an meine weitläufige Verwandtschaft und alle Freunde, die mich schon bei meinem ersten Buch unterstützt hatten und sich auf *Royal Taste* gefreut haben. Ich liebe euch alle!

Während ich dieses Buch geschrieben habe, hat es natürlich viele Menschen gegeben, die mich auf unterschiedlichste Art vorangetrieben haben, und ihnen gilt mein unendlicher Dank. Jennifer Unter, meine wunderbare Agentin, die schon an dieses Buch geglaubt hat, als es noch eine nackte Idee war, die ich auf einer knappen Seite skizziert hatte – danke, danke, danke für deine unermüdliche Hilfe!

Kristen Pettit – danke, dass du mir die Augen für neue Ideen und Denkweisen geöffnet hast, wie meine Figuren agieren könnten. Dein Feedback hat dem Manuskript wahnsinnig gutgetan, denn es hat mir geholfen, für eine Weile dem Hamsterrad meines eigenen Kopfes zu entkommen und Dinge aus einer neuen Perspektive zu betrachten.

Und tosenden Applaus für das ganze Team von HarperCollins, das dieses Buch überhaupt erst möglich gemacht hat. Insbesondere Clare Vaughn, Jessica Berg, Jen Strada, Gwen Morton, Alison Klapthor, Maghan Pettit, Allison Brown, Lisa Calcasola und Mitchell Thorpe. Und tausend Dank an Professorin Nadia Valman für Ihr Expertenwissen und Ihre Ratschläge zur historischen Glaubwürdigkeit der Geschichte.

Vielen Dank an meine Presseagentin Kathleen Carter – du tust so viel und hast von Anfang an an dieses Buch geglaubt.

Danke an die Autor*innen, die sich die Zeit genommen haben, diese Geschichte (und die davor) zu lesen und wunderbare Klappen- und Werbetexte dazu zu verfassen – danke für die großzügige Hilfe! Stacey Lee, Rachel Lynn Solomon, Alexa Donne, Jacqueline Firkins und Tobie Easton, ihr seid einfach bezaubernde Menschen!

Außerdem möchte ich ein dickes Dankeschön an alle schreibenden Kolleg*innen hinausschicken, die mich in der Entstehungszeit von *Royal Taste* immer wieder angetrieben und ermuntert haben, der schweren Zeit der Pandemie zu trotzen. Alexa Donne, Shannon Price, Kalyn Josephson, Dallas Woodburn, Jacqueline Firkins, Samantha Hastings und Alex Samuely – eure Telefon- und Videoanrufe, Privatnachrichten und E-Mails haben es geschafft, dass ich bei Verstand geblieben bin, und dafür verdient ihr alle virtuelle Umarmungen! Tobie Easton, du bist der Beste und ich hoffe, du weißt, warum. Danke, dass du mir zugehört hast, als ich verzweifelt darüber gegrübelt habe, wie ich eine Wettbewerbsgeschichte konstruieren soll. Dass du dieses Buch noch vor allen anderen gelesen hast, am anderen Ende der Leitung immer für mich da warst und dass du einfach du bist. (Ich würde ja sagen, du bist in unserer Freundschaft die wahre Penelope, aber das würde mich dann zu Helena machen, also muss ich mir wohl einen besseren Vergleich überlegen. ☺)

In den Jahren 2020 und 2021 waren es die kleinen Dinge, die man füreinander getan hat, die mir ewig in Erinnerung bleiben werden. Mom und Aron – danke für euren *unermüdlichen* Beistand in der Zeit, als ich geschrieben und immer wieder *um*geschrieben habe. Mariella, danke, dass du meine Texte mit solch einer Begeisterung liest und mit mir über Coverentwürfen brütest, selbst wenn wir ganz weit voneinander entfernt sind. Tante Shirley – danke, dass du mir dein philippinisches Kochbuch geschickt hast, als die meisten Buchhandlungen geschlossen waren. Dass du mit mir

Menüideen gewälzt hast und eine der ersten Erwachsenen in meinem Leben warst, die Rezepte mit mir geteilt hat – ich hab dich lieb! Ein tonnenschweres Dankeschön auch an die Boroumands, weil sie (trotz eigener Probleme und Verluste in diesem Jahr) stets alles stehen und liegen gelassen haben, um für mich da zu sein.

Meinen Eltern werde ich für immer dankbar sein, weil sie ihre Leidenschaft für *My Fair Lady* (und Musicals im Allgemeinen) an mich weitergegeben haben. Meinem Dad Jonathan (der in London zuweilen als »Rex« bekannt war) – ich weiß, du hättest dieses Buch toll gefunden. Mom, danke, dass du bei jeder Premierenlesung, jedem Auftritt und jedem meiner Konzerte mit Blumen und einer Umarmung auftauchst. Danke, dass du mir immer Mut machst und selbst immer den Mut besitzt, du selbst zu sein. Ganz egal, welche Vorurteile die Leute dir entgegenbringen. Mit eurer Heirat seid du und Dad ein Vorbild für uns Kinder gewesen und ich bin stolz, deine Tochter zu sein.

Und last but not least zu dir, Nasson: Danke, dass du an jedem Tag unseres Lebens das tust, was du tust. Einer der wenigen Vorteile des Jahres 2020 war die Tatsache, dass ich bei dir sein konnte, selbst als die Welt da draußen auseinanderzufallen drohte. Ich hoffe, du weißt, dass ich nirgendwo anders auf der Welt lieber gewesen wäre.